当时明月在

邹丹 著

湖南大学出版社

图书在版编目（CIP）数据

当时明月在/邹丹著．—长沙：湖南大学出版社，2020.3
ISBN 978-7-5667-1635-4

Ⅰ.①当… Ⅱ.①邹… Ⅲ.①中国文学—当代文学—作品综
合集 Ⅳ.①I217.2

中国版本图书馆 CIP 数据核字（2019）第 225483 号

当时明月在

DANGSHI MINGYUE ZAI

著　者：邹　丹
责任编辑：祝世英　　责任校对：周文娟
印　装：长沙超峰印刷有限公司
开　本：710mm×1000mm　16 开　印张：18.5　　字数：284 千
版　次：2020 年 3 月第 1 版　印次：2020 年 3 月第 1 次印刷
书　号：ISBN 978-7-5667-1635-4
定　价：68.00 元

出 版 人：李文邦
出版发行：湖南大学出版社
社　　址：湖南·长沙·岳麓山　　邮　　编：410082
电　　话：0731-88822559(发行部),88821327(编辑室),88821006(出版部)
传　　真：0731-88649312(发行部),88822264(总编室)
网　　址：http://www.hnupress.com
电子邮箱：zhushiying88@163.com

一语天然物态新

　　邹丹的散文集《当时明月在》，抗拒虚假，抗拒做作，天然成趣，关联着作者孜孜求索、矢志不渝的一种生命状态，关联着其"春芳著路迷"的心灵内景。

　　她以扁舟急桨的方式进至孤寂的文学世界，未舍昼夜，聚沙成塔，给自己也给湖湘留下了或非技压群芳却足以瞻望乡关的这样一部作品，那种在晴雪之间、凉热之间、晨昏之间、明暗之间受洗或受伤的甘苦，那种由初阳所辉耀的、由青霾所笼罩的忻戚，令人动容。

　　邹丹在波涛之中颠簸舟行的写作情状，其埋首此间、悄然握牢且虽然经风历雨而仍属意川海的散文襟怀，也许恰恰切合了文学的某种愿景：未必非得缀玉联珠，未必概须宏大音效，举凡目之所及、心之所向、人之所薄、己之所重，都可以纳入文学视野。要而言之，文学应该允许扬善除恶，也应该允许颂美刺虐，众神归位，佩韦自戒，如此，才称得上是理想的文学、理性的文学。这样的文学，才能真正引动云蒸霞蔚、山吟泽唱，真正让文学生态更丰富多元、异趣横生。

　　就所涉墨法隐现、荏苒代谢而言，邹丹的这本集子，多有回望，亦含前瞻；写了凝集，也道了披离。而这或许恰恰晓示了散文自由取譬的特质：各在天一涯，不失林泉之志；纵少高蹈远引，而此身即山川。我想，散文当然可以设立昊天难登的艺术门槛，但不能宫门深锁，排斥那些原生的月明霜白，无视那些晶亮的叶间清露，这应该是它的一个基本逻辑。邹丹的写作，让我对散文有了一种去陈迹、返天然的新看法：廨宇新霁是散文，田家晚唱也是散文。它宜有大海辽阔，也当不弃溪岸曲折。就我的阅读感觉来说，邹丹的相当一部分作品，轻盈里头藏绵密，目尽而有余意，起向往，受煎熬，新生和陨灭与俱，柔软并坚硬共存。进一步讲，我认为，她的散文有一种自觉，能始终不懈地去达成目标，坚决剥离花言巧语，以天然去雕饰的真文字写作。

她在这部集子里所呈现的，便是其远足归来、风雨无阻的不屈的个体精神具象，是其艺术行旅的一种韧性标定，是其写作实践的一个新尝试、新成果。

整部集子，无一不是关于三湘大地的密实叙事，不论短长，都倾注了浓烈乡愁，喷涌着炽热真情。走得再远，她的心还是在汉寿（柔软并坚硬共存），还是在"向阳河畔"（它的出现，使众多湖塘、水底朝天，但它毕竟是故里所在，是新生和陨灭与俱），还是在"南湖"——纵使它已变作陆地，也难止邹丹的无限系念、不了乡思。随作者笔触逶迤而行，我深切体会到了什么叫牵肠挂肚。

全书共分六辑，每一辑几乎都含有对稼穑农桑、乡邦阡陌的长久注视，不管是直接还是迂回，总之，故园在书里（亦即在作者血管中）激荡而起的巨大回音，都从未减弱。这当中透出的，始终是远行当归的精神、奋力向前的韧劲和坚持散文创作的心性和柔肠。

"乡情依依"中，《古今洞庭水》《乡愁——记忆中的汉寿第二大湖泊南湖》《大水之年》《向阳河畔》，频繁出现了"水"的意象，涉及水乡今昔，写出了和水有关的这片土地上的散聚悲欢。篇什中的坠落和跃起，都缘水而生发，贯注了历史记忆、时代凿痕和情感托付。

纵向看作品所引资料的时间跨度，至少可上溯到晋代，然后是唐宋以降，至明清几朝，而与此相连的每一阶段的洪涝灾情，作者都勤相搜集，细加甄别，并凝固而为相关篇目中的旧事钩沉、长辈笔记或身历者口述。

《古今洞庭水》对史志的追踪，是一种钩沉；对时代凿痕的寻找，是一种钩沉（限于篇幅，对后一种寻找暂且略去）。

对比洞庭湖面积的扩增与缩减。作者摘了《龙阳县志》里的资料，提到晋咸康元年（335）"武陵龙阳雨水淫漂屋室伤人损禾稼"，明确了洞庭湖当时的面积：约为五百里。而到唐宋，湖水扩大到七八百里，"八百里洞庭"的词形也因此在这一时期的诗文典籍中大量出现。

远眺古代文化事件。作者昂然叙述："759 年秋，诗人李白与友人载酒泛舟于县境内的赤沙湖西，面对湖水静美、素月银辉"，吟出了"洞庭湖西秋月辉，潇湘江北早鸿飞"这样的句子，而且一写就是五首诗。她还提到，也是在这一时期，"本县县志开始频频出现'大水'与'特大水'的记录"。

寓目"筑堤围垸"传统。作者细致核查方志后发现，1391 年龙阳典史青文胜在向朝廷呈送的疏章中沉重讲述："北涉洞庭湖一望，则波涛万顷，筑泥沙而作障，雨落三朝被水淹。"之后的两三百年，人们争相环湖开垦。人与天斗、与水争地的最后结果，当然是湖水面积锐减，原有的大湖如南湖，后来甚而消失。邹丹围绕故乡水所做的这些摘引、描述，不但暗含了她的惋惜之情，也间接表明了她对水体变化的一种态度。她正是借新生和陨灭与俱的方式，写出了自己的灵魂隐秘：居于别处而未敢稍或忘记乡山荣枯以及故里分合。

相关例子，还可以在书里找到许多。

父亲的手书，则让邹丹似闻弓弦之声。

她谈到自己翻阅父亲文字时的感受，说："翻阅父亲写于 1955 年的文字，心情如同窗外的天色，惨白、黯淡。……美丽的洞庭湖，原来也曾是怒吼的洞庭湖、呼啸的洞庭湖……在湖水的涨落变迁中寻找高阜洲土、建设家园、围湖筑堤、撇挤浮水、开拓良田、养家糊口，是当地人们生活中一个永恒的命题。"

即使是照录原文，我们也能瞥见她血脉深处的拍岸波涛。

再如李五妹（作者幺婶、时年八十四）的口述，讲南湖边的茶家园村，"大水围困了 7 个月才真正退去，退去后的土地淤泥很深，几乎无处下脚。灾后拉肚子的人很多，那时医疗条件差，死了好些人，尤其是老人和孩子……"；回首隔壁杨家的遭遇：4 个儿子相继在 42 天内，因染上大灾之后流行的疫病死去……亲历者的这种痛苦记忆，关乎新生与陨灭，而邹丹记录在册，也关乎她的流连与挽悼。二者如果没有那种根叶相牵的血与泪的彼此碰触，是无法做到感同身受的。邹丹不忘所出，把故乡的亮色与灰颓都写了下来，这证明她更多的是在摩挲生她养她的那块土地之更为本质而非浮于表面的部分。一味颂扬亮色而无视灰颓，则要么是眼睛盲瞽，要么是阿谀成性；一味放大灰颓而无视亮色，则要么是濒于绝境，要么是别有用心。邹丹穷旁博以观源流，在书里贯注了真正的爱意，所以她写得情真意切，又平衡有度。

这种写作，凸显了她的历史观、价值观、生死观，使集子多了一份严谨和温暖，也多了满盈的实在与诚笃。邹丹列出的许多东西，并不完美，但这正好说明，她多方着力于抗拒虚假，抗拒做作。她在抗拒虚假、抗拒做作方面，不仅仅在于上面一端，还可见于其搜找史志的用心程度以及讲真话、道真情上，像她所举人伦圆缺、社会更迭和朝代兴亡，既是史有所载，也是前后互鉴。

横向看作者所写区域的地理跨度，我们同样可以发现，邹丹的视角也是打得很开的。汉寿、汉寿一中、常德卫校，自然是她永恒的主题、生命中永远的坐标；南岳甚至萱洲，也进入了她的笔下；至于深圳、广州，在作者眼里，则更是日光灿然。而无论写哪个地方，作者都是以温婉挚诚的语气言说，无论讲哪里，她的灵魂深处，永远都有湖湘的影子，汉寿、常德卫校的影子。

如此文字，是邹丹以血为墨，以心为纸，以魂为笔写出来的，也是她以肝脾为甑子、为锅灶蒸出来的。那是与虚假、做作绝无关系的写作，那是相当真情的写作。

她写父亲母亲、写儿子，笔致最为深婉。

《春天的思念》一文，作者讲她在一个私人聚会上，接到了侄子铁的电话。对方只是一声"小幺，奶奶走了"，说者和听者，或许都极力在电话里头控制住自己的情绪，但彼此的悲伤，却通过这一声，通过血缘密码，让双方瞬间产生了感应。说者把悲伤传递给了听者，听者反过来又把这种悲楚放大到无穷，这种相互感应、传递的悲伤，犹如极强电流，直击对方肺腑。

《此去万里》写了作者 1989 年 8 月离家南下时，父母的难受情形。"不过千里路，可在父母看来，此去山高水迢，不知何日相见。""分别时母亲哭成泪人，父亲似悲似笑，眼睛望着别处。"同样没有刻意渲染，没有夸大其词，可内里道出的"可怜天下父母心"，一样特别灼人。

后来儿子长大了，去伦敦留学。"要走的人儿还不满二十岁"，一起去的有十多位同学，他倒是满不在乎，可邹丹作为母亲，却是意绪难平。作者在一个单篇里头，讲了三代人之间的那种不能舍、不忍别、不放心，这又是怎样的牵肠挂肚！最能让人体会到做母亲的这种离愁别绪的，是邹丹在这篇文章当中所写的细节及其心理："从车上搬下那个重达二十斤的箱子，里面装满了他的四季衣物、被褥、鞋、电饭煲和各种吃食及感冒药等，临行好多天前就开始照清单一一购置。我恨不得把自己也变成这口箱子，随着他漂洋过海，寸步不离他身旁。"

《前尘如影》中，邹丹所作叙事，堪称出色。她从正面和侧面写父亲，正面写了父亲的性情；侧面则写父亲的好友"肖书记、黄老师夫妇"，同样还是写父亲和朋友的为人——那是同气相求、同声相应，是惺惺相惜。父亲生前与肖书记交好，邹丹记得去肖家吃饭的情景，那种放下一切伪装的性情展露，把主客都画出了骨头和神髓。文章还写了父亲去世二十三年后，她和四哥再去见肖书记老两口的情形，他们"远远望见站在廊下的身影"，几乎都是"小跑着向前"。文中"见伊如见父"的句意和"我的眼眶红了"的表达，不是情至真、人至真，是无法做到这一点的。这也说明，邹丹的文字总是在自觉地以真实抗拒虚假，以朴实抗拒做作，总是力求做到一语天然物态新。

《母亲的辣胡椒》的叙述，朴素得令人吃惊，朴素得令人感动。作者如是说："那一年，我因鱼刺卡喉处理不当被送进广东省人民医院急救，这下可急坏了一人在家的母亲。她自责不已。"母亲为此担忧不已，坐立难安，她因按旧日经验，叫女儿吞一大口饭并导致鱼刺卡住女儿食道而

005

深深自责。琐碎之中显出的那种母爱，又是怎样的柔软。作者脱险了，最小的胞姐脱口道出："姆妈好不容易有了你这粒辣胡椒，你可不能有事！"邹丹"一时摸不着头脑，转头望向母亲"。母亲解释："如果谁家的某个儿女有出息，孝顺父母，对家庭贡献大，家人就把这样的孩子称为辣胡椒。""辣胡椒"在母亲的生命当中，重于千钧。而母亲在女儿的眼里，又是怎样的呢？《母亲的辣胡椒》写了作者记忆当中的母亲。那是禾场上，溽暑蒸人的夏季，母亲汗流如注地翻晒刚刚收割的新鲜稻谷，为了让稻谷晒得更干，她"扒、搭、筛、抛"，"太阳越毒，越要下力"……于是，在作者笔下，我们看到的就是"头顶毛巾"的母亲，"认真地做着每一个动作"的母亲，"热气、湿气像一团团雾扑面而来，她整个人几乎浸泡在汗水中"的母亲。这是一位极其勤劳的母亲，一位用自己的汗水、奶汁养育了六个儿女的母亲，一位平凡而伟大、值得永远尊敬的母亲。作者这篇文章里，写了"母亲最后住院的那段日子"。母亲其时已完全认不出邹丹了。邹丹为母亲"梳头，整理衣服"，而母亲始终"乖乖地坐在椅子上不动。她还拍打着双腿给我看，说'已经消肿了'，高兴得像个孩子"。母亲离去后，邹丹对母亲的思念，始终深浓。她写道"许是知道我内心的思念，（母亲）常常入梦来和我相见"。相关文字，都是出语天然，抗拒虚假，抗拒做作。

我想借用作为书名的《当时明月在》里的一段话来作结："洲在江中，坐拥汤汤江水，不惊不喜，左携长沙城，右揽岳麓山，任岁月，风吹雨打过。"这也可以看成是邹丹创作态度的一种写照。在这一点上，她和拟人化的橘子洲的淡然守正，恰是心气相通的。无论外头有多少诱惑，她只在意自己的精神世界，只取一瓢饮，为文学而痛苦并快乐着；无论人事如何变迁，她只在意一语天然物态新；文字可以不断打磨，但关乎生命价值的目标只有一个，那就是建构"春芳著路迷"的心灵内景。

李云龙

2019 年 7 月于深圳

目 次
CONTENTS

002

乡情依依

古今洞庭水

2017 年岁暮，我孤身一人坐在故居的一个清冷的房间里，翻阅父亲写于 1955 年的文字，心情如同窗外的天色，惨白、黯淡。在洞庭湖边长大的我，一直想写写波诡云谲的洞庭湖，苦于时空遥远，未曾经历，只能凭借一些历史资料，底气难免不足。父亲的文字让我有了下笔的勇气。

首先要感谢汉寿县水利局编写的《水经》一书。正是它，让我了解到汉寿县自魏晋以来发生了一百多次水患，若非白纸黑字，真不敢相信受灾次数会如此之多、灾情会如此之严重。美丽的洞庭湖，原来也曾是怒吼的洞庭湖、呼啸的洞庭湖、哀嚎的洞庭湖！无数鲜活的生命被怒涛卷起，遭恶流裹挟，随泥沙俱下……

也许只有生活在水乡的人才深谙水的习性。水有时平静无声，有时翻江倒海。人们爱水，也怕水。每年开春，雨水一下得多，人们就开始忧心今年会不会发大水。水情是本县最大的县情。

自古以来，在这块以水为主要自然环境的地盘上，如何与水打交道，如何在湖水的涨落变迁中寻找高阜洲土、建设家园、围湖筑堤、撇挤浮水、开拓良田、养家糊口，是当地人们生活中一个永恒的命题。

一切皆因为人要生存，要吃饭。人类自从发明了水稻种植技术，就喜欢上了可以栽种水稻的水田，尤其是洞庭湖水下沉积了几千年的湖泥，可以种出粒粒饱满油亮的稻子。

1975 年，南湖——本县第二大湖，部分高坝已围垸，分给各乡镇去种植。株木山乡浇田港村某生产队派出的一名姓黄的 12 岁男孩，带着七八个同伴，颤颤悠悠地挑着两担"南优二号"杂交水稻秧苗，来到分给该队的约 2000 米长、5 米宽的湖田上。这群娃娃在半天时间内连爬带滚、东一蔸西一兜地将这些秧苗插满秧田，然后就回到了十几里外的家。当年的黄姓男孩后来成为我的高中同学，他向我回忆，与其说"插"，不如说"扔"。为何这样说？首先，他们是半大的孩子，插秧技术本来不娴熟。其次，队里派不出正劳力，让他们来纯粹为完成任务，没抱多大希望。事情过去两三个月，稻谷成熟了，却让所有来到现场的人惊呆了。当初插完秧后看上去稀稀拉拉的稻田铺满了沉甸甸弯着腰的稻穗，一片金黄。一束束结满了稻谷的稻穗让这些侍候了农田几十年的农人欣喜若狂。有人数了数，一根秧苗当时已长成几棵甚至十几棵簇拥在一起的成熟稻穗，且棵棵穗长粒多，粒粒结实饱满。受到大家赞扬的男孩从此在队上出工，和成年男子同工同酬，有时甚至还高出一般正劳力。

003

南湖试种未经过翻耕、施肥、灌水、除草等环节却如此高产，极大地鼓舞了人们进一步治理南湖的信心，"南湖治理工程"快马加鞭。其实这样的甜头我们的祖先早就尝到了。虽然那时没有杂交水稻，但洞庭湖平原一直拥有数不尽的良田，是古今有名的鱼米之乡、富饶之乡。只要看汉寿围那么多的垸障就知道。到1949年，全县较固定的大小垸障尚存108个，至于被废弃和被淹没的则不计其数。这些垸障都是人们从一点点退去的湖水里抢出来的。被水夺去了地盘，人耿耿于怀，不仅会说，还记载在册，警醒后人。被人夺去了地盘，水没法说，但不意味着它就一直默默忍受。它隐忍着，积蓄着，终于有一天，汹涌咆哮着卷土重来，重新占领它们失去的浩荡世界。人与水，便形成了这种水进人退、水退人进的拉锯战。在这场战争中，人类似乎处于劣势。

汉寿县关于洪水肆虐的最早记载是在335年，即晋咸康元年，《龙阳县志》记录："武陵龙阳雨水淫漂屋室伤人损禾稼。"此时，洞庭湖面积约为五百里。

至唐宋，湖水扩大到七八百里，"八百里洞庭"一词便开始在这一时期的诗文典籍中大量出现。759年秋，诗人李白与友人载酒泛舟于县境内的赤沙湖西，面对湖水静美、素月分辉，吟下"洞庭湖西秋月辉，潇湘江北早鸿飞"等五首诗篇。也是在这一时期，本县县志开始频频出现有关"大水"与"特大水"的记录。

关于祖宗代代传承下来、人们赖以生存的"筑堤围垸"传统，真正有文字记载则见于明朝初年，即 1391 年龙阳典史青文胜向皇帝呈送的疏章中："北涉洞庭湖一望，则波涛万顷，筑泥沙而作障，雨落三朝被水淹。"之后的两三百年，人们争相环湖开垦。1446 年，古龙阳正式建成全县第一个垸障——大围堤，绵亘百廿里，上接沅辰诸水，下滨洞庭，地跨龙阳、武陵两县，规模之大居当时各州县之冠。此堤一直沿用到 1911 年，虽几经废兴，

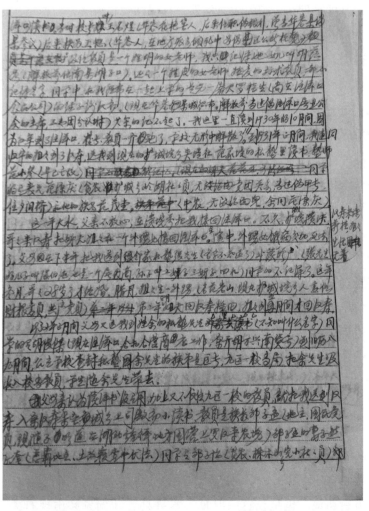

父亲写于 1955 年的"个人自传"，对 1931 年春夏的大水进行了记录

也勉强运行了 465 年，算是汉寿人民用堤坝抵挡外水、在堤下数万顷民田中艰难求生存的活生生的例证。

洞庭湖水发生较大变化则是在明嘉靖之后到清中叶，政府采取"舍南救北"的消极治水方针，湖水更是汹涌如虎，西南洞庭湖逐渐扩大，整个洞庭湖面积到达其顶峰——八九百里："湖水波涛可直拍岳阳、华容、汉寿、沅江、湘阴等县城"。正是在统治了 276 年江山的清朝，汉寿共发生"大水"29 次，"一般水"不计其数。笔者外行，无法深究其中因果，只能从公开的史料中发现一些蛛丝马迹。洪水泛滥的主要客观因素是泥沙入湖、淤积成洲的情况年盛一年，致使洪水水位持续抬升。另一个不能忽视的原因便是"人祸"。既包括当时政府的腐败无能、治水无方，也有民间各种只看眼前不顾长远、各自为政的胡垦乱围和一味地用"息壤"堵水堙水。在这些大水之年，许多老百姓辛辛苦苦修建的垸障沦为湖泊。从明代中期到清末，本县另一大垸西湖垸过去有大小垸障 84 个，到 1949 年时仅存永丰、三星、文蔚等19 个垸，其他如白芷障、胡家障、竣喜障等 65 个垸障尽数被白芷湖、西湖、目平湖等湖水淹没。

这些被淹没在水下成了蛟鱼窟宅的垸障当时有多少屋宇田地、鸡鹅猪牛、禾稼蔬果、桌椅柜凳？这些，没法说，也没法统计，且不说遇难的人了。这就是水的厉害之处。别看它平时悄无声息，在人的脚边温柔环绕，它其实是有灵魂的。不像山，倒塌了，不会再站起来。水退了，它还会再来。被人夺走的地盘，有一天，它终会用自己的方式夺回去。人类是经过无数悲伤，才慢慢学会尊重水，与水共处，给水出路。

也许有人质疑，那些垸障，无数人生活在其中的垸障真的沉没于滔滔湖水中了吗？那一切似乎已无迹可寻。好在《龙阳县志》记载了本县清朝诗人邓昌俊写下的深切入骨的《大水行》："鸣鼓，鸣鼓，堤长催人负沙土。洪涛江上挟山飞，长鲸水底蟠天舞。疑是龙宫驱百怪，夺取民田作水府。村氓欲以力回天，呼群拒水如拒虎。东家运瓦甓，西家拆堂庑。少妇荷畚箕，儿童排队伍。可怜忧攘一月余，那惜饥肠辘轳苦。天崩地坼势不支，更兼横风吹猛雨。须臾防决心胆战，老少齐声啼掩面，强者长木作飞猿，弱者漂流同急箭。回看鸡犬与桑麻，唯见茫茫白一片。"

我还记得第一次读此诗时心灵受到的强烈震撼。没有亲眼目睹洪水来袭时的凄厉画面，绝写不出如此动人心魄的文字。同是为民间疾苦呼与吟的写实之作，比之白居易的《卖炭翁》和杜甫的《石壕吏》，它更能打动人心。因为这就是即时即刻的人间生死场！在如猛兽般凶狠的洪水面前，生命转瞬即逝，无迹可循。而一句"儿童排队伍"，远胜千言万语。我有时想，在洪水中人要是能退化为一条鱼就好了。可人不是鱼！在洪水中，人远远不如一条鱼。

泛滥的洞庭湖水到底吞噬了多少无辜而又无助的人？人们如何度过灾后的生活？且看史籍描述：

明隆庆五年（1571）《龙阳县志》载："大水漂田禾，堤防俱决，民多饥死。"

1675 年《龙阳县志》载："洪水陡发，冲破堤身，田尽淹没……民溺死者无算，存者移徙他乡。"

1909 至 1911 年连续三年水灾，《清史稿宣统本记》载："民乞他乡，走投无路，民多吃草，饥死者甚众。常德、长沙等地吃粥多饱食而死（粥用滥水浸泡而成，熟后加水吃，消化不良，故称'饱粥而死'）。"

1921 年《湘灾周报》称："汉寿连年灾害，民不聊生，夏大雨成灾溃决大小堤垸千余，灾区之广周环三百里，本年春夏之交，各地草根树皮采掘都尽……"

1931 年《湘灾特刊摘录》称："汉寿本年入夏以来，阴雨连绵，水势暴涨，日夜丈余……淹没田禾近 48 万亩，占全县面积十分之八。"

这是官方的文字。关于 1931 年的大水，我父亲记录如下："这一年大水，父亲不放心，在溃垸前把我接回注滋口，不久护城垸溃决，汉寿米珠薪桂，姐姐生活无着，大哥来汉寿把姊夫姐姐和一个外甥女接回注滋口，在途中，外甥女饿病交加，死去了……"

护城垸，是担负着保护汉寿县城等城乡重任的重要堤垸。正是这一年的大水，让父亲中断了学业，他的第一个外甥女也在逃难的途中夭折于母亲怀中。父亲记写平静，没有太多的感情色彩，官方的文字更是只有平铺直叙和一串串数字，而在这苍白而冷峻的文字之下，是多少人失去家园亲人的凄惨现实和衣不蔽体、食不果腹的苦难生活。

父亲同母异父的姐姐比父亲大十多岁，是他唯一的姐姐，他们姐弟俩感情深厚，我们尊称她为"二伯"，20 世纪 70 年代住在护城公社岭湖大队的范家湾生产队。那时我常随着大人们去她家走亲戚，在她家吃得最多的一道菜就是焖野鸭。不知何故那时野鸭特别多，据说表哥枪法极准，一打就是一串。1931 年那年，二伯一家如果没有大伯来接走得以避走他乡，留下来恐怕最后也只能陷入吃草根树皮的悲惨境地。

在营养过剩的今天，无数人为身患糖尿病、肥胖症等苦恼，还有谁会觉得粮食珍贵？如今镁光灯照射下的聚会餐桌上各种浪费仍是触目惊心。跟年轻人讲过去的艰辛，他们根本无法想象或不愿想象那一幕。但它确实曾经真实地存在。

"汉寿汉寿，一旱就收"，虽是一句民间笑语，却也浓缩了汉寿人曾经与水争地、泽中求土、水中求食、靠天吃饭的残酷现实。这一切，已成遥远的过去，但愿它永远不再重现。

对今日之洞庭湖，不用我多说，大家都知道，它变小了，最小时小了近四成，现在距 1949 年仍不见了 1000 平方公里的面积。至于它带给当地人的灾害，自新中国成立以来，已降到最低。即使 1954 长江流域发生了 200 年来最大洪灾，汉寿县也没有出现大面积淹没人和饿死人的情况。20 世纪 80 年代和 90 年代，汉寿县又经历几次大的水情，都安然无恙地度过。这与当地政府长期以来高度重视水利建设、采取科学有效措施积极防范有着密切关系。

2014 年底，我曾专程探访太白湖。对于这个以诗人名字命名的湖泊，内心总有种莫名的挂念，不知道它现在是何模样。当我来到太白湖畔时，站在宽宽的土路上，往四下里一望，视野倒是开阔，看得出，这里曾经是水的国度。可那清潾潾的湖水在哪里？同行的友人指着我脚下说，这是一大片湖藕生产基地，眼下冬天，水被一层枯萎的水生植物覆盖了，你才会看不见。据他介绍，如今太白湖生产的"玉臂藕"远销海内外，俨然成了汉寿的一张名片。至于我关心的湖水面积，自然也是少了三分之一，湖水也不再清澈透明。我想，诗人若再世，看到今日之太白湖，怕是吟不出那么美的诗句了。

乡　愁

——记忆中的汉寿第二大湖泊南湖

时间到了 2017 年夏，湖南省境内的湘、资、沅三条江水水位陡涨，一时江水围城。游动的江水像一条条黄龙，紧咬堤坝不松口。在突然席卷而来的洪水威慑之下，风雨中的沿岸大小城市似乎也失去了往日的靓丽色彩。7月1日，当洪水漫过长沙著名景点橘子洲头时，惊声四起，北通巫峡、南极潇湘的洞庭湖，再次以汹涌、泛滥、浊浪滔天的姿态，吸引了无数人的目光。

我的家乡汉寿县地处洞庭湖西滨，古为泽国，又名龙阳、辰阳。境内最大的湖泊目平湖乃西洞庭湖重要组成部分，全湖总面积 259 平方千米，其中本县占了 196 平方千米。

除目平湖外，本县原来尚有太白湖、南湖、西脑湖等大小湖泊数十处。这些湖泊犹如一颗颗珍珠，镶嵌在故乡的大地上，使故乡的土地湿润肥沃，光一年种两季稻谷，就让不少其他地方的人羡慕。年景好的时候，用稻米流脂、仓廪丰实来形容一点也不为过。加上本地出产鱼、虾、蟹、龟、莲、苇等农副产品，可称得上是真正的"鱼米之乡"。

与目平湖相连的南湖是本县第二大湖泊，被称为汉寿的母亲湖，我就出生在靠南湖西岸的株木山乡邹家坪村。

为何乡亲们视南湖为母亲湖？我想首先是因为它的水域广阔。新中国刚成立时，其水面面积达到了 67 平方千米。可以想象当年它是何其烟波浩渺、气象万千，呈现出一派鸟飞鱼翔、水天一色、无际无涯的壮丽图景。人们热爱它、讴歌它、赞美它，留下了一首首动人的诗篇。

其次是因为它出产甚众。在南湖生存的鱼类达12目24科124种，虾蟹蚌螺类89种。它还是远近闻名的银鱼生产基地。南湖让人沉醉的除了有诗人，更有像夜空中的星星一样撒满水面的渔民们。很多家庭就是一条渔船，一张网，一年总有大半时间生活在湖上。南湖，可谓养育了一代又一代的父老乡亲，它就是汉寿大地的母亲湖，无私奉献，默默地付出所有。

再次是南湖所处的位置。南湖沿岸遍布乡镇和村舍人家，位于南湖岸边的毓德铺、毛家滩和石板滩等镇，曾是本县农渔产品重要的集散地，每天进出的船只有几十艘甚至上百艘，热闹非凡。装满了鱼虾、湘莲、山茶油的众船只扬帆出港，湖面上帆船点点，那是本地连接世界的希望之舟，寄托了不少家庭的梦想。那时去长沙、武汉等地经商上学，也大都是从南湖岸边的各码头上船。可以说，它就是汉寿县对外的一道主要门户。"送你去远方"，南湖，已不是一般意义上的一湖烟水，而是承载命运与描绘蓝图的生命之湖、幸运之湖。

在大南湖的南面，当时有一座圆形孤岛。传说金牛下凡经过此处时，踩了孤岛一脚，把它踩偏了，后来人们就把它称为偏山。

偏山四面临水。如果从高处俯视，它就像一块巨石，巍然耸立在汪洋湖水中。20世纪初，岛上树木茂密，尤其竹木，满山都是，郁郁苍苍。湖区的孩子都会爬竹子，三五成群，一人一竿，依靠竹节，手脚并用，一眨眼，就爬到了高处。胆大者，爬上去后，手抓两根竹竿晃荡着小身子翻跟头。我小时常玩此游戏。偏山的孩子们也以此为乐。

在170年前，这个小岛还荒无人烟，鹭鸟成群结队来此繁衍生息。秋水时节，在它的上空，常常上演"一行白鹭上青天"的情景。

终于有一天，有人打破了小岛的宁静。他姓袁，叫袁宗道。据我的高中同学袁顺莲介绍，袁宗道应是她的前六代祖先，约于1849年的某一天，登上了偏山这个小岛。他家本住在南湖南岸，甘长窝山一带，家有六兄弟，他是第四个。吃苦耐劳、胆大心细的他，眼瞧着家中人多地少，决心自己出外闯荡，另辟一片天地。便向父兄借了一条船，带着年轻的妻子和渔网，开始在一望无涯的南湖上求生活。

顺莲的叔叔、年过七十的袁喜初老人告诉我，他从祖辈那里听说，一百六七十年前的偏山岛上依稀只长了些小竹子、小树丫，野草丛生，间杂着无数不知名的野花。只有湖水温情地环绕，沥沙吮草，细腻无声。他们的祖先慧眼识珠，一眼便觉得这是个好地方，既有陆地可安家落户，又面朝南湖可靠水吃水。那时南湖的水很清澈，可直接饮用。这就比做海上的渔民好多了，起码饮水不成问题。

南湖盛产银鱼。古为贡品的银鱼，炒菜、煮汤味极鲜美，价格也昂贵。在湖上风里雨里忙碌的袁氏夫妇，慢慢练就了一手撒网捕鱼的好功夫，最拿手的活就是拖银鱼。袁宗道熟悉湖面上每一个银鱼聚集的水域，选择阳光灿烂的日子，联络三五条渔船，劳作好几个小时，便打得鱼儿满仓。银鱼体积小，要用极细密的网去慢慢拖，很用气力，也要求有耐心和水性。拖上来的银鱼得马上在岛上晒干，晒得晶莹剔透，芳香扑鼻，有多少可以销多少。

袁宗道夫妻先是在小岛上搭个简易竹棚，用以避风挡雨。后来生养儿女，在岛上遍种楠竹和适合生长的松树，同时放养鸡鸭鹅。从此小岛不复往日的寂静，晨昏时刻，有炊烟袅袅升起，风声水声之外，加入了婴儿的啼哭声、稚童的嬉闹声、家禽的叫唤声，此起彼伏。

五年、十年过去，孩子们渐渐长大，小棚子换成了木房，他们还有余钱在岛外置些田产，这样吃饭也不成问题了。在这个与世隔绝的小岛上，袁氏家族就这样不断开花结果、分枝分丫、子子孙孙，经过一百多年发展，小岛已是屋舍俨然，人烟稠密，人口翻了几十倍。人与小岛已融为一体。

袁喜初老人便是在偏山这个小岛上出生长大的，他熟悉那里的一草一木。作为渔民的后代，他会游泳，会撒网打鱼，会用剖开的竹片编织斗笠、簸箕等。除了这些，他还会认字、算数。那时，他和其他孩子都被大人用船送到岛外去读书，先是私塾，后来是学校。

20世纪50年代初期，岛上还有个叫袁伯年的男孩非常聪明，喜欢读书，每天早晚都要坐船往来家和学校，虽然只一里多水路，但贵在坚持。后来他读到了桃源师范，算是岛上出的第一个读书人。20世纪80年代初，我在汉寿县一中读高中时，他在那儿教语文并担任初二年级的班主任老师。因为顺莲，我和袁老师有过几次为数不多的接触，他给我留下了深刻的印象。记得他常讲一句话："山不转路转，水不转堤弯。"当时年少不懂事，不明白袁老

当年南湖今日变桑田。2016 年 10 月摄于袁顺莲同学的家门前，右一为袁顺莲

师为何要将水和堤联系在一起，更不知道水和堤的利害关系。对于年长我们二十多岁、在偏山这个被水环绕的小岛上长大的袁老师来说，用水和堤喻事晓理再自然不过。只是等到自己十几年后走南闯北，才明白故乡的堤坝并不是为了小孩子们能在堤顶上奔跑、牛群在青绿的堤脚上啃草，而是要挡住那在我童年的眼里温顺无比，发起怒来实则凶狠险恶、势如破竹的滔滔洪水。

汉寿百姓信奉一个道理，即"有堤则有食"。为了使大堤坚如磐石，每逢秋冬季，人们有组织地上堤加固堤防。我的四哥常常和大家一起，四处去挑堤，一去数月。本县大小堤垸，都留下过他们的足迹。"土肥美，物饶裕，居民不下万户，悉悬命于一堤。"这就是对我的家乡沅南垸、西湖垸的真实写照。作为湖南省十个重点堤垸中的两个堤垸，它们一直是汉寿人民的保护神。

人要活到多少年岁，才开始回望故乡，觉得故乡的亲近、可爱？这是一个没有确切答案的命题，千万人有千万种回答。我是一个有心记录自己生活经历的人，翻开自己兴之所至写下的那些旧文稿，发现于 1991 年的年末、在深圳的家中就已写下了一篇名为《流失的故土》的文章，这应是自己关于故乡最早的思考和求索。

作为一个在水乡长大的孩子，对水的记忆是刻骨铭心的。童年的夏天，几乎每天都和小伙伴们泡在水中嬉闹，玩得太凶怕妈妈骂，就穿着小裤衩，缩在豌豆地里等灼热的阳光把衣服晒干。水乡里的孩子好玩的物什多的是，田埂间出没、堤垸上奔跑摘花采草，水沟里捞小鱼小虾，旱田里挖泥鳅，莲湖里摘菱角和莲蓬，比赛爬竹子等。还能看到水乡中特有的风景：木制龙骨水车。长大后工作、离乡，对故乡的记忆仍保持少年水乡的景象。十多年后回家，忽然发现家门前最大的那一湖碧水变了模样：原来宛如一条长长腰带的水面被拦腰切断，修筑了一条沙石路，原来村子里不少村民开起了手扶拖拉机跑运输，认为从这里修条路通乡政府和县城方便又快捷，便真的修了。被无辜切了一刀的莲湖失去了水源便慢慢干涸，露出了灰黄色的泥浆。不久，连堤坝也被挖得百孔千疮。村民们认为，莲湖废了，堤坝也就没有存在的必要，便你也挖，我也挖，回头筑自己的田地，反正不是集体时代，没人管这事。

过去每次回家都习惯在小时候多次玩耍的堤坝上走一走，看看湖水，吹吹湖风，以解乡愁。面对眼前的断土枯潭，内心的愤怒无以言说，可向谁发去？据四哥说，现在乡亲们做生意、跑运输来钱快，莲湖里的那点出产早已经不吸引人了。20世纪70年代，就是我热爱的这个小湖汊，出产菱角、湖藕、鱼虾蟹龟，年关临近时，生产队组织排干湖水，收获起鱼，每家都能抓阄分到一堆鱼虾。那是全村男女老少的节日，家家户户的院子里都飘出鱼香味，连当晚的炊烟也似乎格外悠长缭绕，仿佛在歌唱。饭后还不尽兴，我们一群孩子蹲在院子一角用干枯的树枝烧铜钱大的小螃蟹吃，那个香，记忆尤深。

后来了解到，消失了的湖水岂止家门前的这一池？连几里外那拥有十多万水面的南湖也变得支离破碎。那澄碧的湖水像变戏法似的，忽地不知道去了何方。与昔日水连天际的南湖相比，家门前消失的这池湖水真的不算什么，难怪乡亲们不爱惜。

从此，在心里打了个大大的问号。作为液体的水，人为地改变它的流向和归宿，得行多少蛮荒之力？更遑论让它消失。南湖，可谓千年之沧海，集天地之精华，日月之光辉，多少积淀流转，冲刷激荡，历久弥新，生生不息，却在短短的几十年时间内变为今日桑田。如何做到的？随着我不断深入地探访，查询三百余份各种资料，汉寿县地面径流变化在脑海中生动明了起来，历史的面纱被岁月的风吹去，真相一层层被揭开。

1998 年发生了长江全流域性高洪水位，维持时间达 83 天之久，惊动了中央高层，牵动了所有人的心。其实，比 1998 年洪水更大、灾害更重的是 1954 年被称为"200 年一遇"的长江全流域性特大洪水。受其影响，湖南省洞庭湖区 900 多处垸障溃决 70%，受灾人口达 165 万，灾后疾病流行。本县大小 108 个堤垸溃漫 103 个，淹没耕地 37 万亩，灾民达 27 万，房屋倒塌近 30%。我的么婶——当年住在南湖边上茶家园村、现年 84 岁的李五妹老人说，大水围困了 7 个月才真正退去，退去后的土地淤泥很深，几乎无处下脚。灾后拉肚子的人很多，那时医疗条件差，死了好些人，尤其是老人和孩子，都找不到干土来掩埋亲人，太惨了，一辈子忘不了。说到这里，一生经历了无数悲欢离合的老人沉默下来。老人所描述的情景我们可以想象出来，但想象与亲历毕竟相去太远。我多希望她继续说下去，从这段历史中走过的人将越来越稀少，再过几年，也许我们便没有机会聆听这样的叙说。看到我期待的眼神，身体清瘦、耳聪目明的老人又开口了，隔壁杨家的四个儿子在 42 天内相继死去，只留下了一个尚在襁褓中吃奶的幼子。杨家夫妻眼泪都流干了。那年没有收成，虽然国家发了救济粮，但没有油的肚子总是填不饱，总是饿得慌。

老人的诉说，既轻又慢，但却字字千钧，敲打在我的心上。我不知道她心中还藏有多少惊心动魄的人间故事。如果不是我一直孜孜以求、想为故乡那些改变消失的河流湖泊留下文字，询问所有我认识的 70 岁以上的老人，六十多年前发生的这一切也许就湮没在历史的尘埃中。

1954 年这场特大洪水引发的灾难有其历史客观原因。其时新中国刚刚成立，百废待兴，过去的堤坝年久失修，破旧矮小，无法抵挡 200 年一遇的特大洪水。所幸党和国家奋力救灾，那场洪水全县实际淹死 79 人。灾后人们积极开展重建家园的各项工作，虽因饮用水不洁导致肠道传染病流行，但灾情很快得到遏制。

洪水终泄去了，对洞庭湖却造成了深远的影响。当年才四岁多的四哥还记得，那年冬天，出现罕见的冰凌天气，奇冷无比，屋檐下的冰棍一丈多长。就是在这样的冰天雪地下，湖南省委、省政府报请中央同意，组织80万劳动大军，从11月份始，开展了一场以"并流堵口、合修大圈"为目标的治理西洞庭湖运动，汉寿垸障列为重点治理工程之一。在那次工程中，本县堵塞了小港等11处河口。1957年为治理目平湖倒灌南湖，从柳家拐起到蒋家嘴，穿湖修筑了8千米长的大堤，从此把与目平湖相连的南湖变为内湖，这对南湖造成了根本性的改变。1958年至1962年，在南湖内较高洲头先后围垦洋淘湖、烂泥湖、南湖大队、南湖渔场等子垸，南湖被啃掉了24平方千米。

彻底改变南湖命运的是1974年。那一年冬天，一项"向河湖进军，向洲滩要粮"的治理南湖工程开始了。一声号令，12万大军集聚，用了整整两年时间，劈山掘地，在山岭、河湖、稻田中摆开战场，靠着土炮，靠着锄头钉耙，靠着扁担簸箕，靠着肩挑手挽，群策群力，开挖出了一条长50千米、宽13至130米的人工撇洪河。通过截流拦洪，将原来直入南湖的南面山丘区沧水等七条溪河水经蒋家嘴水闸泄入目平湖，北岸南湖整体垦殖开发，建立了大南湖乡，成功扩大耕地5万亩。从此，南湖，这个曾经波涛万顷、碧波荡漾的湖水便永远地从汉寿大地上消失了。从1949年的67平方千米水面，到2004年余下的3.67平方千米，面积只剩下5%。55年，在人类几千年的历史长河中不过一瞬间，日月恒常，山湖变样。

和南湖一起消失的是南湖的银鱼和像偏山这样的洲岛。几年前，四哥曾向我描述，1965年春，15岁的他和差不多与他同年岁的几个伙伴驾着一条"风篷船"（上面住人，下面载物）以收猪粪的名义在南湖周边乡镇飘荡了近一年。他们曾登上偏山这个小岛，看到岛上住有人家，晾晒着各种鱼干，满岛都是，白花花一片。

正是四哥的描述，让我生出了揭开南湖消失之谜的渴望。我希望能找到真正在偏山生活过的原生居民。他们与南湖朝夕相伴，是最了解南湖的人。我还希望能从他们口中听到一个真实的偏山，那些人烟往事、生活趣事等，将一个曾经如桃花源般夜不闭户、渔舟唱晚、花红莺啭、鸡犬相闻的美丽小岛呈现在世人面前。

因此，当我得知，我的同学兼好友、现在湖南幼儿师范高等专科学校供职的袁顺莲就是于农历 1964 年 4 月出生在偏山这个小岛上时，心情十分激动。这是巧合吗？这简直是天意。有了顺莲这道"开关"，袁氏家族在偏山生活一百多年的历史才大白于天下。顺莲告诉我，她其实并没有在偏山度过完整的童年，一年后，也就是 1965 年秋，她的父母就带着幼小的她离开了。他们一家三口是最早离开偏山的，从他们开始，袁氏族人开始断断续续离开这个他们祖辈生活了一百多年的湖心岛，搬迁到刚开垦不久的周文庙公社南湖大队。虽然搬走了，但爷爷奶奶和大部分亲戚都还住在岛上，一放暑假，她就和弟弟去岛上看望他们。没有船，他们就站在岸边朝一里外的小岛大声呼唤，有时运气好爷爷很快驾船来接他们，有时一等就是半天。

南湖的银鱼真是多，顺莲回忆说。待在爷爷奶奶家，每天最喜欢做的一件事，就是站在禾场边上，用奶奶盛饭用的筲箕去水中捞银鱼。大人小孩都去捞，不消一会，晚餐的饭桌上就会有一碗香喷喷的炒银鱼了。"那时，银鱼可以当饭吃。"讲到过去，站在我们边上满头银丝的顺莲母亲如是说。

除了银鱼，其他鱼也很多。春末夏初，水渐渐增多，浅浅的一层水漫上洲滩来，水底平展紧实，孩子们赤脚下去，弯下小身子，随便可以摸到鱼。黄骨鱼最易抓到。它们喜欢躲在湿润的水土下，只要看到一个个小洞围成的圆圈，手伸进去，准能抓到它们。在顺莲的记忆中，关于南湖，关于偏山，有太多这样美好的画面。

这个出生在偏山的女孩，特别聪慧，在 1981 年的高考中考出了 438 分的好分数，比当年的重点本科还高出 30 分。她是偏山袁氏家族出的第一个大学生，也是当年汉寿一中高考理科分数最高的女生。我和她开玩笑说，她的聪明可能就是得益于从小吃鱼多，尤其是银鱼。

也许是的。她呵呵笑着说。这是十月的金秋，回到家乡的我急切地要来看一眼偏山。在顺莲家吃过袁妈妈做的丰盛的午饭，我们一行就来到了偏山脚下。日暖风清，空气中似乎洋溢着一股水的气息、远古的气息。此时的偏山不过是一个落差不会高于 50 米的小山坡，隐在一片竹林间。我知道那里埋葬着袁顺莲的各位祖先，包括最早的祖先袁宗道，也包括她那42岁就英年早逝的父亲。顺莲小时候曾数次随着父亲在南湖打鱼。我和她是三十多年的好朋友，过去甚少听她提起父亲，这次却听到了无数他们父女俩在湖上打鱼的故事。血脉亲情，永远都不会淡忘。人们与大地、与存在于大地的湖水其实也建立了一种无以言说的亲情。此时，我听到顺莲动情地对我说：

"你知道吗？我多么怀念南湖，怀念湖水中的偏山。南湖围湖造田，是对自然生态的一种破坏。南湖的消失是汉寿的一大损失。"

我点头，又情不自禁地想起过去的那段历史。

20世纪60年代的南湖虽然已围垦了不少洲滩，但水面仍达43平方千米，水势比较稳定。变化的是社会形态。1958年成立人民公社，偏山不再是孤岛，它被划归于龙潭桥公社白洋湾大队偏山生产队管理，岛上的人不能完全以打鱼为生了，每天都要在规定的时间内到对岸和其他社员一起参加集体劳动。当时大家都在学唱一首歌，叫《社员都是向阳花》："公社是棵常青藤，社员都是藤上的瓜。瓜儿连着藤，藤儿连着瓜。藤儿越肥瓜越甜，藤儿越壮瓜越大……"

偏山与陆地隔水相望。有人开玩笑说，偏山这个瓜离藤太远了。袁家人考虑问题时也会顾忌他人的看法，想着这不是长久之计，再加上每天的集体工使出行变得极不方便，狠狠心，离开了祖先们辛辛苦苦建设的家园。

整个洞庭湖到底有多少个南湖在人们的眼皮底下如此这般地消失？不得而知。有一组数据可看出端倪：1949年洞庭湖尚有水面4350平方千米，到1995年仅余2624平方千米。西洞庭湖湖面萎缩尤其快，不少专家呼吁，由于泥沙淤积和围垦情况严重，整个西洞庭湖有面临消亡的危险。1998年特大洪水之后，时任国务院总理朱镕基要求到2015年底，洞庭湖面积恢复到新中国成立时的水面面积。据媒体报道，截至2016年，湖南省对超过200处阻洪堤垸进行了平垸行洪、退田还湖，扩大了蓄水面积779平方千米，只是离目标位尚有近1000平方千米的差距。

汉寿县情况更不容乐观。公开资料显示：汉寿县1964年尚有天然湖泊81个，面积249.7平方千米，到2004年仅剩59个，面积51平方千米，40

年减少了 79.58%。在这组数字面前，相信任何人都无法平静。虽然当年围垦的目的主要是解决老百姓的口粮问题，但措施也要切实可行，并兼顾长远。当年大南湖以十多万亩水面调蓄为两万多亩的撇洪河排挤，明眼人一看就是不给水以出路，结果可想而知。南湖撇洪河运行 30 年，先后 10 年遭受过洪涝灾害，其中教训不可谓不深刻。

给水让道，人与水和谐相处，是一件功在当代、利在千秋的大好事。到现在为止，我所关心的大南湖已退耕还湖 2.3 万亩。相信当地政府一定会以史为鉴，走出一条科学治水、生态治水的道路。但愿历史的悲剧不再重演，但愿故乡山川秀美，水泽粮丰，人民幸福，岁岁年年。

大水之年

　　岁月似头老牛不管不顾地只往前迈进，可总有些年份像一张犁铧，在人的心里犁下了深深的沟壑。比如 1954 年。

　　对住在洞庭湖区的人们来说，涨水是常见的事。但像 1954 年那样，大水进到家里来的状况还是少有。

　　1954 年大水的影响究竟有多深远，只要看《长江流域防洪规划》便可知。2008 年国务院在批复该规划时还特别提到："力争到 2015 年，荆江河段防洪标准达到百年一遇，在遭遇类似 1870 年特大洪水时两岸主要防洪大堤不溃决，城陵矶以下河段能防御新中国成立以来发生过的最大洪水（1954 年洪水）。"

　　而它对汉寿县造成的损失，可用八个字来形容：数额巨大，无从统计。它历史性地改变了汉寿县的水情，促使汉寿县大力开展水利基础设施建设，将人民群众的生命财产安全摆在首位。此后，虽然洞庭湖几十年未再出现类似洪水，但防汛机构和水利工作者仍不忘向人们发出各种提醒或警告："今年长江流域可能发生 1954 年型的特大洪水""警惕 1954 年洪水再现""我县重现 1954 年洪水是什么样子？如何应对？"等等。

　　如今六十多年过去，那片水并没有完全消失，还活在很多人心里。比如我的大姐、二哥和四哥，他们都是这场自然灾害的亲历者。时光奔跑向前，再过十年八年，关于那片水就少有个体生命的鲜活记忆了，只会以文字的形式干巴巴地躺在史志中，无声地宣布，它曾经洗荡过这个世界。

　　1954 年到底发生了什么？

　　一切都毫无征兆。那一年的春节延续了先年冬天的温暖天气。新中国成立四年多，家家户户都分到了田地，人们沉浸在对美好生活的向往和节日的气氛中，太阳底下走亲戚、闹元宵、舞大狮、吃春饭，欢乐祥和。这是一年四季乡村最温馨的日子，谁也没有注意到，天边已开始酝酿巨大的暴风雨。

清明节前，老天突然变脸，雨水开始明显增多。一天、两天……好多天过去了，雨停停落落地下，意犹未尽。天空仿佛开了一道裂缝，时不时透出一股风，冷飕飕的，让过了一个暖冬的人们很不舒服。刚开始，人们还不以为意，心想，下吧下吧，看你能下多久！人们只害怕五月的雨水，称之为"五阎王"，对清明的雨水没太放在心上。似乎想引起注意，雨下得更欢了，又大又密的雨点敲打得屋上的瓦咚咚地响个不停，让人心烦。

家里的男主人坐不住了，荷蓑戴笠，赤脚草鞋，走向自己的秧田。田早已犁好，可没有秧苗。天太冷了，种谷需要阳光，需要温度。"二月清明你莫忙，三月清明插早秧。"他想起了那句古话，心里嘀咕，今年清明有点早，恐怕雨水会比往年多。这可是老辈人传下来的生活经验，不服不行。

慢慢地，主妇也开始耐不住了。衣服洗了总晾不干，孩子们哭闹着要出门玩。大人出门尚可穿草鞋，小孩子就只能关在家里。到处都是湿漉漉的、灰蒙蒙的，空气中弥漫着一股霉味。连房前屋后的那几棵枣树在风雨的连续洗涮下也显不出一点精神来，至于桃树，仿佛忘了往年的此时它要开始冒花骨朵，此时被雨水抽打得一个劲地往墙那边靠，似乎快立不住了。她叹口气，望向遥远的苍穹，可那里只有一层又一层的乌云。她不禁心里一惊：这日子是怎么啦？难过呀！

她不知道，等待她的是更加难挨、一辈子也忘不掉的日子。

后来，水利部门统计了那段时间的下雨情况：从 4 月 1 日到 9 月 30 日内，湖南境内各地降雨日平均达到 100 天以上，有的地方更高达 173 天，暴雨中心集中在湘资沅澧四水尾闾及洞庭湖一带。汉寿县作为中心之中心，情况更严重，4 月份即进入汛期，4 月至 7 月四个月共计降雨 1414.9 毫米，超过了正常年份全年的总雨量。连续多日下雨，造成入湖流量大，持续 72 天高洪水位，且洪峰水位比常年高出 4 至 5 米。

所有人的心都悬紧了。有人形容，那一年的那几个月，人们头上仿佛顶了一个巨大的水缸，雨水，哗啦哗啦地直往地面灌。三个多月的时间，雨骤风狂，日月隐形，稻禾不振，江河逞威，谣言四起，整个世界陷于一片风雨之中。池塘、水沟渐渐关不住水，好不容易正欲抽穗的禾苗眼看着就要被水淹没。水像长了脚越过田埂，连片成势。看到水手挽手、肩并肩一寸寸地往上涨，像往年一样怀揣着"春种一粒粟，秋收万颗子"这个美好愿景的庄稼人既心疼又心惊：今年可吃什么啊？他们的眼睛里第一次露出惶恐之色。

那一年，父亲在岩嘴金仙庵小学教书，很少回家。家里大小共 8 口人，主事的是 62 岁的爷爷。新分的 12 亩田地全靠他一人打理。年轻时他一身力气，除了农活，还当过挑夫、屠夫，会武功，是本乡的舞狮能手。29 岁的母亲已生下 4 个孩子，分别是 9 岁的大哥、7 岁的二哥、4 岁的四哥和两岁不到的五姐。家务事上 63 岁的奶奶和 16 岁的大姐（父亲与前妻所生）能帮她一点忙。

父亲工作在身，眼看会断堤，也不能回家。好在有爷爷，思忖着如何渡过这一难关。其时，家家户户也都在做最坏的打算。水位记录显示，7 月 31 日是最后一个记录时间，那一天，洪水达到最高水位。记录地点分别为：龙打越、小港、牛角尖、坡头外、赵家河外、岩汪湖外和蒋家嘴外。本村位于鼎丰垸内，离本村约十里远、落差较高、大跨度拐弯的屈堤最先顶不住，决了一个小口子，水咕噜咕噜直往下翻，时间是农历五月十五。噩梦从此开始，像一副"多米诺骨牌"，其他堤坝在一个半月时间内先后溃决。到农历七月初，全县 108 个大小堤垸只有汉太、永丰、金石三垸未溃决，多半乡镇包括县城尽在水中。受灾人口达到 27 万，占全县总人口的 58%。所幸的是，汉寿县在本次洪水中丧生的仅 79 人。

四哥总是强调他听到了堤坝溃决那一刻的声音，从遥远的天边传来的响彻云霄的"轰"的一声，然后是急迫的锣鼓声、零乱的哭喊声和鸡飞狗跳猪吼各种混杂在一起的声音。我总是有点怀疑，那一年他才四岁多，除非天上发出炸雷般的声音，否则是听不到的。对于他的坚持，我无法反驳。

既然知道肯定会断堤，为何不逃生？千里之外的大姐回答了这个问题。

往哪里逃啊？除非山区有亲朋可以投靠，可我家没有。母亲的娘家在沅江，父亲只有一个姐姐，家住在护城垸内的范家湾，那里离水更近。而邹家坪村至少还有个地势较高的张日窝，万一水来得凶，可以到那里避一避。同宗同族，危难时刻，大家同心。有些人家已腾出自己的一两间屋预备给本家住。事实上，水淹后，张日窝住满了邹家人。

也有少数人家未挪窝。一是家里人口少，备有仓楼的人家。所谓仓楼，就是在堂屋一角竖立着四根木柱的谷仓上放一层木板，与屋顶形成了一个狭窄的空间，有踏板可以上去，平常多放些杂物。还有一种就是家有阁楼的，像我家。

土改时家里刚好分到了一个带阁楼的五柱屋，上面可以住人。爷爷带着家人把粮食衣物等生活必需品收拾上去，另在一楼临时搭了一个用于做饭的木台子，家里人称之为"水阁子"。曾经问询过家里人，为何独独我家分到了带阁楼的好房子？得到的回答是爷爷和父亲为人热情大方，当年家里在华容注滋口开肉铺时，凡老家过去的人一律好吃好喝地招待。用母亲的话说，家里经常开着流水席似的。乡亲们记得爷爷和父亲的好。所以，当1949年爷爷带着一家八口回祖地安家时，受到了乡亲们的欢迎和照顾。

家里的东西挨个清点。没有喂猪，鸡倒是养了不少，也无法留住了。虽然前些日子雨水不断，鸡们仍躲在树底下和竹林里寻食吃，竟还在一天天长大。这些鸡，成了水灾那些天家里的主要菜肴。由于和坛子里的辣椒萝卜一起煮，除了咸味，鸡味所剩无几。

奶奶在举起菜刀的最后一刻决定留下那只常常下蛋的黑色母鸡做种，她说，水总会退，日子还要过下去。这只母鸡便成了四哥的临时玩伴，躲在阁楼上的日子，他整日将鸡搂在怀里，谁也不能触碰他的宝贝。

水终于来了，像蛇一样游进家里。水浪在风的鼓动下，有节奏地拍打着木墙壁，夜深人静之时，这风声水声显得格外惊悚，让人觉得房子都在摇动。哥哥们吓得脸色灰白，在被窝里微微颤抖。爷爷轻声地安慰他们：别怕。奶奶在祷告，老天爷保佑我家房子不倒。母亲在抓紧缝补寒衣。气温开始下降，先是秋衣，后来连棉衣棉裤也拿出来给大家穿上，以抵挡四溢开来的寒气。除了寒冷，还要防止蛇爬上阁楼来。晚上入睡前，爷爷用一块木板挡住。刚开始水只深到膝盖处，大人可以下去活动。爷爷杀猪用的大澡盆此时派上用场。看到奶奶为节省柴火用玻璃瓶子将要煮粥的米粒滚碎，爷爷便划着它到外面去寻找漂浮在水面上的断树枝和木块。有时候也带上大哥或二哥，运气好，能捡到刚起的嫩菱角，吃到嘴里有一股淡淡的甜味。一次趁大人不注意，大哥一个人偷偷地把澡盆推出去。等来到茫茫水面上，才发现自己根本掌控不了木盆。盆子左冲右突，风一吹，浪一涌，竟离家越来越远，漂到了一里外的韩家冲。九岁的孩子缩在盆子里吓得哇哇大哭，被人看见了，赶快递信给爷爷，大哥这才给救回来。一回家，奶奶就赏给了他一个大耳光，他也不哭，竟咧嘴笑了。

爷爷从此规定除了大姐可以下来做饭外，其他孩子一律不准下楼。大姐为了带头，也不能偷偷趟水到禾场上去张望外面的水世界了，无事便翻检阁楼上落满了灰尘的一个大木箱，发现里面居然有把漆黑发亮的算盘和一本图文并茂教人打算盘的书。那些天，她照着书上的指引，一遍遍练习加减乘除，竟把一个算盘打得轻松自如。这倒是帮了大忙。只有小学文凭也没有多少技能的大姐，1957年到华容县参加工作后，靠着它干到了县人民医院的出纳、后勤主管直至退休。说起多年前的往事，已经年满80岁的大姐在电话那头发出了爽朗的笑声。

堤未断之前大家整日提心吊胆，连睡觉也不安稳，醒来之后的第一反应就是张起耳朵听外面还有没有下雨声。堤断了，水来了，也没有什么好担心的，剩下的就是如何精打细算把日子撑下去。等到水退，等到重建家园，耕地播种。

水围了近两个月，在经历一次更大的浪潮后，终于像一只巨大的老虎被按下了头。邹家坪村算是退得快的，地势低的地方如南湖边上的茶家园用了七个月水才慢慢退去。父亲终于回到家中。大水阻隔了回家的路，这些日子，他眼看着家的方向一片汪洋，只能掉眼泪。现在一家人团聚，就是粮食成问题。家里存粮早已一粒不剩，虽然国家下拨了救济粮，但还是不够。父亲从山区的学生家中买来些细糠和碎米补济，家人仍只能以吃稀的为主。有时候也做成糠饼。四哥说那时候不懂事，只顾和哥哥们抢着面糊里的面疙瘩吃，心慈的爷爷常常只喝些稀薄的米汤和面汤。懂事的大姐自然不和弟弟们争，就只有啃糠饼的份，糠饼难吃，又拉不出。她每次都拉得出血，有时还要用手去抠，痛苦不堪。

水退了，鱼多得让人不敢相信。哪怕只是一个小水凼，扒开上面的一层树叶杂物，里面就是一堆翻滚的泥鳅和小鱼。水塘田沟就不用说了。那些天，到处都是提着竹篓子捉鱼的大人孩子。大一点的鱼成了香饽饽，因为内脏可炸出一点油来炒菜吃。油真是太金贵了。小一点的鱼多得吃不完，有些晒干了留待来年春天吃。那时整个村子里都飘浮着一股鱼腥味。

大灾之后大疫上演。由于水源受到严重污染，没有清洁的饮用水，加上灾民们的防患意识不强，灾后霍乱、伤寒、痢疾等很快在灾区流行，感染对象多为年老体弱者。虽然县里及时组织了医疗队，紧急调剂药品，但由于病人多、病情急、传播快，加上交通不便，很多人还来不及送医院，就闭上了眼睛。短短的三个月时间里，近万人失去了生命。由于母亲非常注重饮食卫生，严禁家人喝没有烧开的水，家中无人染上疾病。但慈祥的爷爷，在这一年中风里来雨里去，为了家人，忍饥挨饿，担惊受怕，本来硬朗的身体渐渐垮了下去，一年多后也去世了。父亲为此悲痛自责，长跪不起。

那一年颗粒无收。田里好长时间淤泥很深，无法下脚。虽然不长庄稼，野蒿刺藤倒是长出不少。虽然中秋节过了，政府还发动种一季晚稻，但九月初，呼啸的北风就从遥远的天边刮过来了，人们忙着抢修在大水中倒塌的房屋、清理积水、疏通沟渠，不久严寒降临。

那是史上最为寒冷的一个冬天，足足下了四十多天的鹅毛大雪。铜钱大的雪花，一片片追赶着，前赴后继地飘向大地，仿佛土地是它的家园和最后的归宿。人成了点缀，走在路上，不久就全身披满了雪，成了一个活生生的雪人。村庄、田野，早已变了样，显出童话般的美丽。白雪覆盖下的土地从来没有过的厚实饱满，让人的心重又充满了希望。

那个冬天，哥哥们有了最难忘的人生体验。虽然冷得牙齿打战，但大人们似乎为了弥补这一年禁闭似的生活，允许他们到室外堆雪人、打雪仗、滑冰。门前的水塘上结满了厚厚的一层冰，用锤子也砸不开。他们在上面试探着行走、滑步，这是南方的孩子少有的玩法，说不出的新奇刺激，欢笑声不断。憋闷坏了的孩子们成了这冰天雪地最活跃、最快乐、最惹眼的一道风景。

这是 1954 年年末留在人们心中最温馨的画面。

向阳河畔

1974 年以前，家乡还是一幅水乡图景，房前屋后，密布沟港渠塘，放眼看去，水无处不在，青草遍地。

20 世纪 60 年代的汉寿县株木山乡邹家坪村还有九个生产队。我家所在的队为九队。九队的特殊之处在于村子的正前方有个十几亩大，被称为"港儿里"的小湖汊。水面很是清亮，泛着一层层细小的波浪，那波光粼粼的湖水给了我最初也是最深的美感。春天，长长的湖堤上飘出金银花的香味，引得一众小女孩提着钩子、篮子往堤上跑。躲在树丛中的黄色的金银花被我们跐起脚跟勾出来，晒干了卖到大队医疗站去。虽然只是卖得一分两分钱，但可以用来买糖果吃。夏天，湖面上莲花千朵万朵争艳，不久莲花脱落，莲蓬顶着圆脸探出头来，六姐便带着我坐上大澡盆往水的最深处划去，不一会儿，澡盆里就堆满了菱角和莲蓬。我忍不住，边摘边吃，引来姐姐的白眼。

这个小湖汊的水是流动的、有生命的。它上接沧水，下泄南湖，涨水季节，来水不断，转眼间就成了一个巨大的水缸。水往外溢，淹及周围十几亩农田，队里称这些田为"甩亩"。那时每一块田地都有自己的名字，如西冲岭、月亮丘、弯四斗、犁铧丘等。这些名字多半根据每块田的形状或者地势取的。走在路上，常会听到这样的对话："你插哪块田？""牛角丘"，问者马上心领神会。

有几块田给我较深印象。一块名叫"长丘"。它有多长？不知道。记得来到这块已丢上了一束束秧苗的白水田面前，心头总不免涌起一阵绝望的情绪：怎么插得完？还有一块叫"低塘里"。它刚好处于湖堤和另外一道矮堤的交会处。有一次我家在低塘里插秧，天快黑了，六姐一定坚持插完才收工。也许因为通风不好的缘故，蚊子特别多，成团状围着我"嗡嗡"地乱飞。我插两下，便去挠下头，结果晚上回家头肿得像面鼓。六姐因此被母亲狠狠地责怪了一回。母亲真心疼了，毕竟我只是一个十来岁的小姑娘。

老屋的屋场边有一个宽近十米、深三四米、长达近百米呈 L 形的水沟，一侧靠我家的菜园，另一侧紧邻"队屋"，生长着高数米、枝条上长满小手指头粗的刺状物的冻刺树。每年从水底翻上来的淤泥做了树根的肥料，使这些冻刺树长得异常茂盛，几乎遮蔽了整个水面。见不到阳光的水沟，水色也就显得特别清幽、冰凉入骨。

菜园很大。连接家后门和菜园的是一个小木桥。桥下是通往深水沟的一条小沟，沟水浅白，水里不仅有戏于浮萍与青草之间的小鱼虾，还有一丛丛全身翠绿的水芹菜。这些水芹菜长得密而高，有一小段几乎铺满了整个水面，煞是好看。夏日的午后，家人都午睡了，这时的我很自由。我一个人溜到菜园去，随手摘来一条黄瓜吃。而被母亲用丝瓜叶遮掩着以防淘气娃偷摘的菜瓜，就只能看看，看看它比昨天又长大了多少，那是哥哥姐姐们"双抢"回来解渴吃的，我不能一人独吃。母亲很会种菜，菜园里辣椒茄子豆角，一茬接一茬，多得吃不完。这些在水沟里自由生长的水芹菜难得上家里的饭桌，就那样任它自生自灭。

自从菜园边的深水沟淹没了邻居家的一姑一侄后，关于这个水沟里闹"落水鬼"的事就在村里传开了。可母亲居然不怕，天快黑了，她还在菜园里浇水施肥。深灰色的光线中，只见到一个模糊的身影在移动，我常常对着这个身影呼唤"姆妈，姆妈"。那时，很依赖母亲，很怕她被"落水鬼"抓走。

隔壁敬安哥家的后门正对着深水沟，走十几步就到。近水处，人们用几大块长方形的石块搭成了一个水码头。周围几户人家都到此汰衣。这些石块厚实，最后一块上面覆盖一层浅水，脚踩上去，特别舒适凉爽。姑姑是个十五六岁的少女，她是个瞎子。也许因为长年待在室内的缘故，她那张脸惨白惨白的。敬安哥和刘家嫂子十分心疼这个唯一的女儿，兄弟们却不待见她，不爱吃的菜都往她碗里堆。农忙时节，所有人都要到田地去收割，就只有这个瞎子姑姑照料二三岁的侄子。侄子爱往水边跑，终于有一天，瞎姑姑一时松了手，小侄子不在身边了，任她一声比一声高地喊，也没有回音。她只能跌跌撞撞地来到水码头，一双手往水里去摸索……几十年过去了，当时两个母亲在后门的台阶上各占一头哭得前俯后仰、涕泪滂沱的情景仍在我脑海挥之不去。

水，让我惊心动魄地见识了什么是死亡。好长一段时间，总有一两声伤心的哭泣声从竹林深处传来，还有母亲的叹息和叮咛。年少无知的我，体察不了人世间这种痛苦，仍是那么的喜欢水。我和伙伴们一起踏足了村庄的每个水塘、每条沟渠，除了"汉爷塘"。我们唯独对此水塘避而远之。这个塘里的水由纯天然雨水积成，是专门用来饮用的，水清似镜，带一股仙气，再淘气的小子也不敢把沾满了泥巴的双脚伸到塘水里去。我们最爱"谭妈塘"。塘水虽然不干净，但却是孩子们的乐园，在里面扎猛子、翻跟头，大人们也不呵斥。听说水底有个避邪用的秤砣，淹不坏人。几十年，那口塘还真没有出过意外。此外，比较好玩的还有大队队部前灌溉用的那条水渠。1958、1959那两年建起了两个中型水库，其中之一就是家门外不远的清水坝水库（另外一个为江东市水库），这条渠道就是那时配套建成的。平常看不出它的用处，一摊黄水汪在那里。可水库放水的时候，它就完全变了模样。水从不远处涌来，看上去浩浩荡荡，很有几分气势。水虽猛，却不会把人卷走，大人小孩便都往水渠里跳，任水浮起小小的身体，只露出嘴巴以上的部分。那份快乐，无可比拟。

在水边生活十几年，每一处水的模样都刻在记忆深处。一闭上眼睛，它就在那里，触手可及。

每个人都不会忘记，在哪一个时间、谁生了自己。1963年，一个叫皮咏珍的女人在一张简朴整洁的木床上生下了她的第七个孩子。除了帮助接生的童家妈和我已懂人事的兄姊等，没有人注意到我的降生。生孩子，在那个生育完全放开的年代真是一件稀松平常的事。据说那天的太阳异常的炽热，把土地、庄稼和顶着黑灰色瓦片的房子照得晶晶发亮。刚生完孩子的母亲在吃下五个鸡蛋后，已不年轻的乳房即刻被乳汁撑得结实饱满。她不仅喂养我，看到隔壁刘家嫂子刚生下的儿子没有奶吃，饿得哇哇叫，慈悲的母亲一把接过哭红了眼的婴儿。那段时间，父亲从岩嘴黄岭岗完小调回株木山联校任教员，在家时间较多。望着摇篮里安静的婴孩，村里一位爱开玩笑的婶子逗他说，又生一棵"稗得草"，干脆扔尿桶里算了。父亲惊骇地连说了三个"不"字。前几年回家，已经七十多岁的婶子还会哈哈大笑地对我说起这件五十多年前的往事。女婴浸尿桶的事在 20 世纪初的家乡也会偶有所闻，多发生在那些家境贫寒、想生儿子总不能如愿的家庭。

关于童年，最早的记忆是冬天的早晨，屋檐下，穿着一件厚棉衣裳的我努力尝试着去搂起我的第二个约一岁的侄子。还记得那温暖的太阳和小侄子身上耀眼的红棉衣，而我也不过五岁光景。像我们这种姑侄年龄相近、婆媳甚至同时坐月子的情况在村里比比皆是。

20 世纪 60 年代中到 70 年代末，是我少年到青年的美好时光，回忆这段生活，饭虽然吃不饱，但总不会饿肚子，红薯青菜萝卜可管够。衣服不好看，也绝不会冷着冻着。有父母亲的爱、哥哥姐姐们的谦让，有书读，有小伙伴，有可以纵情其中的水，我觉得很快乐。如果乡村生活真有什么让人厌恶的，蛇可以算一样。稻谷成熟的水田里游动着不少水蛇，它们最喜欢躲在刚割下的"稻把"中，十来岁的少男少女们专司"搂稻把"，他们不害怕刚收割的稻桩扎脚，就怕搂到藏匿水蛇的稻把。我就碰到过。首先是手的感觉不对，冰凉似铁。低头一看，"我的妈啊"，立即将稻把一扔，撒腿就跑。身后传来大人们的吆喝和同伴的嬉笑声，也不管了，跑上田埂，拼命跺脚、拍手，直到把手巴掌都拍红了，才似解了恨，也放了心。

惊吓不过一顿饭的工夫，一切照旧。毕竟没被咬到，即使咬到也无妨，水蛇毒性不强。自己最后一次下农田是 1981 年，刚刚参加完高考的我回到家里，帮四哥收割一块约一亩大小的稻田。我花了一天时间才慢慢把稻子割完，直呼腰酸背痛。我的表姐福兰姐刚好从田边路过，看我割稻时左歪右扭的，回头对四哥说，妹妹割稻就像"牛伢儿拜五方"，下次莫让她受这种罪了。这句形象生动的话，让我怎么也忘不掉。虽然十岁不到就开始下田学做一切农活，但干得确实不如我同龄的伙伴们好。

这果然是我最后一次双脚沾满故乡的泥土。当新的一天到来，我离开了家乡外出读书。恢复高考后，我是邹家坪村第一个考出去的女孩。等到我在外读书一年后归来，家里人不再让我下田。那些没有考出去的同学和乡亲们仍然在近四十度高温的稻田里劳作。看着他们，这个看了十多年的场景，第一次让我心头不是滋味。

我与蛇的短兵相接还不止一次。另一次，我独自在水沟边走过，突然看到青草中一条蛇朝我抬起了头。这是蛇在和人"比志"吗？过往听到过很多蛇和人"比志"的故事，没想到我也会碰上。此时不能转身逃跑，否则它有可能从身后向人发起攻击。唯有从高度上超过它，把它比下去。这是大人们叮嘱过的。我本能地想喊，可四野无人，慌乱中我举起自己的右手臂，蛇消失了。这一切来得太快，我连它长啥模样都未记住。但那一刻的惊心动魄，却是真实的。我始终未想明白，这条蛇，它为何突然向我发起挑衅？后来听人说，野外的蛇确实是比屋场上的蛇更敏感，更有攻击性。

其实每个屋场上都盘伏着一条以上的大蛇，它们吃老鼠和青蛙，喝水沟里的水，在地下打洞，有时候还爬到树上，溜进人家里。我家里的屋场上就有一条黑壳蛇，我见过一次。在厨房后门的小坪上，有二三米长。我正带着两岁的侄子在那里玩耍，它哧溜溜地过来了。没有昂起头，甚至没有看我们一眼，那种一心一意往前爬行的姿态，表明它只是路过。我紧紧牵着侄子的手，吓得一声不敢吭，眼巴巴地看着它从我们的脚边溜过。

一个偶然的机遇让我知道，不怕鬼的母亲却怕蛇怕得要命。母亲不怕鬼的故事是她自己亲口说的，还说了不止一次。20世纪40年代，她的妯娌生病离世了，出葬后的当晚她就睡到亡人的床上去。我以为胆大的母亲什么都不怕，如果不是我亲眼见到，我都不会相信，她是如此的怕蛇。那是1989年夏天，我外出回家（汉寿县卫生防疫站的宿舍），进屋吓了一跳，只见母亲手握菜刀一脸惊恐地站在灯光下。经过她的描述，我才知，原来家里来了一只"四脚蛇"（壁虎），在墙壁上一闪而过，惊到了她。我忙拿下她手中的刀，告诉她，壁虎不伤人，不用怕。她大舒一口气。我心中突然涌起一丝怜悯，我可怜的母亲，她在蛇鼠寄生的乡村生活几十年，艰难困苦不说，这种惊骇又该有多少？想起来了，她去菜园的时候总是随手拎着一个小挖锄，这个小锄头应当就是她的防身器。她总是把菜园整得一垄垄，一行行，连一根杂草都不见，别说蛇，连一条蜈蚣爬过都纤毫毕现。母亲四十几岁的时候，得了以鼠类为主要传染源的"流行性出血热"，差点死去，是乡卫生院救了她的命。一个小小的卫生院能救治这样的病，估计与当时乡村得这种病的人较多有一定关系。那时乡村老鼠特别多，睡梦中常听到它在角落里发出"吱吱"声，母亲抬起身子把床沿拍得"嘭嘭"响恐吓它，有时会吵醒睡梦中的我。

"人多少畏蛇，除了捕蛇人。"四哥说。那时的乡间，除了木匠、裁缝等手艺人，还有一种专门以捕蛇为生的人，肩背一个长长的竹篙，竹篙的顶端是把锋利的弯刀，手拎装蛇用的竹篓。他们专往"刺角落里"（家乡土话）钻，似乎知道蛇的藏身之处。河对面村庄（清水押西湾）里就有一个这样的捕蛇人，有一次来到本队，上演了一场人蛇大战。他想捕捉一条爬上树的蛇，这次却遇到了挑战。这条蛇不仅会在两棵树中间来回跳跃，让他总是扑空，而且蛇的一双眼睛骨碌碌地盯着他看。他身边已聚集一群围观者，四哥也在其中。大家议论纷纷，认为这条蛇非同一般，不能抓。捕蛇人最终放弃。若干年后，这位以卖蛇为生的捕蛇人不幸死于毒蛇之口。柳宗元在《捕蛇者说》一书中生动地刻画了捕蛇者的命运，不料一千多年后，这样的悲剧仍会在乡村上演。

蛇，本不应该进入我本章的文字，但作为生物共同体中的一员，它客观地存在于乡村，人们害怕它，又无法避开。至今，我都不愿见到蛇，哪怕只是图片。

几十年过去了，有几个人的身影总在我眼前晃动。他们是凤仙、凤仙的娘、童家妈、校裁缝等。

凤仙是我的小伙伴。我们要好的原因，除了两家挨得近，更重要的是她做事特别机灵。她家四姐妹，数她长得最瘦小，皮肤也最黑。我也长得矮小，也黑，所以两个人"相看两不厌"。无论是玩"跳房子""抓子儿"，还是到外面去抓鱼捉虾踩荸荠，两个人都是结伴而行。我虽大她一岁，但什么都是她带着我，也做得比我好。我外出读书，与凤仙的联系渐少，但一直关心她的生活，她没有像村里其他的女孩子一样嫁到邻乡继续过"脸朝黄土背朝天"的生活，而是嫁到县城，过上了城里人的生活。

凤仙的娘我们喊她"银川婶"。银川婶爱笑，笑时眼睛眯成一条缝。她手特别巧。只要面前有一张纸、一把剪子，眨眼工夫，就可以变出一朵花、一只公鸡。可吸引我的还不是这些。她会讲故事。"七仙女下凡""王宝钏寒窑盼夫十八载"等故事被她讲得栩栩如生。夏夜，星空辽阔，萤火虫纷飞如豆，凤仙家的禾场上开始热闹起来，都是些十几岁的少女，叽叽喳喳。不一会，吃完饭洗完澡的银川婶摇着大蒲扇走了出来，大家立即把她让到最中间的竹床上，眼巴巴地望着她开讲。她讲到王宝钏在寒窑如何受冻挨饿、讲到薛平贵攀豪门另娶他人，听得我们群情激昂、热血沸腾，我们一面为王宝钏坚贞的爱情所感动，一面又为她的命运多舛而不平。什么是爱情？这颗酸甜的种子早在十几岁的年纪就被银川婶种在了我的心田。

童家妈是大队医疗站的卫生员。医疗站就设在大队部，有一个高高的柜台，柜台后是一排中药墙，由几十个写着白色的"茯苓""芡实"等药名的小格木箱组成。她就站在柜台后给人拿药，话不多，偶尔笑一笑，露出一口洁白的牙齿。她与我常见到的村里那些面黄皮粗的妇女完全不同，不仅因为她个头高，身板直，梳得一丝不苟的头发和一张白净文雅的面孔，还因为她有一个最让人尊敬的本领：接生。手提药箱的她自有一种让人肃然起敬的风采。谁家临盆的媳妇见了红，家里人总是第一个跑到大队部去请童家妈。而她，不管白天黑夜，总是丢下手里的活，提起药箱就走。实在不放心身边的孙女容容，也是托邻居照看一下。在乡卫生院学了接生、加上平时爱看医书的童家妈摸索出了一套过硬的本领，艺高胆大，胎位再不正，在她的手下都能转危为安。经她老人家的手接生了成千上万个生命，且很少有失手的时候。去南湖落户前，她还把这门技术教给了一个叫邹秀文的女孩。到南湖后她继续担任卫生员和帮人接生，一直干到七十多岁。我后来学医，没去当老师，与童家妈身上散发出的迷人气质有说不清道不明的关系，也许希望自己能成为像她那样的人，能救人于苦难之中，将生命引向光明。

在我外出读书之前，我所有的衣服包括第一次穿的裙子都是校裁缝帮我做的。他自然也姓邹，我们喊他校伯。那时家家户户每到秋冬季都会请裁缝上门，制作冬衣和夏装。如果谁家的男孩挑着缝纫机走在村道上，身后跟着个头不高、戴着一副眼镜、不紧不慢走着的校裁缝，我们就知道该上谁家串门了。围观的人除了小孩，还有好事的妇人。家里的两块大门早已卸下来，铺在高高的条凳上，供裁缝师傅剪裁和熨烫用。厨房里飘出炒腊肉的香味，虽然已过去大半年，腊肉还是那么香，馋得我们直咽口水。什么布料和做什么衣服不是我们关心的，我们想听校裁缝讲笑话。他的幽默可是有名的。每次出行似乎都会留下令人捧腹的故事。有一次，校裁缝对请他做事的女主人说："嗯，今天我堂客硬不让我出门。""为么得？"女主人好奇地问。他迟疑了一下，仿佛在想该不该说，女主人一双眼热切地望着他，想听下文。"今天我生日。"他拿起皮尺，低下头若无其事地说。原来如此。女主人赶紧上厨房做了一对荷包蛋端给他。自然，那一天并不是他的生日，这个笑话成了邹家坪村的经典。别以为校裁缝是奸诈狡猾之徒，他做人做事像他手中的皮尺一样，是有分寸的。那家的女主人爱人在公社供销社工作，他认为鸡蛋对他们家来说不是问题。他对我母亲就从不开这样的玩笑，只是总结了一个顺口溜：早晨打中午，中饭打夜鼓，夜饭你莫急，总有一餐吃。笑话我母亲做饭太慢。校裁缝的大儿子腊春整天跟着父亲，自然也成了一名裁缝师傅。20 世纪 70 年代，司机成了一个来钱快又风光的好职业，腊春便丢下剪刀去学开车，结果有一天不慎把汽车开进了鸭东铺的河里。听到这一不幸消息后全大队的人都往校裁缝家涌去，大家都想着要去送腊春一程，这个年轻的男孩曾随着父亲到每一户人家去做过事。

最后，总要说一说向阳河。

1974 年，那年我 11 岁，家里突然住进了十几个民工，在院子里架锅生火，堂屋里也开起了地铺。其中几个大姑娘睡在我快要临盆的二嫂房间地板上。不止我家，村里家家户户都住满了人，村子里早晚时分人来人往，热闹了好多。

这一年在汉寿县的历史上发生了一件惊天动地的大事件。因汉寿县第二大湖南湖多年水患不断，汉寿县委决定彻底治理它，而治理的方案就是撇洪。如何撇？修一条人工河，拦截原来注入南湖的山丘区谢家铺、沧水、浪水、太子庙、崔家桥、龙潭桥、纸料洲七条溪河的水，流经安乐湖，由蒋家嘴闸挤排出目平湖。同时兴建岩汪湖大型电力排灌站，将南湖湖水排出至目平湖，再围垸造田。如此，不仅彻底断了它的来水，又对其进行"釜底抽薪"，昔日总是兴风作浪的南湖果然"老实"了，不仅不再对周边形成威胁，而且不久就变成了广袤的原野。扩大耕地五万亩，迁入移民上万人。其中也包括邹家坪大队的三个生产队。那个曾拥有十多万亩水面的母亲湖——南湖，永远从汉寿大地上消失了，只余下不到原来5%的面积。

从牛路滩到关门洲这条即将修筑的河道两边，聚集了12万人。1974年10月正式动工，历时两个春秋，劈开和搬走甘长窝、目鱼山等6座山头，堵筑白毛湖等8处长6000余米的湖、河口。

驻扎在邹家坪大队的毛家滩民兵团，他们竟是回族人。让我第一次有了民族的概念，也是第一次从他们那里吃到美味的牛肉。那被乡亲们当作宝贝的牛原来也是可以吃的。吃过多少次？不记得了。只记得那切成大块大块的牛肉堆满在盆子里，热气腾腾，香味直往外冒。有位厚嘴唇、扎着一双大辫子的姐姐很喜欢我，每次都会给我盛上一碗，还不忘给母亲和即将临盆的二嫂夹上几块。我躲在一边，惬意地享受这人间美味。

家门前要修河，最兴奋的就是我们这群不谙世事的孩子。看到自己曾经熟悉的那片被称为"甩亩"的稻田忽然成了大工地，从前这里的景象是春天稻花飘香、夏日稻穗低垂，现在锄头钉耙叮当作响，土块从铁锹里扬起来飞向两旁。十天不到，他们就挖出了河的雏形，并在南北大堤堤脚别出心裁地栽了两根杉树条，挂上跨河标语，一时轰动整个劳动现场。

我不能去劳动场地添乱，留给我记忆的还是住在家里的哥哥姐姐们。尤其是那个大姐姐，只要她回来，我就跟在她身后寸步不离。她出门进门总是唱着："飞上高山，高山低头，飞下河流，河水开道，海燕心红似火焰，南湖战场逞英豪。"她告诉我，这首《海燕展翅》讲的是护城公社鸭东铺大队由48名青年妇女组成的女民兵连的优秀事迹。我羡慕得不得了，一定让她教我。如今四十多年过去，依稀还记得那个姐姐的模样，可惜我忘了她的名字。在这群可爱的男女民兵中，还有一个哥哥看上了我美丽的六姐，虽然六姐和四哥他们去文步桥挑堤去了，但过个十天半月总会回来一次。对于那个青年的追求，六姐也不是完全无动于衷，还偷偷跑到他老家去看了一眼，可最终因为民族不同、生活上的差异等而无缘走在一起。

后来才知，在这支庞大的修河大军中，也不乏我的同龄人。一个九岁就失去了父亲的男孩，在 1974 年的冬天也加入了这支队伍。虽然也只十一岁，但几十上百斤的土担照样眼也不眨地往肩上压，和别人一起"打转边"。后来说起修河，他滔滔不绝："五十米高的堤一个人不可能从下面爬起来，必须和人换肩，这就叫打转边。""一天吃三大碗饭，不吃菜，饭很香。既吃饱饭，又挣工分。坚持了三个月。""九岁那年父亲去世，我就开始当家理事，'双抢'时专门踩桶，是'桶长'，白天挣工分，晚上把分到家的稻草捆成'把子'挑到山坡上，晒干后再挑回家。别小看稻草，用处可大，可以给牛吃、烧饭用、盖茅屋，还可以卖钱。每天晚上都干活到十一二点。直到高中毕业。六年时间，就靠我一个人养活自己和母亲。"我吃惊地望着他，曾经在大南湖乡工作五年却比我更了解南湖、多年前已是一局之长的他，从小竟如此能吃苦。他的回忆，触动了我的心弦，真是"穷人的孩子早当家"。比起他，我从小在家里吃的那些苦，简直不算什么。

两年时间过去，在我的家门前，长 50 千米、宽 13 至 130 米的一条人工河诞生了。人们把它叫作向阳河，其实它还有一个只为少数人知道的专业名字——南湖撇洪河。我也是三年前才知道的，包括这个名字后隐藏的太多故事，历史的、人文的、社会的。

南湖撇洪河是为南湖而生的。这条曾被誉为湖南省三大撇洪工程之一的人工河，在运行的第四年即受到考验，从 1976 到 1999 年的 22 年间先后遭遇 9 次高洪袭击，不仅漫溃了湖汊子垸，而且影响到垸南

家门前的排水渠。摄于 2017 年夏天

大堤。历史在绕了一圈后又回到原点，只是对象不同而已。对耶？错耶？时间是最好的检验官。痛定思痛之后，终于认识到当年的一个"撇"字何其草率，作为一个复杂的工程体系，必须采取撇、排、蓄、退四字并举的综合防治措施。只可惜了南湖，还有我那心心念念的儿时梦乡。

　　自从这条河流开始流淌，原来让我陶醉的家乡就渐渐失了水乡的风韵。水，一年比一年少，家门前的那个小湖汊最明显，原来碧波荡漾的水面早已不见踪影，虽如此，每年夏天，湖里还自顾自地长出些荷叶和花朵，让人更加怀念。至于那些四通八达的水塘水沟早就水底朝天了。

亲情永远

一碗肉汤

母亲晚年，对不少往事记得清清楚楚，连一些细节，都没有遗忘。面对纷纭的现实生活，她却常常真假莫辨，语塞，乃至失忆，有时候走进房间想拿一件衣服，却一下忘了所为何来，呆在那里良久无声。

母亲在世之时，给我讲了许多往事，其中，一碗肉汤的故事，最令人动容。

那是五十多年前的一个夏天，刚做完人流手术的母亲，好不容易从公社的卫生院一步步挪回家。之前，家里已经有好几个月没碰过荤腥了，孩子们都馋得不行，想吃辣椒炒肉。可饭都吃不饱，谁还会开口说想吃肉？看见虚弱的母亲回家，孩子们都懂事地围上前来，端茶倒水。

她已经生了七个孩子了。不能再生了，生了也养不活。因此除了做手术拿掉身上的骨肉，她别无选择。躺在床上的母亲面色苍白，浑身无力，几近虚脱，嘴里忽然吐出两个字：肉汤。其时家中，连正常的菜蔬都匮乏，哪里有肉！一旁16岁的大哥和14岁的二哥看在眼里，疼在心上。哥俩一合计，决定两人分头出去碰碰运气，看看附近村庄有没有人家杀猪。

两人一跺脚便出了门，心想，哪怕是给人下跪，只要能为母亲讨到一小块肉，也心满意足。

在那个一切按计划分配的年代，这几乎是一次可以预见结果的搜寻，可母亲没有阻止她两个儿子，她刚做完手术的身体太需要一碗肉汤的抚慰了。兄弟俩消失在雨帘之中，母亲也就开始了她一生中最难忘、最漫长，也最充满期盼的一次等待。

大哥二哥出门之后，她就起身，一直坐在淌着雨水的屋檐下等候。等啊等，好几个小时过去了，却始终不见哥俩回来的身影。她太不放心两个在外乞求的儿子了。不禁后悔，开始怨恨自己，同时不由自主地回想起从前的日子。生第一个孩子的时候，家里开着肉铺，公公婆婆换着花样给她做猪肉汤、猪心汤、猪脚汤，可那时并不觉得珍贵。二十多年过去，孩子越生越多，供应越来越少，生活越来越拮据，她第一次为自己的无能感到羞愧甚至绝望。自己虽然身单力薄，却是孩子们最后的避风港，无论生活怎样艰苦，她都要努力支撑起自己这张破旧的风帆。

哥哥们一出门就打定主意，一定要为母亲讨到哪怕一小块肉。几里外的邻村刚好杀了一头猪，大哥蹲候在一旁，一直等到他们几十户人家都分完，他才趋前，拢起一双皲裂的手，结结巴巴地陈明理由。乡亲们看一个孩子可怜巴巴的，便挑来挑去，将小小一块猪肉放到他的手里。哥俩一路小跑，到家门口，全身几乎被雨水淋透，脸上却透露出喜气，如同捡了一块金元宝。他俩升火的升火，剁肉的剁肉。很快，从厨房里飘出来一股久违的肉香。

两兄弟端到母亲身边的一碗肉汤，几片肉而已，漂浮着一撮葱花。袅袅的升腾，吸引了一屋子滞重而贪婪的呼吸。母亲小心地啜了一口，品咂再三。在她看来，这是人间至味。

日出日落，人生起伏，多少过往，翻成新章。令人咂摸品味的故事很多，最让母亲难以忘怀的，就是两个儿子雨天奔走，想方设法给她熬制的那碗肉汤。

我想，如今已去了天国的母亲，有了一碗薄薄的肉汤带去的暖暖的记忆，不会寂寞。

铭　记

　　母亲失忆了，对家里的人她除了能叫出四哥的名字外，谁都不认识了。我不相信，我是她最小的女儿，也是她最珍贵的"客人"，她怎么可能不认识我？

　　于是，我一次次不甘心地来到她面前："姆妈，你看我是谁？你喊我啊。"她望着我，笑一笑："你来了。我好久没有见你哪。"我无语，分明我昨天还见了她的。半年后，母女俩再见面，她一点反应都没有，只对面前的一杯水感兴趣。那是刚烧的开水，很烫，她仿佛很渴，用手指着要喝。

　　对她的变化我有点伤心。要知道，几年前，她还是那样深情地爱我。

　　记得，从我离开故乡那一天开始，母亲就把我当成了她的客人，最珍贵的客人。我每一次回乡，在她眼里都是节日，是她平淡的生活中最珍惜最难忘的日子。起初，我不知道母亲会如此看重我回家这件事情，因此每次回家都是提前一个月就通知她。母亲于是就忙开了。杀鸡打鸭，还到村里家家户户去搜寻哪家有黑鸡婆，哪家有刚下的新鲜鸡蛋，哪家的芝麻最干净没有沙，哪家的黄豆粒大又饱满。村里人如果看到母亲面带微笑、手提着大大小小的包袱在村内小道上来回走着，就知道她最小的女儿要回来了。

　　我曾劝过母亲，回来看她是我应敬的孝道，不必为此大费周章。"那怎么要得？你现在是客了，好不容易回来一趟。"她边说边摇头。

　　后来我就干脆不告诉她了，只要请到假，就偷偷地回来看她。有好几回，我突然回家，她一转身看见女儿从天而降，脸上即刻显出惊喜不已的笑容，但很快换上一股慌张的神色："你怎么不打声招呼就来了呢，我一点准备都没有啊！"

　　母亲的话把我逗乐了，"你要什么准备呢，难道家里没饭吃吗？"这回轮到母亲乐了。

还以为这样的母女关系会持续很久，最不济，老去的母亲手脚会不太灵便，器官功能有所下降，但就是没想到她会失忆，会不认人，哪怕是她最挚爱的人。这一天的到来，犹如一道闪电，刺穿了我的种种梦想。关于她的老年生活，我原做了很多设想，不愿她受苦，希望她能颐养天年。但母亲的状况让我沮丧不已。痴呆症是不可逆转的，当我明白，无论我怎么努力，怎样挽留，母亲再也不会回到从前，明白这点，我的内心感到一种说不出的怜惜和悲凉。我开始从内心真正地珍惜她，珍惜这个给了我生命、养育我长大的女人。我深深地、深深地凝望着她，恨不得将她的每一根白发、每一道皱纹，伛偻的身躯、蹒跚的背影都刻在心底。我知道，即使如此模样的她，我也会终将失去，那么，也不必计较她认不认识我了，只要我能看到她活着在我面前，能感受到她的生命气息就满足了。我不再嫌她不认人，不再嫌她是个摆设，只要我还能看见她，还能喊她一声"姆妈"也就够了。

不久，我发现，母亲渐渐沉浸在过去的世界中，她一步步远离了她热爱的现实生活，回到了遥远的属于她和父亲的过去。她说出的话都蕴含了过去生活的痕迹。"记得岩嘴吗？我那时常去，太阳快落山的时候出门，天黑之前就到了，一个小时不到的工夫。人家就说我，你看她，个子不高，跑路却快得很。哈哈！"

岩嘴中学是父亲工作二十多年的地方，小时候我常常跟着母亲过去。父亲已去世近二十年，她虽然不再念叨他，但却会以这样的方式纪念与他共度的那段岁月。

我望着在一边默默念叨的母亲，说不出心中是什么滋味。有段时间，会经常听到她一个人在那里自顾自地说，我一共生了七个儿女，大毛、二毛、三毛、黑四、小伍、六妮、邹丹，还引产了一个，刮掉了三个。即使在她最后的日子，她都会小声地在那里嘀咕着，而且顺序不乱，不能不说是奇迹。甚至连她童年的生活，她都记得一二。她唱歌，用很清亮的声音唱她小时候唱过的童谣："咚咚锵，咚咚锵，粑粑煎黑糖，吃得几箩筐。"

母亲的回忆和歌声，让周围的人觉得怪异。我认为，这是她对自己曾作为女儿、妻子、母亲这多个角色的一种终身的怀念，或者铭记。

039

母女情

　　我常常在私下思索，世上有哪一种感情能像母女那样心贴着心？母亲对女儿不求回报的付出，女儿对母亲报之以尽善尽美的反哺，这一切构成了人世间最美最感人的一道风景。母女情，凝聚成一本由血和泪写成的书，前半部，母亲在血的洗礼中把女儿带到世间，后半部，女儿在泪眼婆娑中把母亲送上归途。那生的喜悦，死的悲伤，成了天下所有母亲和女儿心中难忘的记忆。

　　我的母亲在一口气生下四个儿子后，又接连生下了三个女儿。母亲对我们自小便有一种怜惜的情怀。我们姐妹小时候，她虽然无法让我们丰衣足食，但我们无疑是村里衣着最整洁、头发最光顺的姑娘。她尽其所能，让我们在她的庇护下健康成长。她常常说，女儿是菜子命，飘到哪块地上就到哪里生根发芽。尽管如此，在对待女儿的事情上，她可谓殚精竭虑，白发因此过早地爬上了她的双鬓。

　　两个姐姐渐渐长大，为她们选择一个好的夫家便成了母亲生活中的头等大事。她为她们制定了夫婿的选择标准，那就是为人老实、舍得吃苦、会疼人、挚诚，所以我的两个姐夫家虽然都穷得叮当响，但母亲看中了两个女婿的人品，眼都不眨地把两个女儿嫁了过去。

　　然而母亲很快就后悔了。五姐远嫁南县厂窖，在那个交通不发达的年代，回家一次十分不易。她想念远嫁外地的女儿，担心她在那里不习惯、受欺负，为此，四哥没少受她的抱怨，因为是他从中牵线搭桥。母亲没有因为路途遥远冷落五姐，多少次，她带着我们，冒着严寒、酷暑，肩挑手挽，赶车涉水地去探望她。如果赶上五姐生孩子，她会独自留下来侍候姐姐坐完月子。由于厂窖地处西洞庭湖区域，常遇水患，她没少念叨："我真糊涂，怎么就把小伍嫁那么远的地方，四周都被水围着。"这句话，深深地印了在我的脑海中。为了多一些见面机会，每次她去华容大姐家，总是绕道厂窖。如果换上是父亲去，她也总叮咛他，一定要顺路到小伍家去看一看。而父亲多半也会遵从她的愿望。

好多年过去，五姐还会向我提及，当年如何舍不得离家。每次回夫家，五姐站在甲板上望着滚涌的湖水总是忍不住流下热泪，不知道什么时候能回来，能再看到爹娘和哥哥妹妹等亲人。真如古诗上所说"征帆入南去，回首无故人"，令人唏嘘。我对五姐最深最早的回忆，是五姐出阁那天，我哭喊着出门，那"踏屐出门去，呼姊莫要走"的不舍和母亲闻之泪流满面的情景，几十年过去了，也犹在眼前。而让我最难忘的，是 1983 年春节五姐偷偷塞到我手里的十元钱。那时我已在常德卫校读书，一个月的生活费也就十来元钱。我毫不客气地接受了姐姐的美意，后来方知那十元钱是姐姐在凛冽的寒冬到洞庭湖割芦苇得来的，那坚硬的芦苇把姐姐的手扎得鲜血直流。直到 20 世纪 80 年代末五姐一家的生活仍过得艰难，为了买到几斤七角一斤的红糖，她特意写信到我的单位让我为她代买。那是五姐给我写的唯一亲笔来信，我一直保留到今天。

如果说五姐的婚姻让母亲不太满意的话，那六姐的婚姻更是让母亲肠子都悔青了。虽然六姐嫁得近，就在邻近的太子庙镇，但是自从嫁过去后，六姐的日子似乎较五姐更为艰难困苦。主要是家庭矛盾多，六姐几次被婆家人打，让母亲伤透了心。母亲曾为此带人大闹李家，但看在还未出生的外甥女份上，她最终还是选择了妥协，继续让姐姐留在婆家生活。只是她无时无刻不在关注和牵挂着六姐。为了扶持小两口，她隔三岔五地往李家冲跑，凡是家里能分得出的东西，小到一把菜刀、一角布料，她都会往六姐家搬。我不止一次听到她叹息："妮儿命苦，跟到娘手边没过过好日子，现在又没找着个好人家。"

两个姐姐困窘的生活教育了我，已上高中的我很为她们的处境打抱不平，却又无可奈何。尤其是六姐，挺着大肚子还被她小叔子打破脑壳的情景刺激了我。朦胧中我下定决心，一定不让两个姐姐的命运在自己身上重演，要走一条和她们完全不一样的路。我发现自己就是从那时开始，不再总是将目光盯着天边那些变幻莫测、美丽非凡的云朵，而是积极面对现实，面向书本，决心一定要将自己变成扎根在大地上的一株蓬勃的树，让自己尽量地生长，伸出长长的绿荫，为渐渐老去的母亲遮风挡雨，为苦难的姐姐分担忧愁。

作为母亲最小的女儿，此生最感激母亲。感激她对我的宽容和呵护。出生在农村的我，虽然长得矮小羸弱，但农忙时节一样要和其他的小伙伴去干割稻谷、插秧、抱把子、扯草等农活。太阳像烈火烤在背上，由于长时间弯腰劳作，感觉自己的腰背痛得快要断了。这还不是最怕的，最让我胆战心惊的是躲藏在稻谷把中的水蛇、黄昏时分漫天飞舞咬得头皮麻木膨胀的蚊虫以及刺得双脚火辣火辣鲜血直流的新割的稻桩。母亲一定看出了我心中的畏惧，她可怜我，包容我，明知我有时撒谎装病，都保持沉默，有时甚至不惜与人争论：她是病了、不舒服，她还太小。在那个人人包括小孩都要为集体出工的年代，母亲明显的袒护行为有可能为家庭带来麻烦，然而她不怕。记得那次我躲藏在床后面，听母亲为我辩护，我小小的内心是怎样地感到温暖！正是因为有了母亲的庇护，年少的我才有充分的闲暇去抓泥鳅、采荸荠、摘花弄草，童年生活中才有那么多关于故乡、关于大自然的美好回忆。

感激生孩子期间母亲对我尽心尽意地照顾。从我怀孕的第一天起，她就制止我跑步、踮脚、伸懒腰、拎东西，为我做她想象得出的各种菜肴。看到我挺着大肚子，她怜惜地说："要受苦喽！"生完孩子没几天，为了多出奶，她趴在我胸前一遍遍吮吸乳头。我坐月子期间的一切脏活累活基本上都是她一个人在干。

母亲对我们三姐妹的爱像涓涓流淌的溪水，滋润了我们的心田，尤其是我们在体验为人之母的辛劳后，更是觉得她的伟大和不易。我曾经在心里发誓，一定要善待她，给她一个安乐的晚年，不让她受临终之苦。可惜，我没有实现自己的诺言。母亲孤独离世，好多年过去，我都无法跨越母亲临终时我们兄弟姐妹都不在她眼前这一残酷的事实，而两个姐姐心中对母亲的愧疚之情也丝毫不下于我。母亲去世后的一两年时间，我们三姐妹如果有机会聚在一起，总会谈到母亲，回忆母亲的一点一滴，有她早些年生活艰辛时受的种种苦难，也有母女们相聚在一起的温馨时光，还有她晚年脑筋不清醒后闹出的一件件可笑事，我们一边说，一边笑，一边哭。母亲啊，您走了，把女儿们的心都撕碎了。

愿天下的女儿们，珍惜你们的母亲。不要因为俗事在身而忘了她的存在，请紧紧握住那双颤抖的长满了老年斑的手，直到她生命的尽头！

母亲的辣胡椒

那一年，我因鱼刺卡喉处理不当被送进广东省人民医院急救，这下可急坏了一人在家的母亲。她自责不已，是她在我卡鱼刺后第一时间让我吞一大口饭的。在她的生活经验里，遇到这种事都是用这个法子。那么多年，那么多人都没事，难道就她最小的女儿要出事？在近一年不到的时间内相继失去丈夫和长子的母亲不由老泪纵横，后悔不迭。那几天，她整日整日地站在窗户边，一双昏花的泪眼盯着窗外，期望能看到女儿归来的身影。直到一周后我转危为安，请单位的同事上门，才把母亲从痛苦中解救出来。

同事后来告诉我，你母亲真可怜啊，几天都见不到一个人，也没有好好吃过一顿饭。看到同事来家里那一刻，母亲双眼红肿，一把拉过她的手，哽咽着说不出话来。

当初离家去医院，以为很快就能回，所以未对母亲做太多交代。谁知一到医院就被医生以"胸骨后异物待查"留院。做完令人痛苦不堪的食道镜检查后，发现食道离主动脉位置两厘米处有伤痕。再过了一天，便血，被当时的蛇口联合医院紧急送往广州。那一周我不能进食，连水也不能多喝，人早已饿得晕头转向，年轻的丈夫为我的病急得团团转，确实没有把母亲一个人在家的事放在心上。

那是 1991 年的秋天。我把母亲从湖南老家接到深圳刚刚搬进的新家不久。人生地不熟的她还找不到去菜市场的路，那时家里尚未装电话。

也就是那次病愈后回家，我第一次听说了"辣胡椒"这个词。

"姆妈好不容易有了你这粒辣胡椒，你可不能有事！"姐姐冲着我说。这是我最小的姐姐六姐，从她的嘴里常常能蹦出带有浓厚生活气息的词。

我一时摸不着头脑，转头望向母亲。

"如果谁家的某个儿女有出息，孝顺父母，对家庭贡献大，家人就把这样的孩子称为辣胡椒。"母亲笑着向我解释。

原来如此。我反躬自问，自己并没有姐姐说的那么好。只是从小在母亲身边长大，目睹了母亲的点点滴滴，觉得她这一生比我见到的那些农村妇女还要难得多。从我记事起，只见她早起晚歇，手脚不停。这还不算。会读书写字的母亲不善农活，这在农村是一件非常不讨喜的事。为了少听闲话，她摸索出了用大蒸笼蒸饭的技巧。"双抢"季节，为了赶时间，一般由生产队安排专人给大家蒸饭，母亲的技能终于派上用场，她蒸出的饭松软可口，很受欢迎。母亲有几次因临时有事叫别人蒸，结果饭要么稀了，要么夹生。后来蒸饭几乎成了母亲的专职。母亲经常做的另一件事，就是晒谷。偌大的队屋禾场上，常常看到母亲一个人在翻晒刚刚收割的新鲜稻谷。虽然不用下稻田，但这也是一桩苦差事，要经过扒、搭、筛、抛等过程。太阳越毒，越要下力，这样才容易把稻谷晒得干透。母亲头顶毛巾，认真地做着每一个动作，热气、湿气像一团团雾扑面而来，她整个人几乎浸泡在汗水中。年幼的我，好多次，远远地看到母亲像支铅笔一样在禾场上移动，内心居然有股冲动，想前去帮她一把。

这两件事潜移默化地教育了我。每个人都有自己的用处，只要他（她）有自尊，肯用心，卖力学。由是我更爱惜和尊敬自己的母亲。

母亲的六个儿女（本是七个儿女，因一儿出生就夭折，余下六个儿女）中，虽然只有我托了高考的福自己考出来，但母亲并没有特别看重我。她对所有儿女都一视同仁，用她的话说，手心手背都是肉。这是母亲的一大优点。母亲晚年，特别牵挂的人是四哥和六姐，因为他们两家的经济条件相对较差。母亲对子女这种不带任何功利的爱，像一双无形的手，把我们兄弟姐妹紧紧地团结在一起。我们虽各有家庭，但一家有难，八方支援，这种血浓于水的亲情，让我们感觉十分温暖。这份功劳，要归功于父母的教育，归功于母亲无私的爱。

这些年来家里人在一起话家常总也离不开母亲。因为那些让人无法忘怀的往事，都有母亲的身影。这里且说几件。

20 世纪 50 年代末，在太子庙读书的大哥有一次从县里路过家门，肚子很饿，想吃点饭再去学校。措手不及的母亲见儿子回家赶紧淘米下锅，回头却发现儿子等不及已离去。母亲端着那碗煮熟的饭去追赶，边哭边小跑着，差不多十里路的路程，始终不肯放弃，最后终于赶上了饥肠辘辘的大哥，母子俩抱头痛哭。大哥是母亲的第一个孩子，最心疼最孝顺母亲。1991 年大哥不幸英年早逝，母亲白发人送黑发人，给她的晚年生活造成了致命的打击。每次讲起大哥，她都是泪水涟涟。

046

母亲对二儿子的爱同样浓郁而深沉。二哥自小聪慧异常，却因父亲的问题未能继续上中学。无可奈何下，父亲把他送到马嘶桥高家坝的一户人家去学木匠。母亲惦记自己冬日一大早就要起来担满一水缸水、寒冷的冬夜只盖一床薄薄被子的儿子，经常带着礼物上门探望，极其巴结主家，希望他们能善待她的儿子。有一次还带上我前往，令我印象深刻。

老哥老姐及不年轻的自己，手足情深。摄于 2013 年冬深圳东部华侨城

　　四哥既不如大哥勤劳肯干，又不如二哥聪明伶俐，加上性格耿直，讲话常不经意间得罪人，母亲没少为他向人赔礼道歉。有一次，四哥又不小心惹下祸端，这次怎么赔礼人家都不肯放过他，母亲走投无路之际甚至想到拿命去抵，还是细心的二哥发现了母亲的异常，尾随母亲到了队屋，抢下了她手中的农药瓶。直到四哥三十多岁有了自己的家，母亲才真正放下心来。

　　要把三儿三女抚养大，帮助我们成家立业，父亲又常年不在家，我的母亲这一生吃了很多苦，受了很多罪。对这样的母亲，子女任何付出都不过分。更何况在母亲最后几年，我只是在经济上多分担一些，对她的照顾远不如兄姊的多。

　　在母亲最后住院的那段日子，她已完全认不出我。虽然不认识也喊不出我的名字，却知道我是她的亲人。我为她梳头，整理衣服，她都乖乖地坐在椅子上不动。她还拍打着双腿给我看，说"已经消肿了"，开心得像个孩子。我既高兴，又难过。

　　这些年，她的病历和检查结果我一直保留着。我不知道，这是为了纪念她，还是惩罚自己。我深知，自己根本不是母亲的"辣胡椒"，我麻木、粗心，有愧于她。她许是知道我内心的思念，常常入梦来和我相见。

寻　找

　　母亲去世已经整整四年了，心中的伤痕稍微平复。但每次回故乡去，我必去二哥家。这次亦然。我在母亲最后住过的那间屋子里站上一会，看一看。还是那张大床，摆放的位置一点没变，蚊帐的颜色更暗黄了一些。她老人家用了几十年的黑木箱还原封不动地摆放在床边，我用手摸了摸，敲了敲，传来空空的回音，里面应是什么都没有了。脑海里不由得回想起最后一次接母亲去深圳时的情景。也是这口箱子，临走前，她干枯的双手在一堆衣服里面摸索来摸索去，最后找着了，两千元人民币，红红的一叠，欢欢喜喜地将它全部交到二哥手上。在车上，她对我说："你二哥很辛苦，要种田，又要照顾几个孙儿，这些给他，可以减轻他的难处。"她那时思维很清晰，心里知道疼自己快六十岁的儿子。

　　我在窗边停了停，母亲的最后一个月就是躺在这个靠窗的位置。这里空气好，视线也开阔一些。受老年性心脏病、高血压病等疾病的折磨，她已病入膏肓，形容枯槁。她再也咽不下任何饭菜，时而昏睡，时而亢奋，家里人唯一能做的就是尽量让她躺得舒服些，陪伴她，直到生命结束的那一天。

　　当得知母亲已卧床不起，我特意请假回来看她。我俯下身，仔细端详她的模样。只一个多月不见，她的变化之快令人吃惊：曾经丰满的面容如今只剩下了一张薄薄的皮，全身的肌肉也都可怕地消失了，只留下了皮和骨头脆弱地相连在一起。最显活力的是那双浑浊的眼睛，它们虽然已失去了神采，却还四处转动着，向外传达着她未竭的生命力。这双眼睛在我脸上停留一会，仍然没有认出她挚爱的小女儿，又漠然地转向窗外，盯着，久久盯着，口里喃喃自语："这么好的家，这是谁家啊？"

母亲去世后，我的耳边常会无缘无故响起这两句话。自从父亲去世，她就失去了固定的住所，没有自己的家，没有专属于自己的一张床。她像一块浮萍，漂泊不定。一会漂到二儿子家，一会漂到小儿子家，一会儿漂到我和两个姐姐的家。母亲一生为了家庭和儿女奔忙，到最后竟没有了自己的家。

母亲将六个儿女抚养成人，伴随着母亲失去家园这一事实的是，我们都建造了自己幸福的家。然而为了追求更加幸福的明天，哥哥姐姐们也都跟随我的步伐相继南下深圳。刚开始几年，把孤零零的母亲扔给唯一在家的二哥，后来几年虽然把她接到深圳照料，但由于四哥和两个姐姐都是租房住，母亲就常常是东家一晚西家一晚地凑合。家里儿孙几十人，都忙于自己的工作，抽不出一人来固定地看护她，致使她常常一人独自在家。有段时间，实在没办法，把她"丢"给刚结婚不久的恒利。常常是从午饭开始，她便搬着一张小板凳坐在房门前，眼巴巴地等着恒利下班回来。住我家的时候，五姐不会陪她打跑胡子，她便邀我十来岁的儿子、她最小的外孙国贤一起和她玩这种纸牌游戏，俩人生起气来又会相互往对方身上扔拖鞋，让人哭笑不得。住四哥家的时候较多。六姐也会偶尔去接她小住，她欢天喜地地扯着六姐的衣服，跟在后面下楼，走向另外一段短暂却是新鲜的生活。

本来我回去的那个晚上应该留下来侍候她一晚的，旅途劳顿的我，经不住哥哥姐姐们相劝，还是一个人安静地睡到楼上去了。第二天，又匆匆地去赶回深圳的火车。回去前我做的最后一件事就是用热毛巾帮母亲擦脸，一边擦，一边听她说"真舒服！"还把我没有擦到的另一边脸主动地伸过来。我含着离别的泪水给她喂了些放了开水的蛋糕，又叮嘱二哥每天熬些米汤给她喝，便依依不舍地离开了。我还以为，我们母女还能见上面，谁知那次分别成了我和她的永诀。

两年前的一天，我在书店闲逛，看到一本名叫《寻找母亲》的韩国小说。首先是这本书的名字吸引了我。母亲还用寻找吗？在我们的意识中，母亲就在那里，始终就在那里，仿佛只要你一扭头，就能看到她再熟悉不过的身影。母亲是像山峰一样的，从不会在我们的眼中消失。

没有多想，我买下了这本销量突破120万册、版权卖到15个国家的书。

作者申京淑，与我同性同龄，也算是有缘。

这是部故事简单、描写也毫不惊人的作品，作者以细腻的笔触向读者描绘出这样一幅图画：跟着爸爸从乡下进城的妈妈，因为迟了一步，没有跟着跳上急驰而去的列车而迷失在首尔地铁站，生活中无处不在的妈妈就这样离奇地消失了。

接下来就是寻找。丈夫、女儿、儿子，用各自的方式和视角，全方位地展现了母亲从少女到初为人母、被离弃的妻子、自豪的母亲这坎坷一生的命运。

打动我的不是情节，是朴实的文字，透过文字流露的深深的母子情、母女情、夫妻情，真挚而令人动容。

你妈妈的家就像个工厂，一年四季都在为城里的家人制造着什么。大酱腌好了，清曲酱发酵了，大米磨好了。不知从什么时候开始，城里的家人们去 j 市的次数越来越少，反而是父亲和妈妈一起进城的次数越来越多了……

不知从什么时候开始，他的心已经不属于自己了。不知从什么时候开始，他已经忘记妈妈的存在了……

看到这里，你会不会想到，作者描述的妈妈其实就是我们自己的母亲？在母亲暮年、你万事缠身的时刻，也是否曾忘记过母亲的存在？

用作者的话说，她只是想用她手中的笔告诉世人，母亲虽然失踪了，但还有找到的希望，别忘记母亲，她为我们付出的令人心痛的爱、激情和牺牲，难以计算。

自从母亲她老人家离开我们，我才真正停下脚步，反省自身，思考我和母亲之间的母女关系，思考天下所有成年的子女和他们年迈体弱的父母之间的关系：曾几何时，母亲是我们最依恋的人，最早的老师；我们通过母亲的眼睛、口、手来认识世界，感知世界，我们学会了说话、走路、思想，我们在母亲的目送和祝福下，走入学校、社会、婚姻；在我们成长的这段过程中，母亲一直都是我们生活中最重要的引路人。

可不知从何时开始，我们的心里不再像从前那样惦记她了，虽然理智驱使我们接近日渐衰老的母亲，而各种现实需要又总是将我们从母亲身边拉扯开。

记得，在母亲后来几年，我和母亲的对话总是那么重复、单调、简短，见了她，无外乎就是问吃得好吗？睡得着吗？要钱花吗？等等。当得到一切都好的答案，我就心安理得地逃之夭夭了。其实年老的母亲和我们相处在一起，她更多的时候只是想你静静地听听她的唠叨，甚至你不作声都行，只要让她好好地看你一眼，摸摸你的手和额头。而你的手机不断地响起，你们的谈话总是被打断，你的眉头开始皱起，声音开始抬高，母亲自然不好再打扰你，催促你离开去忙正事。我的脑海中，充满了这样的回忆。

父母是藤，儿女们是果。果实成熟了，浑圆芬芳，得到无数赞美，但又有谁会关注那日渐枯萎无声无息的藤蔓？就连那果实，说不定也会暗地里认为是自己争气，而忽略它长得好原是藤根给予的充足的养分和支撑。

但愿我的思索能带给他人启迪，也许人间会少一些遗憾，多一些圆满。

听说母亲离去的前一周，不停地呼唤我的名字！很难令人相信，早在几年前就认不出我是她最小的女儿的母亲会在最后的时刻不断地呼唤着我。得知这点，我真是肝肠寸断。我很想质问哥嫂：为什么不告诉我，为什么？

但我终究没有问出。

我怕他们会说："告诉你又能怎样？"

是啊，告诉我就有办法让她坐起来，让她能像从前一样一个个地叫出我们的名字吗？能阻止她离去的步伐吗？

母亲不在了，我似乎总想寻找着她留下的一点点气息，以慰藉我思念的心。因为她的离去，我反而比她在世上更加想念她。时间的潮水淹没不了深厚的母女情。我想说，母亲，您永远都活在我的心中。

春天的思念

　　记得那天的阳光特别明媚，我正在一个私人聚会上，突然接到侄子铁的来电。我将话筒紧贴耳边，听到一个略带哽咽、熟悉而又陌生的声音传来：小幺，奶奶走了！

　　虽然知道终有这一天，当它骤然来临时仍难以接受。我踉跄着走出大门，来到温暖的阳光下，看着满街的人流车流，我不相信，我亲爱的母亲已离开人世。心脏剧烈地跳动，我扪住胸口，闭上双眼，不停地轻轻地喊道："姆妈，姆妈。"没有人回答我，只有属于尘世的轰隆隆的车声人声在耳边呼呼响过。

　　那是 2009 年的早春。彼时从深圳回到湘北的家需坐十几个小时的火车再转汽车。家里亲人绝大部分在深圳工作，老家只有二哥二嫂和小花小元两姐妹，他们只盼着我们能早点赶回去。我在极短的时间内集合在深圳工作的亲人们，商量后决定先开两台车回去，余下的人坐火车回。我坐在疾驰的汽车上，头脑一点点清醒。

　　思绪如柳絮纷飞。第一个飘到脑海的是 2001 年接她老人家来深圳时的情景。在车上，母亲兴奋如孩童，两只手不停地摸摸这摸摸那，又不时捏捏我的衣服，以此证实她真的要和我一起去深圳。

　　我那次回家没给母亲打招呼，在游玩张家界后决定回去探母。已有差不多一年时间没见她老人家了。推开门，母亲正在梳头，看到我，脸上显出极度惊愕的神情，既而，整张脸被喜悦照亮。我要的就是这种惊喜。那晚睡在母亲的床上，感觉到母亲的热情。她紧挨着我的身体躺着，像小时候一样搂抱着我的双脚。我虽然已很不习惯，但还是任她搂着。一年到头，她都是一个人躺在这张床上，虽然生养了六个儿女，可老来还是孤孤单单的一个人。

陪伴她的时光实在是太少了。想到这里我心里很不是滋味。

本来和二哥、母亲都说好了，母亲还是待在老家由二哥照顾。可我临走时母亲哭成了泪人。她靠在我的肩膀上边哭边说："我养了三个女儿，如今一个都不在身边。"母亲的泪水打湿了我的衣襟。我突然决定，带她去深圳，无论在深圳有没有合适的地方安置她，也一定带她去。看到我态度坚决，二哥同意了。听说我要带她走，母亲破涕为笑，欢天喜地地收拾了一包衣服坐进汽车。哥哥站在车窗边送行，母亲欲言又止，觉得自己这一走，儿子不免孤单了。

"我总可以给他看看家。"母亲说，"你二哥太难了，都60岁了，还要到田里打农药。"

母亲说的是实情。

自从1990年父亲走后，母亲只是偶尔短暂地来往深圳，大部分时间都住在二哥家里。老年的母亲对儿女们很依赖，希望能过上儿孙绕膝的日子。这个想法本来平常，可随着上世纪80年代末我来深圳，家里人陆续加入南下队伍，到后来就只有二哥在家里勉强种着几亩薄田。母亲的想法落了空。她老人家高龄在身，加上故土难离，我们也只好任她住在老家。来深圳后她讲起，最近几年，她因想念在外漂泊的儿孙，常常一个人流泪不止。

"你为什么不早点告诉我们啊？"我责怪母亲道。

"怕给你们添负担吵。再说你二哥不希望我这么老了还待在外面，怕万一死在外头。"母亲嗫嚅着说。

越到老，她说话的声音越小。

我知道，母亲真正担心的是二哥一个人在家。她对二哥一直抱有歉疚之情。二哥天资聪颖，从小读书成绩优异，1958年高小毕业参加全县统考，在全公社排名第二，本可以读初中，结果因为父亲的问题被取消了读书资格。而更让母亲后悔的是，二哥由于是双胞胎生，小时身体羸弱，有尿床的习惯，给极爱干净的母亲增添了不少烦恼。一次、两次、三次，每每要烘干棉絮到深夜的母亲终于失去耐心，将二哥推到门外以惩罚其"恶习"。母亲也后悔当年的行为，眼泪汪汪地望着我说："那时候饭都吃不饱，打又不忍心，实在是冇法子。"

053

此事给少年的二哥造成了心理创伤，他多少有点埋怨母亲，成年后还多次提起。每当哥哥旧事重提，我总会不自觉地为母亲辩解一两句。自己在为人母后，深知做母亲的艰难，更何况是一个在那个贫乏年代里儿女成群的母亲。

我承认，我极爱自己的母亲，尤其是在她晚年。她故去后，我了解到更多关于她的往事，思念和歉疚之情更甚。

母亲虽然个子矮小，长得却端庄大方，双眼皮，大眼睛，鼻梁挺拔，长圆形脸，头发浓密，只是皮肤颜色稍暗。都说童年记忆遥远模糊，而她的一颦一笑已深深地刻在了我脑海里。记住的还有母亲与众不同的口音。周围人都说一口地道的汉寿话，唯母亲的话语里带有一种明显不同的调子。"沅江话"，有人这样告诉我。沅江，给我的第一印象不是地名，是方言。

直到 2017 年我才知道母亲真正的出生地并非沅江县城，而是在离华容注滋口镇约 20 里远的一个叫"八千山"的地方。母亲很少在子女面前谈论她的父母，我们只知道她有一个哥哥。她是怎么长大的，童年是否快乐，我们全不知晓。母亲没有缠脚，会一手精致的女工，识不少字，也会写字。2005 年那年她 80 岁，我拿张报纸试她，她居然还能准确地读出那些文字。母亲显然是受过正规教育的。

我们不像大多数人一样有温暖的外婆家。母亲隐约提过自己的妈妈，说妈妈很好。此外我们再也听不到更多关于外祖母的消息。而对于自己的家境，她也只偶尔像是开玩笑似的对我们说，她是吃莲子长大的。为何不是吃饭长大而是吃莲子长大？这个问号曾在脑中一闪而过。母亲原来话中有话，她的本意并不是把莲子当饭吃。在 20 世纪的二三十年代，莲子是用来卖钱做家用的，根本上不了穷人家的饭桌。

母亲出生于 1925 年，家境富裕，是千金小姐。当年经她的哥哥介绍给 21 岁在华容县注滋口国民中心学校当教员的父亲。结婚时母亲是 18 岁的黄花闺女，父亲却已经有了一个 6 岁的女儿。舅舅很欣赏父亲，认为父亲才华过人。果然父亲在 25 岁那年成了学校的校长，骑白马，戴礼帽，挂手杖，一时风光无限。

母亲对自己的儿女们保守心中的秘密，大概因为她的母亲在 1949 年后被划为地主，同时唯一的哥哥也曾在国民党的部队从事技术工种，这样的身份在那个年代是极不光彩且讳莫如深的。童言无忌，万一说出去，那会给家庭带来无尽的祸患。所以不能怪母亲的无情，换上任何一个人都只能这么做。但这不代表母亲不爱自己的娘家人。当外婆和舅舅去世的消息从沅江传来，母亲的悲痛吓坏了年少的哥哥姐姐们。他们说，母亲足足哭了三天三夜，号泣不止。为了怕人看见和听见，她坐在后门的台阶上，双眼直视前方，压抑地哭泣着。眼睛哭肿了，声音哭哑了。在一边陪着流泪的兄姊们看到母亲悲伤难已自然伤感，可他们断体会不到母亲心中那如潮水般涌来的永别之情。在那悲伤万分的时刻，母亲是否为自己的选择感到后悔？如果当年她不同父亲来汉寿，她的生活会完全不同。可这对她来说是不可想象的，她已是两个儿子的母亲，她不可能逃离自己作为母亲和妻子的职责。既选择了和自己的丈夫儿子共同面对未知的生活，就必定要与自己的母亲分离，无法尽到一个女儿的孝心。

外婆大约死于 20 世纪 60 年代初，舅舅大约死于 20 世纪 70 年代中。虽然几乎见不到他们，哥哥姐姐的心目中，多少有"外婆家在沅江城"这个概念。但随着外婆和舅舅的相继离世，这样的念头就越发少了。小时候曾隐隐约约听到过一个传言，说母亲并不是外婆亲生的女儿。一直也不敢问母亲。直到去年晚岁，亲眼看到了父亲手书的"个人自传"上写出的"爱人为岳家养女"，内心仍觉震撼。想探究个中详情，已无人可问，无处可查。

父亲的个人成分虽是"旧职员"，但爷爷被确定为"贫农"，这份幸运，为家人在 1949 年重返已离开了 27 年的汉寿老家的生活提供了政治和经济保障。1949 年后，家里即在邹家坪村分得了三间瓦屋和 15 亩农田。拥有自己的土地，这既成为某种不言而喻的象征，更是生活之源、存在之本。父亲也在同年加入新中国的教师队伍，正式入职为小学教员。母亲成为一名农村妇女，开始了一种对她来说全新的、考验其一生的生活。

从一个不谙农事的娇小姐，到十年内先后生下三儿一女，而且身处完全陌生的环境中，母亲的艰难无人分担，无处可诉。她十分要强，跟着一队妇女下农田劳作，闹下了把稻秆当稗子扯下的笑话。她不会种菜，但认真学，

1990年清明节父亲二次中风离世，为安慰母亲，家人们留下了这张合影

很快做得像模像样。1958年她参加了修建通往清水坝水库的排水渠，一次因出工迟到被跪倒示众，母亲流下了一行行屈辱的泪水。这一幕被给她送饭去的只有8岁的四哥看在眼里，至今难忘。1960年的一天，一群妇女偷粮食被母亲碰见了，母亲坚持要她们分她一碗，并说"如果不分给她，就去告发她们"，她的勇敢震慑了她们，最终还是会讲故事的银川婶动了恻隐之心，说分她一点吧，她家里人口多。那一晚，哥哥姐姐们意外地喝到了一碗香喷喷的热粥。

　　1963年母亲生下了我，那一年她38岁。我是她最小的孩子。两年后她有了她的第一个孙子。我在母亲身边长大到15岁，然后外出读书、工作、结婚、离家，从她的视线中渐行渐远，过程一气呵成，何其速也。而母亲从一个昼夜操劳的中年妇女，变成一个日日念叨儿孙的老妪，似乎经历了一段漫长的岁月。较之我成长如竹节般的清晰，她衰老的步伐宛若枯萎的藤萝失去了明细的脉络。

从我有记忆起，母亲就是一个特别的、与众不同的人。她极爱干净，晨起第一件事就是梳头发。她的头发用黑色的普通发夹别起来，不见一缕零乱的发丝。衣服穿得整整齐齐，也许有补丁，但不会有泥巴。家里简单的桌椅板凳衣柜，上面纤尘不染。那些年，父亲在外教书，常年不回家，母亲就是家里的顶梁柱、指挥官，儿女们都自觉地听她的安排。

每个孩童都是依恋母亲的，我也亦然。小时候目光总会自觉不自觉地寻找母亲的身影。我喜欢她在厨房忙碌的样子。母亲做饭时一丝不苟，眼神专注而明亮，站在灶边看她炒菜，心里会感到一种只有孩童才会有的快乐。这样纯粹的满足只有童年才体验过。在我吃过的饭菜里，数她做的最好吃，回忆也最深刻。

从 20 世纪 60 年代中到 70 年代末，母亲一直都无法停下忙碌的脚步。三个儿子相继成家，然后是两个女儿。尤其是儿子们的婚事，当时全靠媒妁之言，而家里经济条件不好，她为此操碎了心。记得四哥的婚姻，第一桩因为他对准丈母娘说了一句不该说的话，婚事告吹。第二桩眼看就要娶媳上门，却不料准媳妇因家贫无陪嫁竟和自己的好朋友一道跳河而死，演成"二女跳江"的悲剧，成为汉寿轰动一时的新闻。两桩婚事受挫使四哥性情变得乖张易怒，经常为小事与兄妹发生龃龉，家里争吵声不断，母亲忙着平息争端，心力交瘁。终于在一次兄弟之间的斗气打闹中，母亲被误伤，头破血流。母亲的鲜血预示着她遇到一生中第二个艰难时刻，而这次更加棘手。当时，每个家庭最大的事就是给业已长大成人的儿子完婚，如果谁家娶不上媳妇，让儿子"打单身"，那就是这个家庭最大的耻辱。直到二哥分家、五姐六姐相继出嫁、四哥顺利顶了父亲的班也结了婚，母亲的神圣使命才算基本完成。

那十几年也正是我成长的时光，母亲带给我很多温暖的回忆。冬日的早上我怕冷不想起床，已在生火烧饭的母亲早已细心地将我的棉袄袜子烤热。晚上我睡觉了，朦胧中睁开眼来，还看到她在昏暗的煤油灯下低头缝补衣裳或纳鞋底。15 岁之前我们一直相偎着睡在同一张床上，冬夜感受她把我一双小脚搂在怀里的温暖，夏夜享受她摇蒲扇带来的清凉。上小学时她请人为我做了一个小而精致的烘笼，可以轻巧地带进教室，引来同学羡慕。中学时她为我做的肉丁豆豉最好吃，连老师都忍不住品尝并给予夸奖。20 世纪 70 年代中期，我成了村里第一个穿裙子的女孩。当时即使在县城，女子穿裙装也是凤毛麟角，更何况乡村，那会迎来多少异样的目光，可母亲居然答应了我的请求。穿着那条绿色的绸缎裙走在乡村的土路上，我感到说不出的荣耀，母亲看我的目光里也透着喜悦。这不平常的举动说明母亲有思想、有见地，不怕打破常规。当她为自己来了月事的女儿不下农田干活而与队干部据理力争时，当她提着满满的一桶衣服在水塘边借着月光搓洗时，当她在土地上劳作脸上淌满汗珠而无暇用手去揩一把时，我多么感激、尊敬自己看上去弱不禁风的母亲，在她一米五不到的身体里竟蕴含着一股凛然正气和巨大的生命力。

如果说母亲有什么令人讨厌之处，就是母亲吃饭时总要催了又催，喊了又喊，这点常引来父兄们的不满。不久大家也就渐渐习惯，不再等待她。总是最后一个来吃饭的母亲，常常将剩汤剩菜倒在自己碗里，吃得碗底朝天。爱干净的母亲在这点上却又毫不顾忌。另外，母亲性子太直，讲话不愿拐弯抹角，好为弱者打抱不平，爱管邻里之间的闲事……这些特点也毫无保留地遗传给了我，我虽然因此吃了些苦头但我无悔。对于给了我生命的母亲，我十几岁时开始模模糊糊心疼她，30 岁自己做了母亲懂得她的劳苦，等到我在这世上走了长长的一段路，才完全明白了，她的一生是多么的艰辛，多么的不易。

对母亲的认识，其实经历了一段漫长而复杂的过程。

1954 年母亲 30 岁不到，却已经是四个孩子的妈妈。这一年母亲在贫困的生活中遇到了她一生中第一个打击：婆媳发生矛盾后父亲常常不问青红皂白对她又打又骂，同时父亲与一个女老师过从甚密，闹得人尽皆知。见似乎无法挽回父亲的感情，母亲走出了令人意想不到的一步：离婚，抛下生活中的一切，回到娘家沅江县城去。

不是每一个女人都能像她那样以如此决绝的方式捍卫个人尊严。也许很多女人在这一刻会选择俯首听命，为了儿女委曲求全。母亲显然有她自己的想法。1955 年春节刚过，她挑着一担包袱出门，已经十岁的大哥知道母亲要离去，哭着抱住母亲不放手，五岁的四哥不明白大哥为什么要哭泣，而最小的女儿才两岁多，也向母亲伸出稚嫩的手，看到这一切，母亲心都碎了。然而她已无路可走，只能坚定地离去。母亲回到她自己的母亲和哥哥身边去，身心伤痕累累，大病一场。12 年的婚姻生活，让她对人生有了满怀的爱，也有了切肤之痛。她还年轻，虽然已是四个孩子的母亲，但同时也是一个人格不容践踏的人。

在沅江机械厂当工程师的舅舅为她找了份工作——在县城中心幼稚园当生活老师。据母亲后来回忆，她的行为虽然报复了父亲的背叛，但也领受了思念儿女的噬骨般的痛苦。望着幼稚园活泼可爱的孩子们，她会想起几十里之外没有娘的幼子，她的眼前老是晃动着他们受冻挨饿的小小身影，这样的思念简直令她疯狂。吃饭时眼泪一滴滴掉在饭碗里，夜夜泪湿枕巾。然而她坚持着，她已无法回头。一年后，当得知父亲并没有迎入新妇，而最小的女儿因为没有母亲照顾整天端着碗趴在家门前的石级上时，她丢下即将成为正式工的身份返回汉寿她真正的家。

她决定回汉寿前，舅舅告诉她，她很快可以转正了，就是说可以吃国家粮、拿正式工资、不用去农村受罪了。她完全可以在沅江县城安顿下来，哪怕再成个家，生活也会比之前好。不，我要回去。母亲说。当初她回到娘家并不是怕吃苦受累。听说她回家的当天，六十多岁的祖父母望着一年不见的儿媳喜极而泣，连忙打发哥哥们去寻找十几里外的父亲报告这一消息。他们和好了，又牵手走过了三十多年的岁月。

我是成年后才听到母亲这件尘封在历史烟云中的轶事，也算是家史中的一件大事。当时只觉吃惊不小。望着自己只知弯腰低头干活的母亲，不敢相信她会有如此惊人之举。第一次在心里不敢小看她。我自己成了母亲后，体会到对儿子牵肠挂肚的情感，无法想象母亲那在撕心裂肺的痛苦中度过的岁月。她的心里站着四个儿女啊，有人说母亲是永远矗立不动的大树，若无雨骤风狂，母亲这棵大树又如何舍得她头上的蓝天和脚下的土地？小河干涸了，人们才会怀念潺潺的流水。有时刮骨疗毒才是治愈顽症的绝好方式。三十多岁的我，看着七十多岁白发苍苍却眼不花耳不聋的母亲，怜惜之余，更有敬重。她是一位集慈爱坚强于一身的母亲，是一位兼具独立精神和牺牲精神的母亲，是一位打不垮的人。

在以后的生活中，我常常会不自觉地拿自己的遭遇与母亲的经历相比。在老一辈经受的苦难面前，我们所谓的痛苦、委屈无足轻重了。

母亲80岁开始患上老年痴呆症。在这之前，我一直认为她会像很多老人一样活到很老很老。总觉得母亲一生吃了太多苦，老天应该以此作为弥补。正是这种想法让我错失了很多机会，我本来可以早一点安排对她进行全身心治疗，也许她可以多活几年。

新世纪开始，母亲常常夜不能寐。记得，清晨时分，天色微亮，楼下的马路却早已苏醒，传来一阵阵汽车的轰鸣声和行人说话的声音。两种声音交织在一起，唤醒了在睡梦中的都市人。我正忙乱地在洗漱间洗脸刷牙，一转头，看到她手上拿着梳子、披着外衣、头发散乱、神情萎靡地站在门边。她眼皮耷拉着，似乎想说什么。

"怎么啦?"我估计她有可能是没睡好。

果然。她稍稍抬起头，望着我，眼里透出一丝无奈，"歇不得，一晚上都歇不得。"她闷闷不乐地说，声音低沉。知道我没多的时间搭理她，说完就慢腾腾地朝客厅走去，留给我一个无精打采的背影。

人到中年，虽事情成堆，但总不会忘记母亲的话。也唯有她，能让我心情平静，从容淡泊。对我买回来的药，她总是认真吃完。只是在对她的牙齿问题上，我没有坚持自己的主张。她的牙齿不知何时脱落无几，按理应该早点装上假牙，就因为她怕疼不愿意去医院，也就依了她。结果牙齿掉得一颗不剩，牙龈总是发炎。那些日子，我常常见她用手托着腮帮，嘴里含着盐水，脸鼓成个大包。她渐渐失去了食欲，不愿吃饭，对饮料产生了兴趣，整天捧着可口可乐喝个不止。那时想，她既然想喝就让她喝吧。心里也曾掠过一丝不安，觉得这样下去不是办法，会导致营养不良。在后来的一次住院中，果然被查出严重贫血，血色素降到7克以下，这都是她喝了过多的饮料，长期饮食不当造成的。

最让我后悔的是，她近80岁时开始变得啰唆琐碎甚至张冠李戴，我自认为那是上了年纪记忆力减退的缘故，从来没有往老年痴呆症这方面想。

母亲患上老年痴呆症后，我才开始有意了解这个剥夺了母亲身心健康的疾病。其实老年痴呆症是一个综合名称，其中 60% 为阿尔茨海默病，另外 40% 为脑卒中引起的血管性痴呆、以行为改变和语言能力下降为主要表现的额颞性痴呆及以幻觉问题比较严重的路易体痴呆。母亲属于前者。2010 年中国就有 919 万人患有各种痴呆症。在患上老年痴呆症后的五年时光里，母亲一直能够正常吃饭、说话、走路、如厕，除了不认识人、偶尔有睡眠障碍、喜欢藏东西外，没有发生狂躁、出走、攻击等危害性症状。母亲虽然痴呆了，活在一个混沌不明的世界里，但她并没有给儿女们带来太多的麻烦。直到最后两个月，才完全丧失生活自理能力，不会吃饭、走路，大小便失禁。

"黑四"，母亲痴呆后就只认得和喊得出四哥一个人的小名。她回汉寿老家后便主要由四哥照顾。母亲去世后，我常向四哥追问母亲生前那几个月所发生的生活上的琐事。他说，母亲一辈子干净惯了，即使后来体力已很衰弱，仍坚持自己吃饭和上厕所。有一个晚上，他睡着了，醒来不见母亲身影，便开灯寻找，看到母亲穿着一条薄薄的短裤，站在黑暗的厨房里，冷得全身发抖。那是冬天，故乡的夜晚冰冷似铁，也不知道她站了多久。原来她上完厕所后不知道如何回到自己的房间，只得摸索着站在紧临厕所的小厨房里。

他的述说让我自责不已。此后每每忆起冬天的寒夜母亲无助独立的身影，都会痛上心头。恨天道无情，时光易老，恨自己尽孝太少，母亲的深情无以回报。

母亲思维清晰时曾主动和我讨论她的身后事。她不惧怕死亡，但很担心在床上不能自理、等吃等死的生活。她笑着对我说："邹丹，我死后肯定是一场热闹丧事呢，在邹家坪肯定排第一呢，可惜我自己看不到。"说时一脸骄傲的表情。

"那是肯定的。姆妈做了一辈子的好人好事。"

我说这话，绝不是恭维她。母亲向来热心助人，她奶水好，村里吃过他奶的孩子就有好几个。对向她求助的人，母亲总是尽其所能。她看重人品，从不巴结权贵。母亲具有她很独特的一面。

"您不会死的，还要活很多年呢。"我真心实意地说。

"那不成了一只老乌龟。"母亲回我道。松弛的嘴角带着一丝满意的笑。这是只有母亲和女儿在一起时才有的舒心的笑。那欢笑的一刻，永远印在我的眼底。

当真正失去年迈的妈妈时，我才意识到人的一生其实都是需要母亲的。因为母亲就代表家，代表爱，代表守望和坚持，代表温馨的回忆，代表那照亮我们前行道路上的一束束明亮之光。

母亲是 2008 年农历腊月二十五真正病倒在床的，病因还是半年前在深圳住院诊断得出的老年性退行性心脏瓣膜病、高血压病 2 级（极高危）、低蛋白血症等疾病的复发。在深圳曾短暂住院二十多天，近二十多年第一次住院的她治疗效果非常好，很快消肿。医生望着我们高兴的脸提出警告说，可能过不了太久就会复发。离出院仅半年多，母亲真的再次病倒，卧床不到两个月，就默默地离开了人世。

车子经过 13 个小时的疾驰，终于将我们送到家。此时二哥的家已笼罩在一片白色之中：白色的挽联、白色的花圈、白色的孝服。母亲安详地躺在那里，那么瘦，那么小，那样刺骨的冰冷！那深陷的眼窝，紧闭的嘴唇和双眼，高耸的颧骨，那不是我的母亲！可不是她又是谁呢？死亡就是这样狰狞恐怖，将我们有血有肉的母亲变得形如槁木。

正像母亲所说的，她的葬礼十分隆重。许多人都来向她告别。当晚的烟花璀璨而绚丽，它的绽放，是为着一个生命的离去，为着纪念一个平凡的母亲，为着儿女对母亲最后的敬礼。那一朵朵五颜六色的烟花带着儿女的深情，带着人间的不舍和思念耀目地腾升上乡村的夜空，去向母亲做最后的告别。母亲啊，春天的花朵已开满大地，您可以安息了！

父亲的信

父亲于二十多年前的清明节辞世，每年的这个日子，我心中都会涌上一丝隐隐的痛楚。

清明节，展读父亲的信成了我纪念父亲、重温父爱的保留节目。父亲留给我的信十来封，我有幸地保留了它们。这些信均写于 1983 和 1984 年，那时我正在常德地区卫校就读，二十如花的年纪，父亲多有牵挂，而交通不发达，父女俩要想交流全靠鸿雁传书。

越是时空久远，这些信越发显得珍贵，带给我的温暖和慰藉超过一切。

那时读书，国家会按学生的家庭情况发放不同档次的助学金。我虽来自农村，但由于父亲是每月能拿工资的人民教师，只能拿二档助学金，每月十五元。助学金以菜票形式发放，饭票免费。饭票用不完，贡献给有需要的男同学，但菜票不够。带荤腥的菜每份 2 角，小菜每份 5 分。担心我吃不好，加上买衣服、日常用品等需要开销，父亲每个月还给我五至十元钱。当时这在同学中已算宽裕，很多农村的同学家里不补贴一分钱。我给父亲的信无从查证，但从父亲好几封回信看，信中内容多半涉及自己的开支情况，要买衣服、要去长沙同学处玩等，希望父亲能增加当月给钱的数目。

父亲在一封信中写道："原计划 12 月只寄 10 元给你，现决定增至 15 元。你的毛线裤子坏了，下月再设法斟换。气温低了，要及时加衣。一定要保持温饱，钱不够，我就设法加寄，但决不能浪费，须知爹爹的钱是辛苦得来。"另一封信写着："入春以来，家庭开支增多，四哥和我的钱都较紧张。你要钱用，我当然设法保证，不过我希望你补充吃的，到添夏衣的时候，才考虑用些钱。你看着办吧，必要的东西还是不省。"

两段不多的文字，流露出的是父亲对女儿有求必应的拳拳之情。父亲那时虽已退休，仍被县教育局相中，返聘到崔家桥师训班担任语文老师，他的学生是清一色的民办教师。年少不懂事的我，用钱不知节俭，给父亲出了不少难题。老父老母，节衣缩食，节省资金，满足小女儿的种种要求。我从常德卫校毕业后，父亲曾开心地笑着对我和家人说："妹妹毕业，爹爹就涨工资了。"我当时不明深意，成家立业后方知个中辛酸。

父亲的信除了叮咛，就是向我报告家中发生的大小事情：远嫁他乡的五姐要建房子了，这在农村是大事，大哥和四哥已前往帮忙；小侄儿患了坠肛，每次大便时都会惹来鸡公尖利的嚓子，他在找寻各种治疗偏方等。我那时刚从农村来到城市，又是女孩子，可父亲在信中从未提到要我注意人身安全之类的话，这应该不是他老人家的疏忽，而是与当时的治安环境有关。我大姐有个好朋友陈阿姨在常德邮电局工作，父亲在一封信中曾要我委婉地向她探询一下，能否帮忙买一辆邮局处理的旧自行车。父亲会骑车，但一直没有自己的车，一是没有闲钱买，二是那时买车需凭指标。没有车骑，他的出行方式主要靠挤公交车或者走路。年近六旬，身体已开始发胖，如果有自行车，既可免挤车之苦，又可锻炼身体。可年轻气盛的我，想不到这些，觉得求人很伤自尊，便没向陈阿姨开口。这大概是父亲求我为他办的唯一的事。没过几年，他就因高血压中风了，走路都要依赖拐杖，更遑论骑车了。想来至今汗颜。

"学习如果不太紧张，一定抽一些时间多学点文史，开卷有益！"

"你的来信把'无微不至'写成'无微不致'，把'带教老师'写成'带交老师'，可见语文水平之低，暇时要多读书报，多留心自己平时曾经写错用错的字词，要知道随处均可增长见识，不要以为只有在教室里才可学习。"

好多封信，父亲都提到要抽时间看书阅报，我当时不甚理解。

我就读的虽是公共卫生专业，但常规的医学基础课如人体解剖学、内外儿妇五官中、病理药理等学科都要学，加上自己的专业课如传染病学、流行病学等二十多门学科，我正陷入成千上万个深奥难懂的种种医学原理、概念、名词、指标之中，疲于应付，苦恼不堪。对父亲上述的话只是姑妄听之，口头答应，并未付诸行动。事实证明，父亲要我在攻读主课的基础上多学点课外知识不愧为真知灼见。从学校毕业后，我被分到县卫生防疫站慢病科工作，后来又调到办公室，经常要写各种汇报材料，下笔如嚼蜡，苦思冥想不得，才下决心去报名参加汉语言文学的自学考试。

近几年，我对自己已满二十岁的儿子也不断提出要求，希望他多看书、看报，增长课外知识，其良苦用心无异于当年的父亲。儿子对此不置可否，只是热衷于上网、玩手机。他现在远在英伦，母子沟通以微信为主。品味父亲一笔一画写成的信，眼前这一行行龙飞凤舞、遒劲有力的"邹氏"字体，仿佛具有了生命的力量和温度，闭上眼，我似乎看到父亲当年伏案疾书的宽厚的背影。因为是最小的女儿，以严厉出名的父亲仍把已好几岁的我背在他宽宽的肩上。是父亲当年的高举和包容开阔了我的视野，同时也培养了我敢创敢试的勇气和不畏权贵的心胸吧。

重读父亲的信，想着世界上再没有第二个人能写出这样的文字，传达给我如许深厚的温暖和爱，我的内心突然有了一种冲动。当儿子听说我要和他通信，第一反应就是："妈妈，这年头谁还写信哪？"

是啊，先进的通信手段使人们早已淘汰了写信这种最原始、最慢的交流工具，再亲的人，也不会为对方留下片言只语。不能说是科技的错。可亲情爱情这种人类最细腻的感情，其千转百回不是光靠口头语言能表达贴切的，更需要最具个性化和代表性的文字来阐述心中的感受和牵挂，留给对方最美、最隽永的记忆。在我的说服下，儿子答应了我的请求。

同为父亲的我国著名翻译家傅雷，给在海外游学的音乐家儿子傅聪写了一百多封信，集结成著名的《傅雷家书》。他的家信从李白的宏大胸襟、欧阳修的温厚蕴藉，到肖邦的诗意、莫扎特的真诚、克利斯朵夫的坚强，古今中外，天文地理，无所不包。更多的是谈人生、谈恋爱、谈性格、谈音乐与大自然的关系，还有吃饭、弹琴时的姿势这些小事。天下父亲的爱都是一样的，读《傅雷家书》，仿佛如自己的父亲般谆谆教诲，受益匪浅。

"你对哥哥们有意见，何必发牢骚呢？须知人们总是各有各的难处的。"

"温室里的花朵是经不起风雨的考验的，为什么要想一帆风顺呢？"

"作为女孩子，没有本事，品行不好，名声坏了，是极其危险的。千万莫自暴自弃，要一心向上，一心向善，持之以恒，争取做强者。"

065

这是父亲在我毕业前写给我的最后的信。回到家乡没几年，我就南下深圳，几个月后父亲与世长辞。如果他老人家能多活几年，我们父女或可以再度通信，用文字记录彼此的挂念和祝福。可惜我没有这样的福分。

虽然没有成为父亲期望中的强者，但也努力做到自强自立，算是没有太辜负他老人家的期望。父亲地下有知，也该含笑九泉。

066

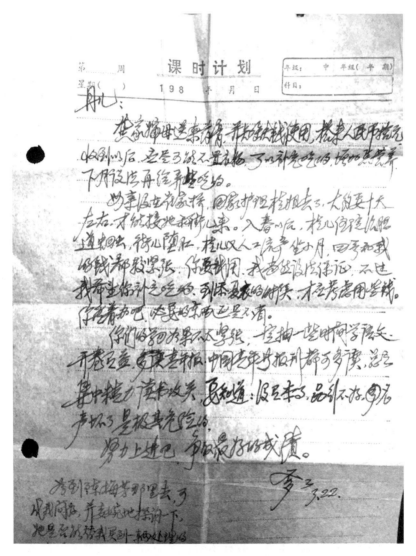

父亲的信。写于 1983 年春

远　行

在 1986 年至 1989 年那三年间，通常十天半月，在老家县防疫站门口就会见到这一幕：一个左腿不方便只能拄着拐杖行走的老爷爷和一位挑着一副小扁担头发花白的老奶奶，一前一后地走进院子。通常是奶奶走在前面。见到他们，我的同事都会热情地打招呼：来看女儿了？然后扭头朝办公楼大声喊我的名字。

是的，他们是我的父母。父亲在 1986 年春天中风，幸亏抢救及时，虽落下半身不遂的毛病，好在其他都如常。加上有母亲细心照顾，生活质量没受太大影响。

但细心观察，还是不难发现，自从父亲中风后，再也难听到他老人家开心爽朗的笑声。以前，父亲常常会因为某件高兴的事而开怀大笑。父亲的笑声特别有感染力，那笑声似乎能震落屋瓦上的尘埃。现在我看到的是黄昏时分呆坐在我小屋的阳台上、对着窗外寂静的田野默默无语的身影。

父亲平淡而略带忧伤的生活因为我的离家而起了波澜。他开始频繁地拄着拐杖走出家门，说话的声音也变得洪亮。他从报纸电台和他人嘴里找寻关于那座城市的一切消息，然后兴致勃勃地告诉家里每一个人。同时，他还将我要去深圳的消息告诉了他认识的所有的人。

那是 1989 的夏天，离我离开的日子不远了，天气炎热难当。父亲和母亲一道，从几里外的乡下来到了县城。他一路跌跌撞撞地走来，气喘吁吁。汗水挂满了脸颊，湿透了他身上的白色圆领衣衫，但他脸上的神情是愉快的。在我的印象中，夏天父亲总是着这种汗衫，既便宜又好洗。父亲的着装一直是简朴之极。

我接过母亲肩上的担子，那是我爱吃的豆角、刀豆、小香瓜等，都是母亲亲手种下的农产品。是年母亲虽然六十有四，但比中风的父亲要健康许多。她头发虽已花白，但眼睛能穿针引线，走路健步如飞，养鸡种菜，照顾父亲，显得十分能干。母亲出门最爱挑副小扁担，所有一应东西都井井有条地放在两个小竹篮中，一边还照看着走路不利索的父亲。

"街上都有买的。"我一边责怪他们如此热的天气还担着重物出门，一边将他们迎到我即将离开的小屋。"你爹说，要陪你住几天。"母亲的话，一下勾起我心中的离别之情。离开之前，因为有太多的事情要处理，我甚少想到年迈的父母，以及他们心中会有怎样的感受，心中不由一阵愧疚。

可能是这样想的吧：父母子女众多，而我不过是他们最小的女儿，即使我离去了，还有哥哥姐姐来照顾他们，所以我很冷静地面对这次与他们的分别。我有条不紊地处理一系列事情：交接工作、到单位办停薪留职手续、清理要带走的衣物和书籍、到常德去办进入特区的边检证、联系买火车票和送行的车辆、给即将见面的丈夫写信打电话电报等，忙得脚不沾地，却又不亦乐乎。

见我出出进进忙个不停，父亲很想帮把手，但又发现自己其实什么都帮不上，就安静地在一旁坐着，脸上带笑地看着我。晚年的父亲可能因为眼睛的原因很少看书了，却对我表示很想看正明（我丈夫）写给我的信。此时我刚刚新婚不久，丈夫的来信中自然少不了亲热的话语，哪好意思拿给他看？便选择几封相对平和务实的信给他，其他的都被我藏到办公室去了。我发现，我不在家的时候父亲会偷偷翻我的东西。以前他可从来不这样。我想，父亲之所以想看这些信应是想了解我的丈夫准备如何安排我们将要开始的新生活。

最小的姐姐曾和父亲谈起过我的未来。她陪着爹爹在街上走。姐姐说，万一妹妹去深圳后找不到工作怎么办？难道又回来上班吗？两地分居会影响夫妻感情的！姐姐的话里透出担忧。别操心！你妹妹有主意，有胆量，没问题。父亲淡定地回答她。

他们之间的对话于父亲离世好多年后姐姐才说出来。我感到很震惊：爹爹这样相信我？我那年也不过二十几岁啊。况且丈夫是湖南大学硕士毕业生，比我小近三岁，聪慧过人，长相气质都不差。听说深圳集中了全国最漂亮的姑娘，他自己的女儿外貌虽然也过得去，但也不能确保家庭稳定、生活幸福，或许也有受气受委屈的时候，甚至有可能遭到无情的抛弃。再说深圳人才济济，本科以上学历者比比皆是，她一个只拥有自学考试大专学历的丫头，能在深圳这座人海里昂起小小的头颅？

不知父亲从我身上哪一点特质判断出我在将来的生活中会毅然决然，坚强无惧。21 岁时，我从地区卫校毕业被分配到本县卫生防疫站工作，四年时间过去，我拿到了汉语言文学的自考大专文凭，从业务部门调到站办公室，所呈写的报告被宣传部的某位领导看中，询问"这是谁人所写"，当知道报告出自一个二十多岁的黄毛丫头之手，领导点了点头，称赞说"写得不错"。

仅凭这点小小成绩，父亲认定我一定会用脚踏实地的行动为自己的将来画上美丽的蓝图吗？

其实仔细想来，父亲对我的自信乃源于对自己的自信。

我出生时，他已四十有余。待我略懂人事，他已饱经沧桑。及至我长成亭亭玉立的大姑娘，他已然白发苍苍。正是因为父女相见相隔漫长的四十多年，父亲对我的感情比其他兄姊来得温情、宽厚。童年记忆中最珍贵的几个镜头是：骑在父亲脖颈上远望天空、田野；夜半被家人的笑声惊醒，原来是在外教书的父亲返家了，见面礼通常是放在枕边的几粒水果糖；邻里谁家有个家长里短的都会找上门来向父亲讨主意，父亲从不拒绝。

没有人告诉我们自己有一个与别人不一样的父亲。是我们一点点觉察出了自己的父亲是如此与众不同。比起言语，他更多的是用行动，向世人也向自己的亲人诠释什么是爱、关怀与无私。

20 世纪 70 年代物质匮乏。父亲每月工资五十元左右，当时家里四哥和六姐尚未完婚，用钱地方太多，父亲却瞒着家人包括母亲，一次性资助他唯一的外甥岩哥 400 元（当时属一笔巨款）。父亲节衣缩食，逐月偿还他向各位同事筹集的这笔款项。母亲知道后几欲昏厥。因为家里用度也是急缺啊。父亲向母亲反复赔笑脸，家里人也跟着在物质生活上受些损失。父亲的理由是，岩哥修屋急需用钱，他作为舅舅不能不管。

对亲人出手相助家人尚可接受，但对自己的学生也常常倾囊相赠，比如给家境清贫却又品学兼优的学生贴学费，将母亲刚为他缝制的新夹衣脱下来，披在冷得瑟瑟发抖的学生身上，这样的行为多了自然会损及家庭利益。父亲为免母亲伤心，就一味委屈自己。在学校教师中，父亲吃穿都是最差的，并由此染上了水肿病。

父亲的所作所为，学生们看在眼里，记在心上。他是中学里讲课最受学生欢迎、师德最受学生尊重的老师。父亲去世后，凡听到消息的学子无不扼腕叹息。2013年，侄子远钊在深圳街头偶遇一客人，双方从口音中知道大家都是湖南汉寿人，当侄子提及当年爷爷在客人的家乡岩嘴奉教二十多年时，客人忙打听名字。得知就是邹宪章老师时，不禁大声称赞道："你爷爷是我的老师，他是一个大好人啊！"

父亲若灵魂有知，他惜别人世二十多年后，还会有学生记得他当年的种种善举，对着他的后人赞美，该是多么欣慰。

1979年，父亲提前两年退休。在他退休前，刚好国家出台政策，提高教师和医生等知识分子的待遇，父亲的学校分到了十来个提薪指标。即使只是加几元，但那时的钱分分角角都管用。众人考虑父亲执教几十年，且名望最高，一致推举他，却被他老人家婉拒。意思是他已届退休，不能再在岗位上尽责，而那些家庭负担重、还要继续辛苦教学的老师比他更需要。父亲硬是把这最后一次享受国家福利的机会让给了别人。

与父亲的爱相等的是父亲的严厉。他对子女、对学生的要求都十分严格。第一是品行要好，品行不好，诸事莫成。这是父亲常常挂在嘴边的一句话。在1981年至1984年我在常德卫校读书期间，父亲在每封信中都会对我谆谆告诫，让我不骄不傲，尊重他人，不耍脾气，不乱发议论，不做温室里的花朵，多看书看报，日后自强自立等。那三年，父亲似乎意识到自己来日不多，或者他认为那正是我世界观、人生观树立的关键时期，他要把心中想说的话全部说给我听。

或许，父亲认为，他已经培养了一个在他看来善良、能吃苦、不惧艰难的女儿，他已经把爱的钥匙放在了我的手心，带着这把钥匙，我可以去打开世上任何一道门。事实上，这些年，我谨遵父嘱，以爱行道，以情动人，自尊自立，虽未干出惊天动地的大事，但自觉没有辜负父亲当年的教导。

话归前文。那些天，我只有在夜晚时分才能歇下来，回到小屋和他们唠唠家常，分享我从街上抽空买回来的新上市的苹果。

这些苹果，不仅皮色光亮，而且香甜可口。父亲表示，这是他吃到的最好的苹果。每次他吃完一个，我都让他再吃一个。而每次，他都会听话地接过我递过去的削好的苹果。

苹果的芳香飘满了小屋，冲散了空气中的炎热，也冲淡了父母心中的哀伤。他们在有一声无一声的谈笑中渐渐睡去了。而我，想着即将面临的新生活，那不可知的未来，却久久也无法成眠。

终于到了别离的那一刻。正值八月，太阳火辣辣的，县防疫站的院子里一辆救护车已发动，车上堆满了行李，我已上车，车窗外站着父亲母亲。父亲试图为我关上我座位前的那扇窗户，他用手推着，动作很慢，仿佛很吃力似的。他想挤出一丝笑容，那似笑非笑的笑容怎么看都是苦涩的。母亲已在用手擦眼泪，我也很想哭，但因为心里藏着即将奔赴新生活的欢喜，竟哭不出来。离开生活了近 26 年的故乡，留在我脑海深处的是父亲那想笑却笑不出的脸。

到深圳后的半年内，我与二哥通信最多。信中常会谈到父母。二哥让我放心，说自我离家后虽然母亲因为思念我常会独自落泪，但父亲的情绪不错。常会主动和人谈起深圳和离家在外的女儿，言谈之间充满了骄傲。

二哥还说，父亲的身体看上去还保持得不错，应该可以尽享天年。"他老人家受苦受累一辈子，老天应该让他享享福了。"哥哥在信上说。

实际上，在我走后的半年时间里，父亲也非常思念离家在外的女儿，那时他和母亲多住在南湖四哥家里。四哥说，常常看到父亲坐在籐椅上望着远方发呆，有时对哥哥说一句，你妹妹到深圳当太太去了。那一次，又见他一个人坐在椅子上好久默不作声，哥哥上前，给他点了一支烟，看到父亲好像一副要哭的样子，嘴巴轻轻抖动，过了好一会才说你妹妹不知几时才回来得成哪。看到父亲这样，哥哥也难过，可不知道该怎样安慰他。这是四哥后来告诉我的。

二哥的话还在我耳边响着。不久是清明节，父亲在他自己父母的坟前伤心痛哭，后被邻居接去用膳，席中喝了几小杯酒，当晚即再次中风，不幸第二天一早才被发现，几个小时后就撒手人寰。我千里奔丧，回到家中，只见老父安然躺在那里，仿佛睡着了般，脸上没有一点痛苦的神色。我悲伤不已，痛感自己不仅失去了至爱的父亲，同时也失去了人生路上最好的老师。从此，我的人生路再没有人会像他那样指点和警醒了。

出殡那天，风雨交加，仿佛老天都在为此哭泣。从家到墓地约五里路，这是与父同行的最后一站路，所有送葬的子孙们任凭风雨打湿衣衫。二十多年过去，还记得那风的猛烈和雨点的冰凉。

父亲突然辞世，令家人伤心不已。回深后思忆慈父，欲罢不能，在朦胧的泪水中开始写下怀念父亲的文字。《忘不掉的旋律》一文在《上海青年报》刊登后，极大地鼓舞了我的信心。从此踏上了一条艰辛的文学创作之路。

与我悼念父亲的方式相同的还有二哥。父亲去世后的半年时间里，二哥多次来信，在信里谈父亲的一生，谈他内心的悲伤等。其中一封大大出乎我意料，在信中二哥为父亲写下了令人动容的文字。以他的水平能写出这样的文字，必是动了真情，呕心沥血。现辑录如下：

丹妹：慈父殒天，我心撕裂。饭前想，饭后想，家父啊，您为何这急归去？现为父作几挽以谢罪九泉，为兄我四十年前不恨书，今哭亡灵作歌难：

第一挽：六八春秋几十年，毕身耕耘重义行。他人胜己事，怀德又慈仁。爱恨一世，刚正不阿。扬善宽宏，胸怀江河。世人几多，苍天知可。知他者儿也，解他者众也。十年有五家境寒，廿十春秋风华茂，三十年前儿女暖，四十浩劫有谁怜？五夏六冬忙园丁，七载拄杖也不宁，终身劳累苍天闻。

第二挽：噩耗惊天不语，慈孝静地无声，满堂儿孙柔肠裂，红颜白发痛亡灵。玉帝阎罗终无情，不若如来普众生。青山葬忠骨，绿水流芳名。拐杖声声仍，笑貌悠悠存，灵前挑灯明，像前唤父亲。他不睬，他不声，而今枉费心。生死终究谁人管，但愿地府审详情，从此不再闻苦声。

第三挽：洒泪南天房池前，凄凄风雨伴父还，是鬼是魂吾不论，我父音容归家门。阶下诘，榻上语，谈家事，训儿孙。问九千年上下，普通天下父母心。万古伤人心，莫若失亲人，为人之子须尽孝，勿得死后哭亡灵，普天儿女当此训。

第四挽：清明时节痛人心，不可来年再清明，父尽孝始有清明，清明再度伤儿心。音容清明，笑貌清明，今年清明添新坟。弃了娘亲，离了儿孙。清明何时了，何年不清明？儿畏清明，儿恋清明，明年清明父周龄。白发思亲，儿孙思亲，清明时节愁煞人。

073

二哥此信深深地打动了我的心，每每翻读，仍泪眼婆娑。父亲虽远行，精神却从未离去。邹家儿孙几十人，无一奸猾狡诈之徒，大家都恪守本分，正直善良，脚踏大地，靠双手吃饭。父亲当含笑九泉。

母亲疼爱的后辈们。2005 年春节摄于深圳荔香公园

父亲与邹蕴真

在我出生的那个村庄，有一个口口相传的传奇式人物，他，就是邹蕴真。

20世纪80年代初，父亲退休在家。那时常见到的一个情景是，晚饭后，父兄一人一把木椅子，坐在一起，谈论国家大事，中国共产党正式通过了《关于建国以来党的若干历史问题的决议》、邓小平首次提出"一国两制"、国家要搞"高等教育自学考试"并且承认学历等，都是他们谈论的话题。那时普通人家没有电视，娱乐活动少之又少，晚上的时光就是家人们坐在一起谈天说地。父兄当年看得最多的就是《参考消息》，谈资很多来源于此。我二十岁左右年纪，虽不关心时事，也支着脑袋在旁边听，有一句，没一句的，没太往心里去。让我记忆深刻的是父亲手中那个泡了满杯茶水的大瓷缸，茶水的颜色很深，缸沿一层褐色的茶垢。只见他说几句，就停下来喝一口，咂咂有声，仿佛那茶水很有味道似的。父亲血压高，也不知道他从哪里听来的，说浓茶可以降血压，所以天天抱着大瓷缸，此外再未见他做任何治疗。没过几年他就中风了，可见所谓的浓茶降压并不科学。

在聊天时父亲好几次说，想到北京去，看看你们真太爷。

注意，他用的是"你们"，还有"太爷"。在他看来，真太爷不是只属于某人和某个家庭的，也不只属于邹家人，他属于整个汉寿人民。他是邹家坪村的骄傲，也是汉寿的骄傲。为何要叫太爷？原来"有"字派的邹蕴真在邹家坪族人中派号非常高，"有道光昭远"，哥哥们居"昭"字派，跟真太爷相比，差了三个层级，所以要喊他为"太爷"。即使父亲也是要称他为爷爷的。

年纪大一点后，渐渐理解了父亲。他已在这世上活满了整整一甲子，却还没有去过北京城，没有看过天安门、故宫和长城。他说想去北京看真太爷，他要看的何止是邹家的亲人，还有厚重的国家历史和人文。他想看的东西实在是太多太多。

父亲口中的真太爷，究竟何许人也？

邹蕴真，派名有瑶，号泮芹，1893 年农历 4 月 25 日出生在汉寿县望城乡邹家坪村一个普通的农民家庭。1913 年春考入湖南省立第一师范学校第八班，与 1914 年 2 月从省立第四师范学校转来的毛泽东是同班也是同寝室的同学，时间长达五年半。中国共产党早期的另一重要领导人蔡和森则在第六班。这是最令邹蕴真难忘的一段岁月，课堂寝舍、岳麓山上、湘江河畔、长沙街头，留下了他和众同学的亲密身影。与一代伟人的交往，彻底改变了他的世界观和人生观，也改写了他的一生：他是第一期新民学会 13 人中的一人，曾资助毛泽东创办"文化书社"并四处推销《湘江评论》，追随毛泽东创办自修大学从而开启了轰轰烈烈的工人运动之先河，多次与毛泽东畅游湘江目睹毛泽东吟作《沁园春·长沙》，1927 年掩护毛泽东到老家邹家坪村避难等。此后二十多年抱着"教育救国"的主张在长沙和家乡潜心教育、教书育人，1949 年后不久即收到毛泽东"素装就道，刻（克）日赴京"的电函来到北京，获毛泽东亲切接见和招待，安排在《人民日报》出版社和中央文史馆工作，撰写了不少有历史意义的回忆性文章。虽为一介书生，然位卑不敢忘忧国，仍关心国计民生，20 世纪 50 年代对于整治长江、治理沙漠、保护耕地等方面都有深度思考，著述了《论科学社会主义》等不少篇章。1985年卒于北京，享年 92 岁。

晚邹蕴真出生近三十年的父亲，本与真太爷没有太多的个人交集，可命运就是这么巧合。虽然父亲生下来刚满月就被爷爷一担挑着送到华容县注滋口，但长到读书年龄的他，还是数次被父母送回汉寿老家。原来爷爷奶奶认为读洋书没有用，加上相信邹子孟（邹蕴真的亲侄子）及他老婆熊子奎的学问好，又认为他们教自己的房侄会认真些，故而远道求学来汉寿（注滋口离汉寿水路 200 余里）。父亲小时虽十分顽皮，但聪慧异常，读书阅文，过目不忘，老师们最是喜欢他。

为何要背井离乡去注滋口（当时属南县管辖区域）？原来按照真太爷的说法是，邹家坪村靠山没有山，靠水没有水，只有几亩薄田，由于人口多，分到每个人名下少得可怜，虽然村人会种田，但因无地可种很多人不得不去干别的营生。我爷爷便卖了田专门和自己的幼弟去养鸭，合伙做蛋生意，奶奶在家里和女儿绩麻，以此艰难糊口。不幸生意大大亏本，欠下不少债。眼看活不下去，才于一个月黑风高之夜将妻儿偷偷送去注滋口，投奔改嫁到那的外祖母家。注滋口是新挽的垸子，地多人稀，欢迎大家去开荒。汉寿县有不少人去那里讨活路，很多人扎下根来。父亲的陈姓继外祖父也是汉寿过去的，因做棉花生意发了财，家境殷实，所以对投奔而来的奶奶和父亲没有太嫌弃。奶奶在自己母亲的接济下，带着一儿一女在旁佃屋居住，爷爷和其继子（奶奶是前夫得血吸虫病去世后改嫁给爷爷的）仍在汉寿这边养鸭还债，三年后，一家人才在注滋口团聚。

1937 年 7 月，小学毕业的父亲考入了南县乡师，在那读书一年半。其间父亲发奋求学，进步颇大，尤其是在二年一期时，碰到级任老师曾习孔，曾老师是湖南一师的毕业生，新文学修养很高，教材都选用新文学，父亲受益很大。那一年半，父亲因表现优异不仅受到学校青睐，在同学间的威信也很高，曾被选为南县学生联合会南师学生代表、华容学生保持学籍请愿团代表、学生自治会技术组防空组长等。1938 年由于武汉、岳阳先后沦陷，学校解散，教师和学生作鸟兽散，父亲也不得不回到了注滋口家中。此时十七岁不到的父亲已为人父，妻子是大他两岁的童养媳（奶奶怕父亲长大娶不到媳妇，就在父亲三岁时抱养了一个小女孩），女儿已有一岁多。她便是我现在已年过八旬的大姐邹志芬。

第二年初，父亲的同学不少选择入川读书，因家贫无法一同前往的父亲在家怅惘，奶奶见状便同他来汉寿。此时汉寿县教育局局长刚好为不久前从长沙回到老家的族祖邹蕴真，奶奶找上门说情，真太爷问了问情况，当即将父亲派到纸料洲黄家坝保校当教员。那时教员多由县教育局直派。刚过 17 岁生日的父亲从学生一下转变为教师，不免诚惶诚恐，教书非常用心，还写了一篇小结上报，文中有"日观天火，雨视炊烟"之句，意喻上课无钟表可望。此文也得到了邹蕴真局长的激赏，认为父亲有才华，有灵性。谁知校方欺负父亲年轻，一期书教下来，竟对当初许诺的俸米拖欠不给，真太爷知道后，亲写一张字条交给父亲，第二天，说好的薪谷就送到了家中。

1939 年下半年，父亲复入南师读书半年，校长仍为徐济时，级任老师换为李鲁。李的旧学根底很深，父亲在 1955 年个人自传中称自己"受毒不少"，实为收获很大。南县乡师整整两年的学习生活，为他一生从事教学工作奠定了基础。

这年冬天，抗日战争形势日益严峻，眼见汉寿县无一所中学，县内不少学子为求学远赴他县，饱尝担簏负笈之苦，教育局长邹蕴真便与本县知名人士青以庄、傅叶风等商议，创办县立初级中学，校址定在县城西门外的西竺山，利用陆军九三医院所遗留的木板平房做校舍，校长由傅叶风担任。1940年 2 月学校正式开始招生，当年招收五个班，分为中学部和师范科两个部分，其中师范科只招一个班，学制为一年半。父亲得知消息后征求真太爷和家人意见决定报考师范科，当年顺利考取，级任老师曾石初、数学老师青义学、历史教员帅今白等，均为当时的大学本科毕业生、汉寿有名的学士。同学有 57 人，其中要好者有苏宝珍和刘贞静。20 世纪 80 年代初，父亲曾多次带我到苏伯家探访。苏伯的房子位于现在县府大院后的那片建筑群中，当时我只顾跟着父亲后面走，没记住街巷和门牌号，只是对满头白发、慈眉善目的苏伯印象颇佳。苏伯一直未婚，当年她和父亲的另一同事黎体毅等七位女教师都相约不婚，大概是受当时的新文化影响，决意要做新时代的新女性，也算是轰动一时的社会事件。未成家的苏伯退休后和侄子一家人生活，父亲每次去她都是好饭好菜招待，俩人情同姐弟。这个县立初级中学后来几经变迁，1944 年搬入龙池书院作为县中的永久校址，1949 年后先后合并了汉寿县立简易乡村师范、镇龙阁原私立弘毅初级中学，1958 年 9 月创办高中，学校正式改称为"汉寿第一中学"。算来，我和父亲竟成为相隔近四十年的校友。

这一年，热心教育的真太爷除了和他人共同创办县立初级中学外，在他的家乡，当时的望城乡邹家坪村，他主导的一所学校也在筹建中。它便是后来的邹家坪完小，20 世纪 50 年代还曾改为"汉寿县第一十五完小"。该校占地约十亩，不仅建得非常结实，且教室、宿舍、办公室、舞台、操场、食堂、菜园等一应俱全，当年算是首屈一指的好学校，邹家子孙包括十里八乡的孩子不少在这里接受启蒙教育。20世纪五六十年代这里不仅是公家的集会场所，也是周围老百姓看戏的好地方，常德汉剧团曾在这里唱过三天三夜的戏。20世纪60年代中，学校在校园里栽了八棵桃树，到我读书时，桃树已成林并挂果。说来很怪，那桃树上结的果子特别的大，一个个白里透红的，十分诱人。20世纪90年代初，我曾撰文专门记叙过它。20世纪70年代初因修株木山中学，学校被拆除，木板悉数被一车车运走。

　　父亲在师范科入读一年半后顺利毕业。1941年秋入职原汉太乡中心学校，校长即为刚辞去县教育局局长的邹蕴真。彼时邹蕴真还兼原汉太乡公所文化主任，父亲兼文化干事。祖孙俩交往更加密切，石级上、油灯下，少不了一个下指示加叮咛，一个忙不迭地点头跑腿。他们办了多少文化善事，开展了哪些活动，没有谁还记得，这些都变成了沉沉往事。这年期终从华容注滋口传来了奶奶病危的消息，父亲闻之急忙返家。从此与真太爷的交往渐少，只是在1943年初华容沦陷，父亲避难来汉寿，继续在汉太乡中心学校代课，祖孙俩又相处了一段时间。当年四月，日寇南犯，在原属于汉寿县的厂窖烧杀抢掠，制造了震惊全国的第二大惨案，父亲的第一个妻子也是我大姐的母亲在注滋口被日本飞机扔下的炸弹炸死。悲痛中，父亲绕道回注滋口。再和真太爷见面，已是1949年。这年的8月4日，汉寿宣布和平解放，父亲遂举家搬回汉寿老家。此刻的父亲已是一个七口之家的男主人，我母亲还有孕在身。邹家坪村人以满怀的热情接纳离开故乡27年的我们一家人，分屋，分田地，爷爷在土改时被划为贫农。

　　新中国刚成立的这段时间，父亲忙着帮真太爷和邹子孟等造田亩册，接到主席"刻（克）日赴京"电函的真太爷没有忘记他的这个聪明的侄孙，在赴京前专门派人找来父亲。问父亲，愿不愿意与他一起进京，父亲一听不敢相信自己的耳朵。聪明如他马上明白了真太爷的意思，作为真太爷的助手也好，秘书也罢，能够去北京那是令多少人眼红羡慕的。更何况这几年不在汉寿的日子，他误听人言，为了博得一个所谓的前程被人拉入了华容县的伪团组织，还担任了注滋口镇中心学校的校长。虽然只是挂个名，没干什么坏事，但毕竟名声不好听。然而，一想到要离开家人，父亲立时心如刀割。即使前程未卜，他也从未想到过要抛下家人。拒绝了真太爷的一番好意，父亲难过地回到家中，告诉了奶奶并大哭一场。面对亲老子幼，他如何忍得下心？要作孽一起作孽吧。这是父亲的原话。大姐渐懂人事后，奶奶几次向她念叨起这件事。父亲是大孝子，对父母百依百顺，逢年过节，均行跪拜大礼，这是祖父母一直引以为豪的。

真太爷去北京了，两三年后为了向人民交出全部财产又短暂回到汉寿，此后再也没有返乡。1969 年春节后不久，毕业于湖南大学、分配到北京汽车制造厂工作的昭蕴大哥找到了真太爷位于地安门东福寿里的家，这是邹家人在真太爷离开故乡十几年后第一次上门探望。老人家非常高兴，当即留饭，并给昭蕴大哥倒米酒一杯。席间他对这个年轻的邹家后生讲起了和毛主席当年求学的经历、他如何佩服毛主席早年就抱有救国救民的远大志向并被其深深感染的事情等。告辞的时候，真太爷站起来，再三叮咛昭蕴大哥以后凡星期天都到家里来玩。有时未见昭蕴哥去，还让他的儿子我要喊敬亮爷爷的坐车到天桥工厂里来接。在以后见面的日子里，真太爷又多次谈起老家汉寿，谈起新民学会，谈起他读过的书、写过的诗词文章，他还嘱咐昭蕴哥一定要多读书，即使工科生也要知历史、懂地理、晓国学，并送给了昭蕴哥两套书，即达尔文的《物种起源》和黑格尔的《哲学史讲演录》，可见真太爷对年轻人的一片爱护之心。最后还让昭蕴哥抄录了他早年写的《中秋偕城南同学夜泛湘江》等两首诗词。

晚年的邹蕴真在家人的照顾下，过得较为安详，但他的心里一直挂念故乡，尤其是最后两年。俗话说叶落归根，按照他的心愿，1998 年邹蕴真的家人将他的骨灰安葬在位于清水湖畔的邹家坪村祖坟上。2012 年 12 月，常德市人民政府将其墓地确认为"市级文物保护单位"。

我的父亲最终也没有去成北京，成为我一生中最为遗憾的一件事。1990年，父亲二次中风离开人世。也许是天意，事过八年，真太爷的坟茔竟选在离父亲墓地咫尺之遥处。那年清明节，我踏上了邹氏祖坟的小山头，站在父亲和真太爷的坟前叩拜，心中不由感慨万分，青山作证，故土有情，他们祖孙俩终于在分别四十多年后地下聚首了。

前尘如影

每个人的一生中都会或多或少地留一些谜团给自己的下一代，关于父亲就有不少疑问存在我心中。不知从哪一天开始，我是如此迫切地希望能走近父亲、解读父亲。此时父亲于我，不仅只是一个血脉相连的亲人，他独特的人生故事，更是充满了时代的印记。

我知道第一个要去找的人是谁。远在 1979 年的下半年我就认识了这位父亲退休前的上司兼好友。我永远忘不了 40 年前的那个晚上。我站在一个房子的中间，因擅自离开晚自习课堂去公社看电影而受到父亲的处罚。他的语气异常严厉。一旁的黄老师看出我的身子在微微发抖，便劝他：算了吧，女儿还小，不懂事，下不为例。

还小吗？16 岁了。父亲回答道。不知是因黄老师相劝，还是他也觉得如果再继续惩罚我也未免小题大做，毕竟我只是去看了一场电影，所以没过多久，他的怒火也就一点点熄灭了。

不记得自己是如何离开那个房间的。但记得那间房就是肖书记和黄老师夫妇的起居室兼卧室。肖书记是这所学校的支部书记，他的夫人黄老师也在学校任教。

后来我又多次见到肖书记和黄老师，那已到了 20 世纪 80 年代，接触增多的原因主要是他们的女儿肖红先我一年上了常德卫校，双方便有了更多的话题。记得每次和父亲去他们在县进修学校的家，必吃饭。黄老师总是做了满桌子的菜，丰盛得让我多年后仍记忆犹新。父亲笑容满面，不时发出"呵呵"的笑声。他那张胖墩墩笑开花的脸，还有圆滚滚的肚子，坐在那里，恰似一尊弥勒佛。"邹老倌"，他们这样称呼他。场面之亲热、放松，给我留下了极深的印象。

1990 年清明节父亲去世，在葬礼上，我一眼瞥见肖书记手拎鞭炮从禾场边走进来，脸色从未有过的肃穆和沉重。哥哥们急忙迎上前去。父亲走得太突然了，一点心理准备都没有。二哥向肖书记介绍道。再次发病到离世只过了十几个小时，而且没有任何抢救的余地。哥哥讲着讲着眼睛发红。父亲第一次中风是 1986 年，那年虽然离他退休已经过去了六七年，但父亲一直没有真正退下来，先是在崔家桥的县师训班教课，后来又在大南湖小学任教。那次中风后父亲才真正放下教鞭。以为父亲还能活个十年八年的，结果只三年多又再次发病。肖书记拍了拍二哥的肩膀以示安慰。父亲虽然退休十多年，他们不再是上下级关系，但家里人仍视他为父亲的领导，认为有必要将父亲发病和离世的情况向他报告。

父亲离开我们那年我 26 岁。那是我第一次面对亲人辞世。看着似睡着了般的父亲，我有些茫然，有些不解，这就是死亡吗？父亲离去的痛苦是我在后来的岁月中一点一点感受到的。当我再也看不到他，再也听不到他的声音，往后的日子我把对父亲的全部思念和情感都集中在母亲一人身上，所以当 20 年后母亲故去，我才真正从心底深处感受到那种刀割般的疼痛。

带着对往事的温暖记忆，我很快就通过肖红姐联系上了黄老师。他们二老常住深圳。真是天助人愿。2013 年岁末的一天，虽然天上飘着雨丝，气温也降到了罕见的十度左右，但仍无法阻挡我出门的热情。距上一次见到他们，时间已过去 23 年了。电话中，黄老师的声音还似记忆中那般清晰、响亮，一点也不像 70 岁的老人。她的声音令我倍感亲切。

到了坪地镇坪洲百货门前，黄老师早已站在被雨点飘湿的台阶上等候。我连忙下车，趋前紧紧握住她的手。在她的指引下，车子七弯八拐后终于到了他们的养殖场兼休闲农场。远远望见站在廊下的身影，"肖书记"，我和四哥几乎是小跑着向前。"见伊如见父"，我的眼眶红了。

"我今年 79 岁了。"当我们坐在电炉前时，肖书记一挥手声音朗朗地回答四哥的问候。原来他比父亲刚好小一轮，难怪当年两人交好。见到老友的儿女，鹤发童颜的老人高兴不已，大声说笑着，话语滔滔不绝地涌出来。

聊了聊各自的情况，交谈即转向过去。原来他 1973 年才调去岩嘴中学做支部书记兼联校校长。我听了略微一怔。因为最想了解的是父亲 1965—1970 年那段经历，肖书记来校较晚，对父亲"那件事"只是耳闻，并非见证人。

"我这个人爱才，一到岩嘴中学，就发现你父亲教书很在行，是个好老师，因此很欣赏他。"老人并未注意到我的情绪，开始兴致勃勃地说道。

此言甚是。父亲那些年在家人面前说得最多的就是肖书记的为人和行事风格如何好、如何实在，说自肖书记主事后，学校风气很快转向，他不唯成分和家庭出身，一些业务能力强的老师开始受重用，包括父亲。"肖书记正确地贯彻执行了党的政策"，父亲的这句话在当时来说分量相当足。

一个是爱才的校领导，一个是不受待见的普通老师，却相见恨晚，夜夜倾谈，渐渐学校有了一双看不惯的眼睛，尤其是在父亲又做了一件"不明智之事"后。

当时父亲班上有个女生叫黄爱群，品学兼优。那时初中升高中照样有名额限制，只是成绩好不好不重要，关键是"身红苗正"，大队认可盖章。女孩想上高中，可大队却另选他人，事情让父亲知道了，他坚决不同意，说推荐的人三天两头不来上课，根本不是读书的料。在父亲的坚持下，黄爱群如愿上了高中，后来考到常德师范学校，成了一名优秀的人民教师。

"一辈子感谢你父亲。"爱群姐多次对我这样说。

此事传开后，终给父亲带来麻烦。有人写了告状信到县教育局，把肖书记和我父亲一起告了。告状信直指肖书记"重用历史有问题的人"，我父亲的"罪行"更加严重，从"唯分数论"上升到"培养资产阶级接班人"。县教育局为此派来工作组进驻学校展开调查。彼时整个社会环境已趋向宽容清明，调查结论虽未公开，但过不久告状者便被调离了岩嘴中学。

"1975 年的下期，父亲不再上课，去了湘西，为学校搞木材。"四哥接上肖书记的话。

"是的。"肖书记重重地点了点头。快 80 岁的老人了，思维异常清晰。"学校因为几幢房子太破旧，要改造。那时木材是国家紧控物质，学校方面需要派出一名口才好、会同人打交道且没有私心的老师去完成这项工作。你父亲是我们选中的人。他凭着学校一封介绍信，辗转到湘西各木材公司。"

那两三年，我常年见不到父亲，只听家里人说，去了沅陵。偶尔见到回家的父亲，胡子老长，面带霜色，但眼睛里很有精神，笑声也响亮。父亲为母亲带回了天麻，用黄草纸严严实实包裹着。这天麻跟如今市场上看到的完全不同，亮展展的。当年父亲拿出来递给我们看时，我只是草草望一眼，哥哥们看得比我细。父亲介绍说这些天麻都是长在深山老林的悬崖峭壁上，用来治你们妈妈的头晕症效果最好。那些年母亲常常会发晕病，这我是见过的。做着事、说着话，突然就晕倒在侧，往往把我们吓得半死。生长在洞庭湖边上的我们虽没有见过深山老林和悬崖峭壁，但只要能治好母亲的晕病那就是宝物。

父亲回家最重要的一件事就是切天麻，我们在旁边饶有兴味地看着。薄薄的天麻片散发出一股淡淡的药香，用它来蒸鸡蛋，不难吃。父亲在旁边笑眯眯地看着母亲连最后一滴汤也喝下。这是家里难得一见的温馨画面。许是天麻效果好，母亲久治不愈的眩晕症后来得到了较大改善。

"你父亲出色地完成了学校交给他的任务，为学校弄到了包括山杉在内的很多珍贵的树木，房子终于建起来了。我也在你父亲退休前调离了岩嘴中学。"

望着眼前这位让人尊敬的老人，我的心里热乎乎的。应该说自见到他们老两口第一眼起，我的心里一直被一股暖流包裹着。父亲当年所体会到的、来自肖书记所代表的组织的关怀应该远超我今日之感，他的心里肯定阵阵热浪翻滚，否则也不会快到退休年龄还"勇接重担"，须知那也是他未曾接触过的领域。父亲自接受学校交给他的这一重任起，就开始跋山涉水，比起体力上的付出，更重要的是需要花心思，不出任何差错。这里需要心细胆大、防范欺骗、反复对比和优中选优，总之要做的事太多，又是单枪匹马。不知道父亲在那几年经受了怎样的考验和磨难，他的唯一法宝就是真诚。以诚行事，以诚待人，从而交到不少和他一样诚挚的人。那几年，家里常常会出现陌生的、装束迥异的客人，据说都是父亲来自大山深处的朋友。1992 年我第一次游览湘西四大镇时，特意去了不在四大镇范围内的沅陵县城。此地于我似有一种天然的熟悉与亲切，我一个人在县城的街巷里溜达，左瞅右瞧，毫无惧色，还在路边买了板栗。躺在沅水边的那个小宾馆的床上，吃着颗颗香甜饱满的栗子，我的内心既安慰又有些许伤感。特意在沅陵县城下船并在此住上一晚，完全是因着父亲，而他老人家却已于两年前的清明节驾鹤西去了。

相聚的时间总是过得快。望着这位一口气讲了三个多小时却毫无倦怠之色的老人，想着在 1974 年他敢重用父亲这样历史有瑕疵的人，他的勇敢和气度是何等的宝贵。历史不应该被遗忘。正是因为有无数像他这样充满正义和良知的人，这个时代才能往前走，走向新生，走向光明。

真想听他一直这样讲下去。在吃了一顿丰盛的"水鱼宴"后，我们依依不舍地告别了二老。未曾想，第二天一早，我便接到了肖书记的电话，他劝我："过去了的事就让它过去，不再计较了吧！"

这真是意料之外。可以想象，昨天我们走后，两个老人肯定合计了一宿，哪些话讲多了，哪些话不该说，他怕我块垒在心，一时冲动做出不明智之举，所以一大早就打来电话安慰和叮咛。其实我只是想知道父亲当年究竟经历了怎样的心路历程，又是如何走出那段泥泞般的岁月。

人要活到一定的年龄，才会体悟到父辈们的艰难不易，就如树木需长到一定的高度，方知风雨来袭时力之迅猛如摧。

我一直记得那晚。在童年的记忆中，那是无数夜晚中最令人恐怖和怪异的一晚。那时，大哥已分家另过，母亲跟前有两儿三女，最小的我四岁多。这个年龄的孩童会对某个瞬间产生终生难忘的回忆。其实，关于那个夜晚的记忆整体上是不连贯的，只记得光影幢幢，画面纷乱无比。真相是，母亲那时已哭倒在床，几近晕厥，哥哥姐姐们围着她扯的扯、喊的喊，"姆妈，姆妈"，号啕不止。这些景象映在一个四岁孩子的眼中，无疑是惊悚的。没有人顾及我。家里的天，已然塌下来了。

若干年过去了，家人鲜少提起那个夜晚。那一夜，仿佛已被时间的潮水淹没。直到二十多岁时我才模模糊糊知道父亲曾有如此经历。那时父亲还活在我们中间。可自从父亲去世后，尤其是当我经历了被一根鱼刺卡伤食道险些丧命这样的变故后，我突然生出了想了解父亲、真正走近他内心的这一强烈的愿望。

我开始频繁地向自己的哥哥姐姐们发问，就从那个夜晚开始。这是一个沉重的话题，每每提起，他们都会声音哽咽，语气迟缓。就在今天早上，2018年12月27日的早上，时间已过去41年，四哥和远在千里之外的二哥在讲到那个夜晚时，仍然会半天说不出话来。我手握电话等他们平复心情。虽然当年我也在场，但我完全是懵懂无知的。而当时已经20岁的二哥和17岁的四哥，他们记得所有的细节。

母亲是大哭着走进家门的。二哥说。之前她有事到邻队的表姐家去串门，回来的路上遇见了大队秘书，告诉了她这一晴天霹雳般的消息。从母亲长一声短一声涕泪滂沱的哭诉中，哥哥姐姐们得知，父亲于昨天晚上在他所工作的岩嘴中学吞下了一包针，目前正在公社卫生院抢救。虽然他们不太明白吞针意味着什么，但从母亲悲痛欲绝的哭声中，他们意识到大祸临头了。当晚，整整一夜，哥哥们守在大队电话机旁，没有合眼。第二天，终于传来消息，吃了大量韭菜的父亲，正在医院观察，家里人暂时不要去看望。失魂落魄的母亲勉强起身，吩咐哥哥们动身到范家湾，将父亲唯一的姐姐我们的二伯请来。

看到年轻时缠过脚、走路颤颤巍巍的二伯从十几里外的家中赶来，兄姐们呼地迎上前去，母亲哑着嗓子喊了一声"姐"，就泪下如雨。二伯是除了父亲外，母亲在这世界上最信赖的人。听到消息，她受到的震撼不亚于母亲。她的"佬儿"（家乡话，弟弟的意思）如果不是被逼到绝境，又如何吞得下一包针？对这个小她15岁的唯一的弟弟，她几乎抱着慈母般的情感。此时扶着弟媳颤抖的双肩，看到围着她身边的六个侄儿侄女，她心痛如焚！良久才哽咽着说："咏珍妹，莫哭了。你们也不要伤心。"眼睛肿得桃子般大的母亲住了声，抬起头，哀戚地望着大姐。这位1927年在华容县注滋口镇闹过革命、当过注滋口镇妇女联合会常委的大姑子一向很有思想和见地，丈夫对自己这个同母异父的姐姐也非常尊重。二伯昂起脸对大家说，在来的路上她就想好了，她要亲自去岩嘴中学看望和照顾父亲，其他人去都不合适。母亲点了点头，自己去，只会哭，儿子们去，又做不了什么，能说会道的二伯去，她放心。

一周后，二伯从岩嘴中学返回邹家坪。十二三里路，一双小脚的她走了三个多小时。她带回来好消息，父亲已脱离危险，只是身体还较虚弱，尚需将养一段时间。一家人听了如遇大赦。一个月后，父亲终于回到家中。亲人见面，悲喜交加。深夜，父亲躺在床上对母亲细语，吞下的那 17 根针，全部都屙出来了，他是后来蹲下身子，一根根把它们从粪便中拨了出来，数清楚了的，一根都没有少。"唉！"母亲长长地叹息了一声。父亲还有个细节未对母亲讲，当最后一根针出现在眼前时，他一屁股瘫坐到了地上。他知道，他可以继续活下去了，可以再见妻儿的面了。他再也不会干这种蠢事了。

第二天，父亲赶往范家湾去看二伯，母亲少见地陪着父亲一道前往。

父亲的同事里，除了肖书记和黄老师我较熟悉外，还有一个人，就是 20 世纪 80 年代汉寿县大南湖中学的邹远旭校长，那时常见他伴随父亲左右。四哥顶父亲职后，和邹校长还在岩嘴中学共事过短暂时间。邹校长那时教高中数学，课讲得好，乒乓球也打得好，很受学生欢迎。校园里常见到的一幕是，学生们在远远围观邹校长打球，只见那球被他高高吊起，旋转着落在对方桌上，看似能接住，却急速坠下，让对方扑了空。学校无人是他对手。原来邹校长 1963 年在一中读书时就时常和同学们打乒乓球，从而练就了一身好球技。对这位读书用功、老实聪慧的邹家侄孙，父亲很是关心。因为家贫，邹校长高中未读完就回乡务农，父亲同情其遭遇，于 1965 年 7 月将已经 22 岁的他介绍到自己就职的岩嘴公社黄岭岗小学当代课老师。邹校长命运的改变，得益于父亲当时在学校尚是一名颇受人尊敬的老师。

对于此后一段岁月父亲受到的冲击，邹校长因与父亲的特殊关系，较他人又更识一层。原来父亲患有严重的胃溃疡病，年轻时吐过血，虽然经过治疗有所好转，但饮食方面仍有禁忌，吃饭只能吃早稻米，不能吃"农垦 58"这种带糯性的米。父亲之所以采用吞针这种方式，也是想让人误认为自己是肠胃病复发。

父亲虽然极少对家人吐露心中的苦水，但对自己提携的这位邹家后生，还是说出了心里话。性格十分刚强的他不希望被人说成"自杀而亡"，临了还给家人留下后患。直到决意以死证身的那一刻，他想的还不是自己。幸好他后悔了。那个夏日的夜晚，他在无人处狠劲咽下了 17 根约 3 厘米长的缝衣针。然后一个人围着学校操场转圈。没有人注意到他脸上的异样。夜色越来越浓，夏日的燥热渐渐淡去，一阵山风吹来，父亲的脑袋焕然清醒。他忆起了刚才自己做下的傻事，下意识地用手去摸摸肚子，那里还没有任何反应，可他的心却开始疼痛。他大睁着眼，望着这无边的夜色，想起自己走过的四十五年人生路，想起死前缺衣少食的父母，想起十几里外顶风漏雨的家，妻儿们一个个在脑中闪现，最小的女儿不过四岁，头上扎两个羊角辫，十分可爱。情感唤醒了理智，他突然意识到，家人还需要他，他不能丢下他们不管不顾地走。悔恨一点点袭上心来，噬咬着他的每一寸肌肤。他双手握紧，像握住一个快要破碎一地的物品，自己怎么一时糊涂至此啊？

之前不是没有经历激烈的思想斗争。他曾是何等乐观坚强的人，几次大风大浪，都挺过来了，可这次怎么就觉得顶不住了呢？他被勒令搬离自己栖身的小屋，和五六位被打倒的老师一起在一间大教室打地铺睡，学校无论大会小会，他们都要出列挨批斗，公社万人大会上也少不了他们卑躬屈膝的身影，这样的日子何时是个头？他感到灰心了。最怕的是每天要写反省材料。他在旧社会的经历已经写了数十遍了，背都背得出来，1957 年组织上派出专门调查组到华容县注滋口镇走街串户，对他的历史进行了地毯式调查，调查人数达到了几十人，都有笔录在案。正是这次调查，最后组织对他作出结论："根据该员情况，过去已交代了主要反动职务，查其罪恶不大，根据中央政策，故不以反革命分子论处。"落款处盖的是"中共汉寿县委会五人小组办公室"的红章。当时这个结论也给他本人过目了。他如获新生，感激涕零地在结论后写道："我梦想不到我能得到党和人民这样宽大的处理，我不知道我应该怎样生活、学习和工作才能报答党和人民对我的宽大待遇的千万分之一……"可现在这些都不算数了，每天还让他继续"交代"，他实在交代不出新的情况了。痛苦一天天在加剧，似看不到希望和尽头。"人生实难，死如之何！"熟读典籍的父亲，心里突然鬼使神差般地冒出两千多年前司马迁曾经发出的感慨。

如今 17 根针被他强咽进肚子里。他明白，他的肠胃很快就会发作的，不会太久。说出来，还是不说？他抬起头，看着无边的夜空，再过几个小时，太阳就会从那里冉冉升起，他突然对这个让他爱也让他无助的世界依恋不已。可是，未来会怎样呢？他不知道，也无从把握。他感到身体在微微发抖，双腿一软，踉跄着跪倒在地上，头深深地抵住膝下的土地。本想一死了之，原来死，也并不那么容易。

天刚蒙蒙亮，想了一夜的父亲敲开了学校革委会主任的门，坦白交代了自己的"罪行"。岩嘴公社不久前才发生了一名党委副书记"畏罪自杀"的事件，影响很大，年轻的主任一听，大为紧张，立即将脸色苍白的父亲送往公社医院。幸好是韭菜生长的季节，幸好找了懂行的老中医，韭菜加黑糖，两样平常物，奇迹般地挽救了父亲的生命，也保全了我们全家。

"你爹爹爱讲笑话，幽默感很强，与大部分领导和同事都合得来，从来没有上台指证过谁或揭发过谁。大家都很尊重他。"

"你爹爹会教书，尤其获得了学生们的尊重。"

2016 年 8 月 2 日，我和四哥来到了大南湖中学，已经 73 岁的邹远旭校长热情地从里屋迎出来。虽然当了多年的校长，脸上还是那副熟悉的谦逊的笑容。退休已十多年，目前仍住在学校的平房里，对外联系靠手机，只限打电话和发信息，没有微信。这就是他现在的生活。

邹校长话实在不多，可听在我们耳里，却字字如金，他的叙说将父亲那段特殊时期的经历简短地勾勒了出来。

从 1965 年到 1980 年，整整 15 年，他一直和父亲工作在一起，算是最了解父亲的人，也是劝解和陪伴父亲最多的人，自然也是受父亲影响最大的人。他虽然课讲得好，因为父亲的关系，却迟迟无法转为公办老师，直到 1971 年。

"当时岩嘴公社书记开梅普是清水坝人，人不错，对你爹爹很好。整个岩嘴公社还算相对温和。你爹爹他并没有受太多皮肉之苦，主要是精神上的煎熬，惶惶不可终日，趋于崩溃的边缘。"

我默然。一路走来，也曾经彷徨过、绝望过，但毕竟只属于个人的哀怨，父亲心中所思考、所关注则直指时代脉搏、国家命运，这从 20 世纪 80 年代我和父亲的交往中已略知一二。而对这位从未谋面的开书记，也默默地记在了心上。能在狂热的时代保持着一丝清醒，仅仅这点也是值得尊敬的。

感谢肖书记，经他老人家介绍，我认识了为人极爽快的周家玉老师，从她那里了解到父亲更多珍贵的往事。

那段时间，我频繁地和周老师联系，她在电话里把自己的情况对我做了一番详尽的介绍。

她是1942年生人，家父1949年跟随国民党去了台湾，留下她母亲及一儿三女。幸亏哥哥参加了人民解放军，家里大门上挂了一块"军属光荣"的牌子，一家人得以安全地存活下来。母亲带着三个女儿生活，日子十分艰难，刚开始在西竺山外婆家分了五亩田，母亲在种田的同时又帮人洗衣服、搭麻线，挣些家用。没想到她们三姐妹都爱读书也很聪明，眼看种田种不了，书快读不成，1954年母亲不得不改嫁到邹家坪村，后来和继父又生了一个孩子，可惜没养大，一年多后又回到西竺山，继父也跟来了。不久姐姐从常德市一中初中毕业，当了老师，家里情况才略为好转。

当年凡有"海外关系"的家庭，无不战战兢兢，她家即使有哥哥罩着，还是会有人来找碴。好在母亲善应对，对人说哪个年代没有当兵打仗保卫国家的人呢？又怎么知道这兵当错了呢？一句"保卫国家"，把人堵得没话说。

1955年她高小毕了业，没考上一中和二中（那时只有一中和二中办有初中班），她硬要读，母亲和姐姐也支持。母亲说自己一生就是吃了没读书的苦。虽然那两年她没书读，只能去跟人学中医，但还是偷偷挤时间看书看报。考了三年：第一年没考上；第二年考上了常德市女子中学，没录取；第三年终于考上了汉寿二中。这一年到了1957年，读书已经开始讲家庭成分了。1960年初中毕业她被保送到桃源师范，在那里读了四年。当时学校是全省招生，本来1963年就要毕业的，但1961年国家出台"调整、巩固、充实、提高"的政策，把她们推迟到1964年毕业。她分配到岩嘴联校，这样与我父亲重逢了，她由他的学生变成了他的同事。

周老师的描述生动感人，我被深深地吸引住了。原来1952年至1955年我父亲正在岩嘴金仙庵完小教书，周老师的么舅是该校校长，和父亲关系较好。这一年周老师从别校转来读五年一期，父亲成了她的语文老师，兼教音乐。周老师还记得父亲教过的一首歌，叫《牧羊姑娘》，那时就对父亲留下了较好的印象，觉得父亲是一个感情丰富的人。一期读完她便又转学到邹家坪，六年一期因姐姐毕业分到了沧港教书她便又去了沧港。

自1964年毕业分配到岩嘴联校到后来的岩嘴中学，周老师在那块地方整整待了15年，直到1979年才调往军山铺。因为有"海外关系"，虽然有哥哥这层关系保护，别人有几分忌讳，但周老师还是非常内敛低调，不敢轻易表态说话。周老师向我回忆：

1966年暑期，全县所有老师在县委礼堂开大会、学文件，然后在县一中集训，召开各种各样的批斗会，不久就揪出了一部分人，最有名的就是县一中的校长兼党支部书记吕志政。不久大家就回到各自的学校。岩嘴联校有个搞后勤的老师，平常骄傲自大，目中无人，毫无组织观念和群众观念，想不到他在一个晚上写了同事12张大字报，贴出满满一排，算是开了头。

不久学校也"揪"出了六七个人，你爸爸因为历史问题也在里面。这些人后来都没有教书，去种田（学校有十几亩田）、放牛（学校喂有黄牛），到公社修围墙、挑砖，搞各种各样的劳动。他们之间也会互相开开玩笑，你挖苦我，我挖苦你。

那是个混乱的时期，各色人等，心态各异，既有人低调，也就有人高调，有人想自保，有人想借此出头。特别是那些平常业务能力差、肚里没有货、妒忌心强的人，往往表现得最明显。你爸爸平常业务能力强，加上经历过旧社会，自然有一些说不清道不明的问题，就经常被人"踩"（方言，歧视的意思），有时还当着学生的面。你爸爸很有智慧，虽然有人总是想把"反革命分子"的帽子扣在他身上，他也不争辩，只说自己的问题组织上是定了性的。对你爸爸这种不急不慢的态度他们很恼火，但也无可奈何。

你爸爸开始心胸还算阔大，能坦然面对。后来之所以想不开，估计与当时的形势有关。县一中的校长投北门河自杀了，当时社会反响很大，还有岩嘴公社一个副书记，人很好，也自杀了。估计这两件事对你爸爸影响大，让他也产生了悲观和消极心理。再说你爸爸本身是一个情感丰富、自尊敏感的人。说来整个岩嘴还算是相对温和的。因为岩嘴联校革委会主任李志钦有个哥哥在公社当组织委员，他嘱咐弟弟，不要搞得太过火。

李志钦，这个名字第一次进入我的耳朵。忙向周老师打听，这个人还在不在。

"怎么不在？我们现在还经常联系呢。"周老师在电话那头说。这太好了。我心里想，如果能找到这个李主任，也许能解开我心中众多的疑团。

很快发觉，这样的电话交流已经无法满足我渴望的心，决定北上，面见周老师。

2017年10月9日下午2点半，在长沙河西一个叫英才园的小区，我见到了已神交一年多的周老师。之前曾在脑海中勾画过她的模样，等真见面，发现周老师个子较高，圆圆的脸庞，笑容温厚，步履矫健。真人比我想象中的年轻、健康。

两房一室的屋子摆设简朴、整洁有序。桌子上摆着枣、香蕉和一罐炒熟的花生米。一落座，她就忙招呼着我吃东西。告诉我，她已75岁了，但没有"三高"，只是眼睛去年做了一个白内障手术，其他都好。我真心恭喜她，因为自己五十出头就已经血脂高和胆固醇高。

"那就用决明子、山楂和荷叶煮水喝。我和吴老师每年有八九个月都喝这汤水，是个老中医介绍的，降血脂效果很好。"怕我忘了，她从里屋拿出纸笔，郑重写下这三个药的名字交给我。吴老师是她的老伴，这个早就在电话中说过了的。

稍坐不久，她从里屋拿出一张照片递给我。说找了好久，就只找到这一张有你爸爸的照片。

看到1966年5月的照片中父亲的形象，我吃了一惊。头发微卷，这是我从未见过的，从我有记忆起，父亲似乎就顶着光光的脑袋，到20世纪70年代末，已完全秃顶。照片中的父亲额头宽阔、鼻梁挺拔，虽已经44岁，但模样显得十分年轻英俊。唯一让我有几分熟悉的是他微微皱起的眉头。见我如获至宝般地细细打量，周老师说："你拿去吧，我已经扫描了。"我没有推辞，这张照片太珍贵了，我们几乎没有父亲工作期间的任何照片。

也许是照片勾起了她的回忆。周老师又给我讲了一件五十多年前的往事。那还是20世纪60年代末，她不幸流产，身体虚弱，那时岩嘴交通不便，去军山铺，需到太子庙坐车。父亲知道后，怕她走不了那么远的路，硬是一个人拉着板车把她送到了太子庙。好几里路啊。

"担心我被风吹，还让我戴上帽子，像父亲般地关心我。"周老师脸上显出怀念的神情。她的父亲在她六岁多就去了台湾，我理解她心中的感受。"1979 年我调离了岩嘴，你爸爸也退休了，后来联系少了。以至于他生病了，去世了，我们都不得信，没去看他，给他送行。真的很对不起他。"

父亲的照片加上周老师这番话，让我喉头发紧。记得父亲在 1986 年第一次中风后，便很少出门。即使出门也只是到我单位来看看，再就是到老家邹家坪转转。那段时间，他的内心是悲凉的，常常看他一个人独坐无语，陪在他身边最多的就是那根拐杖。如果有像周老师这样要好的同事上门来看望他，他肯定会很高兴的。

两个人正默默无语，有人推门进来了，是吴老师。长得高高大大，也显得很年轻。原来他跟父亲也相熟。当年他有亲戚在石油公司工作，每年冬天，父亲都会找他买柴炭和柴油。

柴油我不知道，但对于柴炭的记忆就很亲切。那时，故乡的冬天奇冷，家里必备的御寒物资就是柴炭。常常用麻袋装着，码放在灶屋里。原来这些东西都是找吴老师买的。我连忙道谢。

"谢什么呢？你爸爸对我们也很好啊。"吴老师说着到一边打电话去了。我和周老师继续聊天。

周老师告诉我，她现在的业余爱好就是弹琴和唱歌。说着从里屋搬出她经常弹的胡琴、月琴和几大本自己装订而成的歌本，里面的词谱都是她本人写的。她每周在练习老歌的基础上，还要学唱新歌，每个月必须学会唱一至两首新歌。

"字写得真好。"看到写得整整齐齐的几本歌本，我不由赞叹。她笑了笑。我请她表演月琴，并为她伴唱了《故乡是北京》和《牧羊曲》。她回夸我歌唱得好。这些年太忙了，生活中缺少歌声。这是实话。人到中年万事忙。此时的周老师，我已视之为亲人，用不着向她粉饰自己平淡而繁复的生活。要多唱歌，歌声让人快乐。她说。少顷开口唱了起来，把我吓了一跳，声音太甜美了，一点都不像一个 75 岁的老人唱出来的。听到我的惊叹，她的脸上泛起一片红晕。

"还记得那首《牧羊姑娘》吗？"我忍不住问道。

她凝神思索片刻，即轻轻地哼唱起来："对面山上的姑娘，你为谁放着羊？泪水湿透了你的衣裳，你为什么这样悲伤？山上这样的荒凉，草儿是这样的枯黄，羊儿再没有食粮，主人的鞭儿举起了抽在我身上……"六十多年的岁月过去，当年坐在课堂学着歌唱的少女如今已成七十多岁的老妪，她居然还记得唱过的那首歌，真是太神奇了。我被深深地触动了，沉浸在歌声里。周老师一边唱着，一边还用手指有节奏地敲打着桌面。随着她的歌声，我的眼前出现了一幅画面：34 岁的父亲站在讲台前，眼神专注而明亮，他唱着，挥舞着手臂，脸上似乎透出一丝忧伤……孩子们被自己的老师感染了，从心底里同情牧羊姑娘。一堂普通的音乐课，一首紧贴时代的歌，孩子们的心智被歌声打磨，时光凝成了永恒。

"我年轻时就会唱歌，那时常到公社教大家唱歌。1974、1975 年那两年我还参加了南湖工地的宣传队演出，那时儿子才六七岁，只好寄养到别人家里。"周老师的话打断了我的冥想。

话题转到子女身上，她除了儿子，还有一个女儿。目前在澳洲，外甥女是她带大的。

相聚的时光总是短暂。晚饭他们一定要请我下馆子。吃饭时，吴老师讲起做工程的儿子，这几年生意不大好，经常找不到活干。如果深圳有机会，可以推荐一下。我点了点头。告别周老师，内心有些不舍，有些自责，自己能力有限，很难帮到他们。可怜天下父母心！

能在第一次联系上李志钦老人的一年后见到他本人，得益于周老师的牵线搭桥和我的执着。

已经预想到见他是最难的。电话通了，对方在我报出家门后也并未拒人于千里之外，只是客气地问，找他有什么事。

想去看看您。我老老实实地回答道。

这确实是真心话。经验告诉我，如果一开始就抱有很大的希望，那得到的往往是失望。

那天是 2017 年 10 月 8 日，是个值得纪念的日子。

对李校长报出的冯家湾这个地名我有点摸不着头脑，虽然在故乡县城生活过五年时间，但对大部分街巷仍是陌生的。果然找错了，他只好从家里走到大街上来接我。见到他本人，觉得他比电话里给我的印象要年轻许多。电话里他的声音略显苍老迟缓，实际上他长得相当魁梧，虽然已 75 岁，但背不弯、耳不聋，精神和气色都不差。进到屋来，他给我沏了一杯茶，即开门见山地问我想了解什么。

他既如此直白，我也不好再转弯抹角。问他是哪一年认识我父亲的。

"我先是做你父亲的学生，然后是同事，最后是领导。"

我精神一振。这点完全出乎我的意料。

"我 1970 年就调离了岩嘴中学。先到教育局，后来离开了教育系统。最后是在劳动局退的休。"他继续对我说，面色平静。

见我充满期待地望着他，想听他的下文，他仿佛早就想好似地对我说，那些往事都过去几十年了，好多忘记了。接着就沉默下来。见他不愿意多谈，我一时无措。此时从紧闭的房门里走出一个中年女子和一个年轻男子，他告诉我，那是他的大女儿和小儿子。他有四女一男五个孩子。去年我找他时，他正在广州的三女儿家。一为看病，二为看外甥女。外甥女 27 岁了，准备去美国读博士，只是还没有谈恋爱。我连忙夸奖，他的脸上有了笑意。

话题慢慢转换。他没有微信。平常业余时间就是写写字。说着向我指了指挂在墙上的三幅字，落款都是他的名字。

我赶紧走上前去仔细欣赏。我提出拍照要求，他同意了。我和他还合了影。

重新落座，他的谈兴渐浓。告诉我，1956 年他在金仙庵小学读五年级时，班主任老师正是我父亲。父亲除了教他们语文外，还兼教书法课。

"你父亲对我写字帮助很大，总是鼓励我，对我每一个字都进行指点，教我如何运笔和用力。"

终于还是说到父亲身上，虽然只是短短的几句话，仍让我感动。显然他并没有忘记父亲。

不经我问，他主动向我谈起自己的家庭。他是一个普通农民家庭的孩子。父亲不识字。他上面还有一个哥哥和两个姐姐。哥哥只读了二年级。家里对最小的他格外看重，父亲靠挑柴火到街上卖供他念书。他先是在金仙庵读到五年级，跑通学实在太远了，后来有机会转到朱家铺读六年级。初中是在一中读的，那次朱家铺学校就考取了三个人，他是其中成绩最好的一个。高中没读完，因家里困难，就提前出来工作。先是到岩嘴的一个村小教书，后来转到黄岭岗完小教书，和我的父亲做了同事。最后转到岩嘴联校当校长，成了父亲的领导。

说完这长长的一段话，他停下来。端起杯子喝了口水。我趁机问他，对我父亲的印象如何？

"对你父亲的整体印象非常好。教学能力强，为人热情，和老师、学生的关系处理得都非常好。"他毫不犹豫地回答。

"有什么缺点吗？"

沉吟片刻后，他字斟句酌地说："脾气有点大。喜欢讲直话。"

两句短得不能再短的评语可谓切中了父亲的要害。前者不论，后者有很多事实可以佐证。比如 1958 年，父亲就提出了"在初小搞勤工俭学搞不出什么名堂""民办中小学办起来后质量不高""本校学生的作业负担太轻了""个别老师上课常读错音、写错字，教师水平有待提高"等意见。

不禁想，如果父亲为人不那么耿直，圆滑一点，少讲点真话，他受到的冲击也许会小一些。

不由开始敬重李校长。他看事察人所体现出的客观态度打动了我。

"父亲到底受到什么刺激要去吞针？"实际上已不必再问。然而，面对父亲当年的直接上司，还是情不自禁地冲口而出。

"不是太清楚。"他说。停了停，仿佛又觉得这样回答也未免太过简单，双眼离开我的注视，望着空旷的窗外继续说："整个学校受到冲击的有五六个老师，你父亲不是最厉害的。"

"所幸处理得非常及时。"他又补充了一句。

"是何罪名？"

"就是翻以前的旧东西。'三反''五反'都已经交代过的。"他说着，挥了挥手。

对我的追问李校长反应平淡，显然不愿再继续深谈。我已经很满足。从开始他不乐意谈，到后来慢慢打开话匣子，还是道出了许多不为人知的往事，让我觉得不虚此行。

从李校长家里走出来，我向湛蓝的天空投去一瞥。远在天上的父亲生前绝想不到，他的女儿会有今日之举。但我想他会同意的。历史需要记录，更何况我是他的女儿。

发生吞针事件后，母亲意识到父亲的处境不妙，开始经常派四哥不时来学校看望父亲，有时带着几个鸡蛋，有时是一把豆角。东西少，但代表了家人对父亲的挂念。

四哥来学校看到父亲和其他几位老师总是不停地搞劳动，没有书教，就忍不住哭，父亲劝都劝不住。他说不知道为什么，眼泪就是不由自主地流出来。不久，父亲获准搬回自己的小屋，四哥也就有了更多和父亲单独相处的机会。很多次看到父亲在小屋做着组织上要求做的各种请示汇报，极其虔诚。四哥不解地问父亲，既然没人看到，何必那么认真？不做也没有关系吧？

"没人看到也要做好啊。做好才心安。"父亲不紧不慢地回答道。

有段时间，父亲显得心事重重，常常一个人不停地在小屋里兜圈，偶尔停下来，望一眼哥哥说，九大不知道什么时候开，也不知道中央会有什么政策出来。18 岁的哥哥不懂什么是九大，只能无言地看着父亲，默默地陪在他的身边。

后来的日子，父亲精神状况渐渐恢复正常，又开始很热心地投入到学校的各项活动中。那些年，宣传工作特别受重视，学校成立了宣传队，业余时间排演了很多节目，其中演了个戏剧，叫《穷人恨》。周家玉老师在里面演女主角香红，父亲也饰演了一个苦大仇深的农民伯伯。四哥跟着宣传队到各生产大队去轮番演出，有时在路上见到乡亲们，乡亲们会指点着说"看，香红来了"。

"爹爹虽然不是主角，但也很认真地演出，演得非常感人。"四哥说。

父亲本来就是农民的儿子，再说，他心里装有多少喜怒哀乐啊！但我没有说出来。一切都无须再说。此时，我已深深地理解了父亲。

顶班记

　　近来整理自己的日记，在一堆故纸堆中发现了一封字迹尚能勉强辨认的信："小妹：全家都在关心你的考试，尤其是我。小妹知道，父亲明年退休，有一个顶班名额，小妹如果考上了，父亲就会让我去。否则，我也不忍心让小妹在乡下待一辈子。所以，为兄我殷切期望小妹在这最后的两个月，集中精力，刻苦攻关，全家都在盼你的喜讯。请小妹原谅哥哥的自私和无能。兄，顺芬。"

　　从落款看，这是四哥写给我的。时间应是 1979 年春天，时年我 16 岁，正在离家几里外的乡中学读高中。学习紧张，加上交通不便，平常难得回家一趟。兄妹见不上面，想向对方说点什么，只能写信。

　　信很短，文字不多，没有客套，这很符合四哥的一向作风。他为人做事，从来都不会转弯抹角的。

　　我把这薄如蝉翼的信纸对着亮处照了照，想看看有没有留下什么印记。除了纸张变脆、字迹变淡、颜色发黄外，了无痕迹。但我想，这封信带给看信人当时的感受应该是非常震撼的。有来自亲人关心的高兴，更有说不清道不明的痛苦，仿佛在一时之间失去了什么。她低着头，从抽屉里把信一次又一次拿出来浏览，泪水渐渐打湿她的眼眶，最后凝成泪珠儿，一滴滴落下。到后来，她已经完全背得出信中的每一句话，有时，在听课的间隙或者笔尖轻轻划过作业本的同时，还会有一句半句地飘上心头。

　　无疑，这封信深深地打动了我。尤其是那一声声"小妹"，仿佛能发出声音似的，脑子里映现哥哥那双充满了渴望和期盼的大眼睛。

　　这封信瞬间使我长大。高考的意义不再模糊而抽象，它变得从来没有过的清晰而厚重。就像小时候常见到的树尖上白中透红的桃子，在蓝天下，那么耀眼诱人。我开始第一次认真地为自己的前途思索。

作为农村出生长大的孩子，那时接触到的人物最高级别的就是"民办老师"。如果说对自己的未来有什么梦想，可能最初的心愿是能做一名教师。其时对"公办"和"民办"的区分并没有明确的概念，只知老师们不用下农田插秧割稻。炎炎夏日，正在水田里弯腰劳动的我，一抬头，看到女老师穿着花格子的确良衬衣和干干净净的白袜子从路上走过，觉得羡慕不已。这是十五六岁的我所能理解的幸福人生。

"顶班"这个词以前闻所未闻。几十年后才知道，其实国家在 20 世纪50 年代的个别行业就已经实行。全面推行却是到了 1978 年，千千万万"上山下乡"知识青年回到了生养他们的城市，这批在广阔的农村接受贫下中农再教育达十年之久的年轻人回到城市，面对钢筋水泥，一时握惯了钉耙锄头的手，不知拿捏什么好，其茫茫然不知所措状，不亚于当年他们来到深山莽林、戈壁沙滩。要生存、生活、成家立业，首先必须解决就业问题。在这种情况下，国家顶班政策出现变化。开始只限于有"知青"的家庭，后来就全面铺开，直到 1987 年才宣告结束。

其时，我最小的姐姐也已嫁往他乡，二哥已结婚成家。在父母身边的就是四哥和我。四哥读了五年小学，文化程度在乡村还过得去，农活干得马虎，会弹棉花和最基本的水泥活，常年不着家，跟着师傅到四乡甚至邻县去弹棉花。所以，拖到二十六七岁还没有定对象，母亲已经十分着急了，着急到经常带着自己种下的芝麻黄豆去求村里有名的媒婆彭妈，央她给四哥访访周围有没有适合的姑娘。

突然来了这么一桩好事，家里自然高兴，父母脸上添了笑容。只是，选谁呢？按说此事不难。可偏巧我父亲是个顶负责、顶认真的人，他觉得，这件事情得好好思量。四哥顶班能做什么？教书是不行的，那是误人子弟。如果让我顶班，可以去当小学老师。更何况，他知道，我想做一名老师。可让四哥顶班的好处却是非常现实且迫切需要的，起码他的人生大事是不成问题了。而我还有高考一条路走。在这种情况下，换上任何一个父亲都会毫不犹豫地作出选择。

父亲在我收到四哥来信的两个月前来了一次学校，是当时联校校长、我的本家哥哥邹照宏校长陪同来的。这事真稀罕，我望着父亲的面容，擦擦自己的眼睛。

仿佛之前他们已经商量好了，一来到，就把我喊到班主任老师的办公室，拿出一张考卷，让我解答，并把时间定为90分钟。

这是一张数理化的综合试卷，不记得难易程度和答对了多少。事后，老师给出的评价是：好好培养，高考有希望。

"你父亲听到数学老师这样说，好开心呢。"已经年满80岁的照宏哥在今年七月我去看他时这样说。还是那副厚厚的眼镜片，只是镜片后的眸子已浑浊黯淡了许多。时间已经过去三十多年，父亲作古都二十六年了。

"你父亲多次来找我商量此事，拿不定主意。最后我们定出了这个方案，先到学校了解一下，看看你学业到底如何，再作决断。"

听着照宏哥清晰的话语，我的眼睛不觉湿润了。心想，自己当年幸好没让父亲失望。若老师给出的是另一番评价，父亲又该如何？

为人子女，孝顺为先，后来我果然考了个中专，毕业以后也算是国家干部，吃公粮，拿工资了。这可能是我做的最让他老人家宽慰的一件事。

父亲提前两年病退，四哥如愿顶了他的班。四哥想去混个小学老师当当，父亲不允。先在父亲的学校食堂做一年，后来进了县教育局的建筑工程队，县教育局的办公大楼和县进修学校就是在他们这帮人手上建起来的。三年后，才转到另一所学校做出纳，直到退休。

原来，顶班政策出台后，县教育系统一时出现了不少像我哥哥这样文化程度不高、教不了书只能干后勤的年轻人，慢慢坊间流传出这样一句话："走了一群教书的，来了一群喂猪的。"县教育局发现这个现象，干脆组建了个建筑队，也算是物尽其用、人尽其才了。

关于"顶班"，其实有好多故事，还以照宏哥为例。国家在1987年以后将取消这项政策，得知消息，照宏哥赶紧让已当了好几年民办老师的女儿顶了班。当时有规定，顶班当老师年龄不能超过25岁，当工友不能超过30岁。

"有年龄而又不论年龄。"照宏哥说话还像当校长那会时表达精准，当时将顶班人年龄改小的事是极为常见的，也没有人会去较真。我听着，点头。

"如果知道民办老师以后都有机会转正，就不会让国枝去顶班。"这是我走前他对我说的最后一句话。

过去的乡间小路泥泞不堪，如今已变成好走的水泥路。走在路上，眼前一片花木扶疏。我突然想起，国枝还有一个弟弟，后来一直留在农村，处境不太好。大概，这已成为照宏哥心中最大的遗憾。

时间流逝飞快，转眼四哥也已退休。前几日，他告诉我，当年和他一起顶班的很多同事工资都高过他。我问，为何？他答：当年他顶父亲的职后，本来想和其他人一样，到小学去混个老师当，边教边学。谁知父亲百般不答应。说他的文化太低，去教书会误事。结果他就当了一名伙夫，在学校食堂做饭。后来虽然几次变动岗位，但也一直属于后勤系列，比教师工资差好几个档次。

"你怪父亲吗？"我问。

他说："怪什么呢？父亲就是这样的人啊！"

寻亲记

沅江，一个从母亲嘴里听过无数次的地方，在 2010 年 4 月 4 日，我第一次走进了它的怀抱。一路同行的还有我的二哥。向导是我的常德卫校同学曹介斌，他正在益阳市郊的迎风桥路口等我们。在近半年时间里，我可没少打扰他。结果是，他动用一切社会关系，帮我找到了失散近三十年的表哥表姐。

沅江是我的外婆家。虽然我没有见过外公外婆及唯一的舅舅，但母亲一口总也改不掉的沅江口音和她总是挂在嘴边的"尚纯，尚纯"，使我对这个从未到过的地方抱着一丝亲切的情感。世间每个人都有来处，并自成脉络，沅江于我，便是这样一个既陌生而又熟悉的向往之地。

我仅见过尚纯表哥一次，在 20 世纪 70 年代中期。他一个人来到我家，中等个头，白净的面孔，一身蓝咔叽工人服，身上发出股生铁夹杂汽油的味道。我最小，他几次尝试着要把我搂在怀里，都被我用力挣脱了。

见到他，母亲喜极而泣。当得知三十有余的表哥还是单身一人，又在一旁暗暗叹息。表哥小时候因为好玩和弟弟打架，被他父亲即我的舅舅一个巴掌重重地扇到脸上，击穿了鼓膜，导致耳朵听力严重下降。他和人说话时，总是不由自主地半侧着身子，双眼死死地盯着别人的嘴巴，仿佛要分辨什么。这种不正常的举动，使表哥看上去异于常人。所以，虽然长得一表人才，又是沅江县机械厂的正式职工，仍然没有年轻的姑娘看上他。

那次表哥在我家里住了十来天。我印象最深的是，他每天睡觉前都要像女孩子一样周身上下清洗一遍。每逢他端着一盆水进里屋，好开玩笑的二嫂就作势要推开他的门，弄得他脸红耳燥地结巴着说"别，别"，我看到母亲也跟着众人的笑声乐得咧开了嘴。

母亲的洁癖远近闻名，如今见表哥有过之而无不及。后来知道，原来表哥的生母去世早，母亲从小照看他，他与母亲的感情也因此远远超过一般姑侄。20世纪五六十年代，每过几年表哥就一个人跋山涉水来看姑姑，母亲想自己的哥哥和侄子了，也会推掉一切家务回沅江看望亲人。那时交通非常不便，从汉寿到沅江县城，再到舅舅工作的千山红农场，母亲一天要走几十里路。

我的兄姊中，仅四哥和五姐见过舅舅。据说舅舅是个工程师，最擅长修理机器的发动机等，虽然出身不好，但仍能凭技术活下命来。一次，地处洞庭湖滨的沅江县发大水，水淹良田千亩，县里最大的抽水机坏了，怎么修修不好。这时有人说，除非叫皮某某（我舅舅）来。此时我舅舅因为家庭出身和其他莫名的原因正在服刑，他被押解到现场后，四个小时不到，抽水机的问题解决了。他也因此立功，被释放后安排到"五七干校"农场劳动。

四哥那次随母亲去探亲是20世纪60年代末，他第一次也是唯一一次见到斯文可亲的舅舅。五姐那次去已是1972年秋。看到五姐冬天即将嫁人，母亲爱女心切，想带着她出门走走，见见世面，也是看舅舅舅妈他们能否打发快出阁的外甥女一点东西。她知道，女儿很想有一口皮箱做嫁妆。

母女俩坐船后步行三十多里，来到舅舅工作的农场。见到传说中的亲人，又饥又渴的姐姐不知是出于委屈还是欣喜，靠在柜子上抽抽搭搭地哭了起来。而母亲，见到自己三年多未见又黑又瘦的唯一的哥哥，想到生活的艰辛，悲喜交加，更是放声大哭。妹妹憔悴的容颜和一张泪流满面的脸，让做哥哥的也心疼不已。然而这是单位，不是家里，他眼含热泪，轻轻拍打母亲的背，用沅江话小声地劝她说：好了，莫哭了，让别个看着不好。

舅舅家徒四壁，母亲知道她的哥哥也很难。舅舅心里过意不去，便打发她们到沅江县城找舅妈和尚纯哥。就这样，母亲又带着五姐风尘仆仆地往县城去了。

几十年过去了，五姐依然记得，舅妈只是拿出家里一双黑色平板绒胶底鞋送给她。尚纯哥给了五元钱，母亲用这钱在县城的商店给五姐买了一对漂亮的花瓶，花去了一半钱。我还记得那对花瓶的样式，鲜艳的水红色打底，糅杂晶莹的黄色，瓶身中间凸起一朵乳白色的牡丹花，十分别致、亮眼。姐姐很喜欢这对花瓶。到 1978 年六姐结婚已是六年多过去，那对花瓶仍完好如初，五姐把其中一个送给新婚的妹妹。五姐结婚前，父母亲咬咬牙，还是为心爱的女儿买了口价值二十多元的皮箱，为此节衣缩食几个月。

时间流逝飞快，转眼到了 20 世纪 80 年代，偶尔表哥会有信来，报告家中的大事，包括舅舅的过世和他的新婚。母亲哭了又笑，笑了又哭。她把尚纯哥的新婚照片夹在家里唯一的相框里。新娘子是个农村姑娘，大眼睛，宽脸庞，一双长长的辫子垂在胸前。我看到母亲常常盯着照片发呆，口中念念有词。后来表哥来信渐少，以至完全没有。1997 年底，我经张家界回汉寿探望母亲，她提出来想去沅江找表哥。我动心了，决定陪她去。可第二天，她又变卦了。后来的十几年，母亲偶尔还会念叨放心不下的侄子，说，不知道尚纯还活在世上么？

正是因为母亲最后的挂念，在她老人家去世后不久，我决定想办法寻找失散近三十年的表哥。我交给同学一个名字和一个单位名称。几个月后传来消息：皮冬云，沅江县氮肥厂职工，已去世。她有个哥哥，叫皮冬文，耳朵很背，现住在妹妹住过的房子里，以捡垃圾为生。名字对不上号，不知道是不是我要找的人。

我一听，立即断定，这个人就是我的表哥。

车，风驰电掣地往沅江县城开去，仅半个多小时就到了。路上我和二哥唏嘘不已，总以为沅江很远，原来竟这般近。

车子在城区穿行，七弯八拐的，终于在城郊的一个破旧的大院停下来。现任沅江县氮肥厂厂长带我们走出院子，前方十几米远处，一个佝偻着的身影正在垃圾堆里翻捡着什么，厂长手指着那个身影，告诉我，他就是我们要找的人。

我急忙走上前去，仔细端详他：背，已经弯成了一张弓，头发很久未剪了，纠结成一团，头皮上一层污垢，是常年没有清洗的缘故。我瞪大眼睛，努力从过去的记忆中寻找一丝熟悉的痕迹，他黝黑的脸上布满了尘土，右边脸颊上一块圆圆的污渍，牙齿已脱光，嘴唇凹进去，很奇怪的，皮肤倒还光滑。天气也就十几度，他却只穿了一条破旧的短裤，上身是一件已无法辨认颜色的破夹克，光光的脚上，好歹趿了一双拖鞋。

天啦！这个衣衫褴褛、连乞丐都不如的人就是我的尚纯表哥？

可不是他又是谁？那还算俊朗的眉眼、白净的皮肤，分明有几分过去的影子。我顿时眼泪如注。

见我们一堆人围上来，他并不抬头，只是手已经停下来，仿佛在等待什么。二哥蹲下来，在垃圾堆里捡起一张纸片，有人递过来一支笔。二哥在纸上写下一行字：你是尚纯表哥吗？然后递给那一直低着头的人看。

他看一眼，立刻眉开眼笑："我是，我是。"说着，歪着头盯着二哥看。意思是，你是谁？怎么知道我的名字。他显然还没有认出来人。

"我们是从汉寿来看你的。我是二毛，她是小平。"二哥又在纸片上写下这行字，写完，用手指了指我。"小平"是我以前的名字。他向我竖起大拇指，用含糊不清的口音说："噢，是小平，以前只这么高，"说着用手比画一下，"现在长得好，长得好。"

"你还有个老弟叫黑四。"他突然掉头对二哥说。

"是的。是的。"二哥终于露出笑容来，像他那样重复着说。同时转向我们，脸上很高兴的神情，"你看他并没有糊涂，记得还很清楚。可为什么要捡垃圾呢？唉！"二哥说完深深地叹一口气。

我赶快拿出相机，交给同学，要他多拍几张。

一旁的二哥仍在与表哥作笔上的交流。他告诉表哥，母亲，在去年农历二月十八走了，活了84岁。

"走了好，老死的。"显然，他记得他的姑姑。我惊异表哥有这样的思维。

"你住在哪里？"

见我们问他，他用手指了指我们刚才下车的院子，然后又认真地对我们说："你们去我的妹子家，要她搞饭给你们吃。我屋里小，接待不了你们，你们多玩几天。"边说边比画，带我们往院子走去。话虽然说得结结巴巴，但待客的礼数都还有。

我知道他还有个大妹妹，我的大表姐。但从未见过。

他虽然弯着腰走路，步伐却不慢。院子里的邻居见了我们，一个两个好奇地围拢来。我们主动表明身份，又向各位邻居打听大表姐的联系电话。

邻居们七嘴八舌地说开了：

"没有他妹妹的电话。只见他妹妹隔三差五地来看他一回，带些热饭菜。"

"今天他妹妹还给他送过饭，就在一小时前，今天是他的生日。"

"他又不是没有钱，每个月退休工资都八百多，还有捡垃圾的钱，加起来恐怕几十万了。"

"几十万没有，七八万是有的。听说都存在他死去的老婆哥嫂那里，老婆都死了五六年了。"

"应该把他送到养老院去。这样的人应该有人管。"

"听说他不愿意去。送去过几次，又偷偷地跑出来。"

他们围着我说话。我望望这个，望望那个，感觉两个耳朵不够用。恨不得端个盆子，一字不漏地接下他们连珠炮般的话语。

我是那样如饥似渴。他们讲的，就是我表哥目前的生活状态。我用目光寻找表哥，见他正把这几天捡来的垃圾捆绑成坨，过秤，记好数，交给刚好过来收垃圾的中年汉子。显然他们是经常做生意的老熟人了。"他算数从不出错，你别想占他的便宜。"对方说道，仿佛为自己辩解什么似的。表哥在世上就剩下唯一的妹妹，平常基本没人来看他。今天突然来了几个人，邻居、收垃圾的人脸上都显出惊奇与热切的神情。

"他平时在哪里吃饭，自己会做饭吗？"我不由想到这个最切实际的问题，向一个快嘴快舌的女邻居打听。

"他哪里做饭啰！你看，这是他的房子，都是垃圾。"说着，她带我和二哥走到一楼的两间破房子前。推开虚掩的门，我们看见垃圾都快堆到门口了。另一间屋子中间摆了一张大床，估计是他当年和表嫂睡过的床。床上无床单被褥，只有厚厚的一层灰，好在还没有堆放垃圾。整整两间屋子，就剩这张床是空的，其余全被垃圾杂物塞满。为何不把这些东西卖掉，这些于表哥有什么特别的意义吗？不得而知。

"那他睡在哪里啊？"

"有时看他睡在桥底下。"

我望向萎靡的表哥，我们说话这当儿，他一直若无其事地站在一旁，仿佛这一切与他没有关系。这些年他就是这样过来的，饿了，捡垃圾桶里的东西吃；困了，睡在桥底下，或蜷缩在垃圾堆里。那些风雨交加的日子，那些寒冷刺骨的时刻，他怎样挨过？假若舅舅地下有知，假若母亲看到这一幕，该是何等的心疼啊！想到这里，我再次泪水奔流。

我随身带了一万元。我想过表哥可能生活不如意，但未想到景况如此凄惨。此时此刻，我能做的，除了把这一万元全部给他，再没有更好的办法。

"你给他钱没有用。他不会花钱，而且他也不缺钱。"邻居们纷纷阻止我。他们都是非常善良的人，从他们容忍一个捡垃圾的人做邻居多年，就可看得出来。

我总得做点什么。在同学的建议下，我买了些吃的用的，总觉得太少，对不起表哥。

要走了，心中有不舍、懊悔，觉得自己来晚了。表哥的生活已与常人相去甚远，他的观念、行为已远远落后于时代。一个没有了家庭、没有了工作、身有残疾的人，捡垃圾可能是他唯一的选择。也只有从这些被遗弃的垃圾杂物中才能找到快乐和自我认定感。在别人看来没有任何价值的一堆破烂玩意儿，在表哥眼里都是有生命甚至是美好的。

不容我多想，二哥再次拿起笔，在纸上写着：哥，你为什么要过这种生活？你有退休工资，本可以过得更好。

二哥说出了我的心里话。只见表哥拿起那张纸，很认真地看，然后不假思索地抬头对二哥说："我还要讨婆婆呢，讨五十岁的婆婆。你不要管我。"说完，向我们挥挥手，走吧，你们走吧。

这次，轮到我说不出话来。原来表哥心中还藏着这样的梦想。走之前，表哥还主动地伸出手来，捏捏二哥，捏捏我。要在平时，我是不敢去碰那污黑的手的，母亲的洁癖也无可救药地遗传给了我。但这是表哥的手，虽然是一双捡垃圾的手，但依然温热，传递着生命的温度和力量。

回深圳后大概过了十来天，我接到一个从沅江打来的电话。对方告诉我，他是皮冬文的大妹夫，从表哥的邻居那儿得到我的电话号码。我想起，走之前，是将自己的联系电话写好交给那位热心的女邻居，希望她能转交我的大表姐。

我太高兴了，总算把这断了线的风筝接上了。表姐夫向我介绍了表哥和其他家人的情况：表哥是从沅江县机械厂下岗后开始捡垃圾的，刚开始还能正常生活，后来老婆病死后才渐渐变成现在这样。他脑子还清醒，但很固执。小表姐是五十三岁那年得肠癌走的，受了很多苦。小表姐夫不久就找了女朋友。他和小表姐还有一个儿子。表哥前几年还想着要去汉寿找姑妈，还给姑妈准备了二万元钱，说是给她养老用。

话题转到我的母亲，鼻子一酸，又差点落下泪来。

我将手机紧紧贴在耳边，生怕漏掉一个字。"这些年，我们经常都会带着热饭菜去看他。到年底，哥哥和我们算一年的饭钱。如果是一千元，他就只给五百，说妹妹照顾哥哥是应当的。"听到这里，我不由笑了，表哥可一点都不傻。

"可我们的经济也不宽裕……"表姐夫在电话那头絮絮叨叨地说。

我忙接话："我们是亲戚，以后有什么困难，尽管找我。"

可这个电话却没有再打来。一年多后，也就是2011年的冬天，我的表哥，在这个冬天最寒冷的日子，凄凉地离开了人世。

是什么让她站起来

自从 2013 年开始，她生命的天空乌云阵阵翻滚，首先是大女儿在家门前遭遇车祸离世，她千里奔丧，一路上一直哀嚎着女儿的名字，喉咙喊哑了，好久都无法恢复正常的嗓音。半年后她不得不离开生活了十几年的深圳，回故乡去抚养女儿留下的不到两岁的外孙女。她曾对我说，好喜欢深圳的蓝天白云，还有冬天里的阳光，要等到身体干不动了才会回去。如今她只得提前返乡了。

过两年，还是这个女儿，离异后坚持带在身边的儿子，也是她最大的外孙年仅 17 岁竟患上了糖尿病，需要住院治疗。他已是县一中的一名高中生了，在他身上，寄托了她全部的希望。期望他能考个好大学，如今她又开始担心他的身体了。

日子又战战兢兢地过去两年，虽然她还保留着大女儿在世时的房间，谁也不能动，可一直在深圳打工的丈夫突然间被医生宣布为肺癌晚期，并已失去手术治疗的机会。打击接二连三，让她喘不过气来，欲哭无泪的她，在无边的深夜深深地叹息：老天爷，我这是怎么啦？

她身边的人也都不知道该如何安慰她。

相隔七个年头出生的我和她，脾性差别也很大。她像大多数农家女孩一样，听话、勤劳、好客。而我，爱在水边玩耍，爱唱歌，爱看书，胆子也大。有一股神秘的力量，将我和她隔成两条不同的河流。

记得从十四五岁开始，她就是家里家外一把好手，所有的农活都会干，除草、插秧、施肥、割稻，还像年轻男人一样挑大粪、和坑、垒秧田、挖掘河道。农闲时又与人结伴去十几里外的山上拾柴火，柴重得连一个成年男子都担不下。捡稻穗捡到别的村庄，天不擦黑不回家。五姐远嫁南县后，为了减轻母亲的负担，她还帮母亲干各种家务活，纺麻线、纳鞋底，不到深夜不睡觉。她的能干和吃苦精神让村里人都赞不绝口。隔壁的蔡家婶子常常开玩笑对她说："妮儿，你这傻女儿，都是帮黑四（四哥）干的晓得啵！"

她在我对人事似懂非懂的年龄结了婚。被一个叫金桂的婶子介绍到了婶子的娘家李家冲——一个十分贫穷而落后的小山村。在当时，姑娘找对象自由恋爱的稀少，多由能说会道者牵线搭桥，这些婶娘们要么把娘家的侄女外甥女介绍到婆家来，或者把婆家的小姑子大表妹等"搿掇"到娘家去。那时，她虽然个头不高，但长得十分清秀可爱，被老实的姐夫一眼就看中了。虽然婆家兄弟姐妹众多，而且还是寡母，母亲心里有些犹豫不决，最后还是勉强同意了这桩婚事。她嫁人那天，唢呐声"呜呜"地响，母亲边流泪边说："妮儿走了，就只剩下一个懒鬼在屋里了。"母亲口中的"懒鬼"即是我，我听了不仅不恼，想着从此再没有人盯着我干活，心里暗暗高兴。

大家对她的命运开始关注，是那次大肚子的她被婆家的小叔子打破了头。消息传来，凡了解她的人都气愤不已，难道这样好的女孩给人家做媳妇还要挨打？太欺负人了吧！因此那一次，村里去了几十人，要向她婆家讨说法。母亲痛苦愤恨，要把她带回家来。长得高高大大的隔壁雷家嫂子把他们家的衣柜拍得"呼呼"响。他家的大哥三哥围着我家二哥讲好话，向大家讨好递烟。夹在人群中的我，远远看她身怀六甲却头上鲜血直冒、哀哀哭泣，不由得心头恨起，跟着大人们一起高声叫骂。

那次事件后，虽然打人的事不再发生，但她的处境还是艰难不已。一是家里经济底子实在太差；二是姐夫人太老实，不灵泛，就只知道干点农活。所以，她虽然比五姐嫁得近，可我去她家的次数却数得出，自己即使偶尔陪母亲去探望她，也是打个转身就回，远不如到五姐家去得多，住得久。也许是因为每看她一次就为她担心一次，而自己又帮不了她什么，便在无意中产生了逃避心理。

1979 年到 1981 年，我为高考憋足了劲，她却在这几年接连生下了三个女儿，一年多一个。每当消息传来时，家里人总是摇头叹息。最后一个女儿降生后，因不满她又是生下的女儿，姐夫坐在一边生闷气，竟不愿照料她们母女。刚落地的女婴嘴唇都冻乌了，还是她忍痛爬过去一把搂起了自己的骨肉。

在湘北农村，没能生下儿子的妇女要受各种各样的气：公婆的，丈夫的，妯娌邻居的。在背后被人闲言碎语不说，当面斗嘴吵架了，轻则被人家斥为"没本事的货"，重则被人家骂为"绝代婆"。她不知受了多少这样的辱骂。照她的话说，只能默默忍受。有什么办法呢，确实没有生出可以传宗接代的儿子啊。实在难受了，就自己哭一场吧。每次她哭的时候，三个小女孩也不明就里地跟在她身边一起哭号。看到小小的她们哭成一团，她反而止了泪。哭有什么用？生女儿就一定比生儿子差吗？我还就不信呢！她从心里立下誓愿，不论日子多苦，都要把她们三姐妹培养成人，使她们长大后个个有能耐，不比男孩差。

就凭着这朴实的愿望，她和憨厚老实的丈夫，带着三个孩子艰难度日。她比在娘家时更能吃苦了。夜色降临了，她一次又一次背着犁，挑着筐，踽踽独行在山间小路上。她脚步匆匆，还要赶快回去给嗷嗷待哺的女儿们做晚饭。无语的青山，默默目送着她孤寂的背影。如果青山能长出一双手来，也愿意轻轻抚摸下她不堪重负的双肩吧！只有 26 岁的她，因为经常从事重体力活，加上休息不够，日夜操劳，患上了严重的腰肌劳损症。腰痛发作的时候，她躺倒在田埂上，几个小时也站不起来。后来，还是父亲千托万托买了几支天山上出产的雪莲针，老天庇佑，用在她身上竟收到了奇效。

除了干一切农活，她还在农闲时摸索着做点小生意贴补家用。她卖过西瓜、甘蔗、莲蓬。最难忘的一次经历，就是一次一个人拉着满板车西瓜在河堤上低头弯腰地行走时，突然一时脚下失力，满车西瓜全部被掀翻到河堤下。看着河水上漂浮起一个个圆溜溜的西瓜，她一屁股坐在地上。原打算用它们赚点小钱给女儿们买些花布做几件衣裳的，她们已经哀求她好几回了。可买化肥的钱都是借的，哪有闲钱做衣服？可她是母亲，理解女孩子们的心思，便一个人从镇上进些西瓜准备拉到邻村去卖，如今连板车的轮胎都滚到深深的河水里去了，这可如何是好？天上下起了雨，她一路走一路哭，分不清雨水和泪水。车轮终是捞了起来，那些西瓜早已随着河水漂远了。

她信奉节俭持家，能省则省。一年里除了过年过节，难得吃几回肉。有一次农忙时节，狠心买两斤肉回来改善生活，待三个女儿吃完他们夫妻上桌时，哪里还有肉的影子？只剩下几块青青的辣椒。她发了狠，第二天又赶到太子庙镇上再割两斤肉回家，这回孩子们终于过足了瘾，剩下了一小半给他们尝鲜。

怎么让三个女孩子学会家务活和农活？怎么让孩子们即使身处艰苦环境也能快乐地生活？她自有办法。性格开朗的她，爱唱爱跳爱笑，红歌、山歌、样板戏，稍有空闲她就会来几句，低矮的小屋常飘出她那不难听的歌声。受她的感染，三个女孩有两个都很会唱歌。叫女儿们高兴的是，也不知道她从哪里听来的那些富有生活哲理的民间歇后语，教育孩子们时从不摆大道理，嘴里时常蹦出一句半句这样的话，如"鸡婆娘上灶，鸡儿也上灶""聪明灵醒，要人提醒""天高不算高，人心第一高""天上落雨地下滑，一跤绊倒自己爬""他是男儿你是汉"等等，生动易懂。有一次，天上落了雨，她带孩子们在菜园里摘菜。她指着一条一夜之间似长大了不少的黄瓜对她们说："你看，这几天黄瓜真是长得响。"女儿们都不懂，什么叫长得响，她哈哈大笑地说："长得响就是长得快啊！"孩子们都被她的话逗乐了，一个"响"字多么形象生动。她们的童年生活中充满了很多这样的生活情趣，也因此喜爱和佩服自己的母亲。虽然只读了几年书，虽然日子不好过，但她有一双观察生活的慧眼和一颗苦中作乐的心，她活得单纯、知足。

就这样，虽然平日无好吃好喝好衣穿，但在她的悉心呵护和调教下，孩子们倒也感受到家的温暖和成长的快乐，她们一天天长大了。不久他们夫妇终于一砖一瓦建起了自己的房子，她又利用农闲时节找人学了轧鞋底的手艺活，在太子庙镇上摆摊，一来二往，生意居然渐渐红火。慢慢手头有了点积蓄，她心眼活，看中了镇上一个小门面，借了一点钱，大胆买下了。过几年，门面的市值涨了，这是她第一次投资，成功了。这件事也成了她最引以为傲的事，让她对生活充满了自信。"人有一双手和两条腿，只要肯做，总不会饿肚子。"这成了她的口头禅。随着家境渐渐变得宽裕，村里人再也不敢小看她一家人。只是最大的女儿小学毕业就辍学回家，帮助她照顾两个小女儿，她觉得对不起大女儿，日后常常念叨。

111

近二十年过去了，三个女儿都长成了水灵灵的标致姑娘，虽然都没有读出书来，但个个能吃苦、孝顺、懂事。大女儿16岁就到深圳打工，二女儿和小女儿做事踏实，心眼活，招人疼爱。这二十多年人生路，我看着她一路走来，历经风风雨雨，终于守来了云开月见。

是到了享受生活的时候了，55岁的人，眉头舒展了，皮肤虽然比不上年轻时候，但比同龄人显得年轻，除了腰腿偶尔有点痛，血脂、血压、血糖等身上所有指标都正常，我笑呵呵地恭喜她。她也喜笑颜开，说："我这辈子就是劳动得好！"

就在大家都在为她额手称庆之际，生活的河流突然掀起滔天巨浪，几乎将她淹没。2013年3月，正是桃花盛开的季节，她最大的女儿一夜之间遭遇车祸走了，年仅34岁，抛下一双儿女。消息传来，如雷轰顶。我怕她承受不了这样的打击，陪她千里还乡。往日的回家路在笑谈中度过，眼下的归途十分难熬，只感到绝望和痛苦。终于到了家，见到了如睡着般安详宁静的大女儿。曾经艳若桃花的女儿，像桃花一样凋谢了。凡了解她的人，都觉得老天爷对她太不公平。埋葬了女儿，擦干了眼泪，她又开始拖地、洗衣、整理家务。看到她忙碌的背影，我知道，她一定能挺过这道关。过几个月，给她打电话，我听她在电话里高兴地说，小外孙女长胖长高了，会喊她"奶奶"了。听到电话里她终于恢复了正常的嗓音，我一直牵挂她的心稍觉安慰。

当姐夫确诊为晚期肺癌的消息传来，我心中里不禁翻江倒海，命运给她设置层层障碍，似乎要看她到底有多坚强，能越过多少篱笆。我的亲人——最小的姐姐，她没有抱怨，也没有呼天抢地，平静地接受和面对生活中的一切。对她，我只有敬佩。虽然她平凡、低微，如同一粒草芥，可她身上有股韧劲，即使连遭不幸，即使生活的重担一次次压弯她的腰，等稳稳心神，她又慢慢站起来。是谁给予她的力量？是土地。她自信，只要双脚还站立在大地上，总能找到一条路。

芳华飘落

湖南省汉寿县有个小镇叫太子庙，镇不大，可因 319 国道穿镇而过，市面便显得较为繁荣。一眼看过去，是密密麻麻的小饭馆和小店铺，县里花了很多人力物力建起来招商引资的开发区也在此地，足见该镇地理位置的重要。有人说，它就是汉寿的"门户"。

让这个小镇出名的还有它数年来居高不下的交通致死率。每一年，都有数人甚至数十人在车轮下殒命。想不到，这样的不幸也会发生在我的亲人身上。

那晚，突然接到外甥女小元的电话。我很诧异，因为电话里传来的声音是哭喊着的："姨，姐姐走了啊。"我一时没弄明白她说的"走"是什么意思。她又哭喊了几句，我才反应过来，"哪个姐姐啊？"声音不禁提高了八度。"小芳啊。"这回听清了，心脏在胸腔里"突突"地猛跳。怎么可能，怎么可能哪？一个多月前的春节在侄孙邹磐的婚礼上我还见过她，还是那副甜甜的笑容，张罗着让新郎新娘表演节目。难道她就离开了这个世界？离开了我们？

可这确是事实。夜幕下，一辆飞驰的摩托车夺去了她年轻的生命，从撞击到离去，只有半小时！可恶的酒驾！我脚下轻飘飘的，泪水开始如注地奔流。我在心里哭道：小芳啊，我亲爱的外甥女，你苗壮的生命竟如此不堪一击，你女儿两岁都不到啊！当我得知她是如何拼尽一个母亲全部的力量，阻挡那猛烈之力的冲击，来保护那出生就患有先天性心脏病的女儿，我既心疼，又敬佩。她用无私的母爱创造了奇迹，她命丧黄泉，而与她牵着手一同行走的女儿却毫发无损。小芳，不愧是一个英雄母亲，用自己的死，选择了女儿的生！

在她离世后的几个月时间里，我一直都不愿相信她真的已经离开了我们，离开了这个鲜花环绕的世界。然而随着六姐一次次在我面前啜泣，数落命运的不公。看到她留下的也是她最疼爱的一岁多的女儿喊他人做"妈妈"，我不得不承认，她真的走了，永远地离开了这个她只生活了33年的人世。

今年国庆假期，再次回故乡去。与一年前的回家之旅相比，冷清、落寞了不少，玩的兴致减了许多。去年知道我要回乡，小芳早早地就来了电话，邀请我一定要上她家看看。从常德回汉寿的第一站就是太子庙。一进屋，就看到满满一桌子菜，鸡鸭鱼肉全齐了，还有在外难得吃到的时令小菜。丰盛的菜肴，袅袅升腾着食物的芳香，与亲人相聚的欢悦之情充塞在心田，浓浓的，令人陶醉。孩子们像小鸡样围在她身边打转，她给这个舀汤，给那个夹菜，利索地打发着他们，一旁站立的爱人一脸憨厚地笑着，而她，这两年受尽女儿重病的磨难，不仅一点不显疲态，居然脸上还飞上了一抹朝霞般的红晕。我看着她，为她的新生活、新家庭感到高兴和欣慰。要知道，之前我是极力反对她抛弃在深圳那份难得的既稳定又轻松的工作，回到阔别15年的故乡重新组织家庭并怀孕生子的。我知道，她是想用眼前这活生生的一幕，告诉我，她当年的选择是对的，同时也让我放心。面对我的反对，她曾经在我面前饮泣：才31岁却离婚多年的她是如何茕茕孑立，一个单身母亲面对渐渐淘气的儿子又是如何无奈无助，她需要男人帮助她共同支撑起一个家庭，营造属于她的那份庇荫和温暖。而这些，是家里人给不了她的。同为女人，我理解她的苦衷，虽然心有不甘，但还是让她走了。

我的不甘也有理由：她16岁来深圳，在深圳的前十年，做过电子厂流水线上的女工，当过酒店服务员，站过柜台，卖过书刊报纸，在高尔夫球场上当过球童。只有小学毕业的她要想在人才济济的深圳立足谈何容易，加上第一次婚姻失败，更是雪上加霜。可她吃得苦，谦虚好学，又生性活泼，热情大方，很受亲人同事的喜爱。家里几十个人在深圳打拼，她最先学会说难懂的粤语，学会打字，文化水平也比之前大有提高，变得能说会道，有见解，敢于表达。后来终于谋到了一份打字员的工作，干得得心应手。离婚后，原来也想能在深圳找到伴侣，苦苦寻觅无果，当故乡的人向她伸出爱的双手，她最终还是耐不住心中的那份渴望，回到她出生长大的地方。

还记得她跟我说过的话，她的童年是凄苦的，故乡留给她的回忆痛苦多于温馨。她出身贫寒家庭，父母原本想生个儿子，却在她之后连生两个妹妹。在计划生育年代，三个女儿带来的除了沉重的负担，还有更让人难以启齿的羞辱委屈。没有儿子，作为老大，必须当儿子养。家里的苦活累活，如上山拾柴、翻红薯、捡茶籽，下田插秧、除草、割稻谷，下湖摘莲蓬、捞鱼虾，少不了她。她个头不高，摘莲蓬时湖水齐到下巴，令岸上的人为她捏了一把汗。农闲时节，父母外出找零活帮家用，她就是半吊子家长，喂猪养鸡，做饭给两个妹妹吃。一次家里没米了，硬逼得她挑着她高不了多少的一担箩筐去大队磨谷子。有人诧异：这是谁家的女伢，腿比麻秆子还细，风都吹得倒，还出来打谷？待父母回家后，她把外人的话学给父母听，除了换来沉默叹息还能有什么呢？

最让她伤心的是，小学毕业了，村里同龄的孩子都去上初中了，唯她们家交不起让她继续上学的学费。她第一次对父母亲表示强烈不满。吵闹、哭泣，凡一个小女孩能想到的抗议手段都使上了，然而没有用，家里就是这种情况。她妥协了。苦难让人变得坚强。她开始了与同龄人完全不同的新生活。弯弯曲曲的乡村小路上，太阳晒得地面发烫，一个吃力地踩着单车的弱小身影，在艳阳下时高时低，时隐时现，那是她，她在高声地向父老乡亲叫卖冰棒；学校门前，一个挎着装满甘蔗花生篮子的身影踟蹰不前，似卖不卖，欲言又止的样子，那也是她，她无法对昔日的同学说出一个"卖"字，然而母亲期盼的双眼终于让她可以大大方方地站在同学面前。靠劳动赚钱不丑。母亲的话她听进去了。正是因她早早辍学回家，以微薄之力为父母分担生活重负，使她母亲从琐碎的家务中解脱出来，拜人为师，学了一门补鞋的手艺，让她的家庭成功脱贫，并在太子庙镇上买了一个铺面。这在当时的村子里，引起了一阵轰动。从此对她家刮目相看，再也不敢在人前议论她家没有儿子顶门面的事了。

命运很残酷，它用失去让人懂得珍惜！当她活在我们中间时，我们并没有觉得她的可贵，平平淡淡对她，甚至还有点烦她爱讲话、爱管闲事、麻烦事多等。可世上哪有完人？只有失去了她，才意识到她真是一个有爱心、聪明伶俐、热情善良、敢作敢当的好姑娘、好女儿、好母亲。她关心身边的每一个亲人，谁身体不适或有了困难，她嘘寒问暖，慷慨解囊；父母亲没有让她读初中，一直觉得亏欠了她，可她不计较，照样孝顺父母，为父母分担忧愁；离婚了，她明知带着儿子会影响再次择偶，但她毅然把儿子带在身边，呵护、教育，把孩子受双亲离婚的影响降到最低；为了挽救小女儿的生命，她不惜给主刀医生下跪，当医生为她强烈的母爱所感动，终于点头答应冒着风险为她女儿做心脏缝合手术时，她马上破涕为笑，容光焕发，令在场的人都为之动容。

她是一个从山村走出来的女孩儿，她用奔跑的姿势，张开双臂，含笑迎接人生路上的阳光、雨露、风霜、荆棘，她用不长的生命写出了属于她的精彩篇章，一幅幅，一页页，历历在目，天地可鉴。生活的急浪淹没了她的身影，可无法卷走亲人们对她的思念。小芳，告诉你一个好消息，你儿子的学习成绩稳步向前，小女儿曾经苍白的嘴唇一天天红润，你未尽的责任一定会有人为你担下去，他们一定会健康成长！你安息吧！

长路有痕

不能遗忘的 1979

虽然距离现在 40 年了，但当时正值青春的自己心中涌现的对生活的迷茫、惶恐、热情和憧憬其实和现在的青年并无二致。我对自己这段生活鲜有描述，它像穿了一件隐身衣，悄悄地隐藏在我的生命历程中，给它披上这件衣裳的人自然是我。

2009 年的早春，当我离开它 30 年，再一次站在它面前时，它以它的默默无语深深地打动了我。学校多年废弃不用，看上去衰败不堪，积满了岁月的尘埃。那些寂寞的楼梯门窗、处处裸露的土地和一棵棵仍忠诚不移守护着校园的松树无不散发着往日气息，一缕缕的，向我袭来。记忆的闸门就此打开，往日种种潮水般涌上心头。

从小学到初中，我都是在邹家坪小学完成的。有人做过统计，过去几十年中国出现两次生育高峰，一次就是 1962 年到 1970 年，年均出生 2000 万人以上。另一次高峰出现在 1985 年到 1990 年。此后年均出生人口再没有超过最高峰值。第二次生育高峰顺理成章，前面出生的人二十多年后当了爹娘。

多半出于这个原因，20 世纪 70 年代中期上初中的学生也就特别多，乡中学容纳不下，便纷纷在各小学开起了初中班。

我不记得村小的初中班有没有开设物理化学和英语课，数学肯定是学了代数的，因为我的代数学得最好，所以记忆最深。那个 xyz 无论怎么组合，我似乎都能找到解答的路径，教数学的袁子林老师也因此特别器重我。袁老师个子较高，体形偏胖，圆脸，眼不大但很有神采，每逢考试总喜欢站在我身后看我做题，偶尔还微笑点下头，含有肯定和鼓励的意思。在那间本是队屋临时改作教室的长条形、头顶显得空而高的屋子里，我第一次沉浸于学习所带来的乐趣中。记得自己常得高分。一直到高中，数学都是我的强项。

14 岁那年，我愣头愣脑地走进株木山中学的高中课堂。上学的路明显远了。从家里到向阳河边有两三里路走，坐船到河那边还要走长长的一段路。其中通向学校的是一条弯弯的山路，路两边分布大小不等的茶园。放眼望去，山坡上栽满绿油油的矮胖的茶树。开花季节，乳白色的花朵在枝丫间闪烁。

开学好久，都是走读。早上去的时候顶着朝阳快走，想赶上其他同学。一个人走那条山路时，常不由自主地回头看，生怕有什么狐狸精跟上来，只因听了太多妖魔鬼怪的故事，都是银川婶讲给我们听的。放学了，大家结伴回家。俊丽、远容、卫真和少宏，少年就是玩伴的我们大多在 18 班，大家说说笑笑，直到坐在船上才稍微安静下来。天阔水清，河水远比现在丰沛。一河两岸，几乎看不到人家村落，只见两道长长的堤岸无限地伸向远方。堤坝上的青草自由自在地生长，间或有油菜花在风中摇曳，还有高及人头的蚕豆，远远地诱惑着人。此时肚子开始咕咕叫了，想着过了河要去扯把生蚕豆吃，这样伴随着船桨在水中拨弄出的"哗哗"的水声，一眨眼就到了对岸。

由于两年时间来往于向阳河上，与河水千余次近在咫尺地注视，对这条河流——本县境内最长的一条人工河，慢慢产生了一种亲人般的情感。这种人与自然的亲密感，使这条缓缓流动的人工河一次又一次以不一样的文字涌现在我的笔端。

1977 年恢复高考，我们在这一年读高一，但"学工""学农""学军"的"开门办学"政策并未完全取缔，我们劳动的时间还不少，常常要按照老师的要求挑着各种劳动工具到学校。

学校在一个高高的山坡上，劳动地点就在对面的山坡。挑水、锄土、挖坑、栽苗、施肥，什么都干。我个头小，每次劳动虽不干最重最累的活，但仍不敢偷懒。因为每个组都有自己的任务，不能拖大家的后腿，也不能在同学面前示弱。所以，即使不小心破了皮、崴了脚，也忍着。

还记得劳动的场景。天空辽阔，白云悠悠，不断往上升高的山坡上，满是熟悉的年轻的身影，蹲着，或弯着腰。在他们的手上，岗田薄地成了一垄垄整齐的梯田，种着花生、大豆、红薯等抗旱农作物。年轻的姑娘小伙，都是农民的后代，明白"谁知盘中餐，粒粒皆辛苦"的道理，因此不怕大粪臭，也不惧腰腿酸。这时，力气大的、手下活干得漂亮的同学最受大家的尊重和欢迎。

我们这群正值青春年华的男孩女孩，虽然在课堂上规规矩矩，脸上不动声色，但实际上不少同学已情窦初开，心里有了喜欢的人。已有个别大胆的男同学公开给女生递条子，含蓄些的会在下雪天避开他人，把烤火用的烘笼递给怕冷的女生。当然大部分同学还是平平淡淡的，看不出一点内心的波澜。但劳动不像学习，劳动更讲究团结互助，能者多劳。明白这点，平常不好表现出来的男生，此时干活特别卖力，露一手给某个女生看的心理几乎写在脸上。毕竟会干活也是很光荣的一件事。本班因为有远容、卫真、俊丽等一众美女，常常有男生在完成自己任务后凑上前来帮忙。拒绝吗？毕竟能减轻劳动量，所以往往是口里说不用，心里还是愿意的。对于劳动时从来都是甘当配角的我来说，有人自愿来帮一把那是非常乐意的。只是本人那时一副营养不良的模样，没有被人看上的荣幸，也就只能沾沾其他女同学的光。

高中最后一个学年，学校按考试成绩分班，我被分到了所谓的重点班——16班。另外还有两个普通班。我所在的班级二十多个同学，只有四个女生，其中一个是省干校农场的，和我们交流不多。其他三人就是月娥、幺妹和我。

幺妹甫一出现，便吸引了我的目光。正面看，她皮肤白皙，眉眼秀丽，笑起来十分甜美。背影也好看。身材高挑的她，腰肢细软，两条长长的辫子随着步伐有节奏地在脑后摆动着。

她像是突然吹过来的一缕清风，把我这个不谙世事、不懂美为何物的15岁女孩的心一下点拨开了。我知道自己无论容貌和成绩都不如她，心里颇苦恼，对她产生了小小的嫉妒心理。

幸好有月娥，让我不至于太自卑。似乎是老天爷安排好了，既然已有了幺妹的端正窈窕，那就不可能再有月娥的如花似玉。长得结实矮胖的月娥，看上去老实巴交，五官也不出众，但很爱笑，笑起来让人觉得亲切可爱。谈到各自的家庭，她毫无保留，告诉我们，父亲是公社党委副书记，姐姐和姐夫都在县城工作，姐夫还是食品公司的副经理。

那个年代，公社党委副书记权力可实在不敢小觑。自己的父亲虽然是公办教师，但似乎没有什么好炫耀的。幺妹对自己的家庭更是守口如瓶。在月娥的追问声中，我们都不约而同地笑嘻嘻地把话岔开了。只是月娥的坦白仍不免让我小吃了一惊，她看上去可一点也不像公社党委副书记的女儿啊。

教室前面是一棵年岁不小的榆树，长得枝繁叶茂。下课了，我和月娥携手来到树下，摘那狭长的叶子玩，撕成碎片摔到对方的脸上去。从敞开的窗户，可以看到幺妹正和周围的男生说着什么笑话，清脆的笑声直往外奔。她的大胆和爽朗也是我和月娥欠缺的。上帝似乎偏爱她，把太多优点都加在她身上。

月娥看出了我心中的失落，赔笑般地对我说："你看你，眼睛长得多好看，弯弯的，亮晶晶的。我要是有你这样一双眼睛就好了。"月娥的话语和笑容让我汗颜，我收回了目光。

那时候，每天放学前都会有例常的打扫教室活动。我刚好和幺妹一组。幺妹爱干净，仗着男同学都有点喜欢她又怵她，每次打扫教室都是灰尘一起就拉着我的手往外走，等男生扫完地，我们再过去撮垃圾。如果轮到月娥那一组，月娥会从头干到尾。幺妹帮她端起那盆洗完头发后的污黑的水，往寝室前长满了青苔的阴沟里倒，一边责怪她说："你就不能躲着点儿，看弄得这么脏。"

月娥露出一副老实的笑容，一双黑眼珠子从往下滴水的头发缝里瞧着我们说："我爹讲的，在学校表现要好一点，不能偷懒。"

这句话仿佛触动了幺妹的心思，只见她那两道弯弯的眉毛往上扬了扬，带点激动的口气说："当然，换上几年前，你光靠表现写份漂亮的思想报告就可以推荐上大学，俺们想都别想。但现在要考试了。我就是沾了它的光，才来读高中。也许能考个中专什么的。"

月娥的脸上倏地飞上一片红霞，她似乎想争辩什么，嘴唇动了动，到底还是没有说出口，默默地用毛巾擦着滴水的头发。她的头发可真不少。大家都不说话，空气仿佛凝固了。这是我们三人交往中唯一一次出现的尴尬。

我与月娥。摄于 2009 年 1 月

幺妹也有低调的时候。每次到饭点了，她总是在教室拖延。我和月娥快吃完了，她才姗姗而来。手里捧着一个有盖的碗，文文静静地朝即将关门的窗口走去。后来我们才知道，那碗里装的只有米饭。

不知是否出于节俭，她很少像我们花个三五分钱买份菜吃。她下饭的菜多是从家里带来的两瓶酸菜萝卜和炒熟的干辣椒粉。我和月娥每周也从家里带菜，有时会带好吃的油炸小鱼和豆豉炒肉丁，我们总是喊了又喊，她才象征性地夹一点。

有一次，幺妹从家里带来了我爱吃的腌蒜头，我也不管这是她一周要吃的菜，筷子夹了又夹。幺妹反而高兴，第一次主动向我们说起她的家庭。原来她父亲已过世，母亲很能干，家里家外都是一把好手。她还有哥哥和一个可爱的妹妹。说到家人，幺妹脸上不自觉地浮现出笑容。

高考前一个月，月娥的父亲来了。和我见到的那些大队书记（我见过最大的官就是大队书记）一样，灰色外套不是正儿八经穿在身上，而是潇洒地披在肩头。看到我和幺妹的第一句话就是：月娥不能陪你们了。

回头去看月娥，她的眼睛早红了，眼泪似乎在眼眶里打转。父亲刚刚已带她找过陈老师了，事情已经定下来。她一边无意识地捡着床上的书和作业本，一边告诉我们：县茶场在招工，父亲托了熟人，已把她招了进去，吃县销粮，每月拿工资，过两天就去上班，所以不能参加高考了。接着，又像是安慰自己似的说："反正我是考不上的，干脆死了这条心，安心安意去上班，总比拿锄头强。"

虽然这么说着，眼泪终是抑制不住地往下掉。想想也是，念了十年的书，一下丢开换上谁都舍不得。她在村里读初中时成绩非常棒，是学习标兵，全乡统考时曾位居榜首。进入高中，成绩却一期不如一期，以至对高考完全失去信心。既然眼前有这个机会，何不抓住？那可是 1979 年。能在一个县级企业工作，也意味着身份的改变。她又摸了摸那些卷了边、滴了墨水的书本，嘴里吐出一串串低声的叹息。

我十分震惊。幺妹反应最沉着，仿佛她早就料到了会有这一天，一声不吭地帮月娥收拾行李。月娥想把那几本没有用完的稿子送给她，她不肯收。推让了几回，直到月娥用一种近乎恳求的语气对她说："收下吧，反正我也用不上了。以后考到什么学校，也请捎封信来告诉一声，让我高兴高兴。千万别忘了啊。"

在夹着行李走出寝室门的当儿，月娥还扭头环视了一眼住了一年多的屋子，嘴里还在嘟哝着说，反正考不上的。

我和幺妹把月娥送到离学校不远的栗树林。这些栗树长得高大粗壮，接肩搭手的，很密实，也很安静，少人打扰。过去，黄昏后的时光，我们仨常来到这里散步。有时用小石头去扔树上的板栗，如果发现掉有栗子在地上，月娥总是奔上前去，用那双厚实的脚板踩得它滚来滚去，然后捡起来递给我和幺妹吃。有时候坐在树下的草丛上，谈起各自的未来。月娥想当一名小学老师，生活既安宁又充实。幺妹愿意成为医生，她父亲曾被病魔无情地折磨。我没有太明确的目标，只想走出去，走得越远越好……

谁知道，在这短短的时间里，就发生了变化。月娥不再理会曾经的梦想，在她挥手向我们告别的时候，脸上分明已浮现出欢快的笑容。这笑容像幅图画凝固在我的记忆深处，几十年过去了，我都无法忘记这个单纯诚实的女孩。

高考的脚步临近了，太阳仿佛只翻个身就高高地升起来，早上摸上去还带点湿润的榆树皮一会儿就枯燥干裂了，像有人用小刀故意乱划一气似的。鸣蝉不知躲在哪根枝叶间，正撕心裂肺地叫个不停。从窗口望出去，低年级的女生穿着色彩斑斓的衣裙在走廊上笑着跳着。我的注意力渐渐不集中了，黑板上的字迹变得模糊，老师的声音听上去就像从遥远的地方发出的回响。月娥的离去，加上四哥的来信，把我的心弄乱了。哥哥在信中说，他希望我能考出去，这样，他就可以顶父亲的班，两全其美了。

可我能考上吗？我问自己。

显然一点把握都没有。

如果考不上，怎么办呢？

我第一次为自己的将来感到惶恐不安。

自从月娥走后，我和幺妹变得更加亲密。每天清晨，我还在睡梦中，她就来到我的床前："起来吧，贪睡鬼。"我奋力睁开自己的双眼，看到幺妹柔和的笑脸正俯身对着我，在清晨淡灰色的光线里，显得格外清晰和明媚，刚才还模糊的意识一下便清醒了。

老师们比我们还要辛苦紧张。晚自习结束后，他们还辅导个别同学，因为休息不好，眼睛里布满血丝。对学生们的态度也少见的和蔼可亲，他们仿佛已不仅是我们的老师，更像是我们的兄长和慈父。每个人都在不断地做题、做题，我被这种火热的气氛推着往前走，但还是没有自信。这时，收到了月娥的来信，告诉我，她现在每天的工作就是侍候茶树，摘茶、揉茶、炒茶，很是单调无聊。她非常想念同学们，想念学校生活，羡慕我们还能继续读书。

月娥的信肯定是写给我的。她不敢打扰幺妹，她知道这次考试对幺妹有多重要，幺妹也是铆足了劲，志在必得。可惜我没有将信保留下来。当时心绪零乱，高考就在眼前，似排山倒海般，压得人喘不过气来，忽略了身边的人和事。

不记得高考是怎么结束的，也不记得自己和同学们是怎么分手的。两个月后，才知道，16班的同学只有建平、幺妹、申明考上了中专，他们三人都来自浇田港村。其他班的同学没有听说有人考上的。

　　父亲见我基础太差，在 1980 年上半年，托人将我送到县一中，从高一下学期读起。据说父亲找了不少人。我的物理化学还是起色不大，严重拖了后腿。如果去改读文科，可能不只会考到常德卫校，也更不会分到县卫生防疫站工作，不会在那里遇到改变命运的人和事，不会有后来的一切。

　　人生没有如果。

汉寿县株木山中学 1979 届部分同学合影。2009 年 10 月摄于长沙橘子洲头

汉寿一中，梦想的摇篮

1979 年，我 16 岁，是一个身体发育尚不完全、脸庞也欠丰满的农村姑娘，在一所乡中学读高中。我和我的同学本是默默无闻的一群人，此时却因为高考而突然受到来自家庭和社会的重重关注。人们突然将一道道充满了希冀的目光投向了我们这些无卒小辈，这不仅令我们惶惑，也令我们不安，因为生命从不曾受到如此的重视和青睐。

那是一个沸腾的时代，充满着无数不可思议的事件。邹云，邹家坪村一个普通农民的儿子，公社放映员，竟在国家恢复高考后的第二年，以全县文科最高分考上了广东省中山大学中文系。我们太熟悉邹云了，常常看到他挎着一个写着"为人民服务"的红色小字的黄色帆布袋，从路上走过，见到人就露出笑容。全公社的大人小孩都认识他。因为只有他会摆弄那些机器，让四四方方的一块白布显出活生生的人物故事来。而我们这群少男少女，更是他狂热的跟随者，随着他的脚步看了一遍又一遍《地雷战》《春苗》《红雨》等电影。在读书成为"鸡肋"的年代，这些电影是农村孩童的文化和精神熏陶来源。

他考上大学的消息像一颗炸弹在村庄的上空炸响，在人们心中引起的震动有多大，现在的人根本无从想象。不仅本村本公社，甚至在全县都引起了轰动。人们奔走相告，啧啧称奇。更让我们感到惊异的是，他居然也是从株木山中学毕业的，是 1972 年的毕业生，我们的学长。这怎么可能呢？可这却是千真万确，叫人不得不信，也不得不服。

在这种气氛下，我的学习问题也骤然被家里提到了重要高度。一向对我的学习持漠然态度的父亲拍板，不能再到乡中学读书了，必须转到县第一中学去。集中了全县最有教学经验的老师和全县最优秀的学生的县一中，是汉寿莘莘学子内心向往的学习殿堂，不是想去就能去的。尤其是在 1978 年的高考中，汉寿一中取得了在当时整个常德地区排名第一的骄人成绩。可父亲似乎打定了主意，非让我去不可。找了多少人或者究竟谁帮了忙，父亲没有说，我也不懂问，至今成谜。

只记得在 1980 年早春，乍暖还寒的一天，我被父亲领进了县一中的考场，参加插班生考试。监考人是汪鼎湘老师。只见他穿着一件灰不溜秋的棉大衣，上面隐约可见尘垢和油斑。与衣履不整形成强烈对比的是他脸上的笑容，那么舒展、坦荡，眼睛里满含诚挚的笑意，双眼四周的皮肤折叠着，呈扇形向鬓角延伸，很像他在黑板上画的几何图形。唯有头发略长，显出一份知识分子的狂狷之气。面对老师的笑容，我忐忑不安的心一下踏实了。后来知道汪老师是一中最有名的数学老师，有"汪代数"之称。他的经历颇为传奇，"文革"期间曾被打倒，被赶出一中，在无望的生活中与自己的寡嫂成婚，生了一个女儿。父亲似乎跟他相熟。也许是因为他们都曾有过被打倒的经历吧。

也不知道答对了多少，我就这样光荣地成了汉寿一中的一名高一学生，入读高 41 班。教我们数学的正是汪老师。老师上课从不看教案，一支粉笔、一把尺子、三五根铁签，就把一堂课讲得出神入化，让学生们听得津津有味。

事过二十多年，我突然感到歉疚，自 1981 年从一中毕业之后，我再没有主动回去看过任何老师包括汪老师。等我历经岁月沧桑、意识到汪老师也许就是我进入一中的幕后"推手"因而想回去向他老人家致谢时，才被同学张爱宝告知汪老师已离开人间。我抓住同学，仔细向他打听有关老师的一切。我的同学讲了这样一个细节：退休后的汪老师迷上了汉寿人最爱的娱乐项目——跑胡子，常在校外和人打牌，不时通宵达旦，且经常输钱。一次早上他们在一个小巷里遇到了汪老师。同学热情地问他，都快过年了，怎么还未回老家（汪老师的老家在临澧县）去？面对昔日的学生兼同事，汪老师搓搓两手不好意思地说，就回去，就回去。同学看他一脸倦怠，猜他可能又玩了一通宵牌，一问，果然。而且从他的表情看可能又输得兜底朝天，便从自己口袋里掏出几百元，硬塞进他的口袋。汪老师推让了几下，接受了。

127

听着张爱宝同学向我描述的这一切，我感到震惊、同情和难受。没想到汪老师人生的晚年生活也是以打牌为乐，而且经济上并不宽裕。

时至今日，我写了太多与往日生活相关的回忆性文章，关于在县一中的高中生活还真不曾列入写作计划，理由就是，高考不如我意。直到有一天记忆突然呼啸而至，涌满心间。三十多年过去，记忆大都是碎片般的，进入书写犹如进入一段幽暗的时光隧道，偶尔会有一束光突然照进来……

在进到汉寿一中读书前，我连县城都很少来，别说与县城里的同龄人打交道了。班上看上去有些来自良好家庭的学生，他们无论容貌、气质、穿着都在不经意间流露出优裕和洋气。他们的父母兄姊都在县直机关不同部门工作，还有些在县委县政府担任要职，从常务副县长到宣传部长到科长。老师们也常常踱到这些同学座位前，和气地问他们学习上有什么困难没有。心里骄傲的他们虽然没有在脸上明显表露出什么，但那笃定的神色已然不说自明，他们来读书并不是一定要考上大学。考大学，那只是农村孩子的唯一选择。

班上有五十多位同学，大部分像我一样来自农村。我们这群在乡间长大的孩子，身穿洗旧了的花布衣，脚穿黑色灯芯绒鞋，面带菜色，脸上写满了埋头于现实的憔悴和对未来的茫然。没有谁划分界限，队列自然产生。县城同学和农村同学之间少交往，男女同学之间少沟通。当然也有例外。某些农村同学成绩非常好，不仅受到老师也会受到同学包括县城同学的另眼相看，比如高材林、张德政、袁顺莲等。

生活也不是完全枯燥乏味。来自县城的女同学们，就是班上学习紧张之余可以稍微欣赏的一道风景线。她们穿着白色小花的确良连衣裙，身材窈窕，面容姣好。她们自然是班上的活跃分子，三三两两在一起窃窃私语，不仅敢用脉脉含情的眼神打量男生，也不怯同男生说话。她们昂着头走路，大方地向同学们展示她们娉婷的腰肢。不像农村女同学总是低着头，像一阵无声的风匆匆地飘过教室。

县一中那一届共有十几个班。我们的教室布置得像长方形格子，一个连着一个。下课了，大部分农村同学如果不是非要如厕，一般都坐在自己的位子上不动，间或站起来摆动下身体，眼睛则望向教室外的走廊。那里站着班上几个活跃的男生和女生，而他们的视线又有意无意地投向了十几米外的隔壁班——文科班和英语班，那两个班有几位女生长相气质均佳，比本班最漂亮的女生还略胜一筹，这自然吸引了他们的目光。

同样坐在教室里的我，虽然一无是处，但心里不知何故已开始充满青春的柔情。一种隐秘的渴望，渴望被一双眼睛关注，就像早春的禾苗渴望阳光与雨露的照射与滋润，在猝不及防间俘获了我。我越想压抑它，它越是像嫩叶样往外生长。后来才知，这再自然不过。虽然我既贫穷又不美丽，但我正当青春少年，将要成长，正在成长。女性意识，虽未自觉，已像春风，豁然拂来。

父亲来看我了，问我学习生活如何，我除了答好别无二话。那天我把父亲送到校门口的小卖部台阶上，目睹他穿着青灰布袄的慈祥身影消失在街头，不觉怅然若失。其实我一点都不好。我初来乍到，没有朋友。吃饭是围餐，十人一桌，男女不分。虽然饭管够，但菜太差，炒大白菜和干腌菜鸡蛋汤每餐打照面。汤只是零星的毫无生气的几片蛋花而已。至于鱼和猪肉却是难得一见。加上又有点害羞，不敢抢着吃，也就吃不饱。父亲怜惜地望着我，说着勉励的话语，临走又多给我一些零钱，嘱我买些零食补充营养。我大多用它们在学校小卖部里买点油饼和馒头来充饥，偶尔一两次，二哥来看我时会带我到十字街大饭店买一盆煎得香喷喷直往外冒油的锅饺吃。那煎得焦黄、往外直冒油的锅饺真是香啊！

学校传达室旁边有一道侧门可直通我们的教室。这是一条栽有小杨树的石子路，地面长着羊齿草，右边就是学校高大的围墙，上面爬了些常春藤。这儿很安静，晚自习前的那段时光我就在这里度过。大多数时候看书，也看小说，《青春之歌》《第二次握手》等，有时则什么都不干，望着天上奔走的云彩发呆。在这里我碰见了手上拿着厚厚英语词典的袁顺莲同学，后来我们成了终身的好朋友。

我后来想，教学精湛可同时担当高三语文、历史、地理教学的父亲为何让我选择就读理科？可能主要还是受潮流的影响。所谓学好数理化，走遍天下都不怕。虽然明知女儿身上流淌着自己的血液，浪漫感性，想象多于推

129

理，结果他还是未能免俗。预考之所以没被无情地刷下，全靠语文政治担当主力。所谓预考，就是从 1980 年开始实施的一项政策，在考生多的四川、湖南、湖北、山西等省市自治区，国考前先进行一次预选（按计划数的三至五倍选出优秀的学生参加统考），由各省自主命题，60% 的学生就是在参加这次考试后不得不离开学校，无缘高考。所以，那几年，考生们差不多要被"清洗"两次。很多其实成绩也不错的考生，在预考中发挥不好而被无情地淘汰。这种机制后来被取消。

130

2016 年 10 月，汉寿一中高 31 班、41 班同学为班主任郭宗庆老师庆祝生日

记得预考后大家都在等待消息。谁也无法预知自己是走还是留。平时叽叽喳喳的女生宿舍变得格外安静，大家都躺在自己的床上或无聊闷睡或小声交谈。这时班主任郭宗庆老师推门进来，他用他惯常的像刀片一样的锋利目光扫视室内一圈后，催促我们起床去教室复习功课，看到大家都一副懒洋洋无精打采的模样，突然用他那我们听惯了的益阳腔点名：邹丹，你还不起来？你数学考了全班第二！

啊！我一个鲤鱼打挺翻身坐起，还想再向老师求证，却见他已把目光转向别的同学。我知道一向治学严谨的老师是不会骗人的，心中不由一阵狂喜。

理科学生必须样样拿得起，偏科是致命的，可我偏偏对物理化学一点感觉都没有。操一口省城腔、个头高、脸瘦长的郭崇智老师据说很让男生佩服，课讲得好，深入浅出，且从不拖堂。可是我却很怕他。因为他喜欢在课堂上点同学的名，让他们现场回答老师的提问。每当感觉他用双眼俯视全场时我总是赶紧埋下头，不与他有任何眼神的交集。有一次我被他像猎物般逮住。他仿佛知道我肯定答不出问题，或者他早已看穿我内心的空虚，嘴角露出一丝让人难以捉摸的笑容，望着我。课堂上出现了难堪的沉默，我真想找个地缝钻进去。

为了功课，我渐渐告别了自己爱看的小说，晚自习后也不回寝室，和顺莲悄悄躲在教室里再开会儿夜车。为了防止被别人看见，我们把桌子摆放在教室门背后，两人相对坐着，中间就放着用墨水瓶改装成的小煤油灯。实在太累了，好多次我看着看着就睡着了，醒来后发现顺莲在用手擦眼睛，刚刚还空白的试卷已写了一大半。对她我只有崇拜，再难的物理题她都能找到方向并得出正确的答案。结果高考物理得分我成了那一届的倒数，而她名列前茅。

高考临近，学校的黑板墙上用彩色粉笔写着大大的"沉着应战，努力攻关"的口号，这句口号来自叶剑英元帅的一首名为《攻关》的诗："攻城不怕坚，攻书莫畏难。科学有险阻，苦战能过关。"这首诗当时很流行，高中学生人人能背。与之同时，食堂里的菜肴明显好转，大块的猪肉管够，只是人人脸上都显出严肃庄重的神色，连吵人的知了也减少了鸣叫的频率。我们一个个默不作声像影子般地走进考场，青春那样无辜地被无数问题拷问，不会再想到未来和所谓的前途，只想这一切快点结束。

一个多月后的一个黄昏，刚刚插了一整天秧苗的我腰酸背疼，正疲惫地躺在老家的竹床上歇息。屋外的大路上传来一阵叮叮当当的铃声，是四哥骑单车回家了。人未见，却听到他用很大的声音向屋里喊：妹妹考上了，考上了，常德卫校。接过通知书，我没有太多的惊喜，只是看到四哥在望向我的目光中有点点欣喜的泪花在闪动。

虽然只是考了一个中专，父亲并无半句怨言。考试不久就带我游历了省城长沙，然后带我坐船穿过洞庭湖经岳阳到华容。那是我人生路上的第一次旅行。

那一年，全国 259 万人参加高考，共录取 28 万人。虽然录取率 11% 还不到，但仍有无数个家庭沉浸在欢声笑语中。那在人们内心一次次响起的欢快之歌，构成了这个时代最美的旋律。

1979 年其实在国内还发生了一件全然改变中国历史的事件。这一年，国家决定在沿海省份的深圳、珠海、汕头、厦门举办经济特区试点。十年后也就是 1989 年我离开生活了 26 年的故乡来到深圳，一待又是 26 年了。深圳，已然成了我的第二故乡。

汉寿一中高 41 班部分同学与郭崇智老师合影留念。2018 年秋摄于深圳

当时明月在

高考制度恢复后的头几年，也就是 20 世纪 70 年代末 80 年代初，由于各行各业人才紧缺，国家以师范学校、卫生学校、农业学校、财政学校等名义招收了不少高中毕业的中专生，这个颇为壮观的群体也一并被人们称为"时代的幸运儿"。毕竟跳出了农门，端上了"铁饭碗"。但同时他们也是幸运儿中的"不幸者"，因为在毕业分配上对他们基本实行"从哪里来，回哪里去"的原则，这些也曾抱有鸿鹄之志的年轻人不仅无望留在地级以上城市工作，而且多半被充实在乡一级的学校、卫生院、农科所等最基层的单位，成为这些单位的新

最早的个人独照。摄于 1983 年在临澧县人民医院临床实习时

生力量。用世俗的眼光看，这样的工作不仅社会地位低、事业发展空间窄，而且找个如意的结婚对象都难。要想突破现实瓶颈，需要几番挣扎几回搏。

我便是这群体中的一员。

近来常自问，如果当年考上的不是常德卫校，而是湖南医学院之类的本科院校，那我今日之命运又当如何？会拥有比现在更精彩的人生吗？

似乎没有人能回答得了我这个问题。

此问近乎虚幻。

倒是回忆真切而温暖。

时间倒回至 1981 年 9 月，古朴、安静的常德城。那天，艳阳高照，位于青年路上的常德卫校欢声四起，平静的校园里迎来了一张张年轻而稚嫩的面孔，他们是公卫 4 班和护士 47、48 班的新生。川流不息的人群中走过来一对父女，那是父亲和我。

父亲还是寻常的夏天装扮，白汗衫，黑裤子。而我，则穿了一件鲜艳的绿色绣花丝质上衣。那是二十多天前，父亲为我在当时长沙最繁华的商业街黄兴路上买的。收到常德卫校的录取通知书后，父亲带我游历了省城。这是我第一次来到人头攒动、车声喧哗的大都市。

我们徒步穿过湘江一桥，来到了传说中的橘子洲头。此处因领袖的一首诗词而声名远扬，成为国人向往之地。洲在江中，坐拥汤汤江水，不惊不喜，左携长沙城，右揽岳麓山，任岁月，风吹雨打过。曾经梦想考上省城的大学，如今期望化作泡影，我只能呆立洲头，怅然无语。太阳似火一般炙烤着大地。"来，吃冰棒。"父亲递过来一支绿豆冰棒。被那张布满了汗水的笑吟吟的脸感染，我二话未说，将冰棒含在口中，立时，一股凉飕飕的甘甜随着味蕾涌满全身。

那是父亲和我唯一一次旅行，当晚住在桥头的麓山饭店。以后二十多年凡路过长沙，大都会选择住在这里。

虽没见过什么世面，也看得出比起省城，常德似安静、简朴许多。没有川流不息的人流和车流，能让人记住的是一路公共汽车，一辆接一辆地驶过寂寞的街道。办完手续，就同父亲去寻宿舍。宿舍在五楼。我看了看身边的被褥木箱，想到已近六旬的父亲，喊了一声"爹"，欲伸手接过他肩上的担子。"不用你"，父亲一把推开我，毫不犹豫地将它们挑在肩上，一步步往上爬。我不放心地跟在身后。只见他白色棉汗衫一点点被汗水浸湿，贴在因发胖而变得肥厚的脖子上。腰努力地躬着，双腿因用力脚步略显蹒跚，但脸上始终洋溢着一丝淡淡的笑容。这一刻的画面定格在我 18 岁的记忆中。

入校后，又经过了一次更为严格的体检，我被校方通知不适合待在护士班学习，原因是左手小拇指有缺陷。会被退学吗？父亲得知消息焦急万分。

一时在哪里找人呢？很巧合，本村一位堂姑父在省师范学院教书，那段时间他因处理招生的有关问题刚好来常德，而他又刚好有学生在卫校工作。父亲向来和堂姑夫妇过从甚密，姓向的姑父立刻为此展开斡旋。感谢校方的大度，两天后我接到通知，转入公卫4班报到。真是"峰回路转，柳暗花明"。我本以护士名义招进的（只限当时的常德地区），却入读了面向全省招生的公卫班。当时这个专业还很少，全省中专就只有常德卫校办有此班，而大专班则办在衡阳卫校。

9月20号是正式上课的日子，来自澧县的柏春因眼睛高度近视也转来了此班，除了她，我的周围坐满了清一色的男生，共44人。班委会产生了。30年后，班长张海斌同学主动说出，当年他之所以能当上班长，完全是因为他组织五个男同学清理厕所有功而被班主任王武林老师相中。他的话让我们意外，怎么也不会想到是这个原因。时间证明，张海斌同学为人热情、大方，老师慧眼识珠，为我们选出了几十年如一日的好班长。

老师可能看出我比柏春活跃，让我做文艺委员。其实柏春比我更合适。几十年后，她跳起舞来姿势之优美让同学们睁大了双眼。

一切似乎已成定局，一切又似乎刚刚开始。就在我的患得患失间，三年的卫校生活拉开了序幕。老师们也轮番登场，医学的大门在我们面前徐徐打开。

首先映入眼帘的是令人触目惊心的人体解剖课。

医学是最讲究实用的一门学科。人体解剖课也因此成为"第一课"。不给人任何缓冲的空间，一上来，就让学生面对死亡，面对一具没有生命的肉体。不仅不能逃避，而且还要弄清他身上的每一处骨骼肌肉和经络。同学们围成一圈，老师站在中间讲解，空气中充斥着一股难闻的福尔马林的气味。我真想从这个地方逃出去，但这注定是让人无法逃避的。视线所及全是各种赤裸的没有生命气息的人体，大的、小的甚至婴儿的。这太让人难受了，记得我曾几次呕吐，吃不下饭，睡不好觉。但随着课程的深入，惧怕的心理慢慢消失。后来也敢从人群外走到"供体"前了。

紧接着就是内外妇儿五官中等十几门基础课的学习，成千上万个医学名

常德卫校公卫4班部分同学合影。摄于1981年秋的常德滨湖公园

136

词各种概念雨点般扑向眼帘，让我们目不暇接，让我们深深地叹息。医学来不得半点推理和想象，一切需要死记硬背。没有时间回想过去，也无闲暇幻想未来，只能机械地随着老师的节奏，把一个个深奥难懂的名词术语像灌鸭子样硬塞进脑海里。

　　刚入学那阵，我们热衷于打听同学都谁考上，考到哪里。高中同学龚力和我同时被常德卫校录取，两人自然亲近。不久父亲到崔家桥担任师训班的语文老师后双方家长也开始接触，父亲多次在信中提起"龚家婶母"。还记得那次在她病床前小坐的情景。当年龚力同学突然晕倒吓坏了众人，老师不敢怠慢，当即组织同学把她送到地区人民医院。第一次知道了"功能性子宫出血"是怎么回事。望着她因失血过多而苍白的脸，心里产生了几分同情，为她担忧。其实这一青春期女性高发的疾病治疗并不难，龚力同学很快治愈。经历过病痛，她比别人更成熟，她后来在汉寿县卫生局副局长位上为医疗单位的正规化管理出谋划策，受到好评。

　　株木山中学还有同班同学黄建平在农校，我还清楚地记得第一次去看他的情景。随建平走进教室，发现好几个打着赤膊的男生转向我们，弄得我眼睛一时不知道往哪里看。原来他们班无一女生。建平自然热情，还有比他更热情者，班长也。打饭、倒水，忙前忙后。多年后建平同学告之，我走后，班长曾向他打听我的情况，希望有更多的交往。建平自有主意，他认为我医学刚入门，一切都要以学业为重。

不久，发生了一件特别的事：当时武侠小说风行，本班男同学不少在悄悄捧读，来自南县的介斌同学突然心血来潮，邀请我和来自益阳的王玉梁、来自绥宁的杨正茂同学结成干姐弟。在他的建议下，四个人跑到楼顶上，他喊一声"跪"，我们全跪下，喊一声"磕头"，我们便齐齐对着天空磕头。不多久，这位同学就因肺结核吐血休学一年，"四人小组"自动解散。以后只有玉梁经常在食堂帮我排排队，延续了这份不浓不淡的姐弟情意。毕业26年后，介斌同学历经半年时间为我找到了在沅江失散了多年的聋子表哥，他确实是一个热情侠义的人。

班上同学随着接触增多也慢慢熟悉起来。

来自常德市的夏建国同学沉静中透着一股书卷气，连头发也有几分天然卷曲，毛笔字却写得遒劲有力，令我们暗暗吃惊。晚自习常看到他在挥笔书毫，长长的宣纸从课桌滑到了地上，给沉闷的教室增添了一丝艺术气息。

来自湘西的张家尚同学考试总是得高分，春节回家总会带来一大盆家乡的特产糯米糍粑，听说好吃得很，可惜我没有尝过。我那时尚未迷上沈从文的"湘西系列"，不然会缠着他问这问那。

来自邵阳的潘作斌同学长相俊朗，衣着整洁，那时穿皮鞋的男生不多，他算一个。他后来到我的家乡汉寿县人民医院参加临床实习，喜欢上了一个汉寿妹子。毕业30年后我问他，还记得那个女孩么？他似点头又似摇头，微笑不语。

来自株洲的唐建敏同学拥有"五最"：个头最高、双腿最长、嗓门最亮、主意最多、胆子最大。他的身边总围着一群男生，他们高声笑谈，目不斜视，驰骋球场，成了校园里一道耀眼的风景线。

来自郴州的雷戬楚同学不爱说话，常常看到他形单影只，一个人走在路上，显得老成持重。

来自衡阳的唐建国同学也不爱说话，独来独往，眼神却很明亮，偶尔露出笑容，憨厚可亲。

来自怀化的王安同学口齿伶俐，聪明机灵，爱打篮球，运动后汗流浃背，干脆光背示人。

杨正茂同学晚自习常低头捧读《牛虻》《悲惨世界》《茶花女》等悲剧类小说，写了十几本读书笔记，年纪最小的他脸上似乎总笼罩着一丝淡淡的愁云。

138

来自澧县的孟柏春同学是我在班上唯一的闺蜜，表面热情似火，内心却从容淡定，轻轻地一挥手，挥走了一片片"云彩"。

来自湘西的吴东同学是男同学中最白净斯文的，一看就知道家境良好，在刚开始申请助学金时，他竟主动提出要把助学金让给家庭困难的同学。

还有何伟同学考完最爱公布所谓的正确答案，付仁和同学最爱笑，彭金定同学眼睛总是望着窗外，李辉同学一双黑乌乌的大眼睛……

就是这些普普通通的同学，毕业后回到各自的家乡，他们不负光阴，奋发淬砺，有的仍执着于学业，考上了研究生，如今成了大学教授、法学专家，有的走上了从政、从商、从文的道路且收获颇丰，大部分同学仍坚持自己的专业，长期工作在基层，是县级卫生疾控部门的主任或业务骨干。

当学生久了，与老师们也建立起了纯洁的师生情谊，尤其是专业课的老师。教儿童卫生的王武林老师同时担任班主任，来班上的频率最高，把公卫4班带得中规中矩，同学们都很敬畏他。相比较，教环境卫生课的谢迪华老师最随和，课堂上，他手拿粉笔，笑意盈盈地对着全班同学娓娓道来，校园里碰见他，他会主动停下脚步，对你问长问短。还有教卫生统计学自嘲"文化水平低"的王文初老师；教流行病学认为"老师就是比学生会翻书"的罗隆民老师，他幽默地称自己为"会翻书的农民"。

回忆卫校的三年生活，我最要感谢的人，是我的父亲。那三年，我们一直保持频繁的通信，不能想象如果没有父亲的悉心教导，我会是怎样的"我"。回想那几年的心路历程，首先是对自己不满。因预考成绩不俗，对高考产生了较高的期望，结果只是考了个中专，想再去复读一年，又缺乏勇

1984年春，公卫4班"湘西专业实习组"在吉首市疾控中心做实验

气。当时情绪低落，非常自卑，在常德卫校临床医学大专班的学姐面前，我有低人一等之感。其次学医非常枯燥无味，几乎感觉不到学习的乐趣。刚开始两年，我读得很勉强，考试成绩在班上也是中等以下。父亲似乎感觉到什么，在信中一次次鼓励我"做新时代自强自立的女性"，警醒我"一个人没有真本事，是很难在社会上立足的"，终于使我的心智一点点回归理性，最后一年学专业课，才沉下心来，真正学了点有用的东西。再次是受社会风气的影响，变得注重穿衣打扮。20世纪80年代初，西风东渐，人们的观念突然变得开放，即使一个地区卫校，也分三六九等，不少女生打扮得花枝招展，也使自己的心理产生了微妙的变化，希望自己穿得漂亮一点，能引人注目一点。因此常常会写信向父亲要钱，弄得父亲每个月都要多寄个五元十元。终于有一天，我被老师请到了他的办公室。

"请坐。"老师指了指一张椅子对我说。我默默地坐下，不知道自己犯了哪点错误，胆怯地望着老师略显严肃的面孔。

老师简短地问了问我的家庭情况，话题转到我的学习上，他希望我能把精力投入到学习中。"穿着尽量朴素，少用花哨东西。"说着指指我头上戴的红色发夹。

不记得自己是怎么离开老师办公室的，也不知道老师有没有找其他同学谈诸如此类的问题。那时学校穿喇叭裤、留长发的也大有人在。老师这段话永远刻在了我的记忆里。不久收到父亲的信。父亲在信中告诉我："现在党中央号召清除精神污染，真是及时必要。"他要求我对照标准自觉防治和清除。明知年少的女儿不一定能理解他的初衷，但敏感的父亲还是在纸上明白无误地写出这一切，这是严厉，更是爱护。

古人云：烽火连三月，家书抵万金。父亲从家乡写来的一封封信，虽不似古人所描述的那般珍贵，但也成为我精神世界的一盏盏明灯。后来在临澧实习时，虽遇到了人生第一次最纯真的感情，也能理智地面对，及时割断思念之心。与爱情相伴的青春、冲动，易让人迷失，是父亲的耳提面命，让我止步。如今回首，唯其纯真，所以美好。

常德卫校公卫4班部分同学在学校大礼堂表演"男声小合唱"。摄于1983年秋

小城岁月

1984 年夏日的一天，我拎着几件换洗衣服和十几本公共卫生书籍走进了
汉寿县卫生防疫站的大门。入职手续很简单，交一张卫生局开出的工作介绍
信就好。接待我的办公室主任姓史，长得英俊高大，是单位的美男子（后来
才知）。他笑吟吟地对我说，早知道你要来。

这句话让刚走向社会的我有点受宠若惊。

防疫站的隔壁就是卫生局，消息应该是早传过来了。他们也因此早做了
安排，分了间小单房给我。虽然只是一层砖房，又在食堂边上，但我觉得很
满足。这排临时建筑有十来间，住的都是从各卫校分来的毕业生。有同期毕
业于衡阳卫校公卫大专班的张百川，还有陆续从常德卫校分来的学弟李厚
文、童宗锦等。他们像我一样，都是家在农村。

老实说，单位一点都不气派，就两栋四五层的楼房，一栋办公，一栋住
人，还有一台救护车，一部手摇式电话。地处偏僻，位于县城南叫小南门的
地方，到了小城的尽头。旁边就是农民建的院子，虽参差不齐，但紧挨着的
菜圃、水塘、农田，都是我再熟悉不过的。晚饭后，我会与某个女同事一道
在这样的地方转转，空气绝对是清新的，那时候的小城还没有公园。

后来听说，在我的工作分配上还有个小插曲。我差一点就被派到本县唯
一工业重镇蒋家嘴镇的县棉纺厂工作。据说那是全县规模最大、集聚年轻人
最多，同时也是效益最好的工厂。棉纺厂也许需要专业人士去指导开展职业
病防治工作，但领导考虑到派一位刚刚走出校门的女学生去，似乎有些不
妥。他们认为防疫站工作性质更适合男性，因为经常要到各乡镇开展疾病预
防工作。好在他们还比较慎重，最终我还是留在了县城。

人们带着好奇的神情打量着我这个新来的女孩。21 岁，正是脱去少女的

青涩稚气，又饱含青春女子灵动曼妙的美好年华，吸引了青年男子关注的目光，还有中年男女观赏与打量的眼神。防疫站每年能从学校分来的女生以个数计，有时候几年也没有一个。不像医院，每到毕业季，会有成批的女护士涌来，让人目不暇接。我能感受到那一道道扫射来的有意无意的目光。

工作后一个多月，我参加了一次大型活动，算是第一次开了眼界。汉寿县卫生防疫站那几年在地下水除铁方面做出了些成效，引起了省有关方面的重视，作为经验推广，全省在本县召开现场会，来了好几十号人。有些还是领导和教授。我被安排到会场做些接待工作。不记得具体做了哪些，只记得饭菜之丰富多样，前所未见。刚毕业的学生，哪里见过这么多摆在面前的美味佳肴？要知道那可是 1984 年！自是大大地饱餐了几顿，估计在埋头吞咽的时候，也没有太顾忌自己的吃相。散会后几个站领导围坐在一起，讨论这次会议的经费开支情况。我在一旁闲坐，事不关己的。突然听到有人提到我的名字，说要加进会议名单什么的。我才知道，饭钱是精确到个人的，多一个少一个都不行。记得当时心里还美滋滋的。不是每个人都能参加这个活动，单位很多同事就没有来。

慢慢知道，我们单位是县卫生局领导下的股级单位。虽然级别低，但正式职工也有三四十人，分布在食品卫生科、流行病科、学校卫生科、检验室等不同业务部门。1989 年县里才开始弄职称，所以那几年大家都是根据工龄拿工资，同事之间不存在竞争，关系非常融洽。

我被安排从事全县的结核病防治工作，部门负责人姓杨，不苟言笑，对工作有他自己的独特看法。我刚来，很听话，整天埋头在一堆堆的报表中，同时自学有关结核病的专业知识，很快就成了行家里手，可以在全县培训班上讲课，到各乡镇卫生院进行辅导，给每个病人制订具体治疗方案，并在办公室接待病人的咨询。戴着口罩的我，和病人零距离接触，不怕感染肺结核，我的勇敢和努力得到了上司的认可，他的脸上有了笑容。工作上的顺利给我带来了成就感，觉得自己能做点事。其时高考失利的阴影并未完全散去，对那场决定命运的考试我一直耿耿于怀。

那时候家家都是买菜做饭，一到饭点，不大的院子里就飘荡出各种饭菜的香味，很有家的味道。记得隔壁饶同事家的饭桌上常有一道菜，一个个圆圆的小土豆，盛在白白的瓷碗里，给人一种温馨之感，让我对家庭有了最初的向往。后来自己特意学会了做这道菜，似乎并没有看起来那么美味。

几年下来我和大家相处渐熟，吃住在一个地方，和同事之间建立起了深厚感情，即使后来离开单位几十年，来往仍较密切。有几件事情，终生难忘，在此赘述。

1984 年秋，湖区的几个乡"2 号病"暴发流行，站工作人员全部出动，派往各疫区开展防治工作，包括宣传发动、疫情调查、免疫药品发放、督促基层等。我虽然工作经验不足，也被派往坡头乡，在乡卫生院吃住一个多月。白天堤上堤下跑，渔船上住的渔民就是我们的工作对象，晚上乡卫生院的专干总以酒精可以杀灭霍乱菌为由热情地劝我喝点小酒。那时年轻面薄经不住劝，也真的端杯，我的酒量就是从那时开始操练的。那次工作经历对我影响很大，我被评为先进个人。以后又经受多次这样的锻炼，为我日后能独当一面、领导一个部门的工作打下了基础。

1986 年春，华容大姐来电话说，父亲中风了。父亲每隔一两年总要去一次离家两百多里的华容县，看望大姐和当地的老朋友。我一听，脑袋"嗡"的一响，仿佛身体被什么东西重击了一下，站立不稳。见接电话的我接着接着说不出话来，坐在一旁的李站长立即感觉到异常，示意身边的同事帮我接听，事后又同意我请假，和哥哥们去华容接回父亲。后来的几年，大家都很关心父亲的病情。每逢看到我父亲拄着拐杖和母亲一起出现在单位的门口，就有人大声唤我：邹丹，你爹爹来了。如果碰巧我外出，也会有同事热情地接待二老，并张罗着找我。

1986 年年末，我想向领导告假探亲，不敢当面请示，只在电话里讲，可无论我怎么讲冯副站长就是不允。我很苦恼。在单位门口碰到财务何姐，她见我闷闷不乐，问明缘由后，悄悄把我拉到一边，告诉我，这种事情不能打电话，一定要当面讲，且态度诚恳坚决。我照她的方法一试，果然成功。为此我感念何姐的好意，这件事记了一辈子。只是事情的戏剧性变化让我想了好久，后来才慢慢明白，这就是与人打交道的技巧。如果不想对方拒绝，最好就是双方面对面地交流，用真诚打动对方。

学姐张毅华也是我不能忘却的人。我那时候爱臭美，但有几块钱都去买了书，便没有更多的钱来购置新装，就自己去扯布，央她帮我按最时兴的样子做。她还真答应了我。帮我做的一件白底红色圆点短袖衫，不仅十分合身，领口还安了好看的白色花边。我很喜欢，穿了好几年。她的衣服也基本上都是她自己做，工作又特别能干，被我视为学习的榜样。

那几年冬天总下鹅毛大雪，每逢这时，部门的男同事都会早早地把炭火生好。然后五六个人围坐在一起，烤火、闲聊，人手一个白色印花大瓷缸，里面泡着浓浓的茶水。一次，一位胡姓男同事就突然说起广州和深圳特区什么的，我觉得太遥远，也没放心上。但他的一句话倒是让我惊讶且感动，他说我们这几个人中也许有人日后发达，到时可不要忘了在座的大家伙。我当时心里就琢磨开了，就我们这几个人，学历都只中专，家境一般，工作在小县城，会有发达的那一天？没有再多想，但这句话记在脑海里。2014年冬，我回乡，把能请到的老同事都请来了，特别敬了胡姓同事一杯酒，问他还记得当年说过的话否，他摇晃着快要秃顶的脑袋，抚掌大笑："你看我当年说得多准，我们大家不是都发达了吗？尤其是你。"我点头称许，比起当年，生活确实好多了，这点无法否认。当年大家团团围坐亲如家人的情景又浮现在眼前，那时他还有一头浓密的乌发。我离开汉寿没几年，他也停薪留职去广州开私人诊所，听说赚了不少钱。说来说去，还是我们赶上了一个好时代，上学、下海、开店，似乎想做什么都可以努力地去做，而且回报丰厚。即使在小县城，也能感受到希冀、梦想已开始如春草般在人们心中悄悄地发芽，茂密地生长，这股从心底透出的甜甜的欣喜，洋溢在人们的脸庞上、身上，整个社会似乎都是那样的欣欣向荣。

该说说小城了。在此申明，我接下来描写的小城，不是1949年前那个"东门的公子、西门的孝子、南门的乞丐、北门的脚夫"的汉寿旧城，也不是进入21世纪能成功复制大城市的酒店、餐厅、会所、歌舞厅、咖啡馆、电影院、花园式小区等一切消费娱乐居住场所的现代化县城，而是独属于20世纪80年代，在宁静中跃升激情、在平淡中荡漾浪花的小县城。

五年时间，我几乎走遍了小城的每一条街、每一条小巷。我喜欢这样的寻觅，一如童年对故乡的探索。依然用脚丈量，只是田埂变成了水泥路，农家小院、桃林阡陌变成了商店、影院、书店、理发店、邮局，还有各式单位及大小商铺，时代的气息、生活的气息扑面而来。街边商店卖的东西多了，大到电视机、冰箱、录音机、CD，小到手表、墨镜、口红、眼影，以及各种好看的衣衫裙装等，让人眼花缭乱。伴随着这些舶来品的集体轰炸，就是人们的谈资和装扮发生了显著的变化。一些陌生的名词从人们口中蹦出，比如"特区""停薪留职""饮料"等，女人们都变漂亮和妖娆了，满大街都是穿裙子、烫卷发的姑娘媳妇。我也很快烫了头发、穿上了旗袍。只不过，我的旗袍一律都是请人做的，既便宜又合身。囊中羞涩的我也只有消费得起这最起码的衣装，对其他的，也只有看看摸摸，过过眼瘾和手感。记得音像店的录音机整天播放着邓丽君情意绵绵的流行歌曲，我买不起录音机，就走到街上去免费听。尤其是黄昏的时候，夕阳似橘，树影婆娑，耳边传来邓丽君的《小城故事》，有种说不出的情调。

北门上的船码头一年总会去看几回。码头上人来人往，颇为热闹。常见三两船只泊在水中。汉寿古为泽国，县境内湖泊、洲汊交织，县城便静静地屹立在全省知名的沅南垸内。当地流传一句俗话"围堤湖的麻雀，被风浪吓大了胆"，可见这里曾经恶风浊浪，滚滚滔天。我对围堤湖念念不忘的是，在岩嘴乡中学教书的父亲曾被派往这里带一个高中班的学生，一边上课一边"创业"，年少的我被父亲数次带到此地，在高粱和玉米地间搭建的简易厨房里吃他为我烹制的田鼠肉，味道之鲜美盖过人间一切美味。时至今日，似乎仍唇齿留香。

东门的县一中是我的母校。有几次路过但从未动心走进去。刚从那里出来几年，还没有到回望的年龄，更何况有那场并不如意的考试。后来后悔莫及。起码应去看看有恩于我的汪鼎湘老师，以至毕业后再也没见过他，留下遗憾。

县人民医院在一中旁边，1984年前后从省各医学院校新分配来了一批本科生，以男生为多。我曾多次目睹他们在医院大门和工会旁边的大操场呼朋唤友、招摇过市的身影。他们留长发、蓄胡须、穿喇叭裤、戴墨镜，走在一起，显得潇洒、另类、张扬和都市化，无法不引人注目。他们本应留在大城市，但因为已恢复高考数年，随着本科生源增多，为了满足县级基层医院的需求而被分来县城。他们的到来，给医院的漂亮女护士们无疑打了一针兴奋剂，同时也给在医院工作、家有待嫁闺女的大婶们提供了更多的选择。望着他们的背影，我也曾有一忽儿的心动，毕竟也到了谈婚论嫁的年龄，但直觉告诉我，他们不属于我。这批 20 世纪 80 年代中期分来的大学生很多都通过考研究生离开了小城，有一次在广州遇见其中一位，当年留一嘴大胡髭颇有荷西风范的，如今是一家医院的胸外科主任，问他是否记得年轻时候的我，他昂脸笑答：怎么不记得？你那时很有名啊。我略微一怔，不知道他是讽刺我，还是他们当年青春的目光确实也曾像夏日的风从我的身上掠过，只是我不自知而已。

西门上的新华书店，是我常去的地方。虽是小县城，书店里的书也不少，可以只看不买。我常常在那里一站就是半天。书店旁边是一家粮油店，我记得特清楚。吃饭已经不成问题，一个月的粮票还有多，但小时没有饱饭吃的阴影还没有完全消除，所以总会情不自禁地看一眼那一袋袋堆得冒尖的大米。

南门是县政府机关所在地，婚姻登记处也在此地。常见青年男女从这儿进进出出。

县政府后面那几条不通车的巷子古朴、幽静，仿佛浸透了岁月的滋味，是我所喜爱的。巷子长长的、窄窄的，两侧是青砖砌成的围墙，里面包裹着一栋栋木屋青瓦的民居，显得与众不同。木头虽有些发黄变黑，但掩不住当年的繁华。我无端觉得这是整个县城的人文精华所在。小城历史，那些人烟往事、兴衰成败、风剥雨蚀都深藏在这一砖一瓦里。

我无数次从这些小巷穿过，从围墙那边的某栋房子里传来那首似乎百听不厌的《妈妈的吻》："妈妈的吻，甜蜜的吻，叫我思念到如今。"程琳甜美而略带忧伤的歌声如一把把刷子，把街道、房屋，乃至天空都刷上了一层温暖的颜色，年轻如我听了，被歌词中透出的浓浓亲情打动，加上歌者那无懈可击近乎完美地演绎，体内青春的激情仿佛突然被激发了，感觉身上每一个细胞都膨胀起来，并咯吱作响，充满了力量。心像吸满水的海绵，变得大而柔软。双腿似乎长了，能走很远很远……

一个隐秘的渴望从心中升起：小县城的生活如航行在一条长而平静的河流中，没有激流险滩，也不会有长风破浪，似乎载不动我燃烧的青春之情。走出去吧，走到山之巅、海之崖，走进茫茫人海中，见我所未见，闻我所未闻，让自己成为一个全新的可以让妈妈骄傲的人，远离亲人和故乡，让妈妈的吻变得更加细腻悠长，令远方的人思念不已。

有月光的晚上，我头一次体验到了失眠的滋味。四周安静得如一张白纸，我一个人躺在床上，想着在我周围每天发生的那些人和事，年迈的父母、在农村劳作的哥哥姐姐、渐渐熟悉的县城和同事，他们交织在一起，构成了我的生活。我几乎可以一眼望到我的将来，我会和单位的学姐那样找一个医生或老师嫁了，生一个孩子，每天就是单位、家，两点一线，不变的风景，年复一年，然后慢慢老去，对于县城以外的世界完全不知情或者漠不关心。想着这些，我的胸口开始隐隐作痛。

然而在 20 世纪 80 年代初期，没有背景和高学历，要走出小县城谈何容易！更何况才捧上的"铁饭碗"，难道扔了不成？在我的周围，不是分来很多像我这个年纪一样的毕业生吗？他们也大多来自农村，差不多是恢复高考后能在城镇工作的真正的农民的后代，他们大多满足于现状，按部就班地工作、生活。我无法向人宣示我心中的苦闷，孤独袭击了我。

为了排遣心中的寂寞，也为了寻找一个突破的方向，我开始一头扎进书本中，以文学作品为主，兼哲学、历史、古汉语。我夜以继日、不知疲倦地读着，一本又一本。小屋灯光如烛，泄露了我的秘密，第二天常有同事问我，是不是因为害怕而不关灯睡觉。我笑一笑，算是回答。

不多的薪金除了生活就是买了书，狭窄的小屋很快多了一个结实的物件：书柜。自从有书做伴，我觉得充实。那段时间，是我人生最难得的一段光阴，一段一个人自由自在读书的日子。

随着读的作品越来越多，好像有一缕微风，轻巧地吹散了笼罩在我心头的迷雾。书真是一件看不见的武器，能武装人的心灵。年轻的单薄的姑娘，虽然没见过多少世面，但那些读过的书籍，无形中增加了她的厚度。我不再为"铁饭碗"的事情担心了，相信只要迈出步伐，坚定不移地往前走，一定可以打开前进的道路。我就这样走过 80 年代，走出了我的小城。

成为深圳人

2012 年，是邓小平南方谈话 20 周年，深圳某报策划了一个特别活动，即寻找当年受谈话感召来深圳寻梦的"92 级"深圳人，采访并写出他们的人生故事。后来"某某级深圳人"在民间流行开来。从 1980 年开始，数字越小，"级别"越高。

"南方谈话"当时确如一声春雷，炸响在祖国的上空，激荡在人们心头。不再犹豫了，"到特区去！""到深圳去！"从这年开始，一直持续到后面数年，深圳都像高高扬起的一面旗帜，吸引全国各类人才从四面八方涌来。以湖南省汉寿县为例，就在那短短几年，相继调走各类教师七八十名，大多来到了深圳。一时，本县教师出现断层，令人头痛的是，走的还都是骨干教师。

比起 20 世纪 90 年代，那些 80 年代就来到深圳的人，他们又有怎样的心路历程？是否每个人都曾经历激烈的斗争、都有惊心动魄的故事？也不尽然。1988 年底，在湖南大学某研究生宿舍，住着三个特殊的学生，他们分别是该校土木系工业与民用建筑工程、道路桥梁工程、给排水工程三个专业的免试研究生，将于六个月后毕业。这三个分别来自江苏南通、江西赣州、湖南益阳的青年才俊正为毕业去向抓耳挠腮。他们是各自学科的佼佼者，是学校重点培养的专业人才，校方希望他们能留下来，教书育人，可此时他们却对留校——这个几年前的最佳毕业选项产生了动摇。他们的师兄不少去了深圳等沿海城市，传回来的消息是，那里正在搞城市开发建设，特别需要他们这些市政工程类人才，而且那里楼很高，马路很宽，路灯很亮。最让他们动心的是，工资高，比他们现在白了头发的导师还高出很多。

正处在易被外在事物吸引的年龄，而且"特区"这个新鲜字眼也让人心生向往。没做太多思量，其中的两人决定先来深圳看看。这一天，是 1989 年 1 月 4 号，他们一辈子都记得。车到广州方知，想去深圳，得有"边防证"。两人不敢出站，在铁轨边候了一个多小时，看到一辆写着"广州—深圳"的列车餐车门突然开了，周边无人，两人一摆头，"蹬蹬"地蹿上去了。虽然车上有人查验证件，但人多易躲，他们就这样蒙混过关地到了目的地。

第二天，马不停蹄，学给排水工程专业的赵姓青年直奔当时滨河路上的市水质净化厂。这个叫鹿丹村的地方与香港一河之隔，离宽阔的深南大道也不远，没费多大劲就找到了。厂长贺乃帆 40 岁不到，满面笑容地接待了上门联系工作的他。看了介绍信，问了问情况，当即拍板，欢迎他来深圳工作。回湘后，贺厂长又给他写来几封亲笔信，告诉他手续已走到哪一步，让他安心等待，不要再联系其他单位。后来他知道了，位于南山脚下的水质净化厂不久就要正式运营，贺厂长正愁找不到专业人才，当时全国开有给排水专业的大学不到十所，湖南大学土木系在全国那是响当当的。可不管怎样，平易近人的贺厂长还是给他留下了极好的印象，被他视为引路人。他一直深深地感激和怀念贺乃帆先生，那几封信也一直保留至今。斯人远逝，笔墨如新。

那一年，我正在老家的县卫生防疫站工作，对于深圳完全陌生。老父亲听说小女儿要跟着新婚的丈夫去深圳一点儿不反对，母亲和姐姐们却忧心忡忡，担心深圳是特区，开放城市，怕我去了不适应，受人欺负。父亲劝她们说："不怕，妹妹有志向，心眼灵，待得住。"二十多年后，听姐姐讲起这一幕，我不禁悲喜交加，真是"知女莫若父"啊！

从丈夫六月份去深圳市水质净化厂报到上班到我八月末紧随其后而来，大约两个月时间，我们保持频繁的通信，并令他拍了些深圳街头的照片附在信后。那段时间，父母亲隔三差五从乡下来看我，每次，必索要信件和照片。父亲的目光久久地落在那些照片上，他在想些什么，我没有问，多少能猜到。父亲晚年曾多次透露想去北京，未能成行。不久中风，须依拐而行，便不再提起。此时见到照片上的深圳，他最小的女儿未来生活之地，比起北京，应有更多向往。可偏偏就是父亲，无缘来深圳看一眼。他老人家在我离家后半年，就再次中风离开了人世。

位于南山脚下的水质净化厂，是我们夫妻最初的安身立命之处。丈夫在单位很受重用，26岁任厂长，是当时市排水管理处最年轻的科级干部。而我，也很快通过了调干考试正式调到深圳。虽然工作地点偏僻，空气中总是飘荡着一股污水的异味，生活也寂寞，但比起20世纪80年代闯荡深圳的人，我们算是非常幸运的了。丈夫的两个室友也和他一样，很快在深圳找到用武之地，并各自组建了家庭，有了"深二代"。我想，正是有了无数"来深建设者"的不懈奋斗，有了无数家庭的星星之光，才有了深圳的万丈高楼、万千灯火。

没有辜负父亲的信任，我在这块土地上深深地扎下根来。1995年我考上了公务员，努力工作之余，坚持写作，有了自己最珍贵的人生经历。

30年，看着深圳不断成长壮大，成为一座举世瞩目的城市，这是何等的幸运！感谢深圳，我以成为"深圳人"为荣。

跋涉之路

即使人的想象力再丰富，我也想不到，来深圳后将面对一片一眼望不到边的滩涂。

那确实是一片前不着村后不着店的滩涂，就在我的办公室窗外几十米远的地方。下雨天，看不真切，更显得其无际无涯。有阳光的日子，能越过它看到当时南头检查站一带的建筑物，近处的景观则更清晰，这儿一丛随风摆动的芦苇，那里几株矮小翠绿的红树苗。原来，此前这里是一片浅海滩，生长着绵延不息的红树林，是当地最常见到的原生品种。这些红树苗就是被埋在地底下的红树林顽强生长出来的一棵棵新芽。

随着红树林一起消失的，还有一个叫太子山的小山头。本地六七十年代出生的人都见过，那是个石头山，山不高，上面生长着些矮小松树。为了填平这片浅滩，从 1985 年开始，挖土机日夜开挖，不到两年，太子山被夷为平地。后来有开发商在此开发楼盘，其中一处名叫太子山庄，也算是对过往的一种纪念吧。

这个地方，就是月亮湾。它背靠大南山，斜卧在珠江口的东岸，拥有优美的弧形海岸。20 世纪 80 年代初期，这儿还泊着一层浅浅的海水。南山村一村民说，此地原叫角嘴，小时候他和小伙伴们在这里爬过小山包，捉过小鱼虾，周围一带是他们村的出海口，他们的祖祖辈辈从这儿赶海去到遥远的大海上"捞生活"。谁会想到，三十多年后，此地会成为前海自贸区，成为深圳最有价值、最引人注目的区域？

有人想到了。1989 年的一个炎炎夏日，在位于滨河路上的深圳市水质净化厂会议室里，厂长贺乃帆正向十几个刚分来的大学生介绍即将投产使用的南山水质净化厂。这些年轻的大学生开拔此处，成为该厂的年轻的主人翁。

贺厂长挥着手说，勇敢地去吧，你们将成为深圳水质净化行业的"开荒牛"，那里一定能最大限度地实现你们的人生价值，你们一定会大有作为！相信我，不久的将来，那里一定会成为深圳最有价值、最有前途的黄金宝地！

贺厂长40岁，风度翩翩，紫金人氏，一口不标准的客家普通话。他口中的"三个一定"，让当时在场的年轻人个个热血沸腾，大家脸上都浮现出一丝向往的神情。当年十月，我作为少数几个家属之一加入了这支队伍。考虑到丈夫是厂里唯一的给排水工程专业的研究生，是贺厂长三番五次协调市人事部门招来的第一个高学历人才，便特别关照给我安排了厂医务室护士这个临时岗位。听到消息，我高兴得跳起来。此时离我来深圳才刚过去两个月。

记得车出深南大道的上海宾馆，便是一条不宽的沙子路，路两边依稀可见竹林、鱼塘。一路颠簸着到了东滨油站，又往右拐进另一条更加坑洼不平的名叫内环路的道路，途经南山村、中侨印染，终于到达了孤零零耸立着一栋四层建筑物的南山水质净化厂。

下得车来，四下打量，其荒凉程度超出所有人想象，大家你看看我，我看看你，都说不出话来。最惹眼的莫过于厂子对面静静耸立着的那座山峰，名曰大南山。与静默的山野形成强烈对比的是隔壁的南山热电厂，两三根管道浓烟滚滚，飘向苍穹。此外，人的肉眼可见范围内便是连绵的黄土和荒草地了。再看厂区内，由于只是第一期投产，开发的区域不大，办公楼前空空如也，见不到绿色植物。在 11 月 30 日举行的开工典礼上，贺厂长亲自到场给大家打气，他自豪地介绍，该厂除污设备都是从芬兰和瑞典进口，非常先进，第一期工程投资 4500 万，大手笔。目前水厂负责收集南头、南油工业区的所有工业和生活污水，日处理 5 万吨，计划于 1997 年完成的二期工程将收集自皇岗路以西的福田区和南山区（不包括蛇口工业区）所有工业和生活污水，远期工程日处理能力将达到 73.6 万立方米。接着，他又深情地说道，污水处理是城市生活的重要一环，南山水质净化厂将为深圳的城市建设和发展作出巨大的贡献。你们的工作意义重大啊！

贺厂长所言非虚。

生活算是安顿下来了。有了两间宿舍，每间七八平方米，一间做卧室，一间做书房兼厨房。由于不通公交车，出行变得十分困难。一日三餐都只能在食堂解决。常常十天半月也出不了一次门。报纸，成了了解外面世界的唯一渠道，其他能看能听的东西少之又少。周围打交道的只有同事。可他们要么是被认为天之骄子的大学生，活跃在篮球场、舞会上，总觉得他们看我的眼光带有几分骄傲，便主动对其敬而远之；要么是从省内各市县新招工进来的工人，多为刚毕业的高中生，打扮时尚，说一口我听不懂的粤语，接触就仅止于礼貌；还有部分工程兵（多半带家属）及调进来的技术人员，他们是医务室的常客，一进门，就龇牙咧嘴地对我说"上火了"。我不明白何为"上火"，便按照他们的要求拿些牛黄解毒丸、黄连素片之类的药品，此外再找不到更多的话题。好在我有一柜子的书，以文学作品为主。来深圳时，它们连同粗笨的书柜也一起被托运过来。当初家人还反对。可我认定书柜就是书的家，哪怕粗鄙难看，也能让书本站立着展示自己。空闲时间很多，常常一书在手，看累了，望望窗外的滩涂。实在憋闷不住了，就和丈夫骑自行车到蛇口海上世界、四海公园溜达一圈，有时也会花 5 元（每人 2.5 元）到南头影剧院看场电影，如此尽兴而归。两年后，南山大道和内环路相继通车，情况才稍微有所好转。

想家、迷茫构成了最初的日子。来深圳前，曾无数次幻想自己身穿艳丽的连衣裙，在高楼环绕的海边奔跑，发丝飞扬。虽然几公里以外的蛇口也有高楼和大海，但本能觉得那里不属于我，属于我的是这片无言的滩涂。30 年后回想，正是呈现在我眼前的这片悄无声息的海滩，像一张网，滤去了生活中的喧嚣与浮尘、浪漫与轻盈，让我不再做梦，清醒地面对平淡的现实。原单位是回不去了，不发工资，不报销医药费等一切费用，还要求我尽快办理调离手续。在贺厂长的关心下，各种手续都相继办妥，只是调干考试这一关要我独自面对。

这关颇有点难度。我原毕业于湖南省常德地区卫校，虽然是 1981 年国家统招的全日制中专，但现在要和大专以上（含本科）学历者考同一张试卷了。原因是我的学历已由中专升格为湖南师范大学的自考"汉语言文学"专科，那是我用几年时间苦读诗书考取的，岂能放弃！不敢想难度有多大，闭着眼睛去闯关。挑灯夜战无数回，居然考了七十多分，过关了。

1991年，顺利调入深圳，同年夏天分得一套92平方米的福利房。生活朝我张开了笑脸，然而我却笑不出。我最敬爱、最挂念的父亲在我离家不久突然撒手人寰，对父亲的思念使我拿起了笔，写下了《忘不掉的旋律》，投稿到上海的《青年报》。不料一投即中。后来又一口气写下了《逝去的岁月》《哦，南头》《再说南头》等散文，均刊发于《深圳商报》的副刊上。写作，像一双奇妙的手，将封闭的我和外面的缤纷世界紧紧相连在一起，生活变得无比新鲜和充实。

在我描写故乡、诉说亲情的同时，另一种情感——对深圳的爱也一点点在心头滋生。我渐渐地喜欢上了这个热情包容的城市，不再排斥每天生活其中的地方——南头，不再嫌弃它的土气，嘲笑它的破旧。而南头，也以"一年一个样"的面貌回应着我的不弃，尤其是1994年，当一路开满了鲜花的深南大道贯通到南头后，南头的变化就只能用日新月异来形容了。

有人说，深南大道的拓展史，就是深圳不断西进的创业史。进入20世纪90年代，深圳对干部人事制度进行大胆改革。1993年8月《国家公务员暂行条例》颁布，深圳最先反应，出台了《深圳市国家公务员管理办法》，确定了深圳公务员"凡进必考"的基本政策。

可以通过考试再次择业，这个新颖的观念，给过去数十年接受"螺丝钉"教育的人们以很大的心理冲击。回看自身，事业单位，岗位轻松，儿子刚学会说话走路，自己也已三十出头，还要改变当前安逸的生活环境吗？然而当看到深圳所有的报纸登出整版的招考公告，我的心跳加快了，感到周身热血沸腾。一股久违的激情归来，我还不老，一切还可以重新开始。对新生活的向往、对人生自我价值的追求占了上风，我决心要走出眼前的这片滩涂，去开创另外一片天地。1995年夏天，深圳开始第一次大规模招考国家公务员，我毅然报考"南山区城管办综合科文秘岗位"，用自己业余学得的汉语言文学知识应考，竟然考取。

一次考试，让我成为一名光荣的城管工作人员。整整23年，我以一位市民的眼光和城管人的职业身份见证了南山城管事业的蓬勃发展，见证了南山一步步建设成为"公园之城""世界级滨海中心城区""经济大区""科技强区"！

秋　风

倏忽间到了知天命的年龄，虽然几年前就慢慢在心里做好了准备，当日历真的翻到了这一天，心头还是掠过一阵阵战栗。

曾几何时，就开始数着指头过日子，热情地打扮自己，把每一天的日程都排满，过去很多不会出席的场合如今竟也翩然而至，还主动联系那些杳如黄鹤的亲朋好友，延续日渐淡薄的亲情友情。仍嫌不够，本是交际谨慎的人又大方地去结识新友，仿佛人生的盛宴都必须安排在五十岁之前，过了这个数，一切就不同了。

那一天准时到了。早上醒来，睁开双眼，悄声对自己说，"今天你五十岁了。"四周虽无人，心中仍是一惊，怕人听到似的。想起自己刚从学校出来工作时，见单位上那些五十来岁、灰头土脸的同事，心中有种说不出的隔膜感，仿佛他们与自己不属同时代的人，离自己很远很远。想不到日月如梭，自己也"混"到了这一天。

不知不觉走进人生的秋季，无法抑制地怀念从前，对未来惶恐不安，恐怕这是人常有的心态。连周国平老师也在《五十自嘲》里写着："对于五十岁我真是充满委屈。五十岁，怎么就五十岁了？"

委屈归委屈，太阳照常升起，生活还要继续。在日出日落间，觉得一切亦如从前，但又似乎有些不同。哪些不同，也说不出个一二三来。

不久想出了一个紧紧抓住时光的好办法，就是写日记，记下每一天那些琐碎的、平淡的、不值一提的事。如此，时光似乎就通过文字的形式保留下来，而不是白白地流逝。一些新的喜好开始生长，比如无来由地喜欢午后的时光，觉得一天中只有这段时间最安静温润，真正属于自己。为了清晰地看到时光每一分每一秒的流逝，开始每天认真地练习打坐。在打坐时，那纷繁的思绪一丝一缕地收起翅膀回归心田。静寂中，往事开始如雪花般飞舞。想得最多的是自己十来岁时，经常站在自家的禾场上眺望远方。记得那是一片收割后显得苍凉孤寂的田野，尽头处是一条长长的阻隔了视线的河堤，野草在上面无拘无束地生长。在乡村长大的小女孩，内心不知何时已滋生了某些想法，希望自己的视线能越过这道河堤看到更远的地方。所以，从那时起，就告诉自己，这辈子要不停地往前走。就这样从二十岁走到三十多岁，一直走到现在的五十岁。一路走来，无论平坦还是坎坷，都知道该如何走下去，而到了今天，却突然发现，未来的人生之路不知归向何处，从前那种一往无前的雄心似乎一夜之间悄然遁去。

不禁问自己，不敢走下去了吗？害怕那未知的世界吗？

是，又似乎不是。

一个人在对未来没有把握时，会不自觉地梦回从前，希望能在过去的灰烬中找到一点星火，来温暖和慰藉自己。记得母亲也有过五十岁。她的五十岁悄无声息地就过去了，没有谁去注意。那时候的她是最不受关注的人，她只要像只陀螺，不停地在灶间、菜园、池塘、禾场边转就行了。我直到三十多岁后，还有这样的错觉，似乎母亲永远都与故乡连在一起，只要推开那扇熟悉的门，唤声"姆妈"，她就会笑眯眯地出现在面前。可在她八十四岁的那一年，她还是从我的视线中永远地消失了。正是因为母亲的离世，让我对死亡真正产生了刻骨铭心之感：它是真实存在的，它能把亲人活生生地隔离，让骨肉相连的人再也不得相见。

终于明白自己害怕什么了。随着五十岁的到来，我害怕衰老、害怕黯淡，害怕失去、沉没和死亡。

伴随着五十岁的到来，最先害怕失去的是一个女人娇艳的容颜、富有弹性的身体以及洋溢在心头的满满的自信！想象自己人生的画板上渐次展开的颜色就只余下了浅蓝、淡紫、青灰，直至沉入深深的黑暗之中，不由沮丧万分。该如何面对这渐渐黯然失色的从来没有过的自我，成了生活的难题。过去自己相夫教子，儿子依恋，先生宠爱，俨然是家庭中心；在单位因为肯干，又是女性，也备受众人关注；虽然姿色平平，但自认为不乏风采，走在大街上能看到赞美的目光。曾经洋洋自得，世界因你而精彩。就这样一直在追寻着、得到着、享受着。还会取得新的成功吗？还会有人为你的努力和成功喝彩吗？

这来自灵魂的拷问，令我惶惶不可终日。这个问题太深刻，太沉重，像石沉水底。这问题像烈火般炙烤内心，感到承载了五十年的身躯在一点点地萎靡，过去那种神采飞扬的感觉消弭了。

决定走出去，找回自信，找到答案。秋风起兮白云飞，草木黄落兮雁南归。到哪里寻找？茫茫大地、熙熙人海。可是不甘心。总认为，在某个神秘的时刻，某处静谧的空间，一定会有双手像轻风样拂去蒙在心上的尘埃。一年时间里，我走过山川湖泊、黄土高原，走过城市乡村、大街小巷，看到了在秋阳中弯下沉甸甸腰身的稻穗，看到了将黄土高坡劈成两半静静流淌的小河，看到了蓝天下扬起的稚童盈盈的笑脸，看到了暮色中挎篮而去的老农踽踽的背影。一次次在雨中漫步，看到雨水中的牵牛花显得娇艳欲滴，给花朵平添了一份常日看不到的风韵；一次次登高望远，在深红浅红中看"落霞与孤鹜齐飞，秋水与长天一色"；一次次伫立月下，看月儿高挂天空，银辉洒满人间。黯淡的心情就在与大自然一次次地亲密接触中被一点点照亮：虽然已越过人生的半山腰，前面的山峰隐约可见，那不正是人生所追求的目标吗？每个人从出生的那一天起，爱他（她）的父母不是希望他（她）能平安地攀过一座又一座山吗？走到五十岁，走到今天，应当感恩，而不是抱屈啊！像过往一样一直踏踏实实地朝前走吧，不管走到哪里，总有不一样的风景在等着你。就像有人说的，朝阳有朝阳的灿烂，晚霞有晚霞的壮丽。

终于释怀了，并且想好了，在接下来的日子，我要读更多的书，走更远的路，看更多更绚烂的风景，写更多更好的文章，因为这一直是我的梦想。蒙田说过："要凭时间的有效利用去弥补狡猾流逝的光阴。剩下的生命愈是短暂，愈要使之过得丰盈饱满。"

失眠的滋味

158　　来到人世几十年，酸甜苦辣，饥饿寒冷，痛苦悲伤，什么滋味没尝过？忍一忍、挺一挺，也就过去了。然而，自从自己开始患失眠症以来，觉得世间任何难受的滋味都能找到办法化解，唯有失眠，来去无踪，反复无常，令人绝望。

　　不记得从何时开始，睡觉，本来是一件再自然不过的事，于我却成了每天都需面对的问题。每当黑夜来临，我便开始隐约地揪心：今夜能否入眠？这样的纠结心情，不亲身经历，根本体察不出其中的苦涩滋味。

　　我曾经将自己的这一隐私说给一个朋友听，他睁大眼睛惊奇得不得了，劝我不要这样。天啊，我想要这样吗？被他如此回应我真是哭笑不得。看来跟倒头便睡的人谈失眠，说得难听些简直就是对牛弹琴。他不仅完全不理解你，反而觉得你是不是有什么事瞒着人想不开，或者思虑过度。有一段时间，我总睡不好，脸色苍白憔悴，被人问起时，不敢说实话，随意说个理由遮挡过去。不为别的，就怕无端引起别人的猜疑。只能暗地里一趟趟地去医院，向医生诉说失眠的苦楚。好在还有这样一个渠道让人宣泄，否则真是哀怜无告了。

　　睡不着，又起不来，发现自己被时间绑架了，四肢动弹不得。一直都是时间的主人，可以随意支配时间，此时那难以消逝的一分一秒，像一张蜘蛛网，将自己牢牢地网在中间，无法逃脱。与身体的疲软相比，思维却反而更活跃，感觉更敏锐，任何细小的声音都能听出来，包括自己平时不易觉察的心跳声，"咚、咚、咚"，一声声，听得分外真切明了。此时，万籁俱静，万物都在休眠，漫漫长夜，真想让自己也融入这寂静的世界，与它同睡同醒，可是疲惫的身体就是不愿睡去，真是万般无奈。失眠之苦，不可向外人道也。多少次，就这样辗转反侧到天明！

睡不着的时光显得分外漫长难熬，她不再是轻轻巧巧、悄无声息、稍纵即逝的美人，而变成了一个老态龙钟的老者，缓慢拖沓，迟迟不愿离去。细细品味，又像是独自一个人跋涉在无垠的沙漠上，单调寂寞，步履维艰，总也走不出这无边的旷野，望不到天尽头的青青草原。

刚开始失眠的时候，也会尝试着书上介绍或别人推荐的办法，比如数数、睡前泡热水脚、吃酸枣仁等，发现这套通俗的办法不起作用后，我又自创一个办法，就是在脑中反复回忆和播放某个画面，或是一片飘浮的白云，或是一朵开得正艳的迎春花，或是一簇迎风摆动的芦苇。让脑子不停地闪过这些画面，终于麻痹倦极，昏沉沉睡去。

仔细考究那些失眠的夜晚，发现睡不着的时候，想得最多的，并不是现实世界的人或事，而是那些失去的亲人的容颜。

离开人世二十多年的父亲的形象最是清晰，真是令人诧异。好多回，在脑海中闪现的还是那张亲切而熟悉的面孔，那拄着拐杖、略显蹒跚的身影，那望向我的充满慈爱的双眸。

如果说对父亲的怀想多少能让我品尝到一丝甜蜜的滋味，那么，回忆母亲，尤其是她离世前一个月的模样，黑暗中的我，如一片细薄的树叶正在一点点地飘落悬崖，坠入深渊。母亲那望向窗外寂寞无助的眼神、那已经失去了肌肉和脂肪完全变样的面容和身形，反复在我紧闭的眼前闪现。我一次次失重，一次次坠落。这种体验真让人说不出的痛苦。我无数次追问：人为什么而生？为什么而死？那些相聚的日子为什么要远去？骨肉为何要分离？该如何珍惜亲情不留悔恨？这些追问像泉水一样不断从心底冒出，再也无法让我成眠。常常是，人未睡，泪先流。

俗话说：久病成良医。失眠也一样。因为总受失眠之苦，也慢慢摸索出一套对付它的办法。第一，是从心底里接受它，不像刚开始那样如临大敌。第二，培养对夜的感情，不忧惧夜晚的到来。第三，积极调整心态。对自己说，现在的自己虽然活到近半百的岁数，但让人担心的儿子终于长大且渐渐懂事了，这对于一个母亲来说无疑是最大的安慰。再说目前经济状况不差，有几十年的积累在那里，衣食无忧，身体尚可，腿脚尚健，吃得香，跑得快，人生渐入佳境，进入云淡风轻的阶段，正是可以好好享受生活的时候。但老天总是公平的，不能什么好事都给你，总要给你摊上这样那样烦恼的事。既然老天让我失眠，那就失眠吧。人生百味，在悠闲的中年，体验一下失眠的滋味，未必就完全是一件坏事。

如此一来，发现失眠的情况竟渐渐好转，慢慢的偶尔也能睡个安稳觉了，自是如中了奖般的欣喜。那种清晨醒来脑清眼明、全身舒坦、生机勃勃、跃跃欲试的感觉真是说不出的爽快、舒适、纯净。这失而复得的睡眠让我如久旱逢甘露，也让我悟到一个道理：说到底，人生即使再富有，如果吃饭不香睡觉不着，生活也大打折扣！所以古人说，小富即安，知足常乐，不是没有道理的。

书籍的力量

那是 20 世纪 70 年代初期湘北农村常见的房舍，房前屋后种植了高大的柏树、枣树，一簇簇青油油的竹林点缀其间，风吹过，竹影摇曳，平添几许清幽。在一间摆放了一个四方桌的堂屋里，一个 11 岁的小女孩正趴在桌上，专心致志地看书。只要望她一眼就知道，她已心无旁骛，完全沉醉其中，一双亮晶晶的眼睛像两团小小的火光在字里行间跳跃。看着看着，一颗晶莹的泪珠儿从她眼眶中慢慢渗出，二颗、三颗，终于成串成串地涌出来，最后她干脆趴在桌上抽抽噎噎地哭了起来。

这是我最早接触的文学作品，也是我第一次因为看小说而激动流泪。在后来的日子里，虽然也会为小说中的主人公深深地摇头、叹息，但较少有动情的泪水流出来。也许是因为自己长大了，看书看得多，见识也广了，不会轻易动心落泪的缘故吧。因而，这第一次的经历也就显得特别珍贵。这本名叫《连心锁》，描写淮北抗日根据地的战争与爱情故事的小说，以其曲折动人的情节、朴实可亲的语言深深地吸引了我。中国姑娘、朝鲜战友、坚贞的爱情、凄美的别离，这些元素融合在一起，使小说别有魅力。它以一种诗意的形式告诉我：即使在艰难困苦的环境中，人们也可以如此美好地生活，相亲相爱，并肩战斗，枪林弹雨反而让他们的爱情绽放出烈火般灿烂壮烈的美。我深深地陶醉了，并且心向往之。

这本小说在我成长的生命历程中具有里程碑般的意义。从此，我爱上了书籍，迎来了脱胎换骨的改变。那个昔日只知在田埂上奔跑、在花草中捉蝴蝶、在水中嬉戏扑打着水花的小女孩突然不见了，成了一个名副其实的"小书虫"。门槛上、草垛中或灶间一隅，到处都可以见到她埋头读书的身影。手上的书本也在不断变化：《山菊花》《苦菜花》《迎春花》《荷花淀》《敌后武工队》……

这一本又一本的书向我展示了一个我从未见过、深情而壮美的世界：原来血肉之躯可以经受烈火钢铁般地锤炼，原来女人也可以成为英雄，原来生活可以通过改变从平凡变为非凡。我想象着自己成了书中的人物：崔英杰、桃子、娟子，也像她们一样机智勇敢、坚贞不屈，一股昂扬向上的力量在小小的心中开始悄悄地发芽生长。

如果把我看书的历史分为几个阶段的话，这便是最早的启蒙阶段，它培养了我天不怕地不怕的革命英雄主义情怀和不甘平凡的人生观，也练就了我的胆魄。那个一到黑夜就紧紧追随大人目光的我不再惧怕黑夜、黑暗和任何鬼神，越是漆黑一团的地方我反而越敢走上前去一探究竟，这在当时的小伙伴里真是件值得骄傲的事情。他们不明白发生在我身上的变化，只有我自己知道，是书籍给了我知识和力量。我在想，一个人如果连黑暗都害怕，那如何能成为英雄！我亲身经历了这种改变。是书籍加快了我成长的步伐，无言地教会了我不少知识，这是任何说教和鼓励都无法取代的。

20世纪80年代中期，迎来了我读书的第二个高峰期。那时我刚二十出头，满脑子都是求知的渴望，对今后的人生之路该如何走正犹豫不决。这时，我阅读了上百本国内外优秀名著，并疯狂地迷上了俄罗斯文学，高尔基的《童年》《在人间》和《母亲》，托尔斯泰的《安娜·卡列尼娜》《战争与和平》，肖霍洛夫的《静静的顿河》，它们让我神魂颠倒，欲罢不能。夜半的小屋里，燃着一盏温馨的灯火，我在灯下抚卷叹息：这才是真正的文学！

这些书籍成了我精神上最大的慰藉。刚参加工作的我，工资不高，对自己心仪的裙衫可以不买，但对自己看中了的书却毫不吝惜。记得一次，自己实在掏不出钱买新书了，只得将没有吃完的定额粮食卖给了需要的同事。这件事情，无论过去多长时间我都不会忘记。然而，我一点都不为自己当时稍显贫困的生活难过。每日与书为伴，内心觉得特别的充实，一个人的时光变得分外诱人。好喜欢《在人间》中的外祖母，她说的那句"每个人就应该什么都去经历"，让我萌生了突破自我、打破"铁饭碗"的勇气；"幸福的家庭都是相似的，不幸的家庭各有各的不幸"这句让全世界人奉为经典的话让我相信世上有真爱，婚姻有陷阱；《静静的顿河》在我看来更是一部史诗般的最打动人心的不朽著作，那首最开头的民歌歌词"我们光荣的土地不是用犁来翻耕，我们的土地用马蹄来翻耕，光荣的土地上播种的是哥萨克的头颅，静静的顿河到处装点着年轻的寡妇，我们的父亲，静静的顿河上到处是孤儿，静静的顿河的滚滚波涛是爹娘的眼泪"从一开始就紧紧抓住了我的心，因为我也是土地的女儿啊！在沅江边长大的我，目睹日出日落，在江水上投下或瑰丽或忧伤的长长身影，看到这样的文字，似乎全身每一个毛孔都打开了，来接受这文学之海最清新的洗礼。一连四卷，我不忍一次看完，往往是看完一段，停下来，又往前看，反复消化、琢磨。"所有的人都想走进灿烂的花园，但是要知道，在种花和种树以前，先要清除垃圾！先要施肥，先要把手弄脏！"这些震撼灵魂的句子通篇俯拾皆是，对年轻的我来说，这些思想是那样富有人生哲理，如暗夜中的明珠闪闪发光。它们犹如养料，一点点地滋养了年轻姑娘的心灵，让她明白，人要度过长长的一生是多么的不容易，需要吃苦，需要奉献，需要忍耐和坚持。

读完《童年》和《在人间》，我不再为自己出生农村而卑微地低下头，对养育我的父母和我那个不算富裕的家第一次产生了浓浓的感恩之情。比起过早失去父爱小小年纪就饱尝人间冷暖的作者，我的童年何其幸福、温暖。从另一个角度看，苦难的童年虽然不幸，但也能练就人不屈不挠的坚强品格。高尔基如果不是早早进入社会这个大熔炉，如果不是双脚走遍了俄罗斯的大地，他写不出这些因富有生命力而打动无数人心灵的不朽之作。

受我看书的热情感染，从不阅读小说的男友也拿起了我终于看完了的《静静的顿河》。这个20世纪80年代湖南大学给排水专业免试研究生一向只对数理化感兴趣，从不读小说，更别说外国小说了，可他却一口气将四卷全部看完。人类的心灵是相通的，这本书对他的触动同样是很大的。从此他再也很少看其他的小说。他认为，再也不可能有比这本小说更精彩更动人的书了。我后来一直与文学结缘，其中也离不开他在背后默默地鼓励。

来到深圳后，我洗过碗，端过盘子，当过小公司的文员。我仍是一到晚上就看书，并于1991年开始发表习作。我像一朵不为人注意的小花，在晨

163

曦中渐渐露出一点只属于自己的光彩来。

　　有时站在自己的书柜前，用手指划过整齐排列在一起的书的脊背，会想，如果我不看这些书，我会是怎样的一个人啊？也许留在故乡，过着平淡的生活；也许还是走出来了，比现在还精彩；也许像莫泊桑小说《项链》中的女主角，要用十年的努力来弥补当初一时的荣光。至于《项链》，我认为这是每一个女孩子在成长的过程中都必须读的一本书，它提供了一个绝佳的反面教材，告诉一代又一代年轻人，一味贪图享受、爱慕虚荣有时会遭到可怕的惩罚。可现在有多少女孩会读这本书呢？

　　身为女人，像天下所有女人一样爱一切美好的事物。所幸我认识了书，爱上了书。书，堪称人间奇迹。尤其是好的书籍，它就是一双眼睛，一架桥梁，通过它，可以看到几百年几千年前的世界，通过它，可以看到几千里几万里外的角落。它记录人间百态、万事万物，它是人类的精神宝藏，它是解开人类心灵痛苦的金钥匙。如果错失了与书本的相遇，我绝不会有电光石火般的惊喜，那些心灵相通的快乐时刻，那些抚卷叹息的美妙瞬间，那些让人心中充满甜蜜的光阴。它令人由衷地感谢生活，感谢一切造物主。

　　与书为友，像一只勤劳的蜜蜂不停地采撷花粉，尽情地吮吸书中的琼浆玉液，来酿造我们心中的蜜汁，人生因此变得幸福、芬芳、美丽。

医院奇遇记

如果不是自己亲身经历，我真不相信会有这样的事。

事情很简单，我住进了医院。晚上睡觉时发现同室的病床来了客人，是个年轻人，穿一身黑衣服，剪着很短的头发，声音浑厚。我准备换内衣了，他还没走。后来他关了灯，俯在床尾上，低着头看手机。难道他打算不走了？我忍不住，走上前去询问。他回答说，是的，我今晚准备留下来。可能我表现出一个很惊讶的神态，他躺在床上不知是祖母还是外婆的病人说话了：她是我孙女，是女孩，不是男孩。我听了，怀疑自己的耳朵，无论是外貌打扮还是声音都是男孩嘛。

我没有说话，退到自己的床上。换好衣服，按压太阳穴，努力想使自己慢慢进入睡眠。我们的病室正对着护士站，那里灯火通明，明亮的灯光通过长方形的透明玻璃照进来，使房间笼罩在一层昏黄温柔的光线中。我已习惯于在完全黑暗的环境中睡觉，不能有声音，最好门还是锁着的。

一个多小时过去了，我的大脑思绪纷纭，知道那个恼人的失眠症又来了。此时响起了开门声。我抬起头来，看到隔壁床上的陪护人不在了，心中不由一阵暗喜。刚准备去锁门，邻床说话了，她还要来的，你不要关门。

什么时候？

不知道。

听她这样回答，我的心情灰暗极了，留着门睡觉，而且那个不知道是男孩还是女孩的人要随时进来，怎么睡得着？想着漫漫长夜，想着两天后的胃肠镜手术，我开始着急了。除了回家，还能有什么办法？我去找护士，她让我找医生。就在说话的时候，隔壁床的病人也出来了，说她孙儿不是坏人，让我回床上睡觉。她好像不高兴，但我顾不了那么多。医生不同意我回家，但又告诉我明天早上九点前必须回到医院。我明白她的意思了。不久，丈夫开车过来接我。走之前，我对隔壁的病人说了一句，不要睡我的床喔，然后走了，离开前还好心地关上了门。

整个过程我回想了几遍，觉得自己如果真的有什么错的话，就是这句话不该说。我把没有发生的事情假设出来，伤害了对方的尊严。这就是过去几十年来在单位形成的一种养尊处优的工作生活带给我的一种身份上的优越感。如果我及时转换思维，把自己处于和她同等的地位，她不是从湖北公安来的一位农村老太太，而我也不是深圳市某单位的处级女干部，我们都只是医院的普通病人，我不仅不说这句话，还主动把床位让给那个不知道什么时候回来的年轻人睡，那么这场冲突就可以避免。

可笑的是，我没有想到等待我的是噩梦般的经历。

第二天早上，我按照医生说的时间赶到病室。那个年轻人还在，不久来了个四十多岁、脸拉长着、眼神里没有一点笑意的女人，我昨天见过她，应该是病人的女儿。其实昨天一同她打照面，就觉得此人面相不善，但还是没有引起我足够的警惕。

丈夫看我吃完早餐，帮我订了午餐，也就是粥，我今天一日三餐都只能喝粥，又陪我说了会儿话，然后拎起包走了。我想如果他留下来一直陪着我，也许对方不会表现这么恶劣。毕竟他在的时候，对方什么都没有说。

我开始看俄国作家鲍·帕斯捷尔纳克的小说《日瓦戈医生》，这是一部著名的文学作品，一直想读，没有时间。此次既是住院，便从书柜中抽出它来。

作品的思想高度和优美的语言渐渐让我入迷，我一点点地沉浸在文学的世界中，没有留意他们的说话。看着看着，我发现自己看不下去了。那个四十多岁的女人开始骂人，骂的话很恶毒，都是诅咒的话，什么贱人，要得癌症，要一辈子躺在病床上。她在骂谁呢？又没有见她打电话啊？我忽然明白了，她在指桑骂槐，她痛骂的人是我！明白这一点，我心脏仿佛要跳出来。长这么大，还是第一次当面被人如此恶语诅咒。

我放下书本，又不能完全确定自己的判断。她还在骂骂咧咧，又说自己的化妆品都是几千元一瓶的，从来都是在百果园买水果，不在超市买。这是在夸耀自己的富裕，她的母亲在附和她，两人一唱一和，就像是演戏似的。我又气又好笑，心想不理她们。但又不甘心。难道我昨天晚上的行为可以导致她如此的谩骂，世上难道有如此不讲理的人？于是朝着她们的方向说了一句：你们不要在病房里骂人！

可能她们一直在等着我接话，我话没出口，那女人就一个箭步跨到我床前，手指点着我说，骂的就是你！你欺负一个老人，说我孩子不男不女，你要得癌症……她的母亲，昨天看上去还虚弱不堪的，此时也从床上跳下来，站在她女儿身旁骂我，其凶悍程度比她女儿有过之而无不及。她用家乡话一句接一句地骂，我虽然听不懂，但我知道她骂的话极其恶毒。我完全蒙了，目瞪口呆，只反复说，我没有说你孩子不男不女，你们太不讲道理了。那一刻，我觉得自己像被无数支箭射中，天昏地转，我说出的话连个泡都没起就被她们的骂声淹没。

听到屋里的喧哗声，医生护士跑进来一堆。我说她们无缘无故地骂人，不听我任何解释，完全没有道理。她们还在骂着，我气得浑身发抖。有人在劝慰我，更多的人在安慰她，那个七十多岁的病人，他们担心她情绪激动，出什么问题。

我觉得自己受到奇耻大辱，再也无法和她们共处一室了。护士同意了我的要求，不一会，邻床转走了。

终于盼来了晚上，丈夫和儿子的女友陈露下班过来看我。见我情绪低落，急忙问缘由。我便把上午发生的事情告诉了他们。丈夫知道我不会说谎，当即去找护士交涉，问对方搬到哪间房去了？护士说这个要保密。丈夫便大声地对护士说："如果是对方的病人骂了我老婆，我可以不计较，因为都是病人，可以谅解。但如果是陪护人，那我一定要抓她来赔礼道歉，为什么要骂人？还骂得如此恶毒？"

连说三次，护士不作声了。

这时，陈露拉拉我的衣服说："阿姨，是不是那个女人？"

我朝她指的方向去看，果然是今天上午把我骂得狗血淋头的那个女人，忘不了她身上穿的那件豹纹衣服，哪怕是背对着我，也能一眼认出她来。

"你怎么知道是她？"我不解地问。

因为在我们说话的时候，她走到门口来，还不时地用眼睛瞟我们。

原来她们就住在隔壁病房，我们说的话她全部听见了。见她的神情，与上午判若两人，丈夫要去找她麻烦，被我拉住了，事情既已经过去，第二天又要做手术，不想再节外生枝。

比起手术，那对母女带给我的痛苦和刺激更深，久久也无法忘怀。事后反思，我固然有错，但"罪不至此"。此事也反映了当今社会的人在观念和行为方式上的差异与对立，人与人之间少了客气，多了戾气，普遍缺少尊重和包容，一点小事就可恶语相向，甚至大动干戈。

记录此事，为了提醒自己，也为了告诫身边人。

缤纷世界

桂　花

　　几年前的一个下午，雨点打湿了路面，我不小心双脚滑空，重重摔倒在水泥台阶上。伴随着一阵刺心的疼痛，我想，这下完了，腰椎肯定是骨折了。

　　居然还能慢慢站起来，慢慢一步一步地行走。之后差不多一年时间，我辗转于医院和一家较为专业的养生中心接受按摩。因此认识了几位按摩师。

　　整洁的小房间，洁白的床单，环绕室内的若有若无的音乐，令人感到舒适恬静。而她们，脸上浅笑着，语声轻微，触摸的手指柔软而又有力道，使我在后来的恢复中作出了选择。医院排队不说，理疗间十几张病床一字排开，中间仅用一道布帘相隔，你想安安静静躺在那里做治疗很难，左边一对女人在长吁短叹地讨论婆媳关系难处理，右边那个胖墩墩的大叔躺下没几分钟就开始发出震耳的呼噜声。每次都是兴冲冲而来，草草收场。加上医院只在正常时间接受理疗病人，而我的治疗又必须是在八小时以外。

　　养生中心的技师虽然有名有姓，但大多被冠以数字。看上去她们似已习惯，彼此之间也这般乐呵呵地称呼，没觉得有不妥之处。而我总会在一开始就问她们的姓，慢慢熟悉后会拉拉家常，哪个地方人、家里情况等。经过一段时间体验，觉得她们中有三位比较适合我，手的力量不会太重，嘴巴也不是聒噪不停。此时已工作一天，我只想安静地躺着，像黄色窗帘外的天色，要渐渐合上睁了一天的眼帘。

　　她叫小朱，皮肤黯黑，身材健壮。刚开始一下手，我痛得像一根弹簧一样弹将起来，她脸上的笑容僵住，换上一副歉疚的表情。"你不受力。"她在小声地咕哝一句后，迅即调整力道。几次磨合后，双方感觉良好，看着有亲切之感。

一般在经过近半小时的小憩后，我的体力迅速得到恢复，有了交谈的心情。她们见客人开口，都会热情回应，一来可以拉近彼此关系，二来工作也不至于太乏味。见我给小费还算大方，又都是女人，年龄比她长十来岁，她便慢慢开始像小妹对大姐般地对我敞开心扉。

她是湖北荆州人，几年前和丈夫来深圳打工，刚开始在老乡介绍下开了间小五金店，本赚了些钱，前景看好，可丈夫却闹上网恋，开始不务正业，店终于开不下去，虽然家里有个儿子，两人最后还是离了婚。

身为女人，每每听到别人离婚的消息总会在心里咯噔一下。一个家庭就是人间一盏小小的灯火，照亮着孩子前行的路。父母离异，无疑要使这盏灯火黯淡许多，让孩子们在踏上脚下的路时产生彷徨和孤独。当我问到为何又学了这行时，她一边熟练地忙着手中活，一边低头娓娓道来："没读多少书，本想回家去，照料孩子，可丈夫的家已不能回，娘家哥哥的房子也不大，不能长住，只能继续打工。开五金店时老公经常要烧电焊，我在旁边帮忙，不懂保护自己，结果眼睛视力明显下降。其他精细活干不了，做这个容易些，用心学，多琢磨，不偷懒，态度好，就行了。"说完，端脸笑嘻嘻地望着我。

她倒是总结得到位，对前途也不悲观，现在每年能挣个二三万，等攒个三五年，就可以在老家买个小房子。"不准备再成家了吗？"我关心地问。她挥挥手，"不成了。对男人没信心。再说儿子都有了，我不想让他看到我再嫁人。"

这也许就是她尽自己能力向儿子表达的最实在的母爱。只是，渐渐长大的儿子会领她这个情吗？

腰椎康复后，我久不去养生中心，有时想起她来，但愿她那小小的梦想能尽快实现。

第二位，我称她小谭。

有段时间，因为家庭琐事心情颇为苦闷，当我有一次向她吐露时，她停下手来，睁着圆眼对我说："只要身体好，又有钱花，还忧愁什么呢？"

我一时无语。她的标准，对现在的我来说，真的不高。目前的我身体没有大碍，钱也不是太缺，但就是不快乐。那一刻，对眼前这个梳着短发、身材矮小、其貌不扬的女技师不禁肃然起敬。她应该是有一定生活阅历的人。

这同时让我想起了一句名言："我忧郁，因为我没有鞋。直到上街遇见一个人，他没有脚！"

这个叫小谭的女子是整个养生中心唯一带孩子上班的员工，几次，我在走廊、洗衣间见到一个两岁多点的小男孩探头探脑的身影，后来知道那是她的孩子。她上工的时候，就是其他姐妹帮着照看。

"这种环境不适合小孩子，24小时开着灯，整天都见不到阳光，空气中净是清新剂的味道。"我向她提出自己的观点。

"没办法的办法。爷爷奶奶年纪太大，带不了。"她头也没抬，回答我。她家乡还有个正在读书的女儿，老公也在这个城市的某处角落谋生，论起薪酬，她比她老公挣得还多。正是仗着技术好，所以老板也容许她带着孩子上班。

困扰她的还不止这些。她的右手拇指就因为多年用力过头或不当，不久前得了腱鞘炎，疼得厉害。医生曾警告她说，如不好好保养，手指将不能自由弯曲，会影响今后的生活。我看她也没有完全遵照医嘱，病情稍有好转，就来上班了。

"没关系啦。"每次我劝她不要太拼，她都是这样爽朗地回答我。在她看来，只要丈夫儿子在身边，靠自己气力挣钱，一切都不是问题。

被她的洒脱感染，我发现自己的快乐指数明显提高，对着夜色中的城市露出了少有的真心的微笑。

与前面两位相比，她的手法别具一格。首先是落点非常小，触碰细腻，柔软中带有力道，所谓柔中带刚。其次是施力得宜，该均匀时均匀，一旦找到痛点，比如发现硬点或结节，会采取揉、搓、压相结合的办法，让硬点或结节通达。"中医说，通则不痛，痛则不通。"这是我第一次从一个技师嘴里听说的医学术语，从而勾起了我的兴趣。"你肯定学过医。"我望着她的脸庞说。

她有一张秀气的脸，皮肤干净细腻，鼻梁坚挺，眼睛不大，但里面总带着一丝温柔的笑意。身材十分瘦小，惹人爱怜，是一个典型的江南女子。有一次，我拿起她的手指打量，只见十指纤纤，修长如葱，就是这双手，真想不到它会产生如此大的力量。听到我夸奖，她害羞地笑了。告诉我：她是安徽枞阳人，父亲是村里的医生，最擅长用中医的原理给人治病，小时候接触最多的就是房前屋后晒的各式中草药，所以就慢慢培养了自己的爱好。现在还会经常看些医书，自己有什么头痛脑热，基本上就能搞定。

后来从她嘴里听说了很多医学小常识，比如莲子不能每天都吃，太寒凉。芡实是个好东西，可以多吃。肝肾同源，如果发怒生气，既伤肝又伤肾。

我是洞庭湖边人，一年四季家中常备湘莲，听从她的建议，减少了吃莲的次数。同时会去药店买些芡实回来换换口味。发脾气的时候，想到那可爱的肝肾，也会立即踩刹车。渐渐地，发现自己很喜欢和这个叫江桂花的女孩接触。

"是不是很土气?"她在我数次问起后才终于说出自己的名字，然后又不放心，眼睛望向别处，不好意思地这般问我。

"不，很好听的名字。"我真心实意地说。她才又告诉我，家有五姐妹，她排第三，母亲在生最后一个妹妹时已近四十，最后终于打消了生儿子的念头。她的姐妹分别取名：菊花、桃花、莲花……她是八月生的，所以父亲给她取了这个名字。

在我和小江的接触中，她反复向我提起的一个人就是她的父亲。读了一些医书，会看病，常在闲暇时光拉拉二胡，心情好的时候会把妹妹搂在怀里高声唱歌，对她们姐妹很关心。这样的父亲给小江的内心留下了温馨的记忆。所以，当有一天传来父亲病重最后确诊为胰腺癌的消息后，她立即放下手中的工作，风尘仆仆返回千里外的家，尽心尽职陪侍在父亲身旁半年之久。好在我的腰痛在她的按摩下已完全康复了。

在父亲病情稍微稳定后，她又回到深圳。"在深圳已生活五年，回去反而不太习惯了。"她说。预感到父亲的病不乐观，心中萌生去意，作为女儿，她认为这是自己应该做的。我默然，其实通过这段接触，已把她视为朋友，反复推扯几次后，她才勉强收下我的一点微薄的心意。离开深圳之前，她又瞒着我买下一套按摩产品送给我，以示感谢，令我十分感动。

我们一直保持着联系。一次她在电话里告诉我，父亲生病后经过调养胖了五斤。听她高兴不已的声音，我的眼前仿佛出现了一张喜盈盈的笑脸。又一次，我问她，父亲生病后最令她难忘的一件事是什么？她说，最令她刻骨铭心的是，父亲做完手术后因担心伤口难愈合而未用止痛棒，父亲脸上疼痛难忍的表情，让她心疼不已。

一个敏感、质朴、多情而善良的女孩。

岭南地区爱种桂花，随便到公园走走，都能闻到桂花沁人心脾的香味。每每此时，便会想起那位叫桂花的女孩。

我的青春与改革开放相伴

虽然时间的河流滔滔不竭地向前，但回忆可以让我们穿过长长的岁月，回到从前，回到出发的地方。

1982年底，他才16岁，高中刚毕业，却已穿上了人民公安的警服，来到刚刚筹建的深圳市公安局南头分局，一干就是十年。在人生最宝贵的这十年里，他始终工作在最基层，工作之余坚持自学，拿到了深圳电大党政管理大专学历，摄影作品《人美花香》在第六届全国人像摄影艺术作品展览上受到好评，为"八十年代南山区较有影响的摄影作品"。其间他参加了邓小平两次南方视察的警卫工作，随后被调往南山区委宣传部，负责筹建南山广告公司。1995年下海，加入深圳市海王（集团）股份有限公司。他，就是市政协委员、海王（集团）股份公司的现任执行总裁高锦民。

如约来到海王大厦26楼。在这间视野开阔的办公室里，我被他的讲述深深地吸引住了，紧竖耳朵，唯恐漏掉一个字，一句话……

我出生在普宁洪阳镇林惠山村，从小随父母到粤北山区的兵工厂生活，受父亲影响，喜欢读书，爱上物理课，三年级时就会组装简易收音机。我的梦想是上大学，像父亲一样成为一名心灵手巧的工程师。在连州中学上学时，我第一次端上了照相机，课外之余，青青校园、同学的笑脸，随着"咔嚓"一声响起，定格成永久的画面。未想到，学生时代的这个"好玩"的举动，给我以后的人生道路带来重大的转变。

我的人生转向从父亲的一次工作变迁开始。此前父亲一直在连州代号为713的兵工厂工作。1980年，父亲响应组织号召，来到深圳筹建华强电子公司，成为地地道道的第一批"来深建设者"。1982年7月，高中毕业的我随全家人来到深圳。那年 4 月,特区陆地管理线(俗称二线)刚刚设立铁丝隔离网,南头检查站尚未设立,只在与东莞交界的松岗设了一个十分简陋的关卡。没有任何证件的我,头戴草帽,顶着太阳,一步一步走进深圳。

那时的深圳,犹如一张白纸,要在上面画出美好图画,第一需要"握笔的人"。我放下高考梦,报名参加"召干"考试,结果以优异成绩被多家单位同时录取。经与家人商量后,我选择了公安,走进深圳警校,开始为期三个月的训练。之后,和另外 11 名同事一起,被分配到即将成立的南头公安分局。16 岁稚嫩的我,就这样穿上了橄榄绿警服,头顶庄严的国徽,心里自豪无比。我下决心要好好干,让全家人都为我高兴。

来到刚成立的南头公安分局,我从最基本的治安巡逻干起,到后来参加反走私、"严打"、清理"三无"人员、办理"两证"等多项行动。让我最难忘的是刚开始工作时,没有现成的办公房,只能借用大新村龙屋巷的南头制衣厂的几间房,用来办公、住宿,关押嫌疑犯。没有交通工具,我们就自己动手,到南头派出所仓库找来一些旧单车,东拼西凑装成几辆单车。我负责的巡逻路线是从南头的创业路起,经赤湾,到蛇口,不仅线路长,而且路难行,晴天一身汗,雨天一身泥,常常要扛着自行车翻山越岭。当领到第一个月工资时,我简直不敢相信自己的眼睛:整整 88 元。我一辈子都记得这个数。要知道,父亲当时每月的工资也就五十多元。我把这近十张不同数字的人民币整整齐齐地放进口袋里,好长时间未动。

那时,颇让我感到尴尬的一件事是反走私。根据上级的安排,我和另外两名年轻的警察带着十几个三十多岁的民兵,在大冲村和后海桂庙村设立的两个边防哨卡值守,可工作远不如预想的那么顺利。本地渔民走私,几乎成了公开的秘密。他们以打鱼为名,早出晚归,结伴而行。妇女们出去的时候穿着雨衣,空荡荡的,晚上回来全身胀鼓鼓像个大肚婆。你明知她身上"有货",却因无女警在场不能搜身。他们人多,黑压压地涌来,又没有铁丝网拦着,呼啦啦地就硬闯过去了,搜都搜不住。最后也只能是抓住一个算一个。这些地地道道的港货很快被"熟客"们买走,多为邓丽君录音带、折叠伞、尼龙布、丝袜、台湾味精、红双喜香烟、益力多饮料等,100 元可以买一大包。

1985 年，涌进南头从事建筑、种养、第三产业的外来流动人口迅速增多，公安工作重点转为加强外来人口管理，"深圳经济特区居民证""深圳经济特区暂住证"应运而生，市区分别设立"两证办"，为本地居民和来深外来人员办理证件。在当时的南头管理区，这项工作主要由公安牵头，分别从财政、税务、建设、商业公司等部门抽调近二十人，分局由治安科科长带着我及另外两位年龄较大的民警开展工作。我们从填表、审核到市公安局盖钢印，一切都为手工操作，很烦琐。我们第一年办了两万多张暂住证，第二年办了五万多张。

还未满 20 岁的我成了大忙人，不但要承担"两证办"很多的日常工作，还要经常骑摩托车驮着装满暂住证的大纸箱，到市公安局盖章。"两证办"在老南头公社的旧办公楼，条件简陋，办证的人越来越多，经常挤满房间。虽然每天被各种琐碎的事弄得晕头转向，但我觉得生活很充实，浑身有使不完的劲。我还报名参加了深圳电大设在宝安法院小礼堂的"党政管理干部专修班"，把所有的业余时间都用在了为自己"充电"上，刻苦攻读，风雨无阻地坚持三年，顺利毕业，获得了大专文凭。这期间，我又重续摄影爱好，邀约了南头的五六个年轻摄影爱好者，发起成立了南头青年摄影学会，并举办了"正大康地杯"等一系列摄影创作、比赛活动。这个学会是深圳最早的摄影社团之一，有相当的凝聚力，很快发展了大批会员，创造了一批有影响的作品，用镜头记录了南山以及深圳日新月异的变化。

在我的青春岁月中，有两个特别的年份对我影响最大。

1984 年春意盎然的 1 月，邓小平同志视察深圳，登上蛇口明华轮，题写了著名的"海上世界"四个大字。我奉命参加了本次警卫行动，我们 20 位干警提前一周入住，把船舱上上下下检查了无数遍。那天，邓小平同志一行登船，我虽只是远远见到领袖一眼，心情仍激动难耐，在脑海中留下了终生难忘的回忆。

1992 年的春天，邓小平同志再度视察深圳，参观了"锦绣中华"主题公园，我又再次参加警卫工作。后来看报道，他老人家发表的重要讲话，带给我强烈的观念冲击："看准了的，就大胆地试，大胆地闯。深圳的重要经验就是敢闯。没有一点闯的精神，没有一点'冒'的精神，没有一股气呀、劲呀，就走不出一条好路。"这番"南方谈话"被誉为中国大地的一声"春雷"。我感到"谈话"句句在理，入耳入心。此时的我，经过十年磨炼，早已不是当年的愣头青，变得成熟了，有思想了，眼光也更远了。

邓小平第二次南方谈话释放出巨大的能量，引发全国新一轮改革开放浪潮。此时，已由南头区和蛇口区合并成立的南山区，更是气象万千。以廖军文为区长的第一届领导班子雄心勃勃，要把南山区办成"全深圳最牛的区"。此时的南山区，除了布局深圳大学、深圳高等职业学院等深圳两所高校外，还拥有蛇口工业区、南油开发区、华侨城集团、高新技术产业园区四大开发区，华为公司、海王药业有限公司、迈瑞医疗电子有限公司等一批新型企业纷纷设立。对廖区长在许多场所讲的这句"豪言壮语"，我记忆犹新。当时大家只是听听而已，谁也想不到，这句话在二十多年后变为现实。自 2013 年以来，南山区综合实力出现了大跃升，经济总量由全市第二跃居全省区（县）第一、全国第三。

1992 年，命运之神再次将我推向另一个人生舞台。意欲做大做强的南山区，对宣传工作十分重视，从人民日报香港办事处挖来著名记者陈禹山当第一任区委宣传部长，并四处招贤纳才。成立不久的区影视教育中心需要专业人员，我这个区摄影学会会长进入了他的视线。此时已更名为深圳市公安局南山分局的原南头分局，仍大量需要人，他们甚至还想让我去筹建皇岗分局。在区委组织部毛晓培部长的亲自协调下，我脱下穿了十年的警服，成了南山区委宣传部的一名新兵。

重任接踵而至。随着市场经济日益活跃，南山需要发布各种公益和经济广告的企事业单位大量增加，区委宣传部决定成立国有广告公司，部里把这项艰巨的工作交给了我。

没经多少犹豫我便走马上任了。我起草了《关于加强南山区户外广告管理的通知》，拿着廖军文区长亲批的 10 万开办费批条，在南头较场老广播站的两间旧房子里开始了我的"广告人"生涯，广招人才组建公司队伍。也许是多年的摄影经验使然，我们从几本偷偷买来的香港广告书籍和杂志入手，竟干得风生水起，第一年就赢利，第二年赢利达 300 万元。此时的南山区广告公司还有"调工""调干"指标，一时吸引了大批人才前来，公司员工很快过百。后来《中华人民共和国公司法》出台，党政机关不能办企业，已办的企业必须脱钩。南山广告公司要"另寻婆家"了，我们面对何去何从的抉择。此时的我，脑海里成天都在琢磨广告词，已深陷"广告梦"无法停步。当海王（集团）股份有限公司愿意以50万元（产权交易所评估价）价格接棒，我作出了人生的又一次抉择：加入海王。

此后便是二十多年打造品牌、苦练内功的奋斗岁月，在市场经济的大海里，我奋力拼搏，创造了一个又一个辉煌。回想自己三十多年的奋斗道路，我想，改革开放成就了许多人，如果没有特区当年的大环境、大机遇，也许我们一辈子都将默默无闻。我们真心感谢这个伟大的时代，它让国家变得富强，让个人经历了无悔的青春和瑰丽的岁月。

179

一个铣工的退休生活

1999 年是一个很奇妙的年份，新千年即将来临，岁月嬗变、万物更新、斗转星移之际，人们的内心充满着更多的向往与期待，呼唤和渴盼着新的起点、新的征程、新的生命……

这一年的六月，深圳南方模具厂四级铣工王发荣面临退休。还只 45 岁的年纪，在大多数人眼里，正是年富力强、干事创业的好时光，可她却不得不和当初一群从大山深处走出来的工友们一起，离开工作了 17 年的单位回到家庭。作为从事"有害工种"的人员，也许对此早有心理准备，所以王发荣内心虽然有些不舍，但还是高高兴兴地脱下工装。迈出厂房大门的那一刻，她并未感到太多的失落。日子还长，冥冥中，她觉得前面似还有一片新天地等着她去开拓。

身为家中长女的王发荣出生、成长于山城重庆，1971 年，随支援国家"三线"建设的父母来到山峦叠起的广东连县。这一年的 11 月，年仅 17 岁的她招工进了父亲的单位——广东连县国营南方机械厂。刚开始，领导叫她学开模床，这个工种比较简单易学，一年即可转正，转正后工资 34 元，比学徒工多出了 16 元。这对家有六兄妹、母亲是家庭妇女的王家来说，无疑是件大好事。可父亲不同意。身为八级钳工的父亲非要她去学技术含量较高的铣工不可，虽然学徒时间长达三年。事实证明，父亲的决定是对的。如果不是铣工身份，1982 年，王发荣根本进不了位于南山脚下、原兵器部直属的深圳南方模具厂。王发荣对自己的老父亲始终充满了敬意，这位对自己和子女要求均十分严格的老共产党员在她的生命中处处起到榜样的作用。王发荣说，他父亲在单位是有名的"工作狂"，这种不怕苦、不怕累的精神也分毫不差地遗传给了她。年轻时，她经常被单位评为"先进工作者"。

王发荣爱好广泛，工作时就是单位的文艺骨干，在这群和她差不多同时来深圳的姐妹中很有号召力，大家都愿意听她的召唤。刚退休，王发荣与姐妹们一道到四海公园唱歌、跳舞、打腰鼓，风雨无阻。平日静悄悄的四海公园一时变得热闹非凡。以王发荣为代表的这群工友，是风起云涌的蛇口社区最早的一批退休人员，自然也是1998年才成立的"四海情"老年大学的资深学员。她们在这所深圳市第一所综合性社区老年大学上课、玩乐，开了眼界，长了见识，心情舒畅。性格和善的王发荣，在班上很受老师和同学们的喜爱与欢迎。

快乐的日子过得快，一眨眼就到了2005年。这一年，蛇口街道开展"五好文明家庭"评比活动，大铲社区推荐了王发荣的家庭。不仅因为王发荣活泼开朗，心胸开阔，夫妻和美，女儿优秀，更因为王发荣和婆婆关系处理得非常好。王发荣母亲在她22岁时就去世了，因此她把婆婆当亲生母亲看，呵护有加。婆婆83岁了，看上去和70岁的老人无异。婆婆也把她当亲生女儿看待，她们俩走在一起，那亲密无间的姿态，旁人还真以为她们是母女俩。大家认为，这样的婆媳关系十分难得，这样的家庭才真正配得上"五好文明家庭"称号。事实证明，王发荣没有辜负大家对她的期望，她确实是一位好媳妇。到2018年，她的婆婆已是96岁高龄，可依然耳聪目明，生活能自理。王发荣和她的先生一年总有几个月全程陪伴在这位老人的身边。

2007年，王发荣所在的大铲社区决定成立老年协会，王笑霞站长找到了她，希望她能出任协会副会长，把大铲的老年人都聚拢来，组织开展一些有利于个人也有利于社会的有益活动，王发荣一口答应了。

王发荣虽然人退了休，可年轻时那股勤劳肯学的工作干劲并没有退。她把这股精神又带到了大铲社区老年协会。在她看来，既然答应了热心的王笑霞站长，那就要把这件事情做好。她心里把它当作一项工作来对待。对王发荣来说，组织老年协会确实是一项全新的工作，怎样才能完成好呢？首先是发动。当时大铲社区的退休人员除了王发荣这帮工厂的工友们，还有不少大铲岛的原居民，也就是渔民。这些渔民上岸后借着改革开放的东风，家家都修起了小楼房出租，成了最先富起来的一群人。他们三五成群，以打麻将为乐,日日如此,月月如此。如何将他们从麻将桌上拉下来,让他们的生活更加丰富多彩?王发荣和她的工厂同事们动起了脑筋。她们集思广益,决定先把合唱队办好,让嘹亮的歌声吸引他们。于是王发荣、梁宝珠等十几个会员就在麻将台边上开始了她们的歌唱。刚开始,"渔民们"不答应,认为受到了干扰。会员们就把王发荣推出来,认为她性格好,会说话。王发荣也不推让,站出来说,要不你们停一停,就当是休息,让我们唱几首歌给你们听吧。她们真的唱了。一来二往,"渔民们"觉得小小合唱队唱得还真不错。王发荣看到他们打麻将时,偶尔也会起争执,便抓住时机劝他们说,你们天天打麻将,一坐就一下午,对颈椎、腰椎都不好,我看你们有时还争得脸红脖子粗的,多伤和气,不如加入我们的老年协会,大家来自五湖四海,一起唱唱歌、跳跳舞,交流交流,也很开心,对身体还好。

她的话让他们渐渐动了心。就这样,蛇口街道第一家老年协会在大铲社区的积极支持下、在王发荣和她的同事们积极努力下正式成立了,他们还到民政局进行了注册。最受大家欢迎的还是合唱队,不少渔民朋友加入进来。王发荣和梁宝珠自愿当起他们的老师,单独给他们进行简单地培训,教他们识简谱、正确地发音。功夫不负有心人,慢慢大家能整齐划一地唱成一首歌了,用王发荣的话说,就这样慢慢地把他们带出来了,带到了每天歌声缭绕的生活里——一种和过去完全不同的生活。由于经费不足,王发荣又自告奋勇学起指挥,凭着从老师那里学来的几招,她对着镜子一招一式地练习、一遍遍地练习,不厌其烦。也许因为王发荣本身乐感强,模仿能力也强,或者会员们对她信任,总之到后来,她指挥起来很有模有样的了,即使请来专业的指挥,都不如王发荣的指挥让会员们激情澎湃、齐声合气。在合唱队的基础上,舞蹈队、乐队、腰鼓队纷纷成立了,这些队伍基本上都是由王发荣副会长来管理。后来还成立了时装队、柔力球队等。在 2008 年举办的南山区第九届"夕阳红"艺术节中,大铲社区老年合唱团荣获特别奖,舞蹈队表演的舞蹈《靓靓茉莉花》荣获二等奖;2009 年 9 月,在南山区委组织部、南山区委宣传部组织的南山区"迎国庆老年人千人百歌颂中华暨第二届老干部合唱节"中,大铲社区老年合唱团获得优秀奖。这些荣誉的取得,极大地鼓舞了大家的士气,在南山区相继举办的第九届、第十届、第十一届社区艺术节蛇口分场的活动中，大铲社区表演的《琴台古韵》《秧歌情》分别取得了两个第一、一个第二的好成绩。其柔力球队也在区有关单位举办的比赛中多次获奖。更值得一提的是，为庆祝大铲社区老年协会成立五周年，他们准备了一场汇报演出，十一个节目，王发荣忙得不亦乐乎，因为她既是指挥，又是演员，又是总协调。演出非常成功，区有关部门领导、街道办事处领导及各社区工作站站长都到现场观看，他们的演出也吸引了社区很多市民。激昂的歌声、优美的舞姿、高水平的器乐演出感染了现场的每一个人。本次专场演出也极大地推动了蛇口街道其他社区老年协会的发展，成立最早、目前会员数为 166 人的大铲社区老年协会也是现在蛇口街道最大、活动开展最好、管理最规范的老年协会。早在 2007 年大铲社区就被市老年工作委员会授予了"敬老模范社区"称号，这也得力于社区综合党委的大力支持。在王发荣这帮老年人眼里，社区就是她们的第二个家。

大铲社区老年协会年龄从五十多岁到八十几岁不等，协会一直坚持"年轻点的帮助年纪大点的"这个优良传统。年纪大些的老人在这里只会被关爱，不会受歧视，大家一起唱歌、跳舞、健步，其乐融融。王发荣说，在老年协会大家相处得非常好，如果有谁好几天不出来参加活动了，就会有人去关心。发现谁病了，王发荣就会组织会员们，自发地凑钱买些牛奶、水果上门去看望。大铲社区是直到目前辖区内仍无电梯房的社区，十几年来，王发荣和梁宝珠等几位副会长几乎爬遍了社区的每一栋楼。每次爬完楼，膝盖都会疼到要去扎银针。但即使如此，她们的热情也从来不减。2008 年蛇口街道成立志愿者队伍，王发荣积极报名，成为第一批志愿者，在开展的各项活动中，她总是走在前面，获得了蛇口街道第一届"和谐好邻居"先进个人称号和"志愿者之星"个人称号；2009 年她又被授予深圳市创建文明城市工作"先进个人"称号；2010 年大铲社区成立老年大学，王发荣积极组织大家开展各项文体活动，受到大家的普遍认可，被评为"优秀会员"；2012 年 6 月，成立了两年的大铲社区综合党委将王发荣发展为"中共预备党员"，在举手宣誓的那一刻，一股暖流涌遍了她的全身。虽然她只是一名普通的退休工人，虽然她只做了一些普通而又平凡的事，但组织记住了她所做的一点一滴，肯定了她的辛勤付出。她觉得自己太幸福了。一种从未有过的骄傲与自豪充塞在她的心田。

入党后，王发荣以一个共产党员的标准要求自己，在她朴素的心里，认为自己既然是党的人，就要听党的话，要更加积极、更加无私、更加公道地做人做事。她这样想，也这样做。有时家里有困难，需要她，如刚退休的老伴不适应退休生活，需要她更多地陪伴，婆婆九十多了，更需要她的照顾，她也不叫一声苦，自己默默无闻地承担和克服。大铲社区王桂香站长在2013年4月发起成立爱心基金会，她认为这是一件大好事，能帮助更多有需要的人，她出任理事，带头捐款，参加各种献爱心的活动。2018年她还参加了蛇口街道组织的对广西田阳的助学扶贫活动。

十几年如一日默默无闻、不求回报地付出，王发荣在社区不少人眼里，是一个真正的好人、无名英雄，大家都亲切地称她为"王姐"。2017年，王发荣被大铲社区党委正式授予"大铲好人"称号。

王发荣退休前只是一个铣工，陌生的工种，加上工人身份，许多人不认识她。谁也想不到，在退休后的近二十年里，她以社区为平台，帮助他人，无怨无悔，给自己也给他人的生活掀起了无数浪花，增添了不少光彩。她的事迹令人敬佩，令人深思。

一个真实而倔强的朋友

——忆湘晖

　　一晃，好友刘湘晖逝世近五年时间了。这五年里，我常常感到一种孤独，觉得生活中缺少了一种生命与生命之间的召唤和呼应。

　　湘晖在世时，我们常联络。哪怕是在她生病后一年多时间里，隔个十天半月，我也会放下一切去寻找她。她即使再难受，也会接听我的电话。她离去之前的第四天，我们还在南山医院见了面。

　　没想到，这次见面成了我们的永诀。此前我已经有两个月未见到她了。两个月之前曾经通过话，电话里她的声音虽有些嘶哑，但还能勉强听得清。她告诉我，她在东莞的一个疗养所做水疗。朋友介绍的。再之前，我们在一个茶室见过面。她带了一个"高人"来，擅治各种疑难杂症，也顺便要给我看看。那个粗壮的汉子带着一串长长的念珠，朝我上下打量了几眼，就说我肝气郁结，现场要给我治疗，被我拒绝了。对于湘晖的病他讲了几点意见：不要对自己的病情了解太多；癌症就是不通，就是症结，想法打通就好了；少用药，西药主要对症治疗，中药采取以艾灸等外用的方法为主；树立信心，坚持自己一定能挺过去；多出去走走，放下眼前的一切，回到故乡去，回到儿时的朋友中去。

　　对这个自称北京大学毕业、同时取得了三个专业的硕士研究生学历、说起话来滔滔不绝的"江湖高人"，怎么看都觉得有点不踏实。但认同他说的第一点。湘晖对自己的病情了解之深、之透，不亚于她的任何主治大夫。从她嘴里不时蹦出我从未听说的各种医学术语。当时心里就掠过一丝不安。作为患者，对自己的病情了解太多不一定是好事，不妨糊涂一点，积极配合医生即可。可她不止一次告诉我，她得的这种乳腺癌类型是如何特殊，在全国的乳腺癌病人中占比还不到百分之八。"治疗起来会比较麻烦。"她对此已有思想准备。但再麻烦，我们都没有想到她的病情恶化会如此之快，快得超乎所有人的想象。

那次见面后，我有一种不祥的预感。湘晖从得病之初的高度乐观，到一从北京 301 医院做完全部化疗疗程出院就被告知肺部发现疑似转移性结节，到最后确定肺转移，一直都是辗转于各正规医院治疗，如今见她将希望的目光转向民间，是不是对自己的病情失去了治愈的信心，而另辟捷径、期盼也许能有奇迹发生？不管怎样，一个人，当生命受到威胁时，无论她如何做，听谁的，都是无可非议的。

最后一次在南山医院的见面使我大吃一惊。她的嗓子已完全哑了，不时地喘气。上次见面头上还包着那条我见过多次的花围巾，脑后打着漂亮的结。这次围巾不见了，干脆露出光光的头皮。眼睛眯缝着，小了很多，过去那对笑意盈盈的眸子仿佛深陷进去了。才一年多，她变化太大了。我极力抑制自己。见到我，她很高兴，脸上露出了笑容。问我学习培训情况，是不是认识了很多新朋友。又说自己前段时间的化疗将她害惨了，差点就不行了。"现在缓过来了，缓过来了。"她连声说。

我不知道她前段时间经历了什么，她生病以来一直都很坚强。她口中的惨，一定是痛苦至极的经历，常人无法想象到的。我们的谈话持续了二十分钟，主要是她哑着嗓子在说，直到她的先生担心她说得太多劝告她休息一会。我知道我该走了，但还是看她吃完了一个奇异果才离开。走之前，四目相对，两双手紧紧地相握在一起。再见不知何时，有很多话想说，但也不必说了。虽然都预感到死亡的阴影在逼近，但总盼望能出现奇迹。谁想到，四天后，湘晖就抱憾离世。

我和湘晖在十年前一个很偶然的场合相遇。她是湖南益阳人，我是益阳的媳妇。她虽不会说家乡话，但吃起辣椒来比我凶得多。我虽不嗜辣，却喜欢看她吃辣椒的样子。慢慢的，我们发现了彼此身上的许多共同点，比如都是那样真实自然、直率热情、积极向上，同时，也都是工作上的拼命三郎，不轻言放弃。我和湘晖同年晋升为正科级，她所带领的科室负责全区机关事业单位的编制工作，涉及部门多，协调难度大，加上人手严重不足，工作量非常大。为了完成任务，她对自己十分严格，带头加班加点，还在单位旁边买了房，常常见她晚上把女儿哄睡后还来单位赶写各种调研报告。就是凭着这种硬朗的作风，她和她的同事出色地完成了组织交给的工作，受到各方好评。

随着接触增多，发现她身上有许多值得我学习的地方，我们也渐渐成了无话不谈的好朋友。在这个金钱至上、友情大大贬值的年代，我把她的友谊看得特别珍贵，看得出，她也是。有了值得分享的喜事，我们总是第一时间告知对方。有了难处和烦心事，也总是忍不住向对方倾吐。我虽年长湘晖九岁，见识却不如她，在很多方面她都显得比我有见解、有主意。

2011 年春天，我那正处于青春期的儿子在高考前三个月被老师勒令回家反省，这可急坏了我。湘晖二话不说坐下来帮我一起分析问题、找寻对策，最后觉得还是我对孩子要求太低，太宠爱孩子。她要我把儿子带到她办公室，她来帮我做年轻人的思想工作。我将信将疑。那天中午，阳光灿烂，我真的把儿子带到她的面前。她耐心极了，像一个大姐姐，对儿子言辞恳切、循循善诱，令一旁的我感激和抱愧不已。儿子也似有所悟，边听边轻轻点头。那个特别的中午，湘晖的形象在我心里又加了难忘的一笔。

也就是那次，我才知道，湘晖从未午休过。中午如不加班，也是赶回马路对面的家去陪女儿。长期超负荷的工作和生活压力终于压垮了她的身体。

从生病到离去，我只看到她的眼眶红过一次。患癌噩耗降临，她表现得非常镇静。没有怨天尤人、自叹自怜，对治疗和愈后充满信心。化疗期间，因肠胃反应吃不下东西，她强迫自己咽下食物，吃了又吐，吐了再吃，一次次的，令一旁照顾她的人心疼不已。

第一次从北京做完化疗后回深圳，我去看她。一路上步履沉重，笑和哭似乎都不恰当，不知该怎样面对她。待见面，她虽脱了头发，戴着帽子和口罩，但精神气十足，还是像以前那样谈笑风生。"不就是个乳腺癌吗？看你那大气都不敢出的样。"她用手指着我，笑着说。我也笑了，心里稍稍安稳了点。临走前她拉着我的手说："你来摸摸看。"这是我第一次现实地触碰"癌症"这个恶魔。它第一次从文字变成实体，活生生地呈现在我眼前。我

187

本能地想说"不要",但话到嘴边缩了回去。在等待确诊和接受化疗的几个月里,湘晖已无数次地用手触摸过那让她生活发生可怕改变的肿物。一朝醒来,多么希望这一切不是真的。她就是在这种水与火的交替考验下过来的。我怎能拒绝?于是伸出了手,轻轻地碰了下,便触电般地收回。

记得一个外科医生说过的话:分辨肿瘤是良性还是恶性,一个很形象的比较,就是鼻尖和额头给你的不同感受。然而,如此冰冷似铁、坚硬如石、分外硌手的"物体",给人的感受又怎是温暖的额头带给我的记忆?那天之后的好多天,我的手上都残留着一种刺骨的凉意,不断地下意识做着甩手的动作,想甩脱什么。终于有一天,在无人的办公室,悲痛突然不可抵制地涌上心头,不由伏在桌上放声恸哭。也许因为一直在湘晖面前强颜欢笑,心中积蓄了太多的悲伤,眼泪决堤般而下。

我常设想,如果是我得了湘晖那样的病会怎样?有她那般坚强吗?答案是否定的。我会一次次陷于悲伤。一草一木、一花一石都会让我泪流不止。我真想告诉湘晖,她的理智与坚强多么叫人敬佩。但说这些话没有意义,毕竟得绝症的是她。所以每次话到嘴边,说出的是"湘晖,你肯定没问题的。你是好人,老天会保佑你的。你一定会挺过这一关"。湘晖以赞许的目光回应我,我们像过去那样,相视而笑。即使她生病后的日子,我和她也度过了许多美好的时光,陪她在山涧水边,陪她吃普通的水果饭菜,陪她回忆悠悠往事。如果这世界上没有癌症,那该多好!

那次她因咳嗽不止住院,我去看她。见到我,脸上依然微笑着,问长问短。虽然已得知自己癌细胞已向肺转移,讲几句话就要停顿下来,腰也明显佝偻了,但她也没有露出太多的悲伤。只是把手掌摊在我面前给我看。那双曾经丰满细腻的手,此时已遍布针眼。在我们谈话的过程中,她的双手一直在摆弄一条花围巾,将红色艳丽的围巾绕来绕去,这多少可以看出她内心的忐忑不安。

人非圣贤,生命尽头,谁不悲悯?湘晖才四十岁。尤其是对幼小的女儿,我知道她无法放下。很多次听到她在电话里对人说"以后要多陪我们九九啊"。最后一次见面她对我喟然长叹:"管不了那么多了,儿孙自有儿孙福。"从当初的万般留恋到最后的无奈放手,湘晖啊,我知道你心中有太多的不甘、不忍、不舍。但纵有万千留恋，当命运之剑举起，你也有挥刀断水的勇气、拔剑而去的潇洒，把爱和尊严留在人间。

　　四十个春夏秋冬，在人生的长河中只是一瞬，可这就是湘晖人生的全卷。20世纪著名作家丁玲在怀念好友萧红的文章中曾这样说："在这样的世界中生活下去，多一个真实的同伴，便多一份力量。"湘晖的离去，正是让我觉得自己少了一份在人生路上继续披荆斩棘的勇气和力量。湘晖，我的好朋友，我想告诉你，这些年，你的友谊早已如春风细雨，滋润和充实了我的生活，如今失去方知珍贵。虽然你已化作一缕轻烟，随风而去，但哪怕云海苍茫，我仍会在月下西楼的时候将你深深怀念。

欢乐时光

来到人间

　　2013 年 8 月 28 日下午，深圳湾口岸，我眼睁睁地看着儿子拖着大箱子一步一步地从我的眼帘中消失。开着车离开，进入深圳绵绵不息的车流，脑子一片茫然。后面的汽车发出催促的声音，惊醒了犹疑不定的我。此前曾无数次幻想与儿子分别的情景，想象着脆弱的自己看着养了二十年的儿子挥手向自己告别，一定会内心崩溃，泪如雨下，拉着他不放手。谁知竟不是这样的。自己除了眼泛泪光，摸了摸他的肩膀外，竟然很淡定地目送他一步步离去，没有号啕，也没有尖叫。

九个月大的国贤与七岁的资姐。1994 年 9 月摄于湖南益阳

　　脑子渐渐回过神来，努力回忆刚才离别的那一幕。儿子没哭。这是想象中的。这小子从小就不爱哭，除非受到了大的伤害和委屈。面对热泪盈眶即将离别的母亲，他脸上表情比平常凝重，不再是过去那副歪着嘴眯着眼嘻嘻哈哈的样子，这就是他能给我的不舍和留恋。我理解他未说出的话，来不及忧伤，前路漫漫，有多少未知在等着他，他得狠心地往前赶。

　　手机的提示音响了，是儿子："妈妈，我走了，你多保重！"望着屏幕上这短短的一行温情脉脉的文字，我终于明白了眼前的事实，儿子，那个曾经认为永远属于我、那个给我带来无数欢乐和苦恼的儿子，这次是真的离开我了，而且远隔万里。随着这一声道别，自己的生活将不复从前。过去紧紧牵在我手中二十年的风筝线从指间滑落了，美丽的风筝越过平原、山峦、海洋，飘向我不知的另一片天空。

如果不是偶然，相信每一个孩子都是母亲千呼万唤才从云端姗姗来到人间的。我也是。当得知身体里孕育了一个小小的生命，我是何等的诚惶诚恐又欢呼雀跃。近三十岁的自己此前已多次流产，这次为了确保万无一失，我谨遵医嘱在病床上躺了一个多月。我发现自己一天天变得沉静、从容、大气了。"有容乃大"这个词突然飘上心田，我无声地笑了。

对于一个女人来说，孕期正是人生一个奇妙无比的阶段，它让女人体验到孕育的痛苦、庄严、神圣和欢乐。眼看着一粒种子在自己的身体深处发育成长，对生命的珍惜和爱像泉水在周身流淌。静待新生命降临，女人浑身上下散发出一团圣洁的光芒，显出一种似荷花般即将盛开的美。身处孕期的女人常常会低头用手不自觉地轻轻抚摸自己渐渐隆起的肚子，这是她即将成为母亲的象征，也是母爱的起点。她是一条即将驶进港湾的"幸福号"轮船，开始收拢张起的风帆，降下桅杆，从此只愿风平浪静，阳光宜人，好让她尽心抚养自己的雏儿。

我变得好吃，不再挑食，胃口奇好。在单位食堂除了吃掉自己那一份，对未来爸爸拨过来的那部分也毫不客气地笑纳。整个人像点着了火般，热腾腾的，那个长长的夏天，风扇一直对着我吹，连一向怕热的准爸爸也受不了，把当风的位子让给我，自己躲到一边去。

重视胎教。一有空就将那小机器放在肚皮上咿啊哟地唱个不停，儿子后来嗓音优美，估计与我听了较多的音乐磁带不无关系。那段时间，我用心地体味着孕期所有的感觉，小胚胎一天天在长大，开始会踢脚、翻滚了，似乎每一次都是给我奖赏，让我欣喜不已。尤其是细细的小手指在宫壁像根丝线样轻轻滑过，感觉美妙之极。我不知道其他母亲有没有此感，我的儿子在母腹中常有此举。他似乎很淘气，爱开玩笑。我认定自己的儿子长大肯定智勇双全，且样貌非凡，如云中白鹤。他还没有出生，我还未看到他，就已经深深地爱上了他。这是天下一切母亲的偏爱。

终于瓜熟蒂落。他以体重 3.8 公斤、身长 52 公分的姿态来到人间。人们对年满三十、身高一米五四的我能顺产生下这个胖儿子都竖起了大拇指。在 20 世纪 90 年代初，这个婴儿体重算是重的了。他被护士简单冲洗后就抱到门外接受爸爸的检阅，据说眼睛半睁半合了那么下。后来他爸爸兴奋地对我说，儿子第一眼看到的是他！确实，当听到孩子响亮地哭出了第一声，我便感觉到千斤重担卸下了身，此时已经全身疲软，只是朝儿子的方向瞄了一眼。当晚儿子没有送到产房，第二天当我想看儿子时，却被告知孩子患上了新生儿肺炎，要接受治疗。那晚出生的好多孩子都同时患了此病。彼时年轻，又刚经历了一场撕心裂肺的痛苦，竟没有去追究此事，只是希望孩子快点好起来。

我是到第十二天才见到自己的儿子的。在这十余天时间里，我一面要发奶，一面又要将奶吸出来，以免堵住乳腺，可苦了我那快七十岁的母亲，除每天张罗我的饭菜外，还几次躬下身子趴在我胸前实行人工吸乳。母亲的举动让我十分难为情，她的一句话打消了我的顾虑，她说："我是你妈妈哎！"是的，她是生养了七个孩子的妈妈，她懂得乳腺的保护对妈妈和新生儿多么重要。我也是妈妈，而且一心想用自己的乳汁哺育孩子。

接过襁褓中的婴孩，我心疼不已。我的可怜的孩子，十二天了，才重新回到妈妈的怀中。我紧紧地抱着他，贪婪地嗅着他小小身体上发出的奶香味，用脸和鼻尖轻轻碰那粉嫩的小脸蛋，赶紧掀开衣裳给他哺乳。抱了他一个小时后，奇异的一幕出现了：当我把他放在温馨的小摇篮里时，他竟然发出了小小的啼哭声，双眼紧闭，小嘴咧开成一道口子。

"他不愿意了。"刚为人父兴奋不已的爸爸对回到家中的儿子自是十分关心，一直在旁边围着我们母子俩转。是的，当把他重新抱回怀里时，哭声立刻停止。再把他放下时，哭声又起。如此反复几次，确定一个事实，那就是一直睡在医院婴床上的孩子此时已不愿回到床上，只有在人温暖的怀抱里才会安睡。

"他怎么了？"爸爸担心地问。他爸爸以为我懂，可我哪里知道。虽然看了厚厚的一本育儿大全，但书中并没有写到这点啊。我摇摇头，和他爸爸面面相觑。

记得我们在他出生第四天时曾在婴儿房外探望过他。他躺在排成长长一列的婴儿床上，睡得正香。护士对站在窗口的我们说，你们的儿子很乖的，吃奶、睡觉都很好，也不哭闹。言下之意，让我们放心。

面对事实，我和他爸爸不知所措。才十几天的婴孩啊，怎么会有如此敏锐的感觉？在成人的意识中，刚出生十多天的婴孩应当是浑然不觉的，他们除了偶尔睁开眼，就是纯粹的吃喝拉撒睡。即使睁开眼睛凝视着你，也分辨不出什么的。

看来我们完全低估了婴儿的感受力。其实婴孩也是血肉之躯并不是木偶，他们能感受到爱和温暖。当有人亲切地对他说话、用温暖的胸怀搂抱他，他立即感受到了这种柔情蜜意并接受和依赖。这是婴孩的本能。

20 世纪 90 年代的母婴界正流行一种理论，即母亲生产后让母子短暂的分离可以帮助母亲尽快恢复刚刚受到一场劫难的身体。其实，这样做的另一面会造成产后母亲的空虚感。事实证明让婴儿及时回到母亲身边对母子都有好处，可以让刚刚还身处一体的母子尽快地融合，促进母子的感情。英国作家吉米·哈利是一位兽医，他对动物产子后的表现进行了细致地观察并给予生动地描述，在全球发行达到千万册的《万物有灵且美》中这样写道：母羊产子后，做的第一件事就是弯下脖子用温热的舌头去舔小羊；母狗产子后，生人勿近，否则会被认为侵犯它的乳狗而毫不犹豫地向人张开它的利齿。动物尚如此，何况人乎？

孩子来到人世不久，就给刚当上父母的我们上了一课。我被他这种寻求爱、寻求怀抱的行为感动了。疼他、迁就他的心理又添了三分，整整两个月，我都是抱着他，背靠在枕得高高的被子上与他一同进入睡眠。这种行为直接造成了我的腰椎受损，产后几个月腰都疼痛不止，直到他恢复正常的睡眠姿势才慢慢好转。

出乎意料的还有，孩子本在医院好好吃着牛奶的，喂了几次人奶后竟拒绝喝牛奶，只吃母乳，而且吃得很欢。随着他一口口地吸吮，白色的乳汁在他嘴边隐约可见。原来还担心他吃惯了牛奶不愿吃母乳呢，这结果太让人满意了。

人在成年之后很难有机会去追寻自己的成长过程，只有在面对自己初生

195

的孩子时才会想到，噢，原来人出生时这般羸小。当我最初洗着儿子细若无骨的小手指和小脚趾时，就想自己也曾经如此弱小过，如今岁月已经过去三十年了，我也成了一位母亲。母亲意味着什么，我有了一些经历，模模糊糊懂得，又不全然明了。生活的路途是摸索着前进的，孩子也会一天天长大。不过内心的愿望是坚定的，无论怎样，我一定要把他抚养成人，而且成为一个对社会有用的人。这是作为一个母亲最起码的信念。

但因为有了第一次的教训，我们再不敢有丝毫懈怠，要把他当作一个有思想的小人儿来全心全意地哺育。

儿子十分配合，很少哭闹不休，安安静静地听从我们的照顾。三四个月时，我奶水最足，他也长得最快，看上去十分健康结实。晚上，我和他爸爸最爱做的一件事，就是把他放在大床中间，两个人站在床边逗他玩耍。此时，他喝饱睡足，柔和的橘黄色灯光为他嫩若凝脂的皮肤蒙上了一层橙色的光，只见他额头宽阔，一双浓浓的、弯弯的长眉横卧在大而亮的眼睛上，小圆脸饱满如月，左边一个小酒窝。孩子似乎知道我们在议论他，亮晶晶的眼睛直朝我们这边看。

我们俩都认定，孩子吸收了我们双方的优点，他是最好的，再也想象不到会有比他更出色的孩子了。他完全超出了我们的预期。我们尽情地为他拍照。踢腿的、抬头的、哈哈大笑的、张嘴哭泣的。现在回想起来，那段时间，我们夫妻关系最为融洽，爱情的结晶就在眼前，而且是如此美好如意，爸爸和妈妈的心思没有一丝一毫分歧，就是同心协力让这可爱的小人儿不受到任何伤害地健康长大，世上再没有比这更幸福更有意义的事了。

爸爸上班去了。在长达半年的产假时间里，我和儿子朝夕相伴。我有意培养他的语言功能，将有关他的一切用温柔的语气讲给他听：宝贝，饿了吗？洗澡好吗？换花衣服啰！

我的训练似乎收到效果，他第三个月开始就有很明显的感应能力，睡觉醒来如果发现旁边无人，就轻轻地"呃"一声，叫唤人呢，当你走近后立时住声；小肚子饿了，眉头开始皱起想哼哼，我一说"好了好了"地走近他，他立即舒展眉头，眼睛紧盯着我手上的动作，衣服还没有完全掀开，小嘴已拱上前来，那小猪般的姿势让人开心地哈哈大笑。第八个月，不得已要将他送到老家去，我第一次扎心般地难过，抱着他，说了很多离别伤感的话：宝贝，要听爷爷奶奶的话啊，好好吃奶和睡觉，我会想你的。

儿子虽不回答我，但眼睛盯着我一动不动，似乎在思忖我话中的含义。在列车狭窄的卧床上，我抱着他久久不能入眠。他的小胳膊、小腿自然地搭在我身上，这还是第一次见他这样依恋，似乎知道要与妈妈分离。此情此景，更让我十分不舍。眼泪无声地流淌。那个轰隆隆前行的火车之夜，永远镌刻在一个母亲的记忆中。

也正是因为他的聪明伶俐，让我们在好些时候要挖空心思来对待他。

比如在断奶这件事上。吃到第六个月，随着他身体发育，眼看人奶供不应求，我再怎么发，都没有用了，反而使自己的体重呼呼地往上冲，都到120斤了，决定断奶。刚开始，爸爸想了个绝招，就是在他迷迷糊糊吃奶时，将装满了牛奶的奶瓶放在他额头上方，他一吸吮，这边就按奶瓶，让他以为吃的是人奶；他慢慢适应后，自然会接受牛奶。谁知道，从牛奶第一滴到他嘴里，他立即感受到了，松开嘴，也不哭，头往后，调皮地望着我们，弄得我们哭笑不得。

我就对他爸爸说："干脆和他讲明白，不吃牛奶就会饿肚子。"

最后，还是我反复轻言细语对着他的小脸蛋说，不是妈妈不想喂你，实在是妈妈造不出奶了。他似懂非懂地听着，眼睛一眨不眨地盯着我。饿了几次后，实在是扛不住了，才在米糊和牛奶之间不情愿地选择了后者。为了不怠慢他，我们买的是口感最好、从荷兰进口的"幼儿乐"奶粉，单价三百多元一瓶，这在当时算是最高级别的了。

在与儿子分离的四个月里，思念像野地的荒草，日盛一日。在长途电话中我不断地要他喊"妈妈"，好多次，抱着电话筒，泪如雨下。虽然一直没有找到合适的保姆人选，我还是决定把他接到身边来，不想错过他成长的每一个细节。我申请了停薪留职，离开了待遇不错的事业单位南山污水处理厂。时至今日我都当初自己的决定感到自豪，不是所有母亲都有这种自断后路的勇气和决断，它不仅使我有了一段与儿子亲密无间的时光，也使我下定决心，谋求新的职业。

就这样，我成了全职妈妈。才十三个月大的儿子，需要我完全沉下心来，引导他长大。这是段新的旅程，虽然没有帮手，事情细杂繁多，但每天都不同，都有新的惊喜等着我。他完全信赖我。小脑袋、小身子、小眼睛不停地转向我，那么迫切地需要我的陪伴。我心花怒放，脚底生风，不知疲倦。怀孕前的白细胞低、易感冒等毛病无影无踪。那段日子，我教他走路、吃饭、认卡片，训练他自己蹲下来小便，那个年代还不时兴用纸尿片。有时带他到街头认识各种各样的事物，房子、公交车、树、花、小狗等。

我目睹了他学会走路的那一瞬间，从沙发到茶几，虽只有一步之遥，但也是他迈出的人生第一步。只见他两手臂向上端，小脸蛋紧张而专注，双眼圆睁，颤颤巍巍，却十分成功。自从他学会走路，就再不愿停下来，我在哪，他就跟在哪。

有件事情一直记忆深刻，那时他还不能完全表达自己的意愿，爸爸在开车，我们在返家的路上，他开始哭闹，我问他哪里不舒服，他回答不出来，只是更大声地哭。他很少哭闹。我叫爸爸停车，原来，他是要小便了，说不出，就用哭泣来表达。事后，我把儿子搂在怀里，内心隐隐作痛。平常我是告诉他不要拉在裤子里，妈妈很辛苦。谁知他竟听进去了。我不敢相信，小小的他会如此认真地执行妈妈的指令。

绿毛衣的事也是发生在他身上让人津津乐道的一件事。也许因为这件绿毛衣我穿得最多，衣服上有妈妈的味道，我上班后不能陪他了，他竟在很短的时间对这件衣服入迷。要睡觉了，他会四处寻找，只要毛衣在手，很快安静地吮吸着下嘴唇睡去。醒来了，眼睛睁开的第一件事就是把绿毛衣抱在怀里，然后笑眯眯地走出房间。有一次，我看绿毛衣实在太脏就偷偷洗了，黑暗中将另一件毛衣递给他，他竟然一下就摸出来，把它扔在一边。这次，他哭出了声。

此事过去了好多年，我和他爸爸都一直无法忘记。那段时间，我正在全力备考公务员，儿子由老家来的姨妈带着睡觉。正是这件妈妈的替代品，让儿子可以安然入睡，而我得以脱身，有时间充实自己。可惜那件毛衣没有作为家里的珍藏品保留下来，这是我的疏忽。

三岁以前，他再次因感冒转为肺炎，后来还在广州进行了一次肠息肉的割除手术。我们虽然无比爱他，却无法替他挨刀受苦。小小年纪的他，既享受了生命的欢乐，也体验了疾病带来的痛苦。

快乐的日子

孩子好不容易长大到三岁，能吃能喝能跑动了。

他最欢喜吃东西，对一切美味的食物都来者不拒。小时候，在我们母子、父子之间对话最多的都是关于吃：妈妈，今天吃什么啊？爸爸，我想吃肯德基大鸡腿了。看到他端坐在小椅子上津津有味地嚼着我做好的食物，比自己吃还来得香甜。眼睛都不转地盯着其他小朋友吃东西也是他的一大爱好。但从不伸手要，知道自己和他人的区别。即使邀请他分享，也会眼睛望向我，征得我的同意。

喜欢动。自从给他买了第一辆汽车玩具，就对汽车爱不释手，家里沙发上、茶几上、地板上摆满了各式各样的汽车。学会骑单车后，家里就成了他的"练车场"，围着茶几，速度飞快地打转，看得人眼花缭乱。稍大点，家里已留不住他，每天的活动就是到小区里和其他小朋友组成一个小车队，你追我赶，兴起时两只小腿从轮子上松开，那小模样显得十分的开心快乐。皮肉擦伤是常事。有一次，

1995 年 2 月，十三个月大的国贤与妈妈在深圳街头

因为玩跳跃终于吃了大亏。从茶几上跳到沙发上是他最喜欢做的一个动作，为了显示自己厉害，那次站在军帽盒子里从茶几上往沙发跳时，因为军帽打

滑，整个人倒栽葱下去，头先着地，发出"咚"的一声。这响声太大，把我们都吓坏了。仅凭哭声就知道这次是真摔狠了，头上起了个鸡蛋大的包，所幸没有酿出大祸。事后我后悔不已。这种事有可能导致最严重的后果——脑部和脊椎受伤，现实生活中这样的事件并不鲜见，如20世纪70年代末让北岛等青年诗人敬重不已的、现代诗歌的默默奉献者赵一凡，就是幼时倒栽地使得脊骨严重受损而致双腿残疾。此事让我警觉，在以后的日子里我留了个心眼，即使他就在身边玩耍，也时不时用眼角的余光扫他一眼，生怕再出意外。难怪老人们总说，养大一个孩子不容易，这其中的酸甜苦辣，恐怕只有亲身带过孩子的人才能领会。

200

喜欢笑。家里常充满了他银铃般的笑声。最爱和爸爸玩"剪刀石头布"和"老鹰抓小鸡"，父子俩经常笑得滚成一团。爸爸还爱搞怪，伸出舌头做一个搞笑的动作，或者伸出兰花指扮个京剧里的"旦角"，便逗得他笑弯了腰，笑出了眼泪。看到他小脸蛋笑得通红、嘴巴都快咧到耳根了，自己也忍不住嘿嘿地笑出了声。自从有了他，虽然不能再像从前可以几个小时流连书斋，也不能在周末痛快地睡一个下午觉，人整天绷得紧紧的，很少有轻松、悠闲的时候，但他的向日葵般的笑脸就是对我们最好的安慰和奖赏。

有人说，孩子的性格并不只是父母性格中各种元素的重新排列组合，其中有的元素在父母的性格中根本找不到。随着他一天天长大，作为父母，自然会观察他的智力、性格包括情商各个方面的情况。得出的结论是，他是一个非常聪明的孩子，对事物有很强的认知能力，会明确地表达他的想法和愿望，有时候又会如成人般懂得以不变应万变。

有段时间，我和他爸爸不断地试探他内心对父母的感受，开始是两个人一起问他：是爸爸好还是妈妈好？他抬头看一眼爸爸，又看一眼妈妈，奶声奶气地说："爸爸妈妈都好！"我和他爸爸都不甘心，又背着对方悄悄地问他同样的问题，他还是这样回答。试了几次后，不得不罢休。事后，我对他爸爸感叹："这孩子太像我了，不会耍两面派。"爸爸的回答是，不一定，他太聪明了，谁也不得罪。

不知为何，在儿子渐渐长大的过程中，我和他爸爸从未规划过他的未来，也从不问他长大想做什么这类问题。也许是缘于我们自己的成长经历。我和他爸爸都是 20 世纪 60 年代生人，那时候，能吃饱肚子就不错了，父母又何尝规划过我们的未来？我们想的是，一生健康、平安，就是幸福的人生。所以，无论儿子是上幼儿园还是小学，都是采取就近入学的原则，也没有让儿子学业之余去学钢琴、小提琴之类。

其实也不是完全没有想过。当看到其他朋友的孩子都在学这学那时，也曾经想象过他端坐在钢琴前如痴如醉弹奏的美妙背影。但一想到学琴要占用他宝贵的玩乐时间，还是动摇了。童年是每个人一生中最快乐的阶段，不应背负太多的东西，我们希望孩子有一个无忧无虑、让他日后回味不已的童年。所以，在他三岁到小学这段期间，我们一有空就带他走亲访友或接触大自然，目的就是想给他找玩伴，还有就是让他认识到生活中的种种。

我很赞赏有位儿童专家说的话。她说：父母有责任为孩子提供真实的生活场景，让他自己去认识世界、面对冲突、遭遇困难。孩子并不需要一个绝对单纯、过于安静或者屏蔽掉一切障碍的"儿童环境"，那是医院的重症病房，不是一个自然状态下的社会存在。

快乐的父子俩。2000 年 1 月摄于蛇口四海公园

我们虽然住在 26 楼，有两个洗手间（在 2000 年已算难得），他也拥有一个独立的房间，姨妈每天做可口的饭菜，各方面条件较好，但大多数亲戚都在深圳的各个城中村租房住。我们在周末假日便带他去看望舅舅和姨妈们。狭窄的弄堂，垃圾随处可见，阴暗狭小的房间里，摆放着上下两层床，到处堆满了东西。这就是深圳的城中村，也是亲戚们生活的地方。他曾经问过他的小姨妈，为什么要住在这里，为什么房间里还住着不认识的人？同时

打两份清洁工的小姨妈哈哈大笑地回答他说:"因为这里便宜啊。姨妈租一套房花 1200 元,再把其中一个房间租出去,自己就只出几百元租金,这样不是划算多了吗?"

这其实就是深圳城中村最典型的"二房东""房中房",也是最令当地政府头疼的事。他太小,懂不了。我们便慢慢告诉他,在深圳,不是所有人都能住像我们家这样的房子,很多人都像姨妈一样住在这种窄小的房子里。

我们之所以让他见识这些生活场景,目的只有一个,就是让他认识到世界是多元的,他能在小小的年纪就住上高楼大厦,应该是件非常庆幸的事。如果我们只是口头说教并不管多大用,让他用自己的眼睛看,并向亲人发问,更有意义。

他似懂非懂地点头。

小男孩都是调皮的,儿子亦然。但他也有非常温顺、乖巧的时候。每每我在厨房忙碌,他都会走进来,默默地站上一会,如果看到有他最喜爱的蒜苗炒肉,常会自告奋勇地亲自上阵挥勺铲几下。看到我下班了还未回家,总会打电话找我,问我回不回家吃饭,如果得知我加班,会说一句,"妈妈,早点回来,别太累了。"听到他这样说,心里特别温暖。儿子虽不黏人,但与父母分开、回家都会主动地打招呼,家里如果来了客人,他会主动走上前来,每个人都喊到。

他有时十分天真可爱。知道我怕坐飞机,2001 年 4 月我去韩国,打电话回家,他拿起话筒的第一句话就是:"妈妈,你的飞机没有掉下来吧?"令旅途寂寞的我立时笑出了声。整个旅程一想起他这句话,嘴角都不由自主地荡起一丝笑意。

儿子不仅是我的贴心宝贝,也是他爸爸最好的陪伴。2000 年,爸爸大病初愈,闲暇时间较多,他成了爸爸的小跟班。周末,爸爸经常骑着自行车,载着他逛大街小巷、商场公园,去得最多的是离家一里多路的荔香公园。正值公园建成开放,游人不多,刚种上的树木个个像小矮人。爸爸骑着车、儿子背着枪,认完花木,然后把它们当着假想敌一阵扫射。有时候父子俩什么都不干,坐躺在草地上看鸟儿飞过蓝天,十分惬意。

现在住宅密集的前海路十几年前虽然建起了前海花园，但在阳光棕榈以南一带还都是大片的鱼塘（当地人叫基围，就是在海边围起一块块田养虾和鱼），被爸爸发现后常带他来。这是处世外桃源，说不出的自由和清静。爸爸坐在田坎上，看着远处的高楼，思索着自己的人生，问自己为什么会得这种要命的病，检讨自己过去的生活方式。看累了，就闭上眼睛，让清凉的海风吹过面颊，心底里暗暗发誓，要重新过一种与过去完全不一样的生活。儿子则在田坎上走来走去，脚下就是小小的游动的鱼虾，蹲下身子看，他很想下去用手摸一下。走走看看后，他就坐到爸爸的身边来，翻开带来的《小学语文课外阅读》，大声地读里面的诗文："燕子去了，有再来的时候；杨柳枯了，有再青的时候；桃花谢了，有再开的时候……"

清脆的童声在一览无余的空中回荡，望着天空下他那张微微颔首的胖嘟嘟的小脸蛋、一双好看的剑眉、红润的小嘴唇，爸爸不由向着广袤的天空默默祈祷：老天，让奇迹发生在我身上吧，我想看到他长大，看到他读高中、读大学……

在爸爸的陪伴下，他变得阳光、幽默，有生气。七岁多他和爸爸乘电梯，有人看他可爱问他："这是你爸爸吧？"他抬头扫了眼前的爸爸一眼说：不是才怪！惹得电梯里一片笑声。

电视里正在热播影视片《笑傲江湖》，我和他爸爸商量后决定有条件地给他看，那段时间他放学后早早就回家做作业，人也特别听话，每天盼着等着。晚饭时爸爸叫他喝汤，他来了一句：弟子万万不从。这本是电视剧里的一句台词，被他现学活用，我和他爸爸被逗得前仰后合，饭喷了一地。

2001年的六一儿童节，爸爸带他到大剧院看电影《小猫贝贝历险记》，连看了两场。回家后，儿子兴奋地告诉我电影很好看。爸爸要他写篇日记，他欣然应允。日记里写到，当他看到流浪的贝贝历尽艰辛终于回到妈妈的怀抱时，他哭了。可当爸爸的居然不知情，承认自己看第二场时睡着了。

可能是受电影的启发，几天后，他在作业完成后，为我和他爸爸分别画了幅速写，并配上文字：老了的爸爸和妈妈。儿子把我们画得慈眉善目，老态龙钟。

这个阶段但凡儿子提出的要求只要是合情合理的，我们一般都满足他。

只有两点没有达成他的心愿。第一个，他很想有个弟弟或妹妹。楼上 29 楼他一个同学的妈妈在澳洲生了个妹妹，他觉得非常可爱，因而生出羡慕之意。第二个，他最喜欢的动物是小狗，这点我也无法满足他。因为过去的工作经历，我最讨厌的动物就是狗。他 11 岁时，姑姑送给他一只玩具狗，我心里好笑，他都这么大了，会对这只玩具狗感兴趣吗？时间过去了两个多月，我看到它并没有像以前那些"圣诞老人"一样被扔在角落浑身落满灰尘，而是神气活现地躺在儿子的床上。直到有一天早上，我看到儿子床边的椅子上躺着"小狗"，身上不仅盖着毛巾被，脚上还穿着袜子。问了他才知道，他是怕玩具狗被爸爸压痛，才把它移到椅子上的。

眼前这一幕深深地触动了我。看来，即使父母再温柔、再体贴、再尽心尽意地抚养和陪伴，如果没有来自小伙伴的亲昵和友谊，他的童年仍会陷入孤独和无趣。可惜的是，无论他的呼唤和渴望多么真诚而热烈，我都无法满足他。这是时代的命运，也是他的命运。他虽然无法享受到一奶同胞的相助和关照，但他在人生道路上仍有可能交往到和同胞兄妹一样深厚的手足情。衷心地祝愿他吧！

现在想来，整个幼儿和小学阶段，是他人格初步成型、个性自我发展的时期，他带给我们无数的幸福时光。正是这种幸福让我们忘记了生活中的不幸，携起手来，勇敢前行。

成长散记

因为丈夫想看到儿子早点读书，1999 年 9 月，六岁不到的他，背起书
包，走进了学堂。一只蓝色的双肩书包陪伴了他六年时光。

我年轻时有写日记的习惯，但来深圳后竟中断了。这一年的四月，我重
新拿起了笔。丈夫重病，将一向平静安宁的生活打乱了。医生的话常在耳边
响起："两年之内的转移率是 50%。"那个戴眼镜的周医生，我几乎有些恨他
了，为何要告诉我这些？我不想知道，只愿这一切都不是真的。

我开始失眠，有时整夜都
睡不着，即使睡着也是噩梦不
断。死亡以各种狰狞的面目在
我脑海中呈现，看着儿子稚嫩
的小脸，目送他走进校门的可
爱的背影，泪水一次次打湿我
的面颊。一次，陪着他们去逛
常新路上刚开张的家乐福超
市，儿子骑在他爸爸肩上，父
子俩兴高采烈地走在热闹的人
群中，望着他们，我的眼眶湿
了，在心中说：丈夫啊，儿子
啊，我好爱你们！愿老天爷保
佑你们，保佑我们全家！

阳光下的笑脸。2004 年摄于周庄

巨大的精神压力使我变得极其脆弱，却又不敢表露出来，只在办公室悄
悄将心头的惶恐和祈祷写下来。现在想来，我当时并没有在心理上做好儿子

205

读书的准备，没有意识到进入学堂的他已经走进了人生的新阶段，他要接受各种纪律的约束，要与同学们竞争，作为父母得培养他良好的学习热情和自觉性。而刚刚经受一场风暴洗礼的家庭正如一艘小船还飘荡在风雨中，儿子却摇摇摆摆地踏上新的征程。

当时家在金田花园，离他就读的海滨小学差不多两里路。早中晚都要接送。中午最难办，他已在幼儿园养成了午睡的习惯，下午送他读书时，几乎是强抱着把他从床上弄醒。从睡梦中醒来的他，在我和姨妈的安慰下才慢慢睁开眼睛。为了安全，我在前面推单车，姨妈在后面扶着他，就这样成了"三人行"。有一次，路上不平，三个人都摔倒在地上，手磨破了皮，衣服也弄脏了。坚持了半个学期后，终于下决心在学校周边买房。1999 年深圳的房价正处于低谷，离学校只有 500 米的怡园大厦 26 楼的房子，每平方米才四千多元。我们只简单地铺了一层复合木地板就搬到了新居。到了二年级，他已不需要接送，可以自己独立上下学了。我们肩上的担子稍稍轻了一点。

那时，家里的重心全在刚行了胃切除手术和三次化疗的丈夫身上，对儿子主要是上下学路上的安全考虑较多，对个人品行要求较高，而学习上的监督则比较少，以为他聪明伶俐，应该没问题。可是，二年级时，在一次家长开放日活动中，我们从老师那里了解到他身上的一些情况：自律能力不强，不安心听讲，课间和同学打闹，不按时交作业，故意拿同学的东西……我们才意识到出问题了。虽然这都是些学习习惯和行为上的问题，但如果不及时矫正，势必影响他的学业甚至一生。

深刻地反思后是痛心疾首。好在还来得及。看来学校并不是保险箱，

2004 年夏，因为我和丈夫拍十五周年结婚纪念照，儿子便也跟去拍了一组"写生"

以为孩子进了学校就万事大吉是大错特错。以前的一些想法要改变，家庭即使遇到变故，也不能一切瞒着孩子自己扛，要让孩子学会与大人共同分担家庭的幸福和苦难。从那时起，我们一方面加强了和老师们的沟通，将家庭情况如实介绍给老师，希望能得到同情和理解，在孩子的教育上多给些耐心和鼓励；另一方面，我们告诉孩子，作为家庭成员，每个人都必须做好自己的事，他也不能例外，要努力为父母分忧。开始每天和孩子交流在校情况，注意观察他的思想情绪，努力做到不责骂、不动手，耐心、耐心、再耐心！

这方面，丈夫付出最多。针对孩子上课不认真听讲、随便插话，有时甚至唱歌和怪叫等问题，父子俩有了一番由浅入深的对话。爸爸问："是什么原因使你这样？"他回答说："因为高兴。"爸爸告诉他："可你高兴，老师却很苦恼怎么办？"并告诉他，听课，是学生对老师最起码的尊重。尊重他人，是一个人最起码的修养。同时，打各种比方给他听："假如爸爸是老师，你会不会这样？""不会。""为什么不会？""因为我不想爸爸那么辛苦。""那老师呢？老师也是其他小朋友的爸爸或妈妈。"他沉默了，表示没有想这么多。看到他有所触动，爸爸又对他进行鼓励教育，哪怕是取得一点点进步，都给予表扬。那段日子，我们做得最多的是在家校联系本上给他留言，如"课文背得有感情""作文动了脑筋""我感觉到国贤你长大了。现在是优点多，缺点少，你是在加快前进的步伐了"。

看到这些留言，他很高兴，多次向我们表示，同学们能做到的，他也能做到。他不要做一身只有假本领的"硕鼠"，他要好好学习，掌握真本领，将来报答老师和父母。

也许因为丈夫生病心情改变，我们夫妻之间的角色在不经意间转换了。爸爸成了慈父，我成了严母。我虽然无比爱他，但在原则性的问题上，也绝不含糊。比如说谎话、拿同学的钱和其他小朋友一起拿小店的东西吃等。小学一二年级时，他偶尔会有这种行为，被我发现后，除了批评教育、写检讨，严重时还有体罚。有一次，我在他的文具盒里发现同学的橡皮擦，一时冲动，狠狠地揍了他一拳，痛得他龇牙咧嘴。他不仅没有哭，而且还主动写了一张检讨书偷偷放在我枕头上："妈妈，我再也不做这种事情了。"令我又惊喜又惭愧，好多天过去，仍为那一拳后悔。

还有一次，语文课本又被他弄丢了，这已是这学期第三次弄丢课本了，前两次都是我好不容易找老师和在其他学校任教的好朋友要到的。听到这个"不幸"的消息，我再也受不了，歇斯底里地发作了。儿子第一次看到我披头散发、双脚跳起地大放悲声，他吓坏了，忙抱着我的双腿哭泣求饶。虽然我很快"刹"了车，但这件事还是给他留下了阴影，好长一段时间，他打量我的眼神里都有一丝畏惧之色。我也不禁反思自我：自己怎么也会像泼妇一样跳脚啊？怎么如此没定力？太有损形象了。

208

这是我在他整个成长阶段最严重的一次"失态"行为。

经过一年多坚持不懈的努力，他真的改变了。从三年级上学期开始，他对学习表现出较高的热情，作文水平明显提高，字迹端正，数学、英语等都跟上来了。新换的班主任刘老师对他给予了极大的关注，和家长互动非常紧密，我们非常感谢这位老师。

在儿子成长的过程中有件事情令人记忆深刻。那是 2001 年 11 月的一天傍晚，我加完班

小小少年转眼高。2007 年夏摄于香港

回到家，刚开门，就看到儿子双眼红肿，一脸泪痕。不待我发问，他就急忙冲上前来告诉我，爸爸摔到头了，正躺在床上休息。看他着急的模样，我直奔卧室。看到他爸爸没有大碍，便把他拉回客厅，细问缘由。原来，马上要

期末考试了，丈夫发现他的数学课很多问题还没有弄懂，估计也是上课没有专心听讲，一时伤心激动不慎倒在地上。这样把他吓着了。

听完他的叙述我顺势开导他："儿子，爸爸身体不好，我和你都要关心他。爸爸最惦记的人就是你，他最希望看到你长大成人的那一天。你学习好，就是对爸爸最大的关心。你再这样下去，也许会失去爸爸。"

当听到我说会失去爸爸，他仿佛很震惊，脸上露出非常痛苦的表情，突然倒在我怀里，放声大哭，眼泪大颗大颗地直往下掉。足足哭了好几分钟后，他走到爸爸房间，径直走到床前，伸出小手说："爸爸，是我不对，你打我吧。"

正是这件事给他心里打下了烙印，有一次他和我在床上谈心，又谈到爸爸的病，还谈到死亡，他动情了，哭了起来。他声称自己很怕死，也不愿意爸爸妈妈死。他说："我不想你们早死，你一百岁时才准死，你还要带我的儿子呢。"我悄悄拭去眼角的泪，劝慰他，你还小，会活很长很长时间。每个人老了都要离开这个世界，这是自然规律，没有办法的。他更加伤心，小声地问我，万一他二十岁时，就只剩下他一个人，他不会煮饭吃怎么办？我告诉他，等你二十岁，已经长成一个高高的男子汉，大学都快毕业了，你要找份工作，自己养活自己，学会自己做饭，过几年再娶一个老婆，生几个孩子，就不会孤独，也不会想爸爸妈妈了。

"我会想你们的。"他抽泣着说，脸上挂满了泪珠。

这是一个伤心而又深情的夜晚。对于一个母亲来说，这是一个永生永世都不会忘记的夜晚。搂着儿子单薄的肩，我感到从来没有的沉重和欢欣，一种血脉相连、相依为命的感情从心中升起。我下定决心，让死亡走开，一定要把儿子抚养成人，一定不能让他一个人孤孤单单地活在这个世界上。

儿子知道我希望他在学校表现好，2002年5月的一天，他背上书包边往外走边回头对我说：妈妈，今天得个"优"回来，让你高兴下。他果然说到做到，那一整天，他在学校表现得非常出色。老师在家校联系本上重重地表扬了他。

满了十岁，儿子更加成熟懂事。那些年我睡眠不好，常常连续几晚都难以入眠，他知道后非常关心，对我说："妈妈，你数羊吧，数羊就睡得着了。"有一晚，实在睡不着，想出去走走，他知道后，连忙从床上探起小脑袋阻止我："妈妈你不能出去，这么晚了，外面有坏人。"听他这样说，心里感觉十分安慰，想着渐渐长大的儿子，后来反而睡着了，还睡得很香甜。

2003 年 6 月我在广州市第二人民医院做了卵巢畸胎瘤剥离术，手术不太成功，导致我内分泌紊乱，术后没多久医生怀疑我右侧复发，要做 B 超检查，可我却迟迟不敢去医院。在电梯里，我悄悄附在他耳边说出自己的担心和害怕。母子俩分手道别，走出十多米后，听到他在背后喊我："妈妈，你去医院吧，不要怕！"我怀疑听错，他又大声地重复了一遍。我的眼眶一下湿润了，亲爱的儿子，有你这句话，母亲我无所畏惧了。

如果说，在他小学前个人素质的培养上出了一点差错的话，就是未养成他良好的阅读习惯。家里虽有不少藏书，但大都是国内外小说，他看不懂。虽然也给他买了些安徒生童话选和格林童话选，但没有认真地陪他读，自然效果不好。那时我全力投在公文写作上，自己读书的时间非常有限，我们没有给他创造手不释卷的阅读环境，少了耳濡目染的熏陶，自然无法培养出他的阅读爱好。更何况那时电视里正在热播《狮子王》，引起了他的极大兴趣，他完全沉醉其中，简直就成了一个小影迷。这是部声情并茂的儿童电视剧，任何文字在它面前都相形失色。当我意识到给他看电视的时间太多时，小学阶段已过去大半，进入初高中，学习任务重，作业无穷无尽，更不能逼着儿子读课外书了。

实践证明，小学阶段是培养孩子阅读习惯的关键时期，学校和做父母的要好好把握，引导孩子进入书的世界。好的书籍不仅可以令人眼界大开，提升人的精神境界，让人从阅读中获得独有的快乐，同时还可以从书本中借鉴他人的经验教训，改变和丰富自己的人生。英国哲学家罗素在提倡年轻人多读"无用的书"这方面态度最为积极热烈，在他看来，读"无用的书"并非真的无用，那恰恰是一个人精神生长的领域。

虽然没能培养出他良好的阅读习惯，有一件事情我们碰巧做对了，那就是听评书。我不太会说故事，便从他两岁多开始，买来很多录音磁带放给他听，多是些古代寓言故事，如《假本领不行》《要钱不要命》《自己吓自己》

《义救刘唐》等。刚开始陪着他听，后来是他主动要求听，成为每天睡觉前的"最后一课"。他听得非常投入，安静无声。为了检验他是否真的喜欢它们，有一次要求他给我们讲那些听来的故事，结果他讲的和磁带里的一字不差，比如："田野里有种叫硕鼠的小动物，长得胖乎乎的，它自认为会许多本领，可是这算什么本领啊？你瞧，它会飞，但飞不高飞不远。它会游泳，但游得又慢又难看，而且只能游很短的时间。它会爬树，但爬不快爬不高，老爬不上树顶。它会打洞，可打出来的洞很浅很浅，钻进去屁股和尾巴都要露出来。它当然也会走路啦，可是怎么也走不快。"

211

　　这是《假本领不行》的小故事，他讲到"胖"时，会用双手比一个大大的圆，讲到飞时，手会高高地抬起来做一个飞跃的动作，并伴以脸上夸张的表情，把我们看乐了。后来发现凡是他听过的故事，都能准确无误地复述出来。他爸爸为他专门录了录像带。到了五六年级，一个个的小故事已经不能满足他的耳朵。此时电视里正热播评书，我们便为他买来了《三国演义》《水浒传》《西游记》《杨家将》《隋唐演义》《海青天》等长篇评书，他很快就入了迷。除了晚上听，周末常常一听就是一天，足不出户，有次更是创出了一天听 20 集的最高纪录。常常是很晚了我们从外面回到家，还能听到从他的房间里传出袁阔成、田连元、刘兰芳等老一辈评书家饱含激情、抑扬顿挫的声音，心里甚觉安慰。他告诉我们，他最喜欢关云长过五关斩六将和赵云长板坡飞身救孤等故事，还兴致勃勃地模仿他们。那些日子，他房间放满了各种各样的玩具剑和金箍棒，进到他房间，常看到他身披"战袍"（用长长的花纹浴巾把自己身子围住，再在脑后打个结，由他独创）、手持宝剑在床上做着各种刺杀、转身、踢腿等惊险动作。有一次他不小心将宝剑伸到床上方的空调里，结果让空调停了机。

　　听评书让他知道了什么叫"精忠报国""侠肝义胆"，也知道了什么是"阴险狡诈""作恶多端"，用他的话说，听《杨家将》最让他不爽，可又爱听。他喜欢杨家七郎八虎，尤其喜爱文学武艺样样都行的杨六郎和力气最大性如烈火的杨七郎，所以当他听到大郎替了宋王死、二郎替了赵德芳、杨三郎被马踩如泥、四郎和八郎落入番邦、杨五郎隐身在五台、七郎被乱箭射穿、最后只落得"死而复生"的杨六郎奋勇剿敌血染沙场……他小小的心脏受不了啦，一个人听得鼻子一酸，一颗眼泪掉下来。正是那一天，我回到家中，他一副郁郁寡欢的模样，冷不丁地问我一句；"妈妈，为何好人会被奸臣陷害？"对于这个令无数人兴叹的问题我只能苦笑着摇头，看到他望向我的一双天真无邪的眼睛，又不能不作答，只好敷衍地回答他说"等你长大了就知道了"。好在他没有继续追问，又听他的《杨家将》去了，后来幸好有杨宗保、穆桂英大破"天门阵"，为杨家报了仇，也让他释了怀。

也是从儿子听评书这件事，让我实实在在地感受到了评书的魅力。曾听人说过，评书是伟大的艺术，一个人能说出千军万马来。开始半信半疑，后来信了。因为自己在亲耳听了袁阔成老师的《三国演义》和刘兰芳老师说的《杨家将》后，才知道评书并不是简单的照本宣科，说书人除了要先把书吃透嚼烂、倒背如流外，还要查各种史书资料、品看戏剧，再加上个人对书的理解，一句话，说书人必须有相当深的文化底蕴才能说得了书，说的书才会有人爱听。说书人能帮助听者更好地理解书中的故事，对小孩来说再适合不过。

后来慢慢了解到，评书开创于清初，流行于北京以及北方广大地区。20世纪30年代就有"千家万户听评书，净街净巷连阔如"之盛况。70年代末鞍山人民广播电台首次播出了刘兰芳老师的《岳飞传》，使评书风靡全国。80年代电视兴起，评书真真切切走进了千家万户。巧合的是，第一次电视评书也是播的《杨家将》，只不过是田连元老师的。

儿子的思想从小就表现得非常正统，是非对错，了然于心，从来不会似是而非，我认为，这与他听较多评书有一定关系。即使留学期间，一个人无聊，他还会在异国他乡重温袁阔成老师的《三国演义》。

爱上文字

也许因为自己爱好文字的缘故，儿子整个学习阶段保留最多最完整的便是他的作文本。

最早保留的儿子文字是他一年级下学期写的，内容多是关于父母和其他亲人的描写：

我 zui（最）喜欢的是，爸爸和妈妈。因为爸爸妈妈，zheng（整）天给我买好多，好多，好吃好喝的东西给我 tiao（调）口 wei（味）。这个 yuan（愿）忘（望）是多么难忘啊。第二喜欢的人是爷爷奶奶，因为爷爷奶奶 zheng（整）天给我买有 yingyang（营养）的水果，爷爷奶奶给很多很多有 yingyang（营养）好蔬菜，帮助我吃饱。Zhexie（这些）是（事）qing（情）是多么难忘啊，多么好。我第三喜欢的是 gugu（姑姑），因为 gugujing（经）长（常）给我买好玩的东西。gugu 从来都不 jiangjia（讲假）话。gugu 还天天给我 jiangxiao（讲笑）话，我可爱听了。gugu 从来不和 bie（别）人 chaojia（吵架），zhexie（这些）人都是我喜欢的人。

这是他写下的第一篇成文的东西，原汁原味。不会写的字便用拼音替代。括号里面的字都是我加上去的，怕大家看不懂。文中提到了他最爱的人，从买东西这个细节入手，其中有一句话："这些事情是多么难忘啊，多么好。"这是一个刚满六岁的男孩进行的细节描写和从内心发出的感慨。

在 2000 年的暑假，也就是进入二年级前的那个假期，他写了近三十篇短小的文字，密时一天一篇，写的都是他经历的一些日常生活，如：

一天，妈妈出 chai（差）了，只有我和爸爸两个人在家里了。爸爸 deng（等）我上完兴去（趣）班后，dai（带）我到水泉 jiulou（酒楼）吃饭。我吃了水鱼、西南（兰）花、鸭子、西瓜，我吃的（得）好饱，du

（肚）子 jian（简）直像个气 qiu（球）。

时间、地点、人物，文章的三要素都具备了，比拟写法的结尾让人忍俊不禁，唯一缺陷是没有标题。所谓的水泉酒楼也是他给命的名，那不过是我们常去的一处老乡养水鱼的农家乐而已。此处环境自然，空气清新，适合他玩耍，故经常带他去。此文短小精悍，尊重事实，又有想象。我夸了他。我的表扬更加激发了他的积极性，便将生活中的一些小事以及他所看到、想到的都诉诸笔端。如肚子饿了的感觉、见到姨妈回家的高兴之情、他最喜欢的小金鱼、美丽的大自然、文具盒、为什么我们都是从小长大等等，观察颇为细腻，独到。

后来，他开始给自己的文字命名。如《妈妈的宝贝》：小朋友你知道妈妈的宝贝是谁吗？告诉你吧，就是你呀！小朋友你知道妈妈是怎样爱你的呢？ru（如）果你知道的话就告诉我们。我们明天在（再）见。

此文以反问句的形式呈现，颇有新意。下面的一篇《我不告诉一个人的消息》又回到生活本身：小朋友你 cai（猜）我又喜欢又 tao（讨）yan（厌）的一个人是谁？告诉你吧，就是妈妈。为什么是妈妈呢？因为他（她）说话不算话，因为他（她）说今晚出去吃饭地（的），又没去！fan（反）正妈妈是说话不算话的。

这篇短文的具体写作时间是 2000 年 8 月 20 日，他才六岁多。很遗憾，我是在他小学毕业后才看到这篇短文。我问自己，瞎忙什么呢？儿子在字里行间表达了对母亲深深的爱和对母亲说话不算数的小小的不满，多么质朴的情感！如果早点看到它，我会对他更多一些耐心与陪伴。

到小学第五学期时，因为开始学唐诗，他便自告奋勇地要做几首诗出来。果然做了，只是诗如人一样，稚嫩可爱。下面是诗三首：

上学去

早早起，上学去。

风儿吹，草儿绿，

过着美丽的新生活。

认真上课进步快，

书本文具准备好。

爸 爸

我的爸爸，

天天教我唱歌，

天天教我写字。

真好啊！

他用千辛万苦，

养我长大。

爸爸怎样待我，

我也要怎样待他。

妈 妈

我的妈妈，

上班真辛苦呀！

啊，真辛苦！

我长大了，

也要上班

也要受这种苦，

只要不怕苦，

就能成功。

　　那时他爸爸陪他较多，而我每天上班忙忙碌碌，所以他发表了不同的感慨，符合事实。如果说，他在二年级前的作文主要反映生活的真实面貌，完全写实，那么从三年级开始，他会开始用心用脑思考。三年级时，他写了一篇短文，名叫《我要好好学习》，很有代表性：我是一个三年级的学生，名叫赵国贤。自从丁老师去教六（1）班，就由刘老师教我们语文课。刘老师很少有笑容，所以，我要好好学习，多看点刘老师的笑容。

　　这个刘老师，我已经在另一篇文章中提到过，她对儿子的成长产生了积极的影响，从这篇短文看，儿子很喜爱这位老师，愿意为老师而改变。所以，作为老师，如果你教的孩子很头疼，其实也该检讨一下自身，是不是教育方式也有问题。

综观此文，不仅错别字一个都没有了，而且明显是动了心思的，中间的那两句话充满了对老师的真情实感，自然也打动了他的老师。后来刘老师在家校联系本上说："这段时间对赵国贤笑得太灿烂，他有点忘乎所以了。"

你看，师生之间的对话何其温馨，哪怕是要批评自己忘乎所以的学生，也能够让孩子欣然接受。

后来，他开始发展到景物描绘，最早的一篇《深圳之景》是描写他出生长大的城市：

今天，我们来到地王大厦看深圳之景。

站在顶上，我看见底下的车辆就像一只只蚂蚁在来回跑动；人几乎看不到，好像全深圳没有一个人一样；房子都不像房子，就像小孩子玩的玩具房子一样。

后来我用了望远镜，这回看到的可不一样：汽车大了点，不过还像一只大蚂蚁；人看到几个；房子看上去有点像真的了。深圳好美啊！

三年级的学生，八岁多的男孩，下笔客观真实，文字简练精准，用近乎白描却又递进的手法展现了他眼中的世界。俗话说，文以载道，文如其人，通过他不多的文字，可以看出这个孩子有一颗真诚的心，长大后绝对不可能是个假话连篇的人。实话说，他能写出这样的文字让我颇感欣慰。

随着不断成长，他的课余活动也开始多起来，春游、各种球赛、骑车比赛和军训等，都被他写进了作文中。和他玩得来的好同学也进入了他的写作视野。其中一篇有个细节是这样写的：

朱文非常懂文明，讲礼貌，一件小事深深地印在了我的脑海里。那是在朱文转来的第二周，有一天，我上完了体育课筋疲力尽地返回教室，没想到踩到一摊水，"当"的一声，摔了个底朝天。全班人哄堂大笑，我躺在地上羞得无地自容，恨不得有个地缝钻进去。就在这时，朱文走过来，向我伸出了手，他脸上没有一丝嘲笑的意思……

先看文章本身，写得很有故事的味道，有了不少细节描写，还有人物的心理活动，结尾尤其打动人。我开始后悔，如果早年好好培养他，说不定他长大后会成为一个作家什么的。

坦白地说，作为母亲，看到儿子的这段文字，除了欣赏，更多的是内心的感慨。再疼爱子女的父母也最多只能在他的幼童时期为他提供庇护，遮风挡雨，待他走出家门，哪怕只是到了学校，也会发生很多让家长心疼的事，只能让孩子独自去面对。至于走上社会，视孩子为心肝宝贝的家长们更是鞭长莫及，所有的坎坷荆棘、雨雪风霜都要靠他自己去经历和承受。也只有走过长长的路，经过不断地磨砺，他的身板才能厚实、心胸才能广阔。

盘点儿子的学习生活，小学阶段是他学语文、数学的起步阶段，我们盯得紧，他还算听话，基础打得还是比较牢的，作文也非常认真。一进入初高中，随着学科增多，课业加重，作文似乎变得不那么重要了。看他后期的作文，虽然文章写得更长了，内容涉及面也更广了，开始有议论文了，但在真情实感方面似乎还不如早期阶段。主要还是受客观因素影响，初中升高中，面临一次次无情的淘汰，然后又是考大学，分数成为唯一的也是最高的裁判，至于文章写得好不好，感不感人，倒在其次了。

我的母亲 2009 年春天离世后，儿子又写了一篇饱含真情实感的文章《与外婆的一次对话》，是他自己命的题，文章充满了怀念、伤感，还有自责。

家中主人房里的抽屉中有很多照片，我随意地抽出一叠看着，突然一个熟悉的身影映入眼帘，那是我的外婆。

记得那年我九岁了，外婆住在我家，那时的她虽然年过七十，但也精神饱满，步履矫健，经常喜欢拿着小凳子坐在阳台上，吹着清爽的风，目光凝视着天空。我走过去，轻声问道："外婆你在干啥？"她笑了笑，招了招手，示意我坐下，我便坐下了。

"贤贤你看，天空好不好看？"我的两只眼睛吧嗒吧嗒地眨着，看着天，不知道外婆是何意，外婆用手轻轻地摸着我的平头，笑容也越来越深。我说："天空有什么好看的呢？""外婆老了，都快八十了，谁知道哪一天外婆就要到天上去了。"我琢磨着这些话，突然明白了，急忙抓着外婆的手说："外婆不会走的，外婆会留在我身旁的！"外婆大笑起来，露出几颗稀疏的白牙。"贤贤加紧读书哦，爸爸妈妈都好爱你的晓得不？外婆希望你读出书来，做个有用的人。"

我似懂非懂地点点头。外婆站起身，"来，陪我打两盘跑胡子！"随之外婆向房外走去，我加快脚步，抓紧外婆的手，走出了房门。

事隔多年，那时随意的一番谈话，现在想起却刻骨铭心。回想起她的话，心里犹如翻江倒海，心如针扎。我的外婆一生布满荆棘，她的命很苦，外婆生了七个子女全靠她一手带大。外公在很远的地方教书，外婆个子小，不会做农活，受尽白眼和欺负，可是她做到了。外婆的老年也过得不尽如人意，子女大多不在身边，她的最大希望就在我身上，在她心里我像个宝，她放不下，放不下我。可物是人非，现在想起来我的心就好像有千万只针扎。我还记得有一次，外婆口渴了，来敲我的门：贤贤，水在哪里？我想喝水。可我却没有告诉她，因为她才得罪我了，所以不告诉她。我真后悔。

我看着天空，泪眼模糊中渐渐清晰了她的笑容，我好恨自己没有尽孝，而她最放不下的，是我，她的外孙儿。数条泪痕挂在我的嘴边，苦涩的感觉，我望着天，外婆你还好吗？孙儿想你了，您的话我记着呢，一辈子都记得。在天国，有您喜欢的饮料喝吗？有人陪您打牌吗？外婆……

我泣不成声，外婆，你可知我很爱您呢？

赵国贤　2009 年于深圳

这篇文章是儿子偷偷记在练习本上的，被我偶然看到。那一年他十六岁不到，外婆刚过世不久，我没有要求他写纪念外婆的文章，是他在学习之余自己写的。当时我正处于丧母的无限悲痛之中，他的文字自然让我流下热泪。儿子的心中还有外婆，这点让我甚觉安慰。想当年母亲以七十之躯来深圳侍候我们母子，昼夜操劳，后来又多次来往家中，与他——这个最小的外孙有过亲密接触，母亲总是让我要有耐心对待这个顽皮的儿子，他没有辜负外婆的爱。

母亲若地下有知，她的外孙儿并没有忘记他，该多么高兴！

218

他的青春，我的关隘

　　儿子小学毕业了，十二岁不到的年纪，个头还不到一米三，胖乎乎的脸，圆溜溜的小肚子，在我们眼里就是个半大的孩子，所以还是情不自禁地把他当孩子待。可他不乐意了，初中生了嘛。那些年，以每年十公分的速度往上长的他，脾气和性格也委实变化了不少。

　　首先是不爱说话了。从前爱和我们腻在一处，"妈妈长、妈妈短"，此时见父母，先瞅你一眼，用低沉的嗓音叫一声"爸，妈"，然后转身进了自己的房间，再无多话。你想向他打听下学校的情况，得到的回答总是"就那样呗!"再也不像几年前给你滔滔不绝地讲个不停了。

　　然后是目光。仿佛一夜之间，他不再是那个讲话带笑的男孩了。目光不活泼，少了笑意，多了深沉。讲话腔调也变了，喜欢用反问句"是吗?"这些变化让我一时很不习惯，还像以前一样亲热地上前搂住他，可他，一甩手，挣脱了。

　　最让我感到震惊的是，初中二年级，他衣服上开始有烟味，我不信，第二天，拿到鼻子底下使劲嗅，明显的烟味。问他，说没有。直到有一天，亲眼见他躲在房间里抽烟。此后，就是无休止地规劝。抽烟太早了，对身体不好。没有用，口头答应你，背后照抽不误。

　　小学没有想办法把他送进南头实验学校，我挨了他爸爸不少"嗔"，说我白在区政府机关上班了，别人家的孩子都进了那所学校。所以初中我削尖脑袋把他送进了蛇口育才二中。为了上学方便，从初一下学期开始又在学校旁边的翠微园租了房，请了姨妈专门照料他的日常生活。我们下班后过去陪他吃晚饭，看看他的作业，问问在校情况，没什么事我和他爸还回南头的家。

见他不爱和我们说学校的事，我主动去学校找老师了解情况，因为怕出现小学一二年级那种状况。从小学开始，找老师都是我的事，所以我也没二话。这一找不打紧，吓我一大跳。还以为深圳的高中人人都能进，尤其是我们这些 20 世纪 80 年代就来到深圳的"开荒牛"的子女，却得知原来普高的录取率只有不到 70%。我如梦方醒，读不了普高，意味着高考的大门关上了，那还得了，这对于我们这样的家庭来说是不可思议的。他爸爸可是 1986 年湖南大学的免试研究生，我虽是中专生一名，但也是 1981 年通过高考正式录取的。如此压力一下就来了。我和他爸爸不敢怠慢，将他的学习摆上家庭第一要务。虽然紧张，也仅止于耳提面命，课外辅导班一天没上过。在我们的潜意识里，认为学习都得靠自己，也因为十几年前的深圳还没有那么多的课外培训机构。

初中三年有惊无险地过来了，虽然他成绩不冒尖，但也没落在后面。中考得分超过普高线十来分，被光明高级中学录取。不管怎样，还是考上了普高，我们松了一口气。开学前，一家三口跑到那个学校，一看地理位置偏，周围都是农民房，想到以前这儿也就是一个镇中学，虽然被列入了全市的普通高中，但生源肯定不会好到哪里去。我又四处找人，最后多亏了他湘晖阿姨帮忙，给转到了华侨城中学。

华侨城中学高中部在白石二路上，新修的校园，一切都是崭新的，显得很有生气和活力。我们夫妻俩很高兴，他爸爸在单位混得不开心，想辞职，说是利用这三年时间好好陪下儿子。这三年确实重要，虽然对辞职我不是很赞同，但最后还是同意了。

高兴没多久，高一上学期开学两个多月，我就被他班主任老师"请"到了学校，说他与同班一个女生过从甚密，已超过一般的同学关系，怀疑早恋。加上摸底考试和月考他的成绩也都排到了班上后面，老师希望我们能跟孩子好好谈谈。

这种事没有证据，怎么谈？比起初中，他现在脾气更古怪和暴躁了，动不动给我来一句"你不懂"或者是"去去去，我很烦"。再急就横眉冷对，有时甚至还捏起了拳头。可不谈也不行，只能硬着头皮找他，好声好气地和他说话。一开始是矢口否认，没有的事，同学之间难道就不能有交往吗？口里如此说，但看他的行为举止和过去已然不同。明显爱美了。校裤要改窄才穿，对鞋子的要求极其苛刻。爱照镜子了。走到哪里都照，捋下头发。对自己的容貌既欣赏又挑剔。说我把他生得什么都好，就是有个地方不好。原来他半岁时右脑靠太阳穴位置长了个疮，结痂后留了个小瘢痕，这些年那瘢痕不知何故竟越长越大，成了一个小肉球。所以他总看它不顺眼。其实这哪是我生的？没办法，反正都是母亲的错。

2010年元旦节那天，趁我们在睡午觉，他到楼下偷偷把头发全烫了。看着满头卷发的他，我和他爸又气又急。看我们不高兴，他也不在乎，还振振有词地对我们说，他有个同学的哥哥把头发染成了两种颜色，一边黄色，一边火红色。意思是他还不算过分的。倒成我们理屈了。后来老师又提供了更多的情况，一下课两个人就避开其他同学，有人还看到了他们手牵手，甚至相偎在一起。这不是早恋是什么？

再找他谈，他大方地承认了。说他们同一天生日，彼此有缘。我一听，傻眼了。何故？因为早恋最难办，处在热恋中的年轻人听不进任何劝说，尤其听不进父母亲的劝，说父母根本就不懂爱情。那段时间，他神采飞扬，我纠结苦闷，束手无策。想起自己曾看过的一篇文章，有个女孩写道："他走后，真感到不是失去了某个人，某一段感情，而是失去了整个生活，人生一下子没有了目标。"写得可谓情真意切，也让人触目惊心。眼下自己遇到了儿子成长过程中最大的难题。他十五岁多，正是读书的好年华，却被所谓的爱情弄得无心学习。高二上学期的期末考试结束，我去学校接他，在车上，他脸色略显羞惭，告诉我考得不理想：语文不及格，英语150分的题只考了50分，地理44分，数学72分……总分落到了班上最后几名。听到他报成绩，我心中直觉哗啦哗啦的什么东西落下来，沉甸甸的。夜深了，一个人坐在客厅，苦苦地思索，觉得还是应该找他谈谈。轻声将他叫过来，母子俩坐在沙发上开始谈心。没有直接批评他，第一次跟他谈起了自己的奋斗经历：高考失利，只考了个中专，在同学面前抬不起头来。后来边工作边自学，考取了湖南师范大学的汉语言文学专业，虽然只是自考文凭，但大量的阅读开拓了眼界，对人生有了新的追求。来到深圳后发现周围美女如云，高学历者比比皆是，危机顿生，遂主动从自己工作的事业单位退出，奋力去考公务员。考上后又在工作之余坚持写作，随着文章一篇篇见报，事业也才慢慢有了起色。讲起这些年的努力，想到儿子沉迷早恋前景堪忧，不禁泪流满面，一直在旁边默不作声听着的他伸出手，为我擦掉脸上的泪水。答应我，会努力学习，少打游戏（初中就开始打）。

高二下学期期中考试他的成绩仍不理想，文理科总人数 388 名，他排到了 301 名。很快要参加全省高中水平考试，物理、化学、生物三科成绩须达到 C 级（50 分以上）才算通过，他的物理尚好，可化学和生物常常只能考到二三十分。通过一个多月的冲刺，物理得了"B"，化学和生物都得了"C"，算是过了一关，让我和他爸紧绷的神经松弛了几天。

进入高三，开学第三天，他便因违反学校纪律（午休时间外出和下午自习课上与另两位同学玩扑克）被新来的班主任老师勒令停课一周。原来他所分到的这一班在"重新洗牌"后被年级定性为"问题班"，刘老师因为为人较和善被认为不再适合担任班主任，新换了更为年轻和严格的蔡老师。新老师一来就把不听话的儿子当成了杀鸡给猴看的"鸡"，烧起了"第一把火"。得知消息我急得不行，连忙赶到学校。新老师任我怎么求情都不通融，声称他的决定得到了年级主任周老师的同意。周老师我不熟悉，便去找原来的班主任刘老师，他劝我，对赵国贤停课一周未必是坏事，就是告诉孩子，犯了错是要受到处罚的。他还劝我不要总为孩子求情，让孩子觉得反正一切都有爸爸和妈妈顶着反而不好。我也觉得他讲的不无道理，见蔡老师毫无挽回的余地，便叫儿子收拾书包回了家。这件事情对他触动很大，原来老妈并不是无所不能，也有办不到的事。

战战兢兢地过了两个月，这段时间因为"大运会"开闭幕式场馆都在南山，我负责全区病媒生物防治工作，压力很大。所以一看到他或学校老师打来的电话，就心发慌、腿发软。一次又是他来电话，还未等他开口，我这里已先"失声"："小祖宗，你又出了什么事?"结果他在那端笑了起来，原来只是眼镜坏了，要我带他去配眼镜。

我意识到这样下去也不是办法，便临时抱佛脚，到处找书看，还请了深圳大学的心理系教授对他进行心理辅导。有篇文章让我很受感染。文中的儿子在父母的棍棒教育下长大，进入青春期后突然反抗，摔东西、打父母，成了名副其实的"老虎"，父母惊慌失措，处处退让，甚至害怕起自己的儿子来。这对父母四处求救，最后还是一位心理老师的话点醒了他们。老师说："你要冷静，只有大人冷静了，孩子才会冷静。你不要怕，只有大人不怕了，孩子才不会怕。不要逃避矛盾，要敢于触及孩子的心结，这样才能和孩子进行心灵沟通。"

223

这位老师的话也提醒了我。其实我的儿子有时也会摔东西、吼人，唯一不同的是我们和他讲道理多，棍棒教育的时候少。我这两年整天提心吊胆，生怕孩子在学校犯错，可他并没有因为我害怕就改变自己。实际上也是我观念上有问题，大包大揽，惯坏了孩子。

不久又发生了一件事，这次我改变了策略。

起因很简单，他未参加升旗仪式被老师抓住了，年级主任知道后大发雷霆，让家长立即刻到学校，否则不在高考申请表上签名。我一听他在电话里吞吞吐吐，就知道又"大事不好"。这是第二次与年级老师打交道了，态度很强硬，不肯原谅他，说很多老师都反映他在课堂上睡觉，说完扔下我们母子径自上课去了。儿子见老师走了，认为事情没有希望，便回教室清理东西背上书包欲往校门口走。我急了，想拉住他，在楼梯口处正好碰到了他的数学老师，见我结结巴巴地陈明情由，巫老师一脸严肃地对他说：你以为你是谁，招呼不打，说走就走。你应该做的是向老师道歉，制订学习计划，痛改前非。儿子不听，执意要走。我一边跟着他下楼，一边在心里告诫自己：冷静，冷静。来到车上，我努力调整情绪，平和地对他说：你现在是解决一个问题，即向周老师认错，请老师再给你一次机会，还是一时冲动回家，回家可有无数个问题等着你，父亲暴怒，参加爷爷的七十大寿泡汤，高考报不了名……我的一番话打动了他，没过多久，他同意返回学校继续去等老师。整整等了两节课，腿都站木了，周老师才回来。见我们还在等，脸色稍微和缓。儿子这次老实了，一口一个老师地叫。周老师头也不抬地对他说：你先理了平头再来见我。可他却低下头将头上的疤痕指给老师看，意思是理了头疤痕就明显看得见了。"那有什么关系！"老师大声吼道。我谢过老师，赶快扯走儿子。

青春期最易犯的错有哪些？早恋、冲动、自我，还有新时代出现的玩游戏、手机上瘾，加上抽烟等，这些他身上都或多或少地存在。有时深夜躺在床上，我感觉自己已筋疲力尽，可第二天太阳一升起，又浑身是劲。这恐怕是一个母亲的本能。每个母亲都不可能放弃自己的孩子，别人只看到孩子不听话的一面，可她知道，自己的孩子也有很多优点。我常常告诫自己，不能只接受孩子好的方面，对不好的方面就深恶痛绝。虽然家里气氛紧张，但也有放松和开心时。周末或者假日，一家人坐在一起开开心心地吃饭，他会喊我们吃菜，还会给我们夹菜。每天他洗澡时都会在浴室大声地唱歌。偶尔也会向我撒娇，高兴时把舌头伸得长长的，引得我发笑。每到快过生日时就特别听话，向我讨要礼物。我问他为何如此看重自己的生日，他可怜巴巴地对我说，妈妈，我现在没有儿童节过了，就只有生日了。这些都是家庭生活中难得的温馨时刻。有时我甚至想，要是没有这要命的高考该多好！父母也不会整天逼着孩子去学习，亲子关系也会融洽很多。

2011 年的三八妇女节，我一辈子不会忘记。前晚儿子在晚自习前应后座的两个同学要求玩了一会儿扑克，被班主任老师当场抓到，声称要和他新账老账一起算，通知他回家，等 6 月份再回学校参加高考，把他的课桌也搬走了。得知消息，我如雷轰顶，再过三个月就要高考了，此时让他回家，不是明摆着让他考砸吗？更令人气愤的是，只单独处罚他一个人，对另两个人只是批评教育一下就了事。

经向他确认及找他同学了解，扑克牌不是他的，也不是他主动要求的。得知真实情况，我反而冷静了。首先要他给老师发信息，并写下一张保证书。老师不见他，只好委托同学转交。接着我去联系南头中学和宝安高级中学，看他们能不能临时收留他几个月，未如愿。再过一天，班主任老师传过话来，要想继续回校上课，除非征得班上其他同学家长的同意。要专门为此事召开本班家长会，由家长们投票决定他的去向。我一听就火了，如果同时处理三个人我没有意见，只单独拿他开刀太失公允，决定去找校长申诉。申诉成功，过两天儿子回到了班级。

此事的处理过程可谓"惊心动魄"，儿子作为当事人，他知道所有内情。母子深夜谈心，问他走到今天，到底是何原因？老师为何对他如此"痛下杀手"？他究竟有错没有？儿子在这件事情的处理上非常感激我，他看到我不让他爸对他动粗，尤其不允当着同学的面羞辱他，对老师也没有采取过去那种一味求饶的方式，而是去申诉。所以他对我也说了真心话。他说他错了，过去太自以为是，太张狂，以为自己年纪比同学都小，犯点小错不会有什么事。他最后说，现实太残酷了。孩子的认错让我安慰，这也算是坏事变好事了，但也感到无奈和酸楚。假如当初我是站在老师一边对他"同仇敌忾"，会出现什么后果？想都不敢想。在去找校长评理时，我心里已做好了最坏的准备，大不了让他待在家里自己复习，大不了他考不上大学再复读一年。

终于等来了高考。考试结束那天，我和他爸一起去接他。在回家的路上，他爸爸说：你终于高考结束了，我等到这一天真是不容易。他回答：我习惯有你陪着我。

2011 年 6 月 26 日高考放榜。那天是休息日，我买了很多菜，不论考试成绩如何，这都是一个重要的日子。下午 5 点出成绩，午饭后我提议三个人估下分数，他爸估了 389 分，说只要比他喻斌表哥多一分就行，其实，这也差不多就是他平常模拟考试的成绩。儿子估了 410 分。我说你们都太悲观了，我估 450 分。5 点到了，他紧张地盯着电脑屏，网络太挤了，上不去。我鼓励他再登，他输了准考证号，蒙着眼睛不敢看。我一把推开他，往前凑，显示分数的小方格亮了：462 分，又看了遍，确实是 462 分，再去看分项：语文 108 分、数学 104 分、英语 81 分、文中 169 分。我尖叫一声，在儿子的脸颊上重重地亲了两口。

过两天儿子回校拿高中毕业证书，碰到了不少人，数学老师巫老师连声夸奖：赵国贤，考得不错，考得不错，数学排名文科年级第 25 名。年级主任周老师也说他考得还行。只有班主任老师一言不发。儿子虽未考出高分，但比他原来的几次模拟考成绩确实多了近 80 分，在熟悉他的老师和同学圈中引起了一个小小的震动。儿子后来讲，因为巫老师没有歧视他，所以数学课他学得最认真，而班主任老师教的地理课他只考了三十多分，平常基本没怎么听。

儿子高中三年，被老师们当成了问题学生，但问题究竟出在哪里？如果说孩子有错，除了家长引导有误和他青春期带来的一些过激心理反应外，老师的教育方式是否也有简单粗暴之嫌？值得深思。

有人说青春是一场没有硝烟的战争，果真如此，希望孩子们在这场战争中收获的是成长，这需要学校和家长拥有更多的智慧和耐心。

此去万里

1989 年 8 月我离家南下深圳时，也不过千里路，可在父母看来，此去山高水迢，不知何日相见。分别时母亲哭成泪人，父亲似悲似笑，眼睛望着别处。

岁月之河涓涓流淌，2013 年 8 月，也是在高高的艳阳下，送别的母亲变成了我。要走的人儿还不满二十岁，比我当年小了六岁多，有更多的理由让我不舍与牵挂。

显然，贤也比我当年更懵懂无知，对眼前上万公里的飞行毫不在意。"我不怕呀，可以听歌、看碟、吃东西、喝酒、睡觉。一下就到了。"说着，还一边摇头晃脑。记得 2003 年，我平生最远那次飞行也是往伦敦，十二三个小时，由于飞机上一刻也未合眼，下来后整个人疲惫不堪。后来的两三天行程，对伦敦寂寥的街道、低沉沉的房屋、阴冷的天空都未留下好印象。刚听说他将要在那个城市度过至少两年的时光，我本能地跳起来，大声嚷嚷，不许去。去澳洲！那里天气暖和。我仿佛从谁那里听说，冬天出生的贤，适宜去温暖的地方。可贤根本不予理睬，觉得我不可思议，他全班十几个人都去伦敦呢。我一听，知道事情由不得我了。

从车上搬下那个重达 20 斤的箱子，里面装满了他的四季衣物、被褥、鞋、电饭煲和各种吃食及感冒药等，临行前好多天就开始照清单一一购置。我恨不得把自己也变成这口箱子，随着他漂洋过海，寸步不离他身旁。虽是玩笑话，但代表了一种依依不舍的心情。此时此刻，望着即将远行的儿子，千言万语堵在喉头，说不出话来。

其实所有的话在这之前都已经说完，不记得和他说了多少遍，反正就是翻来覆去地说，大的方面如：出去要和同学搞好关系，在家靠父母，出外靠朋友；要学会自己照顾好自己，衣食住行、人身安全，万事小心；出去是去学本领、见世面的，不要辜负大好的青春时光和父母的期望；"在家一条虫，出门一条龙"，要拿出闯四方的男子汉气概来。小的方面简直事无巨细了，如：伦敦天气冷，要穿内长裤、厚袜子；不要在脑袋边上给电子用品充电；自己烧开水喝、不要总喝可乐；早晚刷牙；衣服被褥要定期清洗；多吃蔬菜水果；走路要看地上；等等。我边说，他边嗯嗯，或是来一句，放心啦，没问题。我知道，问题会很多，只是我讲这些也于事无补，就是图个自己心安，再多的问题还是要靠他个人解决。母子相伴了20年，他这一走，把我的心也带走了。至于到了那边会怎样，我这个当母亲的，其实比他更忐忑不安。

贤在天上飞，我心不得安宁，长夜难眠，辗转反侧。直到那熟悉而又亲切的声音直抵耳膜："妈妈，我已经平安到达伦敦了，放心！"此时，方觉儿子真的是远在万里之外的异国了。顿时，热泪盈眶。

伦敦南岸大学在英国二百多所高校中排名还比较靠后，但其金融专业在全国小有名气。学校建于1892年，地处伦敦市中心，泰晤士河畔。学校藏书颇丰，总共四栋建筑物，图书馆就占了二栋，里面是书籍的海洋。虽不是高楼大厦，设施也平平常常，但馆内设计非常人性化，独立成格，互不干扰，也有数人围坐的小方台，供小组读后讨论。来图书馆看书的以中东面孔为多，因为整个学校中东学生占大多数，掺杂一些其他国家的留学生，本地白人学生较少。学校没有任何室外体育设施，只有一个室内体育场。贤虽不爱泡图书馆，但为了学业，也要常常光顾。虽喜欢打篮球，但在这里读书三年多，从未摸过球。他说找不到球伴。

第一年，我们最担心他语言不过关，听不懂老师的课。至于生活，同去十几个同学，大家抱团，应该不会太孤单。对我们的关心，他总是说"还好，还好"。实际上，甫开学，他就遇到严重的语言问题，只是当时不敢告诉我们。上课似懂非懂。有几次被老师点名"那位穿红上衣的先生请回答"。他张了张口，答不上来。那些似曾相识的词语涌到嘴边，可就是不能连贯地表达出来。国内英语教学重死记硬背，口语锻炼少。此时就是手击棉花，有劲使不上。感觉老师和同学们扫射来的目光像一炷炷火焰，他不由得脸一阵发烫。从此认真做作业，开始留心，课堂上遇到的、街道上看到的，凡是不认识的词句，都去查字典，反复练习。初到英国，看到大街上形形色色的广告牌上写着"公厕"，心想英国怎么如此多的公厕？不对啊，一去查，才知这个英语单词的真正意思是"出租"，两个单词只差一个字母，差点弄出笑话来。

真正找到英语感觉的是到英国的第二年。大家不再像刚来时住在留学生宿舍，关系好的合租一个两房一厅的房子，家里条件好一些的就单独租房。租房便要四处寻觅，逼着他们与房东交流各种问题。贤和同学合租了一套两室一厅的房。住了几个月后，发现不像国内有人上门收水电费，心里打鼓，便去找房东打听。方知这里与国内完全不同，得主动与属于这个社区的水电公司联系。打电话过去，对方问了他很多奇怪的问题，家里住几个人？有没有安装壁炉？水电和壁炉有什么关系？不太清楚，估计与定期清理烟囱相关。有没有冰箱？微波炉？平常用电多不多？贤硬着头皮，结结巴巴应答，终于办妥。诸如此类的交道打多几次后，他感觉自己的英语水平突飞猛进。起码在中餐厅吃饭时能多少听懂那个马来西亚老板和送快餐的印度男孩之间的对话，不像刚开始来时只听懂他们之间的"yes"和"good"等少量单词。

去之前已听说，伦敦消费高，吃饭贵，得自己做饭吃。临行前现教了他几样菜：西红柿炒鸡蛋、土豆排骨、煎鱼等。又叮嘱，淘米至少两次，青菜最好先泡水，炒菜后马上冷水洗热锅，易洗净。也是拣重点说，不能教太多。

刚开始大家积极性还蛮高。六个人，分成两人一组，轮流负责买菜做饭洗碗清洁。菜也不贵，三英镑可以买一大袋精瘦排骨，切得整整齐齐。土豆、胡萝卜论袋卖，一镑可以买一堆。原来英国的主要农产品就是土豆。只是青菜相对贵一些。牛奶论桶卖，比国内便宜。我们听说后高兴坏了。心想，这下好了，起码吃饭不成问题了，民以食为天嘛！好景不长，两三个月后，买菜回来的人看到厨房里先天没清洗的碗碟成堆，杯盘狼藉，便说，这饭怎么做？便扔下菜到外面吃去了。从此散伙，成群结队地在学校旁边的那个叫"返寻味"的中国餐厅吃饭。里面有个叫芳姐的服务员是同胞，对他们总是笑脸相迎，热情指点。这个小店类似于港式茶餐厅，生意火爆，主要做快餐，一份饭菜约合人民币六十多元，比国内一线城市还贵很多，比他们自己做饭吃自然贵得多。

原指望他能通过在国外锻炼这几年，提高下生活能力，把这独生子女身上娇生惯养的毛病改一改。当今的中国父母之所以肯花大价钱送子女去国外，除了学知识拿文凭，不就是还有这点不便明说的期望吗？这件事情涉及不只贤一个人，我这边苦口婆心劝，也没有用，只得作罢。

230

出去快一年，终于传来了贤在中餐厅打工的消息。这也是我们一直鼓励和期待的。工作内容是点菜、端盘子、洗碗。他说，其他都好办，就是语言有时会卡壳，听不懂顾客的需求。一次，有个六七岁的英国小女孩向他要一根吸管，说了几遍，他还是不明白。另一个同事走过来，才解了围。那一刻的无奈对他的触动很大，他从此记住了这个单词，也记住了小姑娘望着他的那双绿莹莹宝石般美丽却透着一丝困惑的大眼睛。

这次打工经历时间虽不长，但看到的、学到的胜过父母所教的，也胜过课堂学的。海外华人做事孜孜矻矻的吃苦耐劳精神可谓代代传承，他的经理也不过是三十出头的小伙子，头发、衣装非常前卫，可一到工作时间，就完全像换了一个人。点菜、收银、抹桌子、放碗碟，什么都做，且动作麻利，毫不拖泥带水。看到贤拖地时一只手拿拖把，腰也没有真正弯下来，马上过来示范：怎么样双手拿拖把，低下头和眼睛，不放过任何角落，这样才能把地拖干净。有一次，贤用完别人的手套后随手一扔，给经理看到了。经理语气平和地对他说：手套每人一双，你也可以临时用下别人的，但用后一定要洗干净。这让他觉得惭愧。

最难得的是，经理对像他们这样的打工留学生也十分客气礼貌，有时候还会别出心裁，弄点新花样，让他们觉得惊喜和舒坦。比如，如果客人少时会亲手调杯鸡尾酒请大家品尝；晚餐偶尔会安排厨师做咖喱牛肉饭和拌份蔬菜水果沙拉犒赏大家；如果先天做多了鸡翅、鸡腿，也不留在第二天卖，让他们打包带走；虽然事先规定上班要准时但谁有急事也可以先走，自己顶上。在这位经理身上，他们学到了对待工作的无私敬业以及为人处世上的平等、包容、谦让，让这些身在异乡还未真正走向社会的孩子受到了一次精神上的洗礼。所谓成长，就是经历一件件也许微不足道的小事，达到心灵上的认同并自觉追求。也就是哲学上说的内因通过外因来转化。

离开餐厅一年多后，两人在一家理发店不期而遇。四目对视，彼此都认出了对方。经理伸出手，热情地走过来，还一定坚持让贤先理发，尽管贤来得晚一些。他再一次感受到了这个出生长大在这块土地上的华人同胞大哥哥般的善意，也让他看到了另一种为人处世的态度。他被深深地震撼到了，原来，人与人是可以这样相待的。

在贤打工期间，还发生了一个小插曲。有一次，刚好轮到他与一位台湾同胞小伙同时值班。就餐的客人中有一位中年男子，应是英国本地人，当得知面前的服务生来自中国台湾，便问：台湾到底是不是属于中国？对方想都不想便回答：台湾不属于中国，是另一个国家。

客人走后，贤对台湾同胞刚才的认知非常不满，他从小受到教育，台湾从来就是中国的一部分，这个问题不容置疑。便问对方，为何这样认为？然而，对方仍坚持己见，回答说："也许我们都属于同一个祖先，讲同样的语言，但这并不代表台湾就属于中国。因为我们是不同的政党，我们在战场上是输了，但我们并不就附属于谁。"

贤回国后，我们曾就这位台湾同胞的观点进行讨论，觉得其观点前后矛盾，得出的结论完全站不住脚。这也从一个侧面反映了台湾的国民教育在大是大非方面确实出现导向性问题，值得警惕。年轻人受这种思潮的引导，不会用历史的观点看待现实，盲目随从。

贤是深二代，生于 1993 年末，那时我和他父亲都是体制内的人，工资收入远高于中国内地其他城市，在深圳已经拥有了自己的住房。他是喝牛奶、吃牛扒长大的一代，完全不知稼穑之艰难、人间之疾苦，也不会像我们过去那个年代的人一样，一定要读书，要跃出农门。对他来说，从深圳到伦敦，其中不同的，就是从一个城市到另一个城市，完全不似我们当年从农村到城市那么大的差别。

因为缺乏目标，动力也就不足。所以他虽然脑瓜子聪明，但读书一直不太上心，进高中不久就早恋，成绩总是不靠前，高三分科自己选了文科。面对个头不断往上蹿、很快超过他父亲直冲 1.78 米，且自尊心和自主性也随着个头不断往上涨的他，我们惊讶又无策。虽然知道读文科的男孩今后发展会比读理科受局限多，也只能依了他。毕竟书要靠他自己读，父母再多期待也是枉然。

高考成绩居然超过了他在学校的每一次会考，考到了 462 分，让不少老师和同学大跌眼镜，与他父亲 1982 年的高考分数一分不多一分不少。巧合到惊人的地步。只是此一时彼一时，他父亲当年的分数高出重点本科线，而他只能被广州大学录取，最多只算个三本。全家人一合计，还是走出国那条线，国内两年，国外两年，如果努力，还可以在国外读个硕士回来。"国外读硕只要一年多，这就是传说中的弯道超车。"说这话时，他父亲双眼放光，口沫飞溅，贤没有多说，毕竟成绩单不漂亮，只能答应照这条路往前走。

在去英国之前，我心里一直不安，打听到英国实际上宽进严出，以为一出去就万事顺利，那是痴心妄想。很多中国学生出去后因为学习跟不上，到后来不读书，只打游戏，且一身名牌，甚至进赌场逛红灯区，父母白扔钱不讲，说不定染上一身恶习回来。所以，这几年总是对贤反复叮咛，不能这不能那，"一失足成千古恨"。也不知道他听进去多少。又鼓励他说：你遇到了一个好时代，国富民强，可以送你去国外"沐浴洋风"，我们就没有这种机会，千万要好好珍惜！

我也曾向贤表达过这样的观点：当今时代物质丰富，这是好事，但也有它不好的一面。物质的丰富往往会麻木人的神经，以为一切都理所当然，一切都会这样好下去，让人渐渐失去忧患意识。再加上如今科技发达，信息无时无刻不全覆盖，使人无法停顿，人们往往无暇对自己的内心张望一眼。这是当今时代的特征。每个处在自己时代的人都要有一双思辨的慧眼。立足当下，思索未来。

即使不抱望子成龙之心，也希望他能在今后做一个自食其力的人，拥有普通人最平常的尊严和幸福，起码不太落伍。在母子谈心的时刻，曾经不止一次要求他做一个善于思考，有担当、有责任心的青年。尤其到了国外，不能看到大家都这样，自己也随波逐流。对我的话，他反应虽不热烈，但也若有所思。

我的担心并非空穴来风，第一年结束，和他一起出去的十来位同学，其中就有三位因学习不合格而不得不回国，第二年又有两位补考不及格而留级。贤虽然也有补考科目，但总算是如履薄冰地过来了。不仅本科顺利毕业，还真的按计划读了本校的金融实用会计硕士。虽然有学姐好心提醒他，这个专业通过有难度。也许正是这个提醒让他警觉，认真对待，不拖一堂课，不抱任何侥幸心理，对重点难点刻苦攻关，最后他还是在一年半后如期毕业，拿到了文凭。这令我喜出望外。

国贤毕业了，拿到了英国伦敦南岸大学"金融实用会计"硕士文凭，令家人喜出望外。摄于2017年10月

英国三年多时间的留学生涯，让贤观察生活有了不同的视野和角度。他渐渐褪去了身上的稚气，开始用理性的思维、辩证的角度、发展的眼光看待社会和人生，并形成了自己的金钱观、世界观、价值观。我欣喜他的成长，这其实比学历文凭更重要。

与和他一起出国的同学相比，我们的家境不算好的，只是勉力维持。我也坦白无误地告诉了他，花费必须宽打窄用。所以他花钱很少大手大脚，三年多时间，没有买过任何名牌衣包，只去过一次酒吧，最贵的消费也就是一双黄皮鞋。很奇怪，从小到大，他对衣服要求不高，买什么就穿什么，但对鞋子，就特别讲究，很少碰到让他如意的鞋子，曾令我头疼不已。这双鞋，就是在熙熙攘攘的牛津街上的商店看到的，一下就喜欢上了。第一次，舍不得买，要近两千元人民币。第二次，狠狠心，终于买了。他并不羡慕那些家里条件好、动辄上万花销的同学，摇头说没意思。对那些总是吹嘘自己家里如何有钱的同学，更是敬而远之。对金钱不过度向往，年轻如他能做到这

233

点，已是不易。

贤正值春心萌动的年岁，出国前已有一个谈了一年多的女友，感情较好。然而随着他的出国，两人相隔万里，这段感情是否能维持下去？我暗地里担心。现在年轻人说分就分，他们能忍受无数个日日夜夜的寂寞吗？对我的怀疑态度他看在眼里，只说了句"等着瞧嘛"。后来他告诉我，第一年其实他很孤单，周围的男女同学都渐渐成双成对，他也不愿意和他们出去，常一个人待在房间，听歌、打游戏、听评书《三国演义》。这是他小时候听得烂熟的故事。最过瘾的就是和一个诨名胖子的同学一起看国内的《我是歌手》的娱乐节目。空荡荡的宿舍里，两个人，对着电脑，佐以可乐和薯片，看得手舞足蹈。那季正是邓紫棋当红，一曲《喜欢你》，让他想起远方的女友，思念不已，不觉眼角湿润。好在通信发达，每天可以微信联系，稍解离别之苦。贤长得阳光俊逸，身边也有女生向他暗送秋波，他不为所动。虽然两人最长一次分别时间达半年之久，但始终忠于对方。他怕我孤单，还叮嘱女友多次从湛江寄水果给我。两年过去，他们更加相爱。我为他们的爱情弥坚所感动，第三年，决定让他女友陈露去陪读，从此在异国他乡，他们有了一段浪漫多情、弥足珍贵的生活。

国贤与陈露 2017 年 10 月专程前往英国参加毕业典礼

他们在学校旁边单独租了房子，生活充满了柴米油盐酱醋茶，随着每天出入超市、菜市场，对如何节约用度、合理开支有了新的体验。所见识的东西也不再止于课程。他们常去伦敦一个叫"大市场"的地方，里面东西琳琅满目，且比别处便宜。一次又在那里流连，一中年汉子见他们俩来来回回只看不买，问，是否是中国人？得到肯定回答后又问是不是想买什么身上没带钱？他可以帮到他们。被谢绝后，才解释说自己是巴基斯坦人，中国和巴基斯坦是好朋友。这样的经历除非亲历，不然别人怎么说都不会相信。

很快，他们的小家成了很多同学心向往之的聚集地，因为在这里能吃到女孩做的红烧羊排、萝卜炖排骨等最正宗的中国菜。春节期间，有个同学在他们家连吃几顿都舍不得走。随着交际面的扩大，也因此对其他同学的生活与学习状况有了更多的观察。其中有个同学，经历较为独特。贤几乎没有见这位 L 同学说过一句连贯的英语，去商店买烟等生活用品，都是指着说某个单词。谁也不知道这位 L 同学是如何听老师上课的，留级、无法正常毕业也就成了必然。后来在这位同学身上发生很多奇怪的事情，包括收到社区费滞交罚款单这样的事。原来英国非常重视社区发展和社区治理，社区提供各项服务平台，辖区市民积极参与，因而产生了社区费，留学生只要证明留学身份便可免交这笔费用。而这位同学既懒得去学校开证明，又不理社区交费通知，后果就是不仅要补交几年来未交的费用，还要认交罚款 3000 镑，否则学籍不保。最后他还是不得不交齐了所有的款项。另一个留学生也给了贤很深的印象。这个出生于 1998 年的小男生，进高中就从北京过来了，英语十分流利，成绩优异，考进了著名的伦敦华威大学，就读商科。此人虽年幼，可相当自律，每天早上七点钟准时起床、跑步、做早餐、去学校上课，如果没课就读书、做作业。每天晚上会有固定的玩游戏时间，但到 10：30 就铁定关灯睡觉。

贤目睹这两位学子在国外生活学习的巨大差异，前者为他提供了生活拖沓、学业荒芜的前车之鉴，后者则让他欣赏、反思、不断完善自我。说来好笑，正是这位比他小五岁的后起之秀，让他觉得自己青春已逝。有一天我忽然收到他的微信语音：唉，老妈，我感觉自己老了，二十几岁了，身边认识的这些人，都是九七和九八年的，一个个都了不得似的。感觉自己没有青春了。我听了一遍又一遍，听出了声音中的哽咽，听出了某种说不清道不明的情绪：沮丧、自怜、惋惜。说这段话时，他还不到 23 岁，怎么会没有青春了？实际上，他是把自己与这位小兄弟作了比对，比出了自己的差距和不足，虽然学业过关，游戏也没少打，但也浪费了一些青春时光。他的叹息多少包含了这方面的意思。

三年多的留学生活发生在贤身上最明显的变化就是他对人真正礼貌客气了。这得益于他这几年在英国的耳濡目染。英国是最讲究绅士风度的国家，走在大街上，他们对迎面而来的人都会面带微笑打招呼，看到你双手拎东西，会主动帮你按电梯，并让你先上。他常看到白发苍苍的老头、老太太蹲下身子与躺在街边的流浪汉对话，这些流浪汉怀里常常抱着一条狗，谈话的内容便是这条狗，平时怎么养这条狗的？喂什么东西给它吃？贤好奇，驻足聆听，刚开始让他感到惊讶，后来次数多了便渐渐认同这种

国贤伦敦街头留影。摄于 2017 年 10 月

平等对人、对每一个生命的尊重。回国后，每见我对餐厅的服务员习惯性地"喂、喂"时，都会引来他的抗议，说我不尊重他人。直到我表示接受他的批评为止。

最令我意外的是，贤做成了一件看似不可能成功的事，就是成功要回考文垂大学的研究生预交学费 3000 英镑。他因种种原因没有去成该学校，而是继续留在南岸大学读研，可又预交了费用。怎么要回来？并没有完全事先

约定条款。他认真想了想，以"他实际上没有开始课程""如果不退款会影响他对贵校的评价"等几条理由，多次和校方沟通，最终校方妥协了，同意了。我欣赏他的勇气和智慧。当发现那 3000 英镑静静地回到他的账户上时，两个年轻人是多么高兴啊！他们在床上兴奋得跳了起来。我虽然远隔万里，似乎仍能感觉到他们弹跳的力度。确实值得高兴。这是两种观念和不同文化的冲击碰撞，他坚持自己的权益，没有轻易放弃！而不放弃的人生，才有可能到达理想的彼岸！我为他感到骄傲和自豪。作为人，就该如此。敢于尝试，敢于挑战，哪怕不成功，也无怨无悔。

2013 年 8 月至 2016 年 12 月，是我们母子分离的岁月。作为独生子女的母亲，我尝尽了比我老母亲当年更多的孤独、寂寞，多少个长夜清灯下、枯坐无告时，只将明天期盼，方能止住泪流。而独在异乡为异客的他，也尽尝孤独之凄、求学之苦，所幸学成归来，不忘初心，不负众望，结局欢喜！

是为记。

回　家

　　儿子要从英国回家了，从十一月开始，我就数着指头过日子。这次我们母子分别了整整一年时间，是打他从娘肚子里生下来我与他分别时间最长的一次。这一年过得很慢，没有儿子在身边，生活平平淡淡，没有起伏。我很想念他，但又不敢对他说，有时候，会一个人偷偷地抹泪。这世界上，每时每刻，该有多少母亲因为不同的理由在为孩子们落泪，可孩子们又有几人会知道？他们正全情地面对生活中的喜怒哀乐，鲜少会注意母亲的泪光。当年的我，不也是在母亲的泪眼蒙眬中离开故乡的吗？

　　第一次他从英国返家，没有叫我们去海关接。那天早上他早早地就叩响了家门，令我们欣喜万分。我飞奔着下楼，一进门就把高高大大的他拥进怀里。儿子也很激动，任由母亲搂着，对跟在我身后的父亲亲亲热热地叫了一声"爸!"接下来就打开箱子，把送我们的礼物拿出来。给我的是一个立体声的耳机，花了近100英镑。给爸爸的是一瓶男士香水。坐下水都未喝一口，他就要我试下耳机的效果。声音果然缭绕动听，儿子还是懂我的，他知道他的母亲在他不在身边的日子里，除了看书写作，就是听听音乐。

　　这一次回家也是不让我们到口岸接。从下午四点开始，我就拿着小板凳坐在客厅门口等，一边看电视，一边留意门前的动静。多希望听到那声熟悉的"妈妈"在门外响起，可五点、六点过去了，还不见他的踪影。我感觉自己的心跳明显加快，开始不悦地抱怨他爸爸："几天前就说好让你考虑周全的，不要出什么意外，这次出国一定要带个备用卡在身上，下次回国时用得上。现在电话不通不是要急死人吗?""没有电话，没有人民币，他怎么回家啊?"他爸爸的声音还比较稳定："我上网查了，飞机三点半已平安落地，应该没有问题。我去小区门口迎迎他。"说完，一个人低头往外走。

　　又是半个小时过去了，我再也看不进电视，就给一个叫陈燕梅的文友打电话。前几天看到她在朋友圈发微信，从泰国玩了一圈回来，我想从她那里知道从香港机场回到南山大约要花多长时间。接到我的电话，她有点意外，当知道我的意图后，很热情地告诉我她们当时的行程。原来他们是包了一辆车，所以不到两个小时就回到深圳了。又劝慰我，说不定是因为海关人多，让我不要担心。可时针已指向七点，我感觉自己喉咙发紧，胸口堵得慌，便在电话里用很高的声音对他爸爸喊，别在那里干等，开车到深圳湾去，如果早点去，说不定儿子都已经回家了。他没有作声，但我知道，这会儿他肯定也开始着急了。果然，过十分钟，我再打电话给他，他已经快到深圳湾口岸了。

正在我急得六神无主的时候，门外响起了拖箱子的声音，一定是儿子！我急急地奔向门口，打开门，看到了穿着绿毛衣的他微笑着站在门外，朝我弯着嘴角喊"妈妈"。

总算听到了这熟悉的呼唤声，我已经听了快 21 年了，我的生活中已经不能没有它。有了它，生活才能重新回到原有的轨道上，否则太阳的升起和落下对我也就没有了意义。听说我害怕他被"打劫"，他咧开了嘴，一丝笑容溢出来："谁敢打劫我？"看着站在我面前高大魁伟的儿子，一个小时前的担心显得多么可笑。有时我想，幸亏生的是儿子，如果是女儿，按照我的性格，女儿一个人在外面东南西北地跑，那得操多少心啊！

儿子从十三四岁开始，就试图向我们证明，他长大了，不是小男孩了。首先是偷偷地背着我们抽烟，那时还是初二，他洗澡换下来的衣服散发出明显的烟味，我们虽然采取了种种措施，他还是抽得越来越凶。然后是打游戏、早恋、喝酒，到大学时期学会了打麻将。人在小时候都盼望着长大，以为长大了一切都好。其实伴随着成长，除了自由，不再受父母的管束，更多的是责任和重担。只有到了真正长大的那一天，才会明白，"成长"二字含有多少坎坷和辛酸，父母的怀抱和呵护有多温暖。

近几年，与儿子相处，越来越感觉到一种无力感。两年前，他还会听从我的建议，读读我推荐的文章，练习练习钢笔字帖，或者陪我逛逛公园，现在让他做这些事，还要选择他心情好的时候。我就他一个孩子，近来，会常常感到孤独。比起自己的孤独，我更多的是担心他。他们这一代人太不注重

239

自己的精神生活，认为只要不是当老师和当作家，用不着语言和写作能力。更不愿意看小说，认为那是"无用的书"，与自己的生活不会发生任何关系。其实，小说就是作家从生活中提炼出来的，读者通过看小说，可以从他人的生活历程中获得智慧和经验。在他回国的这十几天里，虽然我和他爸爸一直动员他看一本叫《围城》的小说，终是没有成功，只看了半部就放下了，说看不下去。这部曾获得较高评价也让演员陈道明一举成名的小说在他眼里竟是"无甚好看"，我们也只能无可奈何地摇头。

我们和儿子之间的关系到了一个需要重新调整定位的阶段，我们自认为还不是很老，对儿子还不能完全放手，怕他摔跟头。二十出头的儿子呢，自我意识很强，自认为人生经验丰富，处处都想表现自己。如何既能扶助他走上正确的人生轨道，又能充分发挥他的个人能动性，这就要考验父母的智慧和儿子的情商。这次与儿子相处十几天，我坚持了一个原则，就是坚决不同意他为了和同学聚会，专程去长沙。其实，在坚持的同时，我也有顾虑。所幸儿子虽老大不情愿，还是勉强答应了。我觉得，通过这件事，也可侧面地证明，他确实长大懂事了一些。

儿子走到今天，虽然我们像天下所有独生子女的父母一样，一路小心翼翼，如履薄冰，但曙光初现，亲朋好友都为我们松了口气。除了我们的努力外，还因为，他交了一个叫陈露的女朋友。在未见陈露之前，我对他的恋情抱着试试看的态度。当看见了这个有着一双大大的眼睛和甜美笑容的女孩，我从心里喜欢上了。随着交往加深，我们发现这个女孩不仅单纯漂亮，更重要的是实在，不娇气。这次从湛江到深圳，一口气带了三箱水果；从长沙过来，又带了二百只鸭蛋，令人不得不佩服。这点，不是所有女孩能做到的。即使儿子，也不一定做得到。儿子有点"高大上"，不食人间烟火，女孩，却很接地气，能让儿子像粒种子一样落在大地上。我期待并祝福他们的恋情！

有位哲人说，父母虽然是我们在这个世界上诞生的必然根据，但不能成为保护我们免受人间种种苦难的可靠屏障。终有一天，我们会明白，凡降于我们身上的苦难，不论是疾病、精神的悲伤还是社会性的挫折，我们都必须自己承受，再爱我们的父母也是无能为力的。所以，亲爱的孩子，请照顾好自己，人生路上，走好每一步。

天涯芳草

金色捷克

　　捷克，那在脑海中十分遥远、模糊的国家，某个深秋的一天，我有幸踏上了这片国土，游览了它的城市乡镇、山川河流，在心中留下了毕生难忘的印象。

　　来到捷克，给我们留下第一印象的便是这儿的秋叶。已经很少看到这么多这么美的秋叶了。街道和草坪上到处是飘落的黄叶，层层叠叠，像一层金色的毯子覆盖在大地上。便一下子喜欢上了，心中有了股说不出的暖意，不忍践踏。我们在捷克逗留的六天时间里，从未看见有人来清扫这些叶子。加上游人稀少，它们便安安静静不受打扰地躺在那里，仿佛世界只剩下了这些树、这些落叶，使这片土地显得说不出的静谧、神秘和自然。

　　虽值深秋，放眼望去，不少树的树枝上仍挂满了红黄绿紫不同颜色的秋叶，显得花团锦簇，引人注目。有的，整个一棵树都是金黄色的叶子，高高地耸立在蔚蓝的天空下。印象较深的是在克伦姆洛夫小镇见到的那一棵。克伦姆洛夫被称为欧洲最美丽的中古小城之一，随处可见古老的城堡、气派的皇家花园、充满欧洲特色的建筑、古朴的木桥、清冽的河水以及街头悬挂的著名画家莫奈的人物画像。但最让我难忘的还是城墙上见到的那棵极具韵味的白桦树，树干笔直，树枝上的叶子像约好似的全都闪着金光，整个树形仿佛一朵金色的蘑菇，高高地绽放在山坡上，映衬得天空更蓝更美。我们在树下张开笑脸，忘情地拍了一张又一张，尤其是我，贪婪地凝望着，迟迟不忍离去，等同伴催了一次又一次才叹息着将目光收回。

　　也许是长途飞行后疲惫的身体正需要这些色彩的安慰，也许是我已经少有心情注意身边似落叶这般细小的事物，不管怎样，这些普通的叶子陡然唤起了我对自然的回忆、崇敬与向往。我满怀兴致地观看它们，兴致勃勃地向同去的旅伴打听，为什么秋天了，这儿的树叶仍显得五彩缤纷，向导游打听捷克为什么会有这么多的树木。对园林颇懂行的同伴详细地向我解说，秋季来临时由于日照时间缩短和气温变冷，树叶会停止制造叶绿素，此时树叶中的其他化学色素就会显露出来，便有了我们眼中所见的这些艳丽的黄色和橘色，当糖分留存在树叶中时，还会出现红色和紫色。捷克年均气温只有 7.5 度，气温相对寒冷，所种树木对酷寒的耐受力较强，而眼下天气还不至于太冷，所以树叶大多数还留在树干上。至于我的第二个问题得到的答复是，捷克原是一个十分注重环保的国家，土地上除了建筑物外，便是河流、树木和草地，全国森林及绿化面积占国土面积的三分之一，首都布拉格绿化覆盖率更是达到了 65%，其大街小巷到处可见适地而建的大小街心花园，花木扶疏，加上其建筑物具有特色，整个城市显得特别富有朝气和活力。从布拉格到玛丽亚的高速公路的两侧，树木成排、成片、成林，蜿蜒纵深，莽莽苍苍，极具气势。而细看树木均长势良好，树叶如春花般艳丽。人坐在汽车上，左顾右看，感觉像在森林中穿行，在花的海洋中徜徉，真正地体味到一种自然之美、旅行之乐。

具有"中世纪宝石""百塔之都""艺术之都""建筑之都"等众多名号的首都布拉格是我们此行参观考察的重点。这个现今人口只有 116 万的城市，在 14 世纪曾贵为罗马帝国首都，城中罗马式、哥特式、巴洛克式、新古典主义式、文艺复兴式等各式建筑散见街头，在第二次世界大战期间竟奇迹般地保存完好，因而极负盛名，被称为欧洲的"建筑博物馆"。这些都引起了我们的极大兴趣。而圣维特大教堂，是捷克人引以为傲的地方。这座哥特式教堂有近 600 年的建筑历史，历经捷克国内外建筑师和艺术家多次改建、装饰和完善，可谓精雕细刻。在欣赏的同时，也为捷克人的不屈不挠精神而感慨。可以说，它集中了各个历史时期建筑的艺术精华，是捷克建筑史上的代表作之一。

比起具有帝王色彩的圣维特大教堂，我们参观的另一景点老城广场却完全是平民化的。广场并不大，却游人如织，气氛轻松，充满欢声笑语。只有中世纪才见得到的马车在广场上穿梭不停，人们纷纷举起相机，拍摄这难得的一幕。胡斯雕像处在广场的中心位置，由于先前在车上听了导游的一番讲解，不由得对这位捷克历史上著名的宗教改革家扬·胡斯先生产生了由衷的敬意，走向前去细细瞻仰。1419 至 1437 年，捷克地区爆发了反对罗马教廷、德意志贵族和封建统治的胡斯运动，人数参加之众、波及范围之广为捷克历史上之最。虽然运动失败，胡斯被处死，但罗马教皇动用庞大的军队，耗时数十年镇压，本身元气大伤，渐渐被历史的长河淹没。老城广场是 11—12 世纪中欧最重要的贸易集市之一，人们选择在这里竖立胡斯雕像以纪念这位伟大的爱国者，也足以证明捷克人民对这位平民改革家的重视和爱戴。雕像高约五米，外表呈古青色，胡斯臂膀有力，目光深邃，令人肃然起敬。只见他默默地一动不动地注视着前方，双目似乎仍残留着当年的悲壮与忧伤。

我们是近傍晚时分到达查理士桥的。说到布拉格就不能不说伏尔塔瓦河。伏尔塔瓦河就像一条银色的丝带，它伏在这座城市的胸膛上，缓缓地流动着，使布拉格充满了水的灵性，显得异常的生动和飘逸。如果没有伏尔塔瓦河，布拉格绝不会像现在这样声名远播。这条河流如问号般贯穿布拉格，河上共建有 17 座桥梁，其中最负盛名的就是我们参观的查理士桥。这座古桥建于 14 世纪，全长 520 公尺，桥两侧石栏杆上雕刻有 30 座塑像，为天主教徒和保护神，造型有女神、武士，人面兽身和兽面人身，姿态各异。这座将哥特式建桥艺术与巴洛克雕塑艺术完满结合的古桥，已然成为布拉格观光生活的代表。这天天气晴朗，虽近傍晚，但太阳的余晖撒在河面上，河水显得波光粼粼。站在桥上四面望去，两岸的建筑物有些掩映在树木中，看不太真切，可大部分露出真实而自然的面目。住在里面的人们也不知在忙碌些什么，也不管我们这些异乡人来自何方，更不理会我们此时此刻的感动心情。布拉格，真不愧为历史名城、建筑之都，它集中了各式各样的建筑风格却浑然一体，且颜色艳丽夺目。它的气派还在于捷克人为了美观居然在建筑物的顶端和突出部分镀上一层金粉，此时被夕阳一照，更是显得熠熠夺目，令人叹为观止。

作为旅行者，不仅希望了解当地的自然和人文景观，还希望更多地接触人们的生活，了解当地的风土人情、经济发展、环境与生活状况。我们也不例外。然而旅途匆匆，我们无法了解它的全貌，尤其是对后者知之甚少，只能从眼睛所看到的去揣摩和推测。我想捷克人应该是非常热爱生活的吧。大到他们对自然和文化的保护、对城市的着力建设、对园林绿化的大规模投入，小到对生活中的一点一滴。如在首都布拉格，我们看到建筑物外表华丽，很多办公楼和住宅均在窗台上摆放怒放的鲜花，许多小商店也刻意在门口摆放鲜花，而且多为艳丽的红色，给人带来较强的视觉冲击。此事虽小，但捷克人热爱生活、爱护环境的心思可见一斑。捷克之行给我们留下的印象除了环境整洁、绿化良好、市容繁华外，青年男女在街头旁若无人的忘情相吻也是让人精神振奋的一景，而且这样的景象无论是在庄严肃静的城堡，还是在布拉格的大街小巷比比皆是。说明捷克人民是非常浪漫的，捷克人民敢于追求爱情，对生活充满激情，而且大胆自然地享受生命赐予人类的一切美好。

飞天山之行

246　　每回站在自然之手建造的名山大川面前，都会不自觉地深深吸一口气。

在去飞天山之前，我的脑海里一幕幕回忆起平生见到过的那些奇峰异岭。对于大山，我是热爱的。它屹立在那里，默默地等待人们去游览和探索，这份近乎坚贞的情感不由让人心动。

见多了起伏绵延的山峦和远在天边的崇山峻岭，我曾沉醉于山林独特的清香和山花的芬芳而不能自拔，也无数次对山兴叹。在内心里，是早已将山归类了的：那是母亲的怀抱、青春的骏马、梦中的情人、精神的家园、灵魂的牧场、最后归去的地方，它可见，不可摸，可忆，不可追。

一直以来固执地认为，只能用眼去亲吻和攀登的山峰，才真正配得上称为"山"。其他所谓的山，最多只能叫小山头或小山包而已。真正的山必须郁郁苍苍、巍峨雄伟，因为没有谁比它更高大、更伟岸，让人仰慕。而此刻的飞天山不用费多大工夫，就匍匐在我的脚下。放眼望去，周遭是和我双脚站立的位置差不多相等的一片平顶地，因为没有树木遮挡，视野很开阔，视线似可长达天边，人的心情立即舒畅起来，不由自主地张开双臂，想拥抱眼前的一切，甚至想奔跑歌唱。山下的田野和村寨若隐若现，而远方更清晰，群山环绕，连绵不绝，心想，那便是地域甚广，跨湘粤赣桂等四省的南岭山脉吧。

发狠般地跺跺脚，发现脚下的土地异常坚硬，一如扑向眼帘的这些红褐色的岩石。

虽说来之前已经耳闻飞天山是丹霞地貌，但陡然见到这些被岁月风干的磐石群时，心中还是轻轻地"呀"了一声。飞天山的奇妙也许就是这些蓝天下傲然耸立的石壁。它们看上去犹如雕刻的瀑布，凝固着倾泻而下。听不到浪花飞溅，却有着各种冷峻而又优美的线条，是世上任何能工巧匠都描绘不出也镂刻不出的。没有树木掩映的它们，就那样裸露着自己坚毅的面容，石破天惊般的，带给世间一种气势，一种威严和力量。它们传达给人的是岁月的流逝、历史的承载、生命的真谛。生活的真实，莫如这些写满天地任洪荒万物奔流而过的岩石。它们让人敬畏和感叹！

我正在轻轻抚弄脚下的芒草，与岩石相比，它们何等柔软、脆弱！但岩石包容了它们，与它们为伴，任其疯长，漫天遍野。不能忽视它们的存在，从一粒种子的偶尔飘落，到子子孙孙的扎根生长，无不彰显了生物的美丽与极致。虽然渺小，但它们赋予了飞天山灵动的气息。否则，飞天山也太过单调和沉闷了。

247

这时，高中同学、郴州市委党校"名嘴"邓云峰在我的耳畔轻声说道："千百万年前，这里曾是一片海域哟！"我点了点头，一时静默。感谢他的招待，让我有了此次的飞天山之行，也使得近日郁郁的心境有了一次放松的机会。

坐在船上游览的时候，我避开人群，闭上双眼，在脑海里展开自己想象的翅膀。我想象我现在经过的地方，若干年前如何汪洋成海，碧涛万顷。茫茫大海，人类的肉眼根本无法企及，只有天上的白云能看到海水和风的呢喃私语……

翻云弄雨的自然之手永远都不会停歇，它嫌这片海域太寂寞了，必须要有人类的足迹踏入方显魅力，于是，它挥了挥手，不甘心的海水无奈地一寸寸退却到大地深处，只留下了一条像丝带样的郴江以作纪念。还有，就是这些带不走的冥顽不化的倔强的岩石。

这一切不由让我想起诗人歌德关于自然的那句名言：现在有的，从前不曾有过；曾经出现的，将永远不再来！

时间总是过得很快，是到该与飞天山告别的时候了。

人们寄情于山水，忘怀于山水，但再好的山水都无法挽留人们离去的脚步。这就是人类和自然的关系。在这点上，人类多辜负于自然。一千多年前，诗人王维就奉劝大家：山中有桂花，莫待花如霰。飞天山上虽无花开，但一样有动人之处。

南岳与萱洲

有时候人会固定地、重复地做某件事，不为别的，就是一种信念。

2014 年的国庆假期，我又一次来到了衡山脚下的南岳镇。近来因城市发展需要，衡阳市已将它升级更名为南岳区。在我眼里，区和镇的不同就是在衡阳市与南岳镇之间新修了一条高速公路，原来车程要一个多小时现在缩短为 20 分钟。

这是我第六次来膜拜南岳衡山。从 1999 年的秋天开始，每三年必来一次南岳。只是每次都是行色匆匆。高高兴兴地来，满怀希望地离去，留下了一些不能忘却的记忆。

与 15 年前相比，人虽然已老去，但山还是那座山，巍然屹立在天地之间。祝融峰上的风和雾还是那样一阵又一阵地眼前飘过，经久不散。祝融峰乃衡山海拔最高峰，去过六次了，我没有一次看清它的全貌。先生同学薛水波，是南华大学某学院副院长，这次陪同我们夫妇一起上到山顶。他告诉我们，天气晴朗的日子，站在祝融峰上，可以一览衡山的大好风光。春天，山花烂漫，分外妖娆；夏日，群峰如浪，绿涛起伏；秋天，层林尽染，百峰争艳；冬日，银装素裹，如入仙境。听得我心里直痒痒。衡山啊，为何我每次来，你都披着轻纱，腾云驾雾的，叫人无法看清你的真面目？难道你要以这样一种方式，让我一次次地将你寻找吗？

看到我一脸的失望，薛院长劝道：下次来衡山，时间安排充裕点，一定住在山上。山上寺庙庵观达二百多处，可以到南台寺、福严寺、藏经殿好好参观，还可到半山亭看日出，一定会有不同的收获。

真应了上山容易下山难这句话，下山时，人们排起了长队，弯弯曲曲，见首不见尾。冷风习习，气温骤降，有人穿起了棉大衣。那些还穿着短袖的人，只好努力缩起自己的脖颈。此时，雾更浓了，像一张透着水气的细细密密的网，遮蔽了人的双眼，连十米外的树木都看不清了。风凄凄，雾茫茫，不见天，不见地，不是熟悉的那个欢声笑语、色彩斑斓的世界了，空气中似乎弥漫着一股神秘的味道。人们机械地向前移动脚步，唯一热闹的是手机的拍照声，此起彼伏地响起。刚才还向我大谈衡山乃长江以南香火最旺的地方的薛院长，此时也沉静下来。看他跟着我们一起在浓雾中移动，心里不免觉得内疚。他连说，不碍事，只是衡阳一个同学早早地等在山下，我怕他们等得焦急。

平安地下山，天已经完全黑了。坐到温暖的小店，吃着热乎乎的饭菜，想着山上的情景，恍如隔世。薛院长夫人面目清秀，她向我介绍说，因为水好，南岳的豆腐出了名的好味道，还有，就是风干肉。不用烟熏火烤，挂在风中，自然阴干，其味美不可比。我问何故，她告诉我，可能与当地气候条件有关。那一顿饭，我不知道自己吃了多少块豆腐，记住了豆腐的清香味和热情的薛院长夫妇及刘迎云夫妇，因了他们的陪伴，此次的南岳之行显得十分特别，耐人回味。

每次来南岳，我都会到祝融路上一个叫常德饭店的小店打尖，店主叫陈天玉，是我的常德老乡。常来他家，除了乡音听着亲切外，还因为在他们家能吃到纯正的常德钵子菜。这次也不例外。第二天中午，我起身寻找，不费一点工夫就找到了，原来我们住的电信宾馆就在它的斜对面。谁知这回却见不到陈老板，也没有吃到钵子菜。店名改为更显气派的"常德大酒店"，现在店里主事的是陈老板的亲戚，一个看上去精明能干的小伙子。他告诉我们，陈老板已将这个三层楼的店面全部买了下来，四百平方米，花了约六百万元，另外还在镇上购买了一处商品房，去年就不亲自做生意了，现在在家带孙子。言下之意，很为陈老板取得的成就而骄傲。我饶有兴趣地问他："是不是在南岳街上做生意的，都发了不大不小的财？"他笑而不语。又拿出一张名片给我，让我下次来的时候，一定找他，包接包送，安全便利。想到陈老板九年前从几百公里外的常德来南岳做生意，刚开始就租一层门面，卖香烛兼简单的饭菜。后来积蓄了一点本钱，将二楼、三楼租下来做住宿接待客人。生意不大，赚头不小，如今资产竟快接近千万，真应了"靠山吃山，靠水吃水"这句老话了。南岳香火旺，来此膜拜旅游的人长年不断，也催生了无数个像陈老板这样的成功商人，令南岳地区的经济发达，听说商品房的价格也直逼一些中小城市了。

因为爬了山，第二天早上醒来双腿有明显的疼痛感，但还是兴致勃勃地去了离南岳十公里的萱洲古镇。萱洲因此地萱草繁茂而得名。萱草又名黄花菜、金针菜、忘忧草。萱草之花被古代的人们称为母亲花。《诗经疏》里"北堂幽暗，可以种萱"，说的是古时候游子要远行时，会先在北堂种萱草，希望以此减轻母亲对孩子的思念，忘却离别的烦恼。唐朝孟郊的《游子诗》写道："萱草生堂阶，游子行天涯。慈亲倚堂门，不见萱草花。"萱洲，勾起了我浓浓的思母情怀。

几经问询，终于找到了古镇所在地。如果不了解当地文化历史背景，即使路过萱洲，也不会知道靠湘江河岸隐藏着这样一个有六百多年历史的古镇。眼下的萱洲镇和其他农村乡镇没有两样。路上尘土飞扬，房子密密麻麻，小市场里橘子堆成小山样高，苍蝇嗡嗡地乱飞。慢慢地往河岸走，才感觉到水的清凉气息漫延过来，渐渐驱散了刚才还在脑子里打着的大大的问号。

往下行十几步台阶便来到萱洲古河街。说是街，实际只有一面，另一面就是湘江。街道长不过千米，宽不过五米。面江而立的房屋除了明清古建筑刘锦公祠堂、宋宰相欧阳方家庙金莲禅寺、蔡侯殿遗址、观谭寺等外，普通的民居及现代化的小洋房也夹杂其中。叫人惊喜的是湘江水，江面甚是宽阔，江水清澈到能看见水中生长的水草随着水波轻轻地荡漾。据说，自古以来此地商贾云集，时间一久，遂成集镇。此言不虚。找到了传说中的古码头，还有在浅浅的古城墙上雕刻的三只龙头，因为年代久远，显得斑驳陆离。游人稀少，连本地人也很少见到。只有两三个老人在门前晒太阳。这是我见过的最悠闲、最安静的旅游景点。与江水唇齿相依的小镇在秋阳的照耀下显得恬静淡然，让一直绷紧的大脑得到片刻地放松。时光悄悄地流逝，转眼便到晌午。古镇是无法解决吃的问题了，没有摊档，更别说饭店。这也许是古镇得以保存完好的原因了。但我还舍不得走，在一家门前，我停住了脚步。原来这家人的院墙上晒着一百来只白色的扁圆的东西，我看不出是什么，拿在手上嗅，有淡淡的米香味。看我研究半天没有结果，房中男主人从屋内一步步踱出来，告诉我，这就是用糯米粉和根霉菌做成的米曲，用它做"药引"可以酿造糯米甜酒。一句话，提醒了我，原来它就是糯米酿子。几十年了，我吃惯了母亲最擅长酿的糯米甜酒，每年的冬天，用甜酒煮红枣鸡蛋，既活血又补血。母亲不在了，轮到五姐每年给我酿又香又甜的糯米酒。一直不知道那神秘的"药引"为何物，一次不经意地造访，让我解开了几十年的谜底，为此，我也记住了萱洲。

再访东涌

　　冬日的深圳最适合出行。这一天，当我再次站在三稳涌的小石桥上望向不远处的瑙岗河时，距离第一次来东涌已是三年半过去了。当初离开此地时我就想，我肯定还会再来的。在三年多的时间里，两度来到同一个地方，也许你会问，究竟东涌有什么迷人之处，让我如此留恋？如果我说，是它的质朴、淡雅和安然吸引了我，或者说是抚慰了我，你相信吗？但事实就是如此。

　　东涌镇是岭南的一个普通小镇，归属于广州南沙区，从深圳驱车一个半小时就可到达。如果以一般游览胜地的目光来看待东涌，它可能会让你失望。因为此地既无高山大水的奇貌异景，又没有深含底蕴的人文风俗，只是作为岭南水乡保留的最好的小城镇，这几年开始被人口耳相传。它带给我的感受是如故乡一样的亲切、寻常。

　　第一次来到东涌镇，首先让人眼前一亮的是镇上的建筑。这些年到处都在起高楼，仿佛楼越高，越能证明此地经济繁荣、人民富裕、社会地位不可或缺，所以乍一见这些古色古香的建筑群，竟有点不敢相信地睁大了眼睛。放眼望去，整个东涌镇的建筑竟无一高楼，外墙多选择细密青砖，中间镶嵌白石线条，配上图案，雕梁画栋，在空中构造出一道道美丽飘逸的弧线。再加上东涌河蜿蜒其间，河上船只往来穿梭，让你错以为回到了民国时期的岭南水乡。

　　而最令我念念不忘的是东涌镇的大稳村。它的不同打破了我以前关于旅行的一切印象。

　　虽说大稳村是广州市重点打造的绿色生态农业名村，意在发展生态旅游，带动当地农民脱贫致富。但它身上没有太多的人工痕迹，甘蔗地、芭蕉林、小河涌，栽培了不少瓜果的绿道、开满荷花的莲塘、水沟里的木制水车、在水上嬉戏的鸭和鹅、河堤上蹒跚的老人……这一切无不散发出一股股熟悉的乡土味道，家的味道。几十年了，这味道始终像蜜一样封存在我心中，不曾散去。

在等待开船的半小时里，我在三稳涌那一段河堤上漫步观光。看过大稳村才知道，像三稳涌这样的小河涌在村里有好几条，但通船的不多。眼前的堤坝约二十米高，堤坝一侧就是农家新建的房屋，楼层、结构都差不多，一字排开。外墙颜色明丽，院落打扫得干净，院墙外一角常耸立着一两株结着层层叠叠果实的芭蕉树，让人看了着实欢喜，忍不住伸出手去摸一把。

而靠水那一侧的景观很有看头。岸边着三三两两的岭南常见树木，如木棉、水杉和樟树，树下是平整良好的一块块菜园地，小方形、三角地，看似随意，却是有心。阳光下，黄瓜藤上的黄色花朵开得恣意盎然、辣椒树白色花苞在枝叶间星星点点、矮胖的茄子树上却是挤挤挨挨地开满紫色茄花，引来蜜蜂无数。

间杂在这些菜园地里的，有的是鸡笼，几只母鸡在里面昂首阔步。更多的是茅寮。

起始我们不知道这种四根柱子均立于水中完全悬空的建筑物为何物，只是觉得有趣，外观与我们见过的湘西吊脚楼有几分相似，却比后者低矮简陋也窄小得多，但结构紧密，小巧实用。后来问了船工才知，这是茅寮，也是被称为疍家人的当地人 20 世纪在岸上生活的栖息地。

如果说要在大稳村寻找历史，非眼前的茅寮莫属。在它身上可以看到一百多年前人们的生活场景。世世代代生活在此地的疍家人多以打鱼为生，他们也会在靠水边的陆地打造这种简单而实用的居室，那是他们心中的家园，也是最后的归宿地。当年老体衰，再也无力到海上去与风雨搏斗，他们便隐居在茅寮，以便向远方的大海投去怀念、追忆的目光。

与近在咫尺的小洋楼相比，茅寮身上每一根线条都显出它曾历尽岁月沧桑。不由走近去看了看，有些里面堆放杂物，有些收拾得干净只是放些桌椅，偶尔见到有岁数不小的老人出入其间。

"可以坐船了。"耳边传来丈夫的催促声，转头去看，一条可以坐五六个人的观光船正在水上轻轻地摇荡。

此时正处于立夏时节，阳光普照，整个河涌里就我们一条船，船工是一位笑容满面的中年汉子，全程带着憨厚的笑容，热情地回答我们所有的问题。

河面只有十来米宽，可水深处却不可测。坐在船里往两岸看，风景更加疏朗。两岸近水边种植了大量的水生美人蕉，一丛丛红色、黄色的花朵沿岸次第开放，染亮了周边的一切。清凉的河风从不远处的骝岗河吹来，让人神清气爽。

254

我尽情地向前张望着。听说河水从此处不远直接涌入珠江口，便想到百川归海，想到无数河流就是如此义无反顾地流往大海，这种永不变化的一往情深也是人类心中永远的追求。正在遐想间，一位在岸上行走的老婆婆，在几十米远处挥手和摇橹的船工打招呼。船工说，她已经九十多岁，眼不瞎耳不聋，每天背着手来回在河堤上行走几趟。在大稳村有不少这样接近百岁的老人，不仅生活都能自理，还会帮子女干些轻松的农活。这引发了我的好奇心。

大凡一个地方长寿老人多，除了环境良好外，还有就是民风淳朴，这个2011 年 9 月才开放的水上绿道每艘船才收费 30 元，见只有我们夫妻二人，本来可以坐六个人的船又再少收 10 元，只收 20 元，要价确实低廉。再看和我们唯一打交道的船工，当听说我们想去看湿地，他自告奋勇地骑摩托车带我们前往。到了目的地，我拿出两张 5 元钞票，正怕他嫌不够，他却只拿其中一张，并嘿嘿一笑说，路途不远，5 元够了。他的厚道令我感动，坚持要他收下。

湿地公园不大，围绕着一个约一万平方米的水塘展开，遍植各种水生植物。最吸引人的是水面上撑起的一朵朵绿伞，高低错落，争相吐绿。虽未看到荷花，但这团绿，直沁入眼底，衬得水边的美人蕉越发鲜艳夺目。

除了我们，不见其他游人。如此静谧、纯粹的自然之美，不由让我产生了一种奢侈感。也有了写作的冲动。来东涌的起因，也不过是在《羊城晚报》的《花地》副刊上看到了一篇《不如去东涌》的游记，所以刚出发时，丈夫连问我三个问题：为什么去东涌？东涌在哪里？东涌有什么好？我都不知道该怎么回答他。

此时，我已无须再问他此行的感觉和意义，因为他的眼睛里不断地露出欣喜的光芒。

湿地公园连接处便是大稳村的瓜果绿道了。东涌是瓜果之乡，最出名的便数东涌木瓜和大稳番石榴，这两样瓜果都被我带了些到深圳。

再度来到大稳村，先是熟门熟路地找到三稳涌码头，被告之目前河涌水少，要等一小时水涨潮后才能开船。票价仍维持 30 元不变。决定去另一个码头沙鼻梁埠头看看，听说那里能听到疍家女唱咸水歌，第一次来时因为不了解，错过了。

这次的旅伴多了七十多岁的公公婆婆，而船工也换成了船娘。待上船，才发现她不会说普通话，好在能听。丈夫用半生不熟的白话和她交流。眼前景物与三稳涌类似，只是河道稍宽，岸边多了一丛丛的翠竹，还有几株结满了青色果实的番石榴树，树根牢牢地扎在水底。

看到船娘，不由想起三年前的船工，当时忘了问他的名字，不然还可以向船娘打听一下。这次来之前还想着能不能碰到他，看来是无缘再相见了。不觉打量起眼前的船娘。

眼下正值冬季，公公婆婆全副武装，她却只穿了件薄薄的花毛衣。丈夫便用白话问他：今年几多岁？

你猜。她说。

三十多岁吧。丈夫微笑着说，并狡黠地向我眨眼睛，我知道他没有说实话。按我的估计，船娘应该有五十来岁。

哈哈哈！丈夫话音刚落，便听到她朗声大笑起来。我五六年的，很快就满六十了。说完，她停住手中的桨，向我们比出一个"六"的手势。然后又自豪地告诉我们，她的儿子都快四十了。

这下轮到我们吃惊了。丈夫忙掉头对他父母嚷着说：你看，她六十了，我怎么一点也看不出来啊。

在六十多岁就得脑梗阻的婆婆，望着双手来回自如划桨的船娘，脸上的表情惊奇中带点错愕。我想起来此的目的，赶紧催促她唱咸水歌给我们听。

她清清嗓子，望着眼前平静的河水唱开了：我今天唱歌真开心，越唱越觉有精神。各位贵宾来到我们这一带，我唱个歌来迎嘉宾。

虽然已是近六十岁的人，但嗓音清亮，吐词清晰。我们忙给她鼓掌。看到我们鼓励的眼神，她继续往下唱：

我今天唱歌给嘉宾听，好中意来好欢喜。不懂鼓音也不识字来，我唱错了嘉宾莫介意。

像上次一样，河道里还是只有我们一条船，随着她的歌声响起，周围反而越发寂静。我的思绪一时远了，想起若干年前，以捕鱼为生的疍家人随着海水，四处飘荡，那时的海水一定不寂寞，因为有穿梭不停的摇橹声和疍家人的咸水歌为伴。何为咸水歌？盖因以渔为生的疍家人整日与带咸水味的海水打交道也。

歌声停歇时，我们问她，为何这把年纪不好好地待在家中抱孙子，要出来打工，每月能挣多少？

她说：孙子都上学了，每月能挣两千元。

说完，仿佛我们的问话触动了她的心思，她突然放声唱起：世上总有事情想不通，打工原是为家供。其实打工没有用，一份生意好过十份工。

这段歌她唱得与前两段不同，似乎掺杂了她自身的经历和情感，透出一丝淡淡的忧伤，让听者默然。"一份生意好过十份工"，这是打工一族的自我想象，还是现实生活的真实写照？很难论对错。但短短的一句话蕴含了无数劳动者的辛酸苦辣。

与她道别后，我心中时常会飘起她最后那句歌词。打工，是现代生活中的常态，当今中国人尤其是农民，多少人背井离乡出来打拼，无非是为了改变生活、改变命运。又有多少人如愿以偿？相信每一位打工者都有属于自己的一首歌，写满了起伏跌宕、悲欢离合。

临走前，又去看了湿地公园，走了瓜果绿道。

三年多过去了，湿地连接处新建了驿站，之前的景观寻不到了。多少有些失落。但愿东涌永远保持自然风貌，让我们这些久处都市的人，可以寻到一方净土。

再见了，东涌！

延安西安

　　如今从西安到延安只需坐两个小时动车就到，在列车上，我的目光一直注视着车窗外。五百多里长的列车线，所看到的多是连绵起伏的山冈。虽然这些冈峦也披上了淡淡的绿装，但树下黄土地处处可见，告诉人们这里已是黄土高原。列车如梭般地前进，冈峦之间，不断见到浑黄色的河水，穿过山冈，缓缓流向不知名的远方。远远望过去，河水仿佛停滞不前。

　　这是第三次来延安了。前两次都是行色匆匆，一两天时间，最多就是到宝塔山、杨家岭革命旧址等地走走。这次停留的时间最长：七天。转的地方也最多，上午在延安干部学院上课，下午到各红色基地现场教学，负责教学的均为学院的老师。记得有一两堂课的老师在现场讲得声情并茂，颇受感染，还特地做了长长的笔记。除了学习外，延安的蓝天白云给我留下了较好的印象，还有就是天天吃馒头包子花卷，喝小米粥，感觉吃了太多大鱼大肉的肠胃很受用。离开时，内心深处竟产生了一丝依依不舍之情。还会再来吗？

　　坐在回程的列车上，心里还想着那蔚蓝的天空、天空下不高却十分巍然的宝塔、塔下一列列整齐如一的窑洞。邻座上一对年轻女孩子正在大谈吃面食和米饭的不同之处，将我拉回现实中来。本没有听陌生人谈话的习惯，也许因为离开，想更多地知道此地的风土人情，竟然竖起了耳朵。其中一个说现在更多时候是做米饭啦，把米放在电饭煲里，炒几个菜，菜好了跟着饭也熟了。不像做面食，又是揉又是擀的。这段话不禁把我这个吃了几十年米饭的人惹笑了。我在心里说，米饭虽好做，但做不出花样来。面食就不同了，只要主人有心，可条可卷，可隆可散，可咸可甜，令人回味无穷啊。

这次在西安将停留两天，心里没有太明显的主张。兵马俑、华清池、大雁塔、华山等景点，都去过了，想到之前虽两次来此，但对城墙都只是远远地望上一眼，便决定首先上城墙。

轻轻松松地站在城墙上，立刻被眼前的景色吸引了：原来城墙如此厚重，稳稳当当地立于天地之间，人站在上面，觉得就像站在大地上一样踏实、安稳。不上来还真不知道。它怎么那样长？像条长龙般伸向远方，肉眼根本看不到尽头。虽然之前做了功课，知道长达十三公里、宽达十四米的西安古城墙是中国现存规模最大、保存最完整的古代城垣建筑，然而它还是在我的心脏上重重地擂了一拳。太伟大！太震撼了！我深深地吸了一口气。城墙上游人如织，不少外国友人弯下腰来在"啪啪"地拍照。此时正是夕阳西下时分，大部分城墙和耸立在城墙上的建筑物被夕阳柔和的光线笼罩着，像被一双妙手均匀地涂上了一层金色的釉彩，显得意气高远、自重端庄。一千多年过去了，那些金戈铁马、烽火连天的历史都已载入史册，曾经殊死守卫国土的将士的生命早已化为尘烟。城墙还在，虽然饱经风霜，仍坚强地屹立着，似乎要用自己的存在来诉说那些久远的故事。多少人来过，多少人走了，生命短暂，岁月永存。

第二天，接着参观了陕西省历史博物馆和碑林，但都没有像城墙那样让我久久难忘。倒是这儿的肉夹馍和生氽丸子汤，让我的第三次西安之行有了特别温馨的回忆。

丈夫的湖大校友徐安南夫妇在西安生活了近三十年，得知我想吃本地小吃，特地将我们带到西安建筑科技大学旁边的"子午路张记肉夹馍店"品尝。据他们介绍，这家店的肉夹馍全市有名，很多人慕名而来，目前已开了几十家分店。它原为夫妻店，后来夫妻俩虽然分开了，但还是统一配方，统一培训厨师，二十四小时营业。不同的地方是丈夫的店可以加盟，妻子的店不加盟。我们到的这家店刚好是后者。这正合我意。不知为何，隐隐对店主有几分同情。店面不大，就摆了十几张小桌，环境也一般，可吃饭的人真不少，我们当晚八点多到，还需到店外稍等片刻。徐先生熟练地点了肉夹馍、凉皮、生氽丸子汤。12元一个的肉夹馍吃在嘴里只觉得不仅面香肉美，且咬起来很有劲道，一个吃完，就有饱腹感。再看13元一碗的生氽丸子汤（大碗），里面内容丰富，有数个肉丸、豆腐、黑木耳、青菜、黄花菜、腐竹等，一碗下肚，再加上先前的肉夹馍，直感到腹间温暖饱和。第二天，我和丈夫再度来到小店。这次是自己打车来，想再次品尝小店的美味。也想将昨夜一直萦绕心头的疑问问个清楚明白。小店位置明明在建设路上，为何叫"子午路张记肉夹馍店"？店员告知，原来这家店最早开张是在子午路上，为了纪念过去，以后所有新开张的店一律叫这个名字。什么叫打断骨头连着筋？这就是虽然离了婚，生意各做各，但也无法忘记从前。小小的一间肉夹馍店，也有这样丰富的人生故事，让陌生人记住了它。

259

　　在西安两天时间，总共才打到两次出租车，我向徐先生抱怨，在西安打车太难了。他微笑作答：是啊，游人太多。本地人出行多坐公交，或者步行。我们住的酒店离城墙下的环城公园不到五分钟路程，这两天时间，三次路过环城公园，其中一次还听到有人在公园高唱秦腔。寻声而去，发现是一群退休的老人在此自娱自乐。秦腔形成于秦，精进于汉，昌明于唐，是历史悠久的剧种，它需要演唱者情绪饱满，全情投入，或欢快，或悲愤。飘荡在广袤的天地之间的黄土高原上的秦腔，是那样高亢激越、豪放粗犷，诉说着生命的欣喜、悲伤和无奈。此刻从老人们的口中唱出，身边绿树流水、环境幽雅，虽然无法引起听者心灵的共鸣和震颤，但我仍然还是驻足听完了一节，毕竟也是一次难得的欣赏机会。据悉，现在在西安唱秦腔的年轻人是越来越少了。

湘西特色村寨

2017年的春节期间突然多出了三天空档，本想老老实实待在老家感受家乡节日气氛的心又不安分了。几经商议，决定去湘西。在湘西土家族苗族自治州卫计委工作的张家尚同学热情地邀请我去。

去湘西，有几个心愿。第一个，就是想见见毕业32年未曾谋面的常德卫校的老同学吴东。这位在20世纪80年代初期就主动放弃助学金的同学当时给我留下了许多好奇。十元钱，现在看来不值一提，但在当时足抵半个月的生活费，可以在食堂买下好几十份辣椒炒肉了。家庭困难的同学每周也就点一份这个菜来解解馋。我还记得当年听说此事后心中涌起的惊讶。

柔和的灯光下，他向我伸来了热情的双手。我默默无言地看着他。胖了些，虽然英俊的轮廓还在，但周身无不染上了岁月的风霜，唯眼神还是那么明澈，笑容依旧。现在的他已是湘西土家族苗族自治州疾控中心多年的副主任了。据同时在座的覃章世同学介绍，中心领导工作最实干热忱的就数他，不仅丝毫没有架子，对分管工作更是亲历亲为，经常下到几十米深的井下，了解煤矿工人的职业病发生情况。原来群山环绕的湘西，遍布大小煤矿，煤矿工人数量较多，是个不可忽视的职业病预防群体。除了在单位，在家里他也是好丈夫、好女婿，老岳母瘫痪在床二十年，全仰仗他们夫妇悉心照料，否则早已不在人世。这话我信。有些人来到世上，就是给人带来温暖和力量的，吴东同学就是这样的人。

话题转到未来两天的行程，在大家的讨论声中，主题渐渐明确：参观特色村寨，再访边城，深入里耶。

第一站：花垣县金龙寨。在家尚同学的陪伴下，车子向离吉首一百多公里的花垣县驶去。"悬崖苗寨，云中金龙"俨然已成金龙寨的标志，源于湘西著名散文家彭学明在人民日报上发表了一篇《美在深闺人未识》的散文，让这个过去默默无闻的村寨声名远扬，前来参观者络绎不绝。

来之前，脑中已有了关于金龙的初步印象。它位于高山岩溶区，整个山寨建在一个平均海拔九百米的悬崖上，对面山峦绵远，峭壁森然。中间被一条大峡谷分隔开，自然天成。农耕时期，山高路远，交通不便，寨子几乎与世隔绝，虽然风光旖旎，却不为人知。上报后被湖南省委组织部列为扶贫点，修建观光栈道，打通与外界相连的道路，引来泉水，金龙寨才以它绝美的山形地貌、朴实的苗家风情完全展露在世人面前。

261

终于站在栈道上。四下里望去，眼前灰蒙蒙一片，除了近在眼前的几棵树，什么都看不见。平常轻薄无物的雾，此时浓得似棉絮般密实，拥满天地间。正在懊恼之际，有声音在耳边响起：快看，雾散了！真的，刚才还浓稠似蜜的雾被一双神奇的手驱散了。对面翠绿的山峦和耸立的悬崖奇迹般地出现了，透过缕缕飘过的云雾看，真是美如仙境。视线转向下，想看那深切的山谷，只见一条隐约的绿线，长长地伸向远方。还来不及细看，浓雾如双眼般合上了，又是天地不分，混沌如初。

并没有起风，雾为何会散？难道是为了安慰远来者？自然真是神秘莫测。心有不甘。可时间太短暂，还想再看一眼，终是没有等到。害怕路上结冰，车不好走，只得匆匆离去。想到长期生活在此处的人们，尤其是在过去刀耕火种的年代，生活该多么寂寞而贫瘠。据说，这儿的山民以种烟为主，山上还出产甜樱桃和高山云雾茶。幸而时代变了，可以让这些土特产走出高山，给当地的家庭带来一些经济收益。

第二站：溶洞成群的村落。花垣县十八洞村因为2013年末习近平总书记到此调研并首次提出"精准扶贫"而名声在外。这个平均海拔七百米的苗寨同样由于耕地稀少、物产不丰，苗民生活十分贫困，是远近闻名的"光棍村"。有了在金龙寨的体验，我对能够看到十八洞村洞洞相连的奇异景观不抱太多期望。果然不出所料，山峦和溶洞被云雾包裹得严严实实，即使把眼睛睁得再大也无济于事。寨子建在一个山坡上，房屋风格相似，土砖黑瓦木墙，错落有致，道路由麻石铺成，路边人家有卖土特产的，有开餐馆的。家尚同学一直把我领到寨子最高处的一户人家。他说，来十八洞参观，这是必到之处。

进到厅堂，一眼看到墙壁中间位置挂着总书记来此考察和村民围坐的合照，紧挨总书记身边的两位老人此时坐在一侧的炉火边烤火，面带微笑地打量我们。他家也开了小餐馆，对外营业，我们正饥肠辘辘，决定在此用餐。上了四道菜，有湘西腊肉、腊鱼等，结账每人 30 元。怎么如此便宜？一问才知，村里开的农家乐都是这个标准。连标准都统一了，真没想到。

要离开了，我们提出想和两位老人合影，他们欣然同意。开始在火炉边拍，后来那位叫龙德成的老人示意我去挂照片的厅堂那边合影。说着她起身走到里屋搬出一张缠着红布的椅子。虽然听不懂她说的苗语，但我能明白，她要我坐在这张椅子上。我不敢坐。她却紧紧地拉住我的双手让我坐下，然后微笑地面对镜头。等照完相，她又重新把椅子送回里屋。

望着她来回走动的身影，我的内心十分温暖。这位已成为十八洞村形象大使的老人有一颗金子般的心，她这种对领袖的热爱和普通客人的热情深深地感染了我，再也无法忘怀这个隐藏在大山深处的村落。

在精准扶贫政策的指引下，如今的十八洞村已创办了千亩猕猴桃园，今年即可挂果。猕猴桃花最香，十步外都能闻见，金黄色花朵泡水格外清香扑鼻，可惜我来的不是时候。相信这儿的人们，在好政策的支持下，用自己勤劳的双手，一定会开创出美好的新生活。

对于边城，1992 年秋，我曾经寻梦到此。当时矮寨大桥尚未建成，公路陡峭，山势峻拔，而边城，也远不如现在有名。安静的小镇，就那样沉静在沱江旁、秋阳下，散发出一缕缕自然的气息，沁人心脾。当年近一周时间的湘西之行，最令我心驰神往的就是边城。曾写出了系列游记发表在《深圳商报》的副刊上。多少年过去，我心中不时忆起这千里之外风光秀丽的小镇，总想着有朝一日，还能重返边城。

今天，我来了，带着 25 年的思念之情。来之前，我也想到，社会发展日新月异，随着资讯发达、交通便捷和人们生活水平的提高，边城肯定不复往日模样。

然而，当我真正站在边城街头，我还是不敢相信自己的眼睛。原来的小街完全不见了，代之而起的是两条直而长的街道。当年屋檐下挂着红色干辣椒，门前晒着豆角、茄子和各种药材的房屋不知去向，耸立在眼前的是层层叠叠崭新而气派的楼宇。也能见到木墙黑瓦的旧式吊脚楼夹杂其间，但总觉得房子太多太密。街道上更是商铺林立，车水马龙，熙熙攘攘，显出一幅繁荣兴旺的市井景象。

驱车直奔渡口，一眼看到手拉船还在，南来北往地摆渡行人，只是过渡者多为游人，再难见到背背篓的山民了。水边建起了栈道。还记得第一次来时蹲在水边洗凉薯吃的情景。凉薯脆甜，河水清澈，清澈得让人不忍去打搅。如今只能站在船上看，无法掬一捧清凉。看着看着，总觉得它浑浊了不少。心里有种隐隐的痛，为这日夜奔流的河水。

"前面建起了一座翠翠岛。"一起陪同来的家尚同学在耳边说。顺着他手指的方向，果然看到河的中心位置建起了一座人工岛屿，上面绿树婆娑，一座白色的少女塑像高高耸立，必是翠翠无疑。不知道沈先生如果活到今天，看到人们硬是把小说中的翠翠移植到现实中，会作何感想。我远远望着那凝固的塑像，觉得她与周围的青山绿水似乎不太合拍。

"要上岛参观吗?"家尚同学问，我摇了摇头。

倒是到河对岸的洪安镇上走了走。看到上面的建筑和"刘邓大军入川驻地"等旧址保存完好，也没有增加太多新的建筑物，街面上明显安静许多，与25年前比没有太大差别。刚才灰暗的心情渐渐明亮起来。

我笑着对家尚说："你看人家洪安保存得多好。"

"是啊，它变化不大。人家没有边城有名啊。"

我无语。

在20世纪30年代，沈从文因小说《边城》而一举成名。据说，《边城》的影响力仅次于鲁迅的《呐喊》，成为当时乡土文学的代表作。因为小说以茶峒为背景，所以，2005年当地政府干脆把茶峒镇更名为"边城"，并对小镇进行整体开发建设。游人多了，要吃住，那就修宾馆开餐厅。要参观，那便弄各种景观。边城恢复和建设了不少人文景观，"翠翠岛"便由此而来。这种丰富和改变也许符合现代生活的需要，但人们毕竟是冲着这方山水而来，所以如何让山更青水更绿，才是真正的王道，也是对沈从文先生最好的

263

尊重与怀念。

二十多年前的湘西行，很大成分是冲着沅水上下县市和湘西四大镇而来的。记得当年去浦市时大巴车坏在路上，后来好不容易坐上了手扶拖拉机才到达目的地，故对位于山高路远的龙山县境内的里耶产生了畏惧心理，加上听闻全国会说土家语的土家族人绝大多数居住于龙山县境内，想起热播不久的《湘西剿匪记》，放弃了。

本次旅伴多了章世同学。加上驱车前行，二百多公里的路途不再遥远。在土家惹巴拉短暂停留后，车子继续往大山深处行去。一路上，山连着山，嵯峨雄伟，水依着山，清澈浩荡，绵延几十公里，如在画中行。心情说不出的清爽。

到达目的地。先参观里耶博物馆。

区区小山镇，居然会有这样一个大气的博物馆。原来 2002 年 4 月，在里耶出土了 4 万枚珍贵秦简，被誉为是继兵马俑以后秦代考古的又一重大发现。同年"里耶秦简"入选全国十大考古发现，里耶战国古城遗址也被增补为"国家重点文物单位"。我们重点参观了"户籍简"，看到竹签上记录了各种各样的家庭结构，从最单纯的父母子女家庭到成年后的子女家庭各种融合变迁，很有意思。灯光下，这些两千年前的文字仍依稀可辨。

接下来的时光，主要在里耶古镇里流连。比起边城茶峒，这里的土家建筑更具特色，保存更完好。一眼望去，木质的二至三层黑青色建筑，高挑的屋檐在空中整齐划一，勾勒出优美的弧线。临街门窗精雕细琢，图案精美，古意盎然。也许因为是春节期间，这些大门都是合上的。我不甘心，决定向内巷走去。惊喜地发现，这儿的店铺前后门都临街，在这里看到不少生活画面。家家房门洞开，有烤火的老人，做饭的主妇，抱小孩的年轻母亲。有的门口放着单车，有的窗台上晒着萝卜。见不到几个游人，即使有，他们也泰然自若地生活着。突然明白了，里耶古街之所以保存完好，是因为这儿不是一座空城，世世代代，都有人居住生活在这里，生命气息绵延不绝。加上游人不多，打扰少，开发也少，反而更原汁原味，别有一番风光。

我们边走边议，感觉不虚此行。不一会儿，到了码头。站在大堤上，整个里耶镇尽在眼中，青黑色聚集在一起的是古街，紧挨着明显明亮很多的另一片是新街，像两条不同的河流汇聚在一起。视野尽头，群山环绕。里耶，可谓依山傍水，景色宜人。我心里涌起一丝好感。想想，两千多年前的秦简偏偏在里耶被发现，得以重见天日。在这种等待两千多年的相认里，有一种无言的感动。偶然中的必然。我默默地说，里耶啊，你要将这里的风貌千年万年地传承下去，等待我们的下一代下下一代来相知相认，一如我们现在相认千年之前的先祖。

家尚同学指着河堤下耸立着的几栋古老建筑对我说：那是关帝宫，还有一座关帝塑像呢。

这倒是令人意外。里耶不是土家族居住地吗？原来，清雍正七年以后取消了"汉不入流"的限制，大量汉人涌入里耶经商，由于流经此地的酉水是沅江最大的一条支流，很快里耶便成为四里八乡的货物集散地和商贸重地。即使现在，还能从这儿坐船到我的家乡常德呢！

天色向晚，还有二百多公里的山路要走，带着依依不舍的心情，挥手告别里耶。

这次湘西之行，除了旅途见闻外，我还收获了浓浓的同学情谊。仿佛为了弥补第一次来湘西时一个同学都见不到的遗憾，这次想见的同学全部见到。吴东同学用美酒佳肴招待我们，后来两天虽没参与，但一直全程关注我们的行程，不时打电话联系。章世同学家中宾客盈门，但仍抽出一天时间陪同。在惹巴拉和里耶，都是他张罗吃饭的事。一下车就找地方，点菜，买单。见我先生开一天车辛苦，主动请缨，从花垣到吉首这段都是他开的车。

家尚同学在吉首的高速路口接上我，最后送我上车离开，两天三晚，早晨早早来到酒店大堂，习惯晚起的我还没有起床，总要他等待二十多分钟才下来。在十八洞村，我提出到他家吃晚饭，他立即通知夫人。我是真想去他家看看。他读书时是副班长兼生活委员，我是文艺委员，又都坐在前面，关系较好。前两年他曾带着聪明可爱的女儿到深圳参加香港大学的面试，又多打了一次交道，所以，就厚着脸皮不怕麻烦他了。

那次晚饭吃得开心。夫人笑眯眯的，女儿时髦了很多，整个家显得宽敞、舒适、温馨。我晚上本不吃肉的，但面对香喷喷的湘西腊肉、腊肠如何忍得住？中间一碗炒萝卜丝，以它独特的味道吸引了我，微酸，爽脆。刚开始吃两口，没啥感觉，后来越吃越好吃。"这是什么菜？"夫人解惑道："新鲜的萝卜切成丝，用盐腌半小时，炒之前将水挤干，下锅炒时立放两勺醋，便成了这个味道，鲜中带脆，还有一丝腌酸菜的香味。"据说这也是湘西人家的一道家常菜。

最令我感动的是，那天从里耶返宾馆已是晚上十点多，张夫人冒着寒风小雨，肩扛手拎地从家里步行而来，都是要送给我的礼物：湘西腊肠、湘西蜂蜜、古丈毛尖茶。我哪里还能推辞？只能把这份情意记在心底。

要走的当天早上，家尚同学还坚持来送别，带我们吃了正宗的津市牛肉粉。真的要走了，要离开这方质朴的土地，告别叨扰了几天的同学，心中虽有无限感慨，化为嘴边的也不过是：感谢！珍重！

看不尽的九寨沟

2003 年年末，我们一行人来到了向往已久的九寨沟。从成都飞过去，短短 45 分钟的旅程转瞬即至。去之前，脑子里也曾浮想联翩，过去旅行过的桂林、张家界、黄山等名山大川一一回到脑中。心里想，九寨沟会是怎样的呢？

没有想到从九寨沟回来之后的许多天，几次提笔，想用语言描述自己对它的感受，竟是不成。九寨沟，太别具一格，太让人震惊，太丰富，太美了，想用语言来描绘它还真不容易。因为语言终究是苍白的，再夸饰的词汇都无法体现它的美。那美轮美奂的一幕幕景象是如此强烈地刺激和洗刷了我的双目，虽然事过境迁，我仍能感到当时心的撞击和战栗。然而，作为文人，除了用笔，我想不到自己还可以用其他的方式来记录这次难忘的旅行。

我们的游览从树正景区开始。首先接触的是芦苇海。在这之前，导游小姐一直耐心地向我们介绍"翠海"二字的由来。原来九寨沟景区内分布有一百多个湖泊，高原人把这些湖泊称为"海子"。九寨沟有多少个海子，便有多少个瀑布，其中以珍珠滩瀑布和诺日朗瀑布最为气势磅礴，这些瀑布群便构成了九寨沟独一无二的自然景观。

在芦苇海，映入眼帘的是坦坦荡荡的一片绿茵茵的湖水。早就听说九寨沟的美在于水势水色，但做梦也不会想到这儿水的颜色会如此的浓艳逼人。我用自己有限的知识猜测，肯定是湖底沉淀了什么特殊的物质，才会使湖水显出如此绚丽浓郁的色彩。因为水本身是无色的。后来求证于导游小姐，果不其然，这一切乃是九寨沟的钙华地貌所致。

看完芦苇海，眼光转过来，便是在导游图上颇引人注目的树正群海了。

眼前是一个被植物分割成大小不一的水域又相互融合成一体的湖泊，湖面宽阔，里面长满了一丛丛长条形的茂密的植物，碧绿的湖水温柔地、缓缓地掠过，透出一股说不出的柔情。老虎海位于树正瀑布之上，瀑声隐隐传来，更显湖水之幽静。我们停下脚步，在这里一口气拍下了好几张照片。

整个树正景区，给人留下深刻印象的地方是盆景滩。这是一个由溪水汇集而成的具有一定坡度的浅滩地，滩地虽浅，上面却生长着无数盆恰似盆景的植物。这些植物虽说大小不一，却各成一体，千姿百态。虽值寒冬，但不少向外伸展的枝叶上仍开着五颜六色的小花朵。滩地上水流十分急迫，可这些植物却毫不为水的激越所动摇，稳稳地立在激流中。滩地上段便是水花飞扬的树正瀑布，只见一股股清澈、雪白的细流从滩地上一涌而过，在石头和树枝间溅起一朵朵细致的浪花，回旋着，向一个不知名的地方急速流去。

眼前的景色虽谈不上壮观，但有一种别样的韵致，能将人的目光牢牢地吸引住，在人的心海掀起波澜。看完盆景滩我在想，九寨沟也许是属于女人的，它的美也许只有女人才能够心领神会，顶礼膜拜。相比眼前的景色，男人们可能更喜欢冰川雪峰、戈壁岩石、城堡碉楼。然而，我的这种以偏概全的想法很快就被九寨沟所显示给我的另一面打破了。

在有名的珍珠滩瀑布前，我听到了自己内心的赞叹。

珍珠滩位于一个大的峡谷之中，四面环山，开始部分相对平缓，类似于盆景滩，尾部却悬崖突现。在断流处，只见水花飞溅，奔流直下，气势恢宏。水气弥漫开来，周围的空气湿润无比，与树木的清香混合在一起，令人觉得有说不出的神清气爽。瀑布向四周发出一阵阵强烈的轰鸣声，扰乱了山的平静，使整个山谷显得热闹异常，生机盎然。

比起珍珠滩瀑布，诺日朗瀑布则显得秩序井然，棱角分明。只见黑色的悬崖与白色的水流结合在一起，组成一幅黑白分明的图画：洁白的水从高处垂直而下，在空中形成一条条刀削般凌厉的线条，然后在低处汇合，堆叠在一起，掀起一团团雪绒般丰厚、结实的浪花。诺日朗瀑布少了一份珍珠滩瀑布的急迫、热烈和大气，它显得从容、自在、有条不紊、不易接近。

让人真正心旷神怡、忘记一切烦恼、抛开一切杂念的地方是镜海。正像它的名字所表达的一样，镜海湖面如一面大大的镜子，将蓝天、白云、两侧的山峰清晰地尽收湖底，真正的天地合一，天在水中，水映中天。此地湖水之清澈碧蓝，湖面之宽阔幽远，较其他地方尤甚，教人恨不能投身其中。镜海带给我的震动无法言说，也许因为在城市待的时间长了，心灵和眼睛都变得些许麻木，此时此刻我简直不敢相信自己的眼睛，一种默默的感动、感恩之情从心中升起。我想，我肯定还要来到这里，也许五年，也许十年，也许更长。到那时，我也许变老、变丑，但我想，镜海应该不会变，它肯定仍然像现在这样美丽动人。

不知不觉已到离去的时候，不由感慨万千。九寨沟是富饶的，它在我们面前呈现的风貌有高山、湖泊、雪峰、彩林、叠瀑、滩流以及连绵不断的原始森林等。在这里，山和水完美地结合。而山，更是表现出一种在其他地方难见的大度和谦容，更多的时候，山给水让路，使水流得以集结成湖、成滩、成瀑，极尽水能表现出的各种姿态：沉静、明媚、欢快、张扬、迷离……正是因为有了山的大度谦让，才使九寨沟的水能够名扬天下，并留在了千千万万个游客的眼里、心上、梦中。

水塘上的花园

入夏以来，来荔香公园游玩和探访的人络绎不绝。

在这红了樱桃、绿了芭蕉的初夏时节，走进公园，只见一片深绿扑面而来，清新的气息如刚下了一场春雨，沁人心脾，神清气爽。园内数十种花卉正争奇斗艳，较春天尤甚。其中几种最为引人注目和惹人怜爱：先说那花瓣紧挨在一起形如圆盘、颜色橘红、拳头般大小的龙船花，它盛开在低矮的树枝上，会让你情不自禁地为它担心，那些单薄的树枝能否长久地支撑这些热烈的花儿；还有一眼望过去便为之深深吸引，禁不住驻足观赏的黄蝉，它花如其名，明亮炽热，嫩黄欲滴的花色及薄如蝉翼的花瓣，在耀眼的阳光下，显得特别鲜艳夺目；紫薇花是公园的园花，数量达千余株，亭亭玉立在公园的各个角落。紫薇花很特别，花期长达三个月，宋代诗人杨万里曾为此赞誉："谁道花无红百日，紫薇长放半年花。"更重要的是它的花形也别具一格，它不是一朵朵地开放，而是一串串地簇拥在一起，高高地盛开在枝头上，呈现出一种丰饶富丽的气象。所以紫薇花也成了吉祥、幸福、和谐的象征。此时正是它盛开的时节，那红紫色成串成串的花朵，把公园点缀得花团锦簇，华丽芬芳。

然而，更让游人赞叹不已的还是园内那上千株百年古荔，据文献记载，那曾是深圳特区内最大的古荔枝林。

一年常绿的荔枝树是公园的园树，荔香公园因它而得名。春天，人们只看见树上开满淡淡的绿白色小花，并无传奇之处。可在不知不觉中，花落蒂留处开始长出青色的果子，夏日炽热的阳光将青绿色的果子渐渐逼红，那成千株荔枝树上便挂满了比星星还繁茂的紫红褐红和暗红的荔枝，一串串，一团团，一簇簇，数也数不清。

站在这幅美丽的图画面前只有感慨：大自然是如此奇妙，如此慷慨，只需在南国的任意一块土地上种下这小小的荔枝树，不消几年工夫它就成为参天大树，结出累累果实。它带给人间的岂止是芬芳甘甜，更是一种无私给予、乐于奉献、别无所求的精神享受。人类是多么富有却不自知，岭南地方多荔枝，因为多，人们便不觉得它珍贵。因为城市建设，多少荔枝树被随意迁走甚至砍伐。荔香公园正是因为有这上千棵荔枝树而显得有内容、有分量、有担当。如果当初砍掉或移走了这些荔枝树，公园便少了这万千荔枝竞朝晖的丰收景象，不知要逊色多少呢。

流连忘返之际，谁能想到，如今鸟语花香的公园在十几年前原是一处由养鸡、养猪场及鱼塘山冈组成的脏乱差之地，无数"三无"人员在此居住，造成垃圾成堆、污水横流、苍蝇蚊子乱飞。作为南山区委区政府所在地的南头，当时只有一个尚未改造、园内景点稀少的中山公园，当地市民在闲暇假日多往蛇口的四海公园和海滨浴场跑，南头人真心希望能在当地建一个集休闲、娱乐、观赏、健身于一体的现代化市政公园。

作为"还绿于民""造绿一方"的民心工程，1998年，荔香公园正式立项，消息传开，当地市民无不欢欣鼓舞，奔走相告。在公园主题的确立上，当时的决策者博采众长，决定把公园建设成为一个既能充分体现"人与自然的高度和谐"，又能满足当地市民的切实需要并且环保经济实用的跨世纪公园。这一决策，使建成后的公园少了楼台亭阁、假山石林、雕梁立峰、奇古怪木，以原有的荔枝树为特色，以不足一年的建设速度，呈现给了游人一个竹影、兰香、荔红、蝉鸣的自然之极、清新之极的公园，达到了造园者所孜孜追求的"虽由人作，宛自天开"的境界。

昔日乱象丛生，如今绿树参天，春意盎然。三万平方米的大草坪，使公园显得开阔大气。二百多种花木在里面合理配植，它们不拘品种、姿态各异、层次分明、色彩斑斓，较好地表现出了季相变化，以有限的面积，造出了无限的空间，形成了"花篱作墙""椰林起舞""芙蓉悄立""杜鹃争红""荷塘倒柳"等数十种宛若图画的园林景观。加上多条林荫小道穿插在绿树花丛间，形成了园外有园、景外有景的特色，使公园显得美不胜收，令人游兴不减,意犹未尽,每次进园都会有不同的发现和感受。

公园建成以来,极大地满足了当地居民的需要,四面八方的人们向这里涌来,其服务半径在不断扩大,社会影响力也在一天天向外延伸,不少远在宝安、龙华的朋友也慕名前来。节假日,这里成了孩子们踏青、放风筝的绿色乐园,杜鹃花映红了他们的笑脸,草地上空回荡着孩子们溪水般快乐的笑声;每一个清晨和黄昏,成群结队的老人在此轻歌曼舞,他们圆润而浑厚的歌声、美妙旋转的舞姿,使公园显得喜气、温馨;公园虽身处闹市却不显喧哗,无论何时,手握书本,走进花丛深处,在一石几上端坐,一个下午时间过去不觉其长,身处绿影花香中,仿佛手中的文字也有了花草的芳香;公园还是体育爱好者的天堂,网球场、篮球场、按摩路、步行道,爱好健身的人们可以在这里展现身姿,挥汗自如。

不敢说自己对公园建设有什么贡献,但由于公园的建设任务都由城管部门承担,所以正是鄙人一次次参与了公园的所有公文写作。公园尚未开建,纸上已多次打照面,自然对公园抱有着不一样的情感。2000 年公园正式开放,立时便成了南头的一张名片。自己也是三天两头地往公园跑。如果因为工作忙碌,很长时间没有去荔香公园了,便会感到有一种无声的召唤,下意识地放下手中的一切,到公园去。如果离开了深圳,回到南山后,要做的必不可少的一件事,也是到公园走走。仿佛只有这样,才算是回到了深圳,回到了家。

这个水塘上建成的花园,从无到有,从荒芜到满园缤纷,从脏乱到美丽繁荣,它是一个传奇,也是特区改革开放的一个缩影!深圳特区就是由无数个这样的传奇组成,它们改写了深圳的历史,让深圳特区走向世界,走向辉煌!

272

蛇口记忆

如果说深圳经济特区是 20 世纪 80 年代中国大地广袤的天空冉冉升起的一颗明珠，那么蛇口便是这颗明珠上最耀眼之处。

把蛇口比作 80 年代深圳的"尖沙咀"一点都不过分，让它一举成名的不仅是招商局蛇口工业区 1984 年代表深圳参加新中国成立 35 周年国庆巡游彩车上写的那两块震撼招牌——"时间就是金钱，效率就是生命""空谈误国，实干兴邦"，更是由招商局蛇口工业区倾力打造成的"海上世界"一带由海水、沙滩、椰林、棕榈、豪华游艇、城市雕塑、露天酒吧、五星级酒店、别墅和现代化办公大厦等组成的充满各种海滨元素、令人耳目一新的优美自然环境。

进入 20 世纪 80 年代，"东西南北中，发财到广东"，而到了广东深圳，则必来蛇口。那时，深南大道还没有贯通到南头，从深圳火车站来蛇口可不像现在这么容易。车过上海宾馆，道路就不再宽阔平坦，那时的香蜜湖、竹子林一带尚未开发，荒草连天，坑洼不平，车辆必须十分小心地行驶才不至于太过颠簸。一般的观光客都是选择坐 4 路公共汽车进入蛇口。当时南海大道和麒麟立交桥尚未建成，到蛇口还须从南头天桥左转进南新路。现在的人也许不信，当时的南头只有南新路这一条商业比较繁荣、可勉强供车辆通行的街道。然而狭窄的道路、路边低矮斑驳陈旧的建筑会让人误以为到了内地的某个小镇。好在很快就可看到创业路上当时还算气派的亿利达大厦和南油大厦，它们稍稍能让人找到一点特区的感觉。

经过两个小时的车程，进入工业七路，就算真正到了蛇口。只见道路笔直平坦，路边绿树成荫，白色建筑物时隐时现，招商路旁是城市中难得见到的大片开阔绿地,上面种植了各种亚热带绿色植物。往海上世界的方向,会看到蓝色玻璃幕墙的南玻大厦,这样的建筑风格在当时已算新潮和前卫,令人眼前一亮。

位于大南山脚下著名的蛇口海上世界终于到了。它是蛇口工业区的名片,是蛇口的灵魂,是蛇口人最为骄傲和自豪的地方。凡是20世纪80年代末或90年代初期到过蛇口海上世界的人,无不为它陶醉、喝彩。

它的美丽、新奇超出了当时人们脑海中的想象:在一个不大的城市空间里,同时坐拥山海资源,并且把它经营得让人流连忘返,从选址到建设凝聚了蛇口无数人的心血。经历了二十多年海上航行、受过无数风浪洗礼的白色巨型明华轮丝毫不见岁月的沧桑,从1983年开始便稳稳地停泊在眼下这片清澈的海水中。一百米开外背向大海的方向伫立着一座高约12米、宽7米的女娲补天雕像,它是当时深圳特区最为雄伟壮观的雕塑。用乳白色石头雕成的女娲与明华轮是两种完全不同的事物,代表着不同的意义,也诉说着不同的故事,然而敢为天下先的蛇口人却完美地将它们结合在一起,并以此为载体诠释着他们的改革信念、创新精神和工作干劲。

1984年6月17日,《人民日报》曾对蛇口工业区的"造城"建设进行了大篇报道:"不到两年时间,在荒滩上完成了整个工业区的基础工程和公用设施建设,完成了'五通一平'(通水、通电、通路、通航、通信和平整建筑用地)……开始了一系列工厂企业的建设,引进了货箱厂、轧钢厂、铝材厂、面粉厂、油漆厂、制氧厂、机械翻修厂、游艇厂、标准厂房、别墅、餐厅及外商住宅区等14个项目,总投资额达5亿港元。还建设了办公楼、食堂、职工住宅等。"

当年如火如荼的建设情景已载入历史史册。蛇口人不会忘记,工业区在完成上述基础设施和配套服务建设的同时,很快为扎根蛇口的员工建起了在当时南山片区环境相对优美的如翠薇园、紫竹园、玫瑰园、爱榕园、文竹园等一批以"园"字命名的住宅小区。仅从名字就可看出当时领导者的一片匠心,他们希望能以此带给员工真正的家,树立一种能真正促进地区飞速发展的家园意识。很快,工业区又开始兴建学校、医院、公园等一批生活服务设施,随着四海公园、蛇口联合医院、育才学校、上海轻工总汇、南海酒店、招商银行等建成并对外服务，蛇口，渐渐聚合成一个"发光体"，向外散发出它那迷人的魅力。

其实，除了上述这些外在的表象，蛇口还有更令人心悦诚服的内在气质：它为什么只用短短的十年时间在一个郊野荒滩上建起一个集旅游、工业、服务于一体的城市综合体，而且效益显著，在全国声名鹊起？关键的因素是人，是有一个具有强烈进取意识的领导集体和创业团队。

进入 21 世纪，世界发生着日新月异的变化，南山区也迎来了建区以来前所未有的发展时机。首先是在深圳大学的西面，南山区委区政府大楼拔地而起，楼高 30 层，创下了当时特区区政府大楼楼高之最；而随着南海大道、后海大道、沙河西路、南山大道、前海路、月亮湾大道、桃园路、东滨路、龙珠大道等主次干道的全面贯通，尤其是 2000 年滨海大道通车到南头，以前一直限制南山区发展的交通瓶颈突然松开了，它离福田、罗湖突然变得那么近，头脑灵活的房地产开发商们最先看到商机，蜂拥而至，把目光紧盯前海、后海，不到五年时间，便在昔日的海滩上、鱼塘里雨后春笋般地建起了上百栋高楼大厦，花园小区一个比一个漂亮。

南山区政府提出科技强区、教育强区、旅游强区的口号，同时致力于改造环境，大力开展城市绿化美化行动，南头片区、粤海片区最先实现华丽转身，而蛇口，自然也不甘落后，在这个谁也估量不到的房地产开发浪潮中掀起了不大不小的几朵浪花。他们在海上世界周边建起了新时代广场大厦，为了进一步带旺海上世界的人气，对海上世界广场和两边的商店重新进行升级装修，建起了在全市颇有名气的酒吧一条街，同时开发了招商海月、兰溪谷等一批较高档次的住宅项目，在社会上产生了一定反响。

然而，与近在咫尺一天一个样的南头中心区相比，蛇口改变的步伐由于受历史的制约还是要缓慢得多。关心蛇口的人们发现，蛇口渐渐沉寂了，无论是媒体的关注还是自发前往游览观光的市民，比起 20 世纪 80 年代和 90 年代，都要一天比一天少……

最先淡出人们视线的就是让许多人念念不忘的上海轻工总汇。随着海雅百货南山店、南头常新天虹的开业以及家乐福、沃尔玛等大型跨国零售企业陆续进驻南山，红火了 18 年的上海轻工总汇渐渐门前冷落车马稀，于 2002

年5月23日晚上10时,在送走最后一位客人后关门大吉。然后是四海公园,随着2000年占地近60万平方米的南头中山公园改造后重新开园和占地22万平方米的荔香公园建成对市民开放,来四海公园游玩的人数急剧下降。对海上世界一带风光不能忘怀的人们发现,连那里的一切也在不知不觉地改变。最先消失的是蛇口海滨浴场洁白的沙滩,当年好不容易一车车从东江运过来的细沙似乎一夜之间从人们的视线中消失了。明华轮不再停泊在微波荡漾的海水中,因为海水不打一声招呼就退去了,变成了一片青青草地,最后,连青草地也不见了,挖土机把它弄得千疮百孔。与海水沙滩近距离接触的露天酒吧被拆除了,在附近建起了外国风味馆云集的国际风情美食街。那里卖德国啤酒、巴西烤肉、日本料理、东南亚咖喱、法国大餐、美国牛扒、澳洲羊腿等,西式风味配上华丽的装饰,显得更加时尚、异域,但多了商业的气息,少了过去那份人与自然亲密接触让人心灵真正放开的氛围。来此品味美食的人群愈加单调,更见不到老人和孩子,只有年轻的俊男靓女,还有就是金发碧眼的国际友人。终于有一天,人们发现,那个与明华轮共同撑起海上世界这片蓝天且不可分离的女娲雕像,被一条开满了软枝黄蝉、大红花、金红花和勒杜鹃的望海路生生地切割开了。尤其是女娲雕像,在人们心中代表了圣洁和坚强、昔日被蓝天白云海水环绕的女娲,此刻被人遗弃在乱石和杂草中,无数辆汽车从它身边呼啸而过,卷起一撮烟尘,被风吹散而去,再没有谁为它停下来,看上它一眼。它就那样一动不动地立在那里,用那双饱含深情的双眸无言地凝视着这块它端详了26年曾经风云际会的土地。

这个让无数人止步心动、留下了许多美好记忆的蛇口港湾,由于它的"不复旧貌"引起了许多人的不满,网上责怪声四起。多数人不赞成对海上世界进行如此脱胎换骨地改变,网民认为它本来有着独特的自然环境、旖旎的滨海风光、亲民的休闲特色,这些对于一个城市十分难得,应加以重点保护和发扬光大,却没有得到较好地利用和珍惜。有网友提出,海上世界模型当年还代表深圳特区去北京参加了国庆35周年庆祝活动,有着重要的纪念意义,深圳建市不久,文物不多,"海上世界"的时代价值弥足珍贵,应列为重点文物保护;还有的网友提出,从"海上世界"到南海酒店曾形成一道由海水、沙滩、棕榈树、露天酒吧、别墅群组成的亮丽的风景线,如今这道风景线不复存在，建议恢复；有激进的网友认为，今天的"海上世界"不仅已经完全商业化了，而且名不副实，因为它早已经与海隔离，没有资格称为海上世界，那个曾经美好的海上世界已经从我们的视野中永远消失了；更有甚者说，"海上世界"的改变说穿了就是政府与普通市民争地盘，深圳不缺五星级酒店也不缺高端物业，却硬是在市民喜欢玩耍的地方建什么直耸云天的招商局广场、希尔顿酒店和卖价每平方十几万的伍兹公寓，建成了，普通市民除了仰头望上几眼，根本享受不起。

网上的议论潮水般涌起，众说纷纭，有关部门坐不住了，安抚市民说，由于自然环境的改变和城市建设的需要，不仅海上世界，整个蛇口都要进行全面的改造和更新换代，只有这样，蛇口才会更有竞争力，才会真正做到与时俱进。很快人们在媒体和网络上看到了关于"蛇口再出发"的报道：招商局5年内投资600亿再造新蛇口，由国际顶尖团队倾力打造，将建成100万平方米的国际海滨新城。蛇口再造包括：海上世界城市综合体、投资近百亿的太子湾邮轮母港、以网络信息及科技服务产业集聚发展为目标的蛇口网谷。其中由招商地产负责的海上世界更新计划，作为新蛇口面向公众的大型展示型项目，是其中一大焦点。升级之后的海上世界，将完全超越旧有概念而成为深圳首席国际级滨海城区，将成为一个集餐饮、娱乐、购物、酒店、办公、艺术、度假、休闲、居住于一体的国际滨海休闲城区，包含海上世界广场、太子广场、金融中心、招商局广场、伍兹公寓、希尔顿酒店、女娲滨海公园、文化艺术中心和高端住宅群等国际顶级配套。其所叠加的城市功能的复杂性，将超越深圳此前所出现的任何一个豪宅区或者中心城区。这也注定其未来所展现出来的国际化风貌，将会是深圳独一无二的。

其实，冷静下来思考，海上世界一带的改造也是时势所逼，如今的蛇口周边环境早已不复当年纯净和平淡，它面对着前海中心区商办千万亿级供应和后海中心区总部大厦云集这样一个千载难逢的机遇，对于自然环境和居住环境均优于其他片区且十分钟即可转换山、海、城、园的生活半径的蛇口，其寸土寸金的土地价值不容分说，要发展、要体现价值，必然有所舍弃。再说一个地方再美再好，经过二十多年春夏秋冬的洗礼，它也老了旧了，不能再承担当年的使命，这是毋庸置疑的。只是蛇口海上世界这个地方太特殊了，它就是深圳改革开放的缩影，深深地刻在了一代人的青春记忆中，人们不忍心看到它衰落，也不希望它变得面目全非。有关部门在对这块地方进行重新设计开发时，需充分考虑它的历史背景和人文因素，不能一味地只追求它所谓的格调而少了亲和力，不能忽视个性导致"千城一面"，更不能让人们只看到权力和等级，或者只是为了凸显身份的尊贵。毕竟蛇口海上世界它不仅是富人的后花园，也是老百姓的公共生活空间。希望这儿还能像过去一样，有一股无形的力量牵引着人们前来，等到二十多年过去，还会有人像我这样，提笔忆起现时的蛇口。

那些难忘的女人

20 世纪 80 年代中期是我阅读外国文学的高峰期，除了考试需要外，打动我的还是小说中的各种女主人公形象，她们不仅有着不同的人生故事，还有着许多相同的特点，如美丽、深情、孤傲、特行独立。这正是正当青春年华的我最向往的女性品质，我渴望也能像她们那样拥有传奇的人生故事，希望自己也能遇到心中的白马王子，期待生活能多姿多彩。

安娜·卡列尼娜是我所读的外国小说中最为之吸引的女主人公之一。她美丽、热情、勇敢、真诚，敢于追求爱情，当意识到爱情远去，自己的生命在所爱的人心中已失去光辉时，她就宁愿不要这已没有光辉的生命。连她的自弃，都格外地让人感到一种悲壮。

生命是宝贵的，看到安娜自杀后的悲惨情景，禁不住为她难过。爱情最终让她走向毁灭。

这里不妨引用小说中的一句话。安娜卧轨自杀后，她情人的母亲评论她："这种不要命的热情算什么呀。"的确，安娜曾经是一名贵妇人，拥有位高权重的丈夫和天真可爱的儿子，可她偏偏是一个内心诚实的人，因为无法忍受来自丈夫的冷漠虚伪和上流社会的假仁假义，最后她抛弃了家庭。安娜没有料到，因为她冒犯了整个上流社会的游戏规则，这个规则就是——安娜可以找情人，但不能公然地和丈夫决裂。因此在她离开家和情人公开同居后，伪善的政界、宗教界和社交界包括她所谓最好的朋友都不约而同地对她关上了大门，安娜失去了贵族女子所拥有的一切，除了渥伦斯基，除了她心心恋恋的爱情。而这爱情，也将在某一天失去，或者正在她眼前一点点的消失。安娜正是陷入了她从未想过试过的生活绝地才走上不归路，此时，她已没有气力再与捉弄她的命运进行抗争了。

"自己追求幸福，也赐给人幸福"，渥伦斯基伯爵，安娜热爱的并为之献出生命的情人，在安娜自尽后痛苦不堪，抱着必死的决心奔赴前线。曾经相亲相爱追求幸福的两个人最后都落得了如此悲惨的下场。

站在人性的角度看安娜最后的选择，似乎过于偏激。然而，从小说所描述的历史和社会背景来看，安娜如果不自杀，她也无路可走。正是她的悲剧性命运，让这部小说具有持久而旺盛的生命力，令人读之难忘。有意思的是，作者开始并不十分看好自己的这部小说，他甚至不想写完它。这部小说创作于1873年，直到1878年才正式出版。据作者托尔斯泰在给友人的信中披露，他对自己写出的东西十分不满，觉得没有意义，最后还是在友人的劝说和协助下，才勉强拿起了笔，又经过长达两年多的时间修改，才终于定稿。幸好作者没有放弃，不然读者们就无法一睹这部被称为"全世界文学中最伟大的社会小说"之风采了。

2007年，经一百多名英美作家集体评选，评出了19世纪最伟大的十部小说，其中《安娜·卡列尼娜》位列榜首。

奥斯汀的《傲慢与偏见》是一本让我读了不下三次的小说，第一次读没真正读进去。当我再次捧读这篇小说，已经到了2006年，也是在看了一篇介绍性文章后，我再一次从书柜中找出这本纸张已开始发黄的书。这部小说曾于1940年和2005年两次被拍成电影，也曾被拍摄为电视剧，翻译到无数国家被无数次出版印刷，小说到底有着怎样的魅力？

经过岁月洗礼的我再次阅读这篇小说立时就有了不同的感受，它的开头看似普通，却精彩之极，作者以揶揄的口吻，寥寥几笔就把庸俗不堪一心只想把女儿嫁给有钱人的班纳特太太栩栩如生地刻画出来。我知道为什么我第一次没读出感觉，二十多岁的我想看到的是热烈的文字和深情的表白，而文中的女主人公伊丽莎白不仅没有像安娜·卡列尼娜一开始就遭遇了与渥伦斯基一见钟情的爱情，她甚至讨厌清高傲慢的达西先生。小说接下来的描写更是充满了浓厚的烟火气，无非是跳舞打牌、吃饭闲谈等，没有炽热的爱情，也没有跌宕起伏的故事情节。然而，作者的高超之处正在这里，通过一场场舞会、一次次散步，读者们窥到了英国19世纪上流社会人们的金钱观、婚姻观、家庭观，每个人，无论是男人还是女人，身上都打上了金钱和门第的烙印，尤其是金钱，几乎个个都是明码标价，这在外国小说中是非常罕见的。

虽然金钱笼罩了整部小说，但作者有本事拨开迷雾，把一个个的家庭故事讲得生动有趣，把一个个人物刻画得啼笑皆非，哪怕只是露过一面的小人物。如"卢家一个小哥儿忽然说道：'要是我也像达西先生那么有钱，我真不知道会骄傲到什么地步呢。我要养一群猎狗，还要每天喝一瓶酒。'"说这话的是一个七八岁的孩子，作者意欲通过他这句话，把两百多年前英国社会对金钱的计较和推崇生动地描述出来，表明这种浸染已到了妇孺皆知的地步。

对于这样的社会环境，作者有自己的观念，她通过伊丽莎白的嘴说出了心中想说的话："不过，青年人一旦爱上了什么人，决不会因为暂时没有钱就肯撒手。要是我也给人家打动了心，我又怎能免俗？甚至我又怎么知道拒绝他是不是上策？因此，我只能答应你不仓促从事就是了。"作者的目光是尖锐的，她一定看出了这种以金钱为基石的婚姻不会给人们带来幸福。作者的笔调非常活泼，并带有一定的嘲讽意味，小说从一开始就进入主题，从头至尾都十分好看，有几处我甚至看得笑出了声，佩服作者的观察力和语言表达能力。奥斯汀成了我最喜欢的作家之一。她对英国社会经济关系和阶级状况的揭示，让不少人认为这本《傲慢与偏见》为恩格斯的论断作了形象的注释。对此，我也认同。

再来谈伊丽莎白和达西的爱情。如果作者一开始就安排他们碰出火花，故事就会平淡很多。每年一万英镑进项的达西爱上了只有一千镑继承权的伊丽莎白，这是令读者颇感意外的一件事。我承认即使自己已不年轻，当看到达西向女主人公表白时，心跳还是明显加快，我如饥似渴地读着那一行行文字，内心感到无比的快乐，仿佛自己变成了女主人公。可伊丽莎白拒绝了他，让小说达到了第一次高潮。看到后来，读者已渐渐身临其境，恨不得走进小说中去亲自帮他们一把，让有情人终成眷属。所幸，一个克服了他的傲慢，一个克服了她的偏见，出现了皆大欢喜的结局。连班纳特太太最后都变成了一个头脑清楚、和蔼可亲、颇有见识的女人。

比起安娜·卡列尼娜凄惨的结尾，我更愿意看到这种和美的团聚。这是普通人的愿景，符合普通人的利益。

说句题外话，据说达西先生因为对伊丽莎白始终如一的爱情而成了很多青年女性读者心中的偶像，而伊丽莎白自然也成了大家羡慕的对象。作者在描写他们时大概没有想到这一层吧。

19世纪中期英国率先完成工业革命，最早走上经济自由化、政治民主化和社会现代化的道路，也迎来了它文学的一段繁荣期。特别值得提出的是，这段时期的英国女性作家表现最为出彩，共有三十多位女性作家相继登上文坛，写出了一部部流芳后世的小说作品，其中不少立于世界之林。这种现象极大地引起了我的兴趣。当我把简·奥斯汀、夏洛蒂三姐妹及安妮·勃朗宁夫人等人的作品读得七七八八，才想起还有哈代的《德伯家的苔丝》没有读过。这也是19世纪英国一本有名的小说，经常被人提及。

小说写得波澜不惊，这似乎成为这段时期英国小说中存在的一个普遍特点。但作者的语言风格迷住了我，非常的清新、干净、自然。整部小说以苔丝为重点，描写了这个纯朴善良的乡村姑娘怎样一步步走进人生的深渊。它几乎为读者勾画了一个个场景，眼看着苔丝掉入陷阱，多么痛心，多么惋惜，可又无能为力。

可以肯定地说，在外国文学所描述的众多的女性形象中，苔丝是最纯净的，也是最令人同情的。她的出现在英国文学史上真是一个奇迹，宛如一股清风，让英国文学的画面更丰富更动人。如果没有苔丝，这幅图画将要逊色不少，因为这点，我们也要感谢作者哈代。

每部小说都离不开关于爱情的描述，给我留下隽永记忆的不多。《德伯家的苔丝》有一段描写让我十分感动，是文中的男主人公的内心自白："这座牛奶厂，本来非常鄙陋，完全无足轻重，他纯粹出于不得已，才到这儿来暂时寄寓，所以他一向没重视它，没觉得它会是这片景物上有任何意义的东西，值得叫人徘徊流连。但是现在这所房子变成了怎样一种样子了呢？那些年深日久、长满青苔的砖砌山墙，都轻柔地吐出'别走'的字句，窗户都微微含笑，门户都甘言引诱，举手招呼，常春藤也都因为暗中同谋，满面现出赧颜，原来屋里住了一个人，影响深远，感染强大，竟使她的人格，都侵入了砖墙、灰壁和整个覆在头上的青天，叫它们也都含上了热烈的感觉而搏动。到底是什么人，会有这么大的力量呢？一个挤牛奶的女工。"

　　这段文字非常朴实，也非常浪漫多情，但它不是那种煽情似的多情，而是说到读者心里去、让读者也感同身受的一种热烈的爱。苔丝正是因为感受到了这种爱，所以当这让她深深依恋的"爱"重现，她就不惜一切地扑了上去。同样，可怜的苔丝为此付出了生命的代价。